W0306820

MARCUS IMBSWEILER

Die Erstürmung des Himmels

DER KOMPONIST UND DAS MÄDCHEN Sie liegt in einer sagenumwobenen Gegend, die Rheininsel Nonnenwerth. Rolandsbogen und Drachenfels in Sichtweite, dazu eine herrschaftliche Klosteranlage, die längst ein Hotel beherbergt. Hierher zieht sich im Jahr 1841 der gefeierte und umschwärmte Klaviervirtuose Franz Liszt zurück. Mit ihm kommt die Gräfin Marie d'Agoult, seine Lebensgefährtin, deren wahren Namen nur Wenige kennen. Kein Wunder, dass diese »vie scandaleuse« für reichlich Gesprächsstoff unter den Inselbewohnern sorgt. Auch George Sand, die skandalumwitterte Autorin, wird gesichtet, und schließlich trifft Liszts früherer Lieblingsschüler Hermann ein, der sich mit seinem Idol versöhnen will.

Immer mehr wird Nonnenwerth zum Pilgerort für Musikliebhaber und Liszt-Verehrer, die per Dampfschiff anreisen. An Ruhe und Entspannung ist daher nicht zu denken. Nach einem Benefizkonzert für den Wiederaufbau des Kölner Doms liegt die rheinische Musikwelt Liszt zu Füßen. Dafür kriselt es zusehends im Verhältnis mit Marie, die seinen Tourneeplänen kritisch gegenübersteht. Kurz vor Liszts 30. Geburtstag verschwindet Cäcilie, die Tochter eines benachbarten Hoteliers. Ab diesem Zeitpunkt überschlagen sich die Ereignisse im Leben des Künstlers …

Marcus Imbsweiler, geboren 1967 in Saarbrücken, lebt seit 1990 in Heidelberg. Er studierte Musikwissenschaft und Germanistik und veröffentlicht regelmäßig Artikel im Bereich Feuilleton. Nach seiner erfolgreichen Krimiserie um den Heidelberger Privatermittler Max Koller und dem fantastischen Schwarzwald-Krimi »Himmelreich und Höllental« ist »Die Erstürmung des Himmels« seine erste Veröffentlichung im Bereich Historischer Roman.

Bisherige Veröffentlichungen im Gmeiner-Verlag:
Himmelreich und Höllental (2011, als Peter Paradeiser)
Butenschön (2010)
Altstadtfest (2009)
Schlussakt (2008)
Bergfriedhof (2007)

MARCUS IMBSWEILER

Die Erstürmung des Himmels

Franz Liszt auf Nonnenwerth

GMEINER *Original*

Besuchen Sie uns im Internet:
www.gmeiner-verlag.de

© 2011 – Gmeiner-Verlag GmbH
Im Ehnried 5, 88605 Meßkirch
Telefon 07575/2095-0
info@gmeiner-verlag.de
Alle Rechte vorbehalten
1. Auflage 2011

Lektorat: Claudia Senghaas, Kirchardt
Herstellung: Christoph Neubert
Umschlaggestaltung: U.O.R.G. Lutz Eberle, Stuttgart
unter Verwendung des Bildes »Franz Liszt, am Flügel phantasierend« von
Josef Danhauser, © bpk / Nationalgalerie, SMB / Andres Kilge
Druck: Fuldaer Verlagsanstalt, Fulda
Printed in Germany
ISBN 978-3-8392-1213-4

Erster Teil

Die Insel

Zum Rhein! Zum Rhein!
Franz Liszt

Ich mag diese Gegend sehr, und ich habe hier so viel Herzlichkeit gefunden, so viel Güte, dass mir nicht einen Tag in den Sinn kam, Paris könne mir fehlen.
Marie d'Agoult

Die unaufhörlichen Besuche verleideten mir diese Sommermonate – und ich werde mich hüten, eine villeggiatura, wo Eisenbahnen und Dampfschiffe cursieren, je wieder zu versuchen.
Franz Liszt

… das Grab meiner Träume und Ideale, die sterblichen Überreste meiner Hoffnungen …
Marie d'Agoult

1

Den heiligen Boden der Insel Nonnenwerth betrete ich am 12. August des Jahres 1841.

Es ist ein freundlicher Donnerstagmorgen, und in den Bäumen lärmen die Vögel. Endlich angekommen! Mit einem Satz springe ich an Land, falle auf die Knie und drücke meine Lippen fest auf die feuchte Erde des Eilands. Sollen meine dottergelben Handschuhe ruhig schmutzig werden – das ist mir die Geste wert. Als ich aufschaue, sehe ich den Fährmann neben mir stehen. Was er für ein Gesicht macht! Ein Gesicht wie drei Tage Regenwetter, und es ist ja auch ein furchtbarer, verregneter Sommer gewesen, bis zu dem Augenblick, da ich nach Nonnenwerth kam. Ob ein Trinkgeld wohl für eine Klimaveränderung sorgen kann? Tatsächlich, schon geht über seinem gegerbten Antlitz die rheinische Sonne auf.

»Hol's der Teufel«, macht er mit großen Augen, »das ist ja …«

»Mehr, als der Herr aus Paris gab?« Gönnerhaft klopfe ich ihm auf die Schulter. »Stellen Sie sich vor, auch ich komme aus Paris, auf Umwegen gewissermaßen. Und was dieser Herr kann, kann ich schon lange.«

Während er meine beiden Koffer auslädt, blicke ich mich um. Vergangenes Jahr entdeckte Franz dieses Fleckchen Erde für sich. Wenn er von Nonnenwerth sprach, dann stets im Ton der Sehnsucht. Mon Paradis, seufzte er, was in den von Debatten und Rauch geschwängerten Pariser Salons reichlich affektiert klang. Hugo und Dumas, unsere Dichter, winkten nur ab; sie hatten dem schmalen Inselchen auf ihren Rheinreisen keine Beachtung geschenkt. Aber vielleicht, so denke ich jetzt, vielleicht war das ein Fehler. Durch die Brille des Malers betrachtet, liegt da mitten im Fluss ein geschliffener Smaragd, dessen Reinheit durch die schroffe Umgebung noch erhöht wird. Die Enge des Tals, das Schiefergrau der Felshänge, gekrönt durch Rolandsbogen und Drachenfels, diese düsteren Mahnmale der Vergangenheit. Auf Nonnenwerth jedoch diktieren junge Bäume dem weitgereisten Gast ein lispelndes Willkommen ins Tagebuch. Schneiders Hotel erstrahlt in Weiß und milden Ockerfarben.

Winkend stößt der Fährmann vom Ufer ab. Sein Kahn, lang und flach, liegt ruhig im Wasser – genau wie die Insel. Als es noch Riesen in dieser Gegend gab, muss Nonnenwerth einem von ihnen als Spielzeug gedient haben.

Ein Knabe kommt vom Gasthof zur Anlegestelle gerannt, dass seine Rockschöße flattern. Er trägt eine kupferrote Uniform, seine Locken sind kraus, in seinem erhitzten Gesicht brennen Augen wie Kohlestückchen. Das Tollste aber: Schwarz ist auch seine Haut, die Hände, der Hals, die Backen. Was ihn nicht davon abhält, mich im breitesten rheinischen Singsang zu begrüßen.

»Mein Herr, Sie hätten sich anmelden sollen«, ruft er, »damit wir Ihr Gepäck transportieren! Ich werde tun, was ich kann, aber ich bin ganz allein!«

Ich zügele mein Verlangen, ihn an der Wange zu kratzen, um zu sehen, ob seine Hautfarbe echt ist. In Paris gehören schwarze Knaben zum guten Ton. Aber hier, am Rhein, zwischen Burgen und Klöstern, im altdeutschen Kernland, ist ihr Anblick gewöhnungsbedürftig.

»Parlez-vous français?«, frage ich, mich zu ihm hinabbeugend.

»Mäh wui!«, strahlt er. »Biä sür, Missjö!«

»Das ist gut«, sage ich, nun wieder auf Deutsch. »Dann wirst du es noch weit bringen.«

Bevor ich fortfahren kann, zeigt der Knirps auf meine beiden Koffer und ruft mit unverhohlener Bestürzung: »Ist dies all Ihr Gepäck, mein Herr? Mehr nicht?« Dabei wirft er dem Fährmann, der bereits die Mitte der Passage erreicht hat, empörte Blicke nach, als trage der die Schuld am Verlust meiner Besitztümer.

»Nur die zwei Koffer«, bestätige ich.

»Und wann kommt der Rest?«

»Es gibt keinen Rest.«

Diese Antwort gefällt ihm nicht, ich sehe es ihm an. Mit einem Schlag bin ich klaftertief in seiner Achtung gesunken. Zwei Koffer bloß! Hätte er sich dafür so beeilen müssen? Menschen wie er beherrschen nur die einfachste Grundrechenart: kleines Gepäck, kleines Trinkgeld. Dass es Ausnahmen von dieser Regel gibt, beweise ich ihm postwendend. Grinsend steckt er den Obolus ein, macht einen Diener und schnappt sich meine Koffer.

Begleitet vom Tschilpen der Spatzen über uns, erklimmen wir den schmalen Weg zum Gasthof. So flach die Insel insgesamt auch ist, überragt sie das Niveau des Flusses doch um Manneshöhe. Am südlichen Ende fällt der Ufersaum steil zum Wasser ab und ist mit großen Steinen gegen Eisgang gesichert, weiter nördlich hat man auf diese Schutzmaßnahme verzichtet. Dort ist die Böschung von Strauchwerk überwuchert und in einzelne Buhnen unterteilt.

Eichen und Linden säumen den Weg zum Hotel. Jetzt, am frühen Morgen, liegt die Westfront des Gebäudes noch im Schatten. Ein mächtiger Klotz, streng und herrschaftlich die Fassade, dazu der gewollt herbe Kontrast zwischen dem hellen Maueranstrich und dem anthrazitfarbenen Dach. Wie reich müssen die Nonnen des vergangenen Jahrhunderts gewesen sein, dass sie sich einen solchen Palast leisten konnten! Drei Stockwerke wachsen vor uns in die Höhe, nur rechter Hand, wo sich der Wirtschaftstrakt anschließt, ist man näher am Boden geblieben. Ein offenes Tor führt in einen großen Innenhof.

An diesem Tor fällt mir eine Inschrift auf. In Kniehöhe ist auf einem der Sandsteinpfeiler eine Markierung angebracht, dazu der eingemeißelte Vermerk »GW 1784«.

»Da staunen Sie, was?«, ruft der Knabe, der meinem

Blick gefolgt ist. »Das Große Wasser von 1784. Bis hierher stand es, man mag es sich kaum ausmalen.«

Ich schaue zurück zum Fluss und versuche mir die ungeheure Wasserfläche vorzustellen. »Jetzt übertreibst du, Junge.«

»Aber Missjö!« Empört bläst er die Backen auf.

»Die gesamte Insel überflutet? Willst du mir das erzählen?«

»Und ob sie das war! Alles stand unter Wasser.« Er setzt die Koffer ab. »Die heiligen Frauen hatten sich natürlich längst in Sicherheit gebracht. Ganz Nonnenwerth verlassen, stellen Sie sich das vor. Das Kloster ein Wasserschloss, mitten im Rhein, von den Fluten eingeschlossen.«

»Und von Nixen bewohnt. Wie romantisch!«

»Romantisch?« Kopfschütteln. »Das glaube ich nicht. Es war ja im Februar, überall lagen noch die Eisplatten herum, dann kam das Tauwetter und mit ihm der Schlamm und der Dreck. Widerlich! Da kann man noch von Glück sagen, dass das Haus nicht einstürzte. War ja gerade erst erbaut geworden, nach dem großen Brand.«

»Wie, gebrannt hat es auch?«

»Ja, zehn Jahre vorher. Alles zerstört, das gesamte Kloster. Die Äbtissin Benedikta ließ dann ein Gebäude aus Stein errichten, das länger stehen sollte als das alte.«

»Stattdessen war bald darauf mit den Nonnen Schluss, richtig?«

Der kleine Fremdenführer zuckt mit den Achseln. Nachdenklich fahre ich mit der Hand über den rauen Torpfeiler. Ein verheerender Brand, Überschwemmungen – all das scheint an diesem strahlenden Augusttag so fern, so unwirklich. Aber dann fällt mein Blick auf den gespenstisch gebleckten Zahn der Drachenfelsruine im Norden, der mich begreifen lässt, dass auch Nonnenwerth nur ein Paradies auf Zeit ist. Eines der besonderen Umstände. Jahrhunderte lang war es Kloster, sah Generationen von Nonnen kommen und gehen. Dann kam Napoleon und vertrieb den Orden. Jetzt ist es Hotel, aber wie lange? Ein Atemholen nur vor dem nächsten Umschwung, dem nächsten Besitzerwechsel. Und immer leckt der Rhein an der Insel, nagt, droht, umschmeichelt. Im Winter die Eisschollen, im Frühjahr das Hochwasser. Auch am jenseitigen Flussufer kennt man die Gefahr. Sämtliche Häuser des kleinen Orts Rolandseck halten respektvollen Abstand vom Rhein. Nur das hölzerne Fährhaus, an dem eben der Kahn anlegt, wird regelmäßig den entfesselten Fluten geopfert. Um sie versöhnlich zu stimmen. So ist es nun mal in dieser Gegend: Die Menschen leben vom Fluss, und sie leiden am Fluss. Manche sterben darin.

»Können wir, Missjö?«

Der scharzer Junge sieht mich erwartungsvoll an. Zum Teufel mit all den Untergangsvisionen! Bin ich zum Philosophieren hergekommen? Mit einem Klaps treibe ich ihn an, mich zur Rezeption zu führen. An der

Klosterkapelle wenden wir uns nach rechts und gelangen zur Nordseite des Gebäudes.

Schneiders Gasthof auf Nonnenwerth genießt einen exzellenten Ruf. Südlich des Siebengebirges soll sich kaum ein gepflegteres Etablissement finden lassen. Elegante Wohnungen, warme Bäder, guter Tisch und Wein zu festen, mäßigen Preisen, eine mit Anlagen und Bosquets geschmückte Insel, dazu Lustfahrten in die Umgebung, so steht es in den Prospekten, die dreisprachig kursieren. Schneiders Vorgänger hat die ehemalige Benediktinerinnenabtei für seine Zwecke umbauen lassen und behutsam modernisiert: jede Zelle ein Zimmer, mehrere Zimmer zu Suiten zusammengefasst, ein großer Saal, Speiseräume, ein Billardsaal, dazu die verlassene, nur an Sonntagen genutzte Kapelle. Ob man mit dem Dampfschiff anreist oder wie ich den beschwerlicheren Landweg wählt, immer leuchtet die beeindruckende Hotelfassade einladend hinter den Bäumen hervor, ein Juwel mitten im Rhein.

Und doch bleiben die meisten der 50 Zimmer dauerhaft leer. Woran es liegt, ob nun an der Abgeschiedenheit des Ortes, an der Unfähigkeit der Pächter, an den keineswegs mäßigen Preisen oder an dem Zwang, die Zimmer monatsweise zu mieten – mein Gewährsmann wusste es nicht, und es war ihm auch gleich, denn Besucher, die Nonnenwerth meiden, quartieren sich in der Regel bei ihm ein. Er heißt Groyen und betreibt ein Hotel in Rolandseck.

Über ein paar Stufen erreichen wir den Haupteingang

gang. Ein rundes, leutselig dreinblickendes Männchen schlurft herbei: Friedrich Schneider, der Pächter der Gastwirtschaft und in dieser Eigenschaft Konkurrent von Groyen. Während er mir Gästebuch, Tintenfass und Feder zuschiebt, preist er das schöne Wetter, das sich endlich, endlich eingestellt habe.

»Es wurde aber auch Zeit«, seufzt er.

»Ja«, sage ich und schreibe.

»Schade, dass Sie nicht schon vorgestern hier waren. In der Nacht gab es einen Sternschnuppenregen – exzeptionell. Der ganze Himmel erleuchtet. Ein Ereignis!« Er räuspert sich. »Wir müssen sehen, wo wir noch ein Zimmer für Sie finden. Das Haus platzt in diesen Tagen schier aus den Nähten.«

»Woran das wohl liegt?«, schmunzle ich und gebe ihm das Buch zurück.

»Oh, das kann ich Ihnen sagen, Herr …« Über die Seite pustend, besieht er sich den Eintrag. »Herr Herrmann aus Paris. Ach! Sie sind auch Künstler? Musiker sogar?«

»Pianist.«

»Pianist?«, jubelt er. »Dann habe ich die große Freude, Ihnen mitzuteilen, dass der Berühmteste unter all Ihren Kollegen justament in diesem Haus weilt.« Er beugt sich zu mir herüber, um mir den Namen des Gasts in Verschwörermanier zuzuflüstern.

»Heißt dieser Mann etwa Liszt?«, komme ich seinen gespitzten Lippen zuvor.

»Sie wissen?«

»Seinetwegen bin ich hier. Franz schrieb mir, er wolle den Sommer auf Nonnenwerth verbringen.«

»Franz?« Er schnellt zurück. »Sie … Sie kennen ihn persönlich?«

»Der gute, alte Franz«, sage ich und genieße die Verblüffung, die sich über sein Vollmondgesicht legt. »Mein engster Freund und Lehrer. Manchmal habe ich das Gefühl, ich kenne ihn besser als mich selbst. Wir haben zusammen konzertiert, Reisen unternommen und am Genfer Konservatorium gemeinsam unterrichtet.« Und um seiner Bestürzung weitere Nahrung zu geben, setze ich hinzu: »Was allerdings schon einige Jahre her ist.«

»Einige Jahre?« Schneiders Mienenspiel ist einfach köstlich. »Aber in Ihrem Alter … bitte entschuldigen Sie diese Anmerkung, bester Herr Herrmann, bloß … Sie wirken noch so jung. So äußerst jung, wenn ich das sagen darf!«

»Sie dürfen, mein Lieber. Die Genfer Professorenstelle bekam ich mit fünfzehn.« Daraufhin erwidert er nichts, nur seine Äuglein zwinkern unkontrolliert. Ich nehme ihm das Gästebuch aus der Hand und gehe die Einträge durch. »Ah, da haben wir ihn ja. Seine Handschrift ist unverkennbar. Glück für Sie, dass er mit seinem eigenen Namen unterschrieben hat. Er ist ganz vernarrt in Pseudonyme.«

»Pseudonyme?«

»Von seinen Freunden lässt er sich Crétin nennen. Oder Cretino. Manchmal auch Vieux, Vecchio, Fellow – je nach Lust und Laune.«

Schneider starrt mich mit offenem Mund an. Dann greift er nach dem Buch, wie um zu kontrollieren, ob dort wirklich der Name Liszt steht. Was ja auch der Fall ist, in der charakteristischen Signatur mit ihren schrägen, langgezogenen Buchstaben. »Crétin«, murmelt der Hotelbetreiber, »nein, diesen Namen hat er nie erwähnt. Aber«, und damit sieht er mich plötzlich sehr ernst an, »eine Frau ist mit ihm, eine Dame aus Frankreich, die inkognito reist. Sie will ihre Identität auf keinen Fall preisgeben. Hier im Haus wird sie bereits ›die Geheimnisvolle‹ genannt. Wissen Sie vielleicht, um wen es sich bei der Dame handelt, Herr Herrmann?«

»Hat sie sich denn nicht eingetragen?«

»Doch, hier.« Er zeigt auf einen zierlichen Namenszug oberhalb von Liszts Eintrag.

»Madame Mortier Defontaine«, lese ich schmunzelnd. Wenn Franz schon unerschöpflich im Erfinden von Tarnnamen ist, so wird er von seiner Geliebten, der Gräfin Marie d'Agoult, noch übertroffen. Damals in der Schweiz riefen wir sie Arabella oder Lara. Von Franz lässt sie sich Zyo nennen, Myoult. Spielerei, ja. Aber wie steht es hiermit: Catherine Adélaïde Méran? Unter diesem Namen, eher einer Prinzessin oder einer Fee würdig als einer Ehebrecherin, ließ sie sich in die Genfer Standesamtsakten eintragen: als Mutter des ersten gemeinsamen Kindes mit Liszt. Um fünf Jahre verjüngt, auch das noch. Und zuletzt wurde gemunkelt, dass sie für ihre dichterischen Werke das Pseudonym Daniel Stern gewählt hat. Wenn ich mich recht erinnere, heißt eine ihrer Pariser Bekannten Defontaine, die ebenfalls schriftstellert.

»Nun«, sage ich und gebe dem Pächter das Buch zurück, »wenn sich Madame so angemeldet hat, wird das auch ihr Name sein. Zumindest auf Nonnenwerth.«

2

Meinem Hotelzimmer sieht man an, dass es einstmals als Klosterzelle diente. Klein ist es und karg eingerichtet, aber reinlich. Sein größter Nachteil besteht darin, dass es viel zu weit von Liszts Unterkunft entfernt liegt. Franz und Marie haben mehrere Räume im Nordflügel des Hotels angemietet, mit Blick auf den Drachenfels, und jeder, der Logis auf Nonnenwerth nimmt, besteht auf größtmöglicher Nähe zu dem gefeierten Gast. Ob rechts, links oder im Stock darunter – Hauptsache, man wird Ohrenzeuge einer der seltenen Übungsstunden des Meisters. Wer wie ich zu spät kommt, muss mit einem Zimmer an der Peripherie vorlieb nehmen. All dies erzählt mir der kleine Schwarze, der Korf heißt, und er erzählt mir auch, dass Liszt, nachdem er das altersschwache Hotelklavier ausprobiert hatte, sofort nach einem besseren Instrument schicken ließ, sich dann aber bereit erklärte, auf dem Privatflügel der Inseleignerin, einer gewissen Frau von Cordier, zu spielen. Nun steht dieser Flügel im großen Saal, er hämmert auf ihm herum, dass die Saiten springen, und die arme Frau von Cordier weiß nicht, welche Miene sie zum Heldentod ihres Lieblingsstücks machen soll.

»Das wundert mich nicht.« Beide Beine ausgestreckt, lasse ich mir von dem Jungen die Stiefel ausziehen. »Die herkömmlichen Instrumente sind zu schwach für ihn, er ruiniert sie alle. Wien, Dresden, London, es ist ganz gleich, wo er spielt. Immer reißen die Saiten. Es gibt bereits ein geflügeltes Wort über ihn: Klaviere pflastern seinen Weg.«

»Ist das wahr? Woher wissen Sie das, Herr Herrmann?«

»Woher wohl? Weil ich jahrelang mit ihm konzertiert habe.«

»Dann sollten Sie unbedingt ein gemeinsames Konzert geben, hier auf Nonnenwerth! Klavier vierhändig. Oder an zwei Klavieren, wenn sich ein zweiter Flügel findet.«

»Wir werden sehen. Weißt du, Liszt und ich spielen in letzter Zeit vorrangig solo.«

»Wie schade! Warum?«

»Nun, wir gehen künstlerisch gewissermaßen getrennte Pfade.«

»Aber wenn sich hier Ihre Pfade treffen? Missjö Liszt ist der liebenswürdigste Mensch, den man sich vorstellen kann. Es macht ihm nichts aus, mit Liebhabern zu musizieren. Er hat sogar versprochen, Frau von Cordiers Tochter zu begleiten, die ja nun eine schöne Stimme hat, aber nicht zu den …«

»Ich bin kein Liebhaber«, unterbreche ich ihn kalt. »Ich bin Pianist.«

»Aber gewiss doch«, sagt er hastig. »So meinte ich das nicht, bitte entschuldigen Sie, Herr Herrmann. Ich meinte nur, dass Missjö Liszt sich bestimmt freuen wird, mit Ihnen zusammen zu spielen, wenn es ihm schon nichts ausmacht, junge talentierte Damen zu begleiten.«

»Oh«, lache ich, »das hat ihm noch nie etwas ausgemacht.«

Beschwören kann ich es nicht, aber ich glaube, der kleine Korf wird in diesem Moment knallrot unter seiner dunklen Haut. Er stellt meine Koffer ab und trollt sich, ohne auf ein weiteres Trinkgeld zu warten.

Pfeifend trete ich ans Fenster. Es geht nach Süden, wie mir die hoch stehende Sonne verrät. Ihr Licht fällt in einen Wirtschaftshof, der von unterschiedlich hohen Gebäudeflügeln begrenzt wird. Dahinter zeigen sich Bäume und Buschwerk bis zur Südspitze der Insel. Es muss einen weiteren Innenhof im Norden geben, der Jahrhunderte lang den Kreuzgang des Klosters beherbergt hat. Aber ihn bekomme ich von meinem Zimmer aus nicht zu sehen. Schneiders Gasthof scheint tatsächlich ausgebucht zu sein.

Auf der Suche nach dem Kreuzgang strolche ich durch die dunklen, mit Teppichen ausgelegten Gänge, die noch immer eine gewisse klösterliche Stille ausströmen, als plötzlich jemand meinen Namen ruft. Meinen Spitznamen, um genau zu sein.

»Puzzi! Sie hier?«

Ich fahre herum. Es gibt nur eine Frau auf Gottes Erde, die das Recht hat, mich mit diesem Kosewort anzureden. Oder sagen wir: die das Recht hatte, denn ich bin mir nicht sicher, ob ich weiterhin so heißen möchte. Gleichwie, im Moment des Herumwirbelns erwarte ich, gegen jede Wahrscheinlichkeit, George Sand zu sehen, die berühmteste Schriftstellerin Frankreichs, die in Wirklichkeit Aurore Dudevant heißt.

Und tatsächlich: Sie ist es!

»Monsieur Piffoël!«, rufe ich geistesgegenwärtig aus, Gleiches mit Gleichem vergeltend. Zur Not hätte ich sie auch Kusine nennen können, wie es Heine, der Dichter, gerne tut. Durch den langen Flur eilen wir aufeinander zu.

Wie sie sich verändert hat – das fällt mir als Erstes auf. Ihr Haar glänzt im gewohnt kraftvollen Schwarz, ihre Locken lassen sich wie üblich kaum bändigen, und da blitzt noch immer der unnachahmliche Schalk in ihrem Blick. Von ihrer jugendlichen Leichtigkeit jedoch, mit der sie vor Jahren die Schweiz eher durchtanzt als bereist hat, ist wenig geblieben. Ich entdecke Falten um ihren Mund und eine Strenge, die tief durchlebten Kummer erahnen lassen. Es sind die Spuren der zurückliegenden Jahre, mit dem nervenaufreibenden Prozess gegen ihren dummen, alten Gatten und der Sorge um ihre beiden Kinder. Die Sand ist eine erfolgreiche Autorin, aber als Schlossbesitzerin so verschuldet, dass sie zu noch mehr Erfolg verdammt ist und deshalb Tag und Nacht schreibt. Vor allem in der Nacht. Mitte dreißig ist sie jetzt und, wie man zu sagen pflegt, »vom Herbst angehaucht«.

»Puzzi!«, wiederholt sie mit ihrer tiefen Stimme, bevor sie mir einen Kuss auf jede Wange drückt. Keine zarten, vorbeiwehenden Damenküsse, sondern feste, männliche, bei denen sie meinen Nacken mit beiden Händen umfasst. Ihre Kleider riechen nach Rauch. »Sollten Sie nicht in Italien sein?«

»Und Sie auf Nohant«, erwidere ich vergnügt. »Welcher Schelm sich dieses Zusammentreffen wohl ausgedacht hat? Dabei liegt es ja auf der Hand: Wo Franz und Marie sind, darf der berühmte Monsieur Piffoel nicht fehlen. Aber dass Sie sich bis nach Preußen wagen, mitten hinein in die deutscheste aller Provinzen, das wundert mich doch sehr.«

»Ich liebe die Provinz«, erwidert sie mit einer gewissen Bitterkeit. »Bedauerlicherweise ist sie manchmal randvoll mit Städtern. Und Sie? Wollen Sie sich mit Franz treffen? Es gab Unstimmigkeiten zwischen Ihnen, hörte ich.«

»Das hörten Sie? Und von wem, wenn ich fragen darf?«

»Von wem?« Sie überlegt. »Von allen, fürchte ich.«

»Nun, es gab Unstimmigkeiten, in der Tat, aber sie liegen hinter uns. Missverständnisse, die bereinigt wurden. Und wo sie es nicht sind, werden wir sie hier, an diesem schönen Ort, aus dem Weg räumen. Wissen Sie, George«, damit hake ich sie unter und führe sie weiter den Gang entlang, »in den vergangenen Wochen und Monaten habe ich Pläne geschmiedet. Große Pläne, man könnte fast von künstlerischen Visionen sprechen.«

»Sie und Visionen?«, entgegnet sie spöttisch.

»Aber ja! Lange genug war ich Puzzi, das Wunderkind, der schmale Schatten des großen Franz Liszt.

Inzwischen habe ich selbst ein Oeuvre vorzuweisen. Klavierstücke, die außer ihm und mir keiner spielen kann, die uns beiden gewissermaßen auf den Leib geschrieben sind. Ich will mit Franz zusammen Tourneen unternehmen, wie sie die Welt noch nicht gesehen hat.«

»Gehört hat.«

»Selbstverständlich, auch das. Franz Liszt und Herr Herrmann, gemeinsam und einzeln, jeder die Werke des anderen präsentierend. Und natürlich die eigenen, keine Frage. Den schnöden Rest werde ich übernehmen: das mühsame Geschäft des Werbens, der vorausschauenden Reklame und des Verhandelns mit den Zeitungsredakteuren. Damit muss er sich nicht plagen.« Ich zwinkere ihr zu. »Nur das Herumscharwenzeln mit der Damenwelt wird allein seine Aufgabe bleiben.«

»Herr Herrmann?«, wiederholt die Sand nach kurzem Zögern. »So nennen Sie sich jetzt?«

»In Hamburg und Leipzig trat ich bereits unter diesem Namen auf.«

»Gut, dann wollen wir sehen, was Franz zu Ihren Plänen sagt. Wenn er sich in letzter Zeit über Sie und Ihren Lebenswandel äußerte, dann eher im Ton der Sorge.«

»Das kann ich ihm nicht verdenken.«

»Insofern ist es lobenswert, dass Sie sich zu einem Neubeginn durchgerungen haben. Wobei Sie sich nicht allzu sehr auf Franz und seine Unterstützung versteifen sollten. Er weiß selbst nicht, wohin ihn der Fluss des

Lebens noch treiben wird. Nehmen Sie sein aktuelles Inseldasein als Sinnbild: Liszt auf dem Strome.«

»Ist er im Haus?«

»Gestern gab er ein Konzert in Bonn. Für den Nachmittag wird er zurückerwartet.«

»Und Sie sind nicht dabei?«

»Nein.« Als wir ins Erdgeschoss hinabsteigen, kommen uns mehrere Gäste entgegen, die uns höflich grüßen, ohne ihre Neugier über das ungleiche Paar verbergen zu können. »Wissen Sie«, fährt die Sand fort, »ich lebe auf Nonnenwerth ganz zurückgezogen. Die Vergnügungen überlasse ich anderen. Ich bin hier, um zu schreiben, und hoffe, dass mich außer meinen Freunden niemand erkennt.«

»Das wird Ihnen nicht gelingen, so berühmt, wie Sie sind.«

»Oh, sagen Sie das nicht«, lächelt sie. »Noch hat mich keiner mit meinem Namen angesprochen. Natürlich spüre ich, dass man rätselt, wer sich hinter dieser überreifen Französin verbirgt. Aber Gott sei Dank zieht Marie fast die gesamte Aufmerksamkeit der Inselbewohner auf sich. Auch ihren Namen kennt man nicht – aber sie ist viel interessanter, denn sie ist Franzis Gefährtin! Sie werden es nicht für möglich halten, Puzzi: Ich wurde schon gefragt, ob es sich bei meiner schönen Landsfrau um die berüchtigte George Sand handelt!«

»Wie? Man verwechselt Sie beide?«

»Oh, nein. Mich hält niemand für die Gräfin d'Agoult,

bewahre. Aber es gibt Damen hier, dicke, rheinische Damen mit wässrigen Augen, die schwören Stein und Bein, in Marie die Zigarren rauchende George Sand erkannt zu haben. Nach ihrer Beschreibung in der Revue litteraire oder wo auch immer. Obwohl unsere gute Marie weder Zigarren raucht noch in Männerkleidern auftritt.«

»Und obwohl Sie und Marie sich überhaupt nicht ähnlich sehen.«

»Es liegt wohl an meinen Reisebriefen aus der Schweiz, die hier sehr verbreitet sind. Aus diesem Buch liest man eine geistige Nähe zwischen mir und Franz heraus, welche anscheinend unweigerlich in eine körperliche zu münden hat. Dabei sollten die Deutschen den Begriff Seelenverwandtschaft kennen.«

Ich nicke nachdenklich. Seelenverwandtschaft – sie hat den deutschen Begriff gewählt, während wir unsere sonstige Unterhaltung auf Französisch führten. Die Sand spricht recht gut Deutsch, genauso wie Marie, deren Mutter aus Frankfurt stammt. Dass sie ihr Büchlein, die »Briefe eines Reisenden«, erwähnt, gefällt mir weniger. In ihnen hat sie unserer gemeinsamen Fahrt nach Chamonix ein fragwürdiges Denkmal gesetzt, und seither amüsiert sich alle Welt über Puzzi, den Melancholiker, der sich an Franz Liszts Frackschößen durchs Leben hangelt. Ich habe gehofft, das Interesse an der Schrift sei mittlerweile erkaltet. Aber wenn dem nicht so ist, muss ich auch auf Nonnenwerth damit rechnen, wie ein exotisches Tier angegafft zu werden, sobald man erfahren hat, wer sich hinter dem Pianisten Herrmann verbirgt.

Mittlerweile haben wir den Ausgang erreicht und steigen die Stufen zum Garten hinab. Auf einem parkähnlichen, nicht allzu weitläufigen Gelände stehen Dutzende von Stühlen um runde Tische, dahinter schließen sich Kräuterbeete und Buschwerk an sowie im Hintergrund ein vom Wind bewegtes Wäldchen. Auf beiden Seiten sieht man den Rhein durch das Laub schimmern. Weit in der Ferne rasselt ein Dampfer. Wir lassen uns nieder und bestellen Kaffee. Nur wenige Tische sind besetzt.

»Täusche ich mich, oder waren Sie früher nicht blond?«, fragt George Sand mit einem prüfenden Seitenblick.

»Blond war ich nur in Ihrem Buch, Verehrteste.«

»Aber Sie trugen die Haare länger damals. Mindestens so lang wie Franzi.«

»Mag sein.«

»Sie waren ein süßer Junge, Hermann«, lächelt sie versonnen. »Ein kleiner Engel!«

Ich schweige. Vom Kellner, der den Kaffee bringt, lässt sie sich eine Zigarette geben und anzünden. Ihre Bewegungen sind eher noch knapper als früher – so, als spare sie sich all ihre Energie für die eigentlichen Bedürfnisse des Lebens auf. Für Romane zum Beispiel, an denen sie unablässig, wie manisch arbeitet. Dunkel ruhen ihre großen Mandelaugen im hellen Gesicht, das von einer langen und sehr geraden Nase geteilt wird.

Der aufsteigende Rauch lässt eine in der Nähe sitzende Dame empört aufsehen. Als sie unseren Blicken begegnet, wendet sie den Kopf sofort wieder zur Seite. Ich versuche die Leute einzuschätzen. Reiche Nichtstuer, Adlige auf der Suche nach Zerstreuung, Bankierswitwen und Stadträte, einige Engländer und Russen. Dazu Tagestouristen, die ihr Mittagsmahl auf dem Rhein einnehmen wollen. Sie sehen in die Sonne oder auf ihre Uhren und scheinen auf irgendetwas zu warten.

»Kaum zu glauben, dass dieser Ort einmal ganz den Nonnen gehörte«, sage ich.

»Finden Sie? Meiner Meinung nach spürt man das.« Sie bläst den Rauch zur Seite weg. »Auch für Agnostiker wie mich hat dieses Eiland eine ganz besondere Aura. Vielleicht keine allzu heimelige, aber eine Aura. Deutsch-katholisch, wenn Sie verstehen, was ich meine.«

»Eher nein.«

»Sie sind doch Deutscher, Hermann.«

»Aus Hamburg, ja! Wo es nur Protestanten und Juden gibt.«

»Trotzdem. Wohnen Sie einmal ein paar Tage auf der Insel, dann werden Sie mir zustimmen. Abends, wenn keine Fähre mehr geht, wenn kein Dampfschiff hält, merken Sie, wie abgeschnitten von der Welt Sie sind. Oft legt sich dann der Wind, und plötzlich dringt das Gemurmel des Rheins an Ihr Ohr. Keine Vogelstimmen mehr, kein Blätterrauschen, nur noch der Fluss mit seinem Wispern. Man kann nicht sagen, welcher Vokabeln er sich bedient, welche Geschichten er uns erzählt. Es ist bloß ein dumpfes Gluckern, wenn sich die Wellen vorwärts wälzen und gegen das Ufer schlagen … sehr hintergründig und sehr beklemmend. Zumindest für mich.« Sie nimmt einen tiefen Zug. »Vielleicht muss man Nonne sein, um es zu lieben.«

»Sie lieben es nicht? Sie, die Dichterin, das Gemurmel des Flusses?«

»Es ist nicht ehrlich. Es hat seine Unschuld verloren, seinen romantischen Zungenschlag.«

»Warum? Weil es von den Schaufelrädern der Dampfer übertönt wird?«

Sie überlegt eine Weile. »Nicht ganz, Puzzi. Die Dampfer können nichts dafür. Sondern weil diese Dampfer Gesellschaften gehören, deren Aktionäre sich auf Nonnenwerth erholen. Die Moderne beutet die Romantik aus, das ist der Punkt. Wenn Sie sich nachts ans Fenster stellen, um die Sterne über dem Rhein anzuschmachten, hören Sie im Nebenzimmer einen feisten Kapitalisten schnarchen, der von seiner Rendite träumt. Diese Insel ist ein Ghetto, Puzzi. Wer kann sie sich leisten? Wer kann sich eine solche Aura leisten? Nur wir vom Glück Begünstigten: Baronessen, Bankierssöhne, Gräfinnen und gefeierte Virtuosen.« Sie spitzt ihren rot geschminkten Mund. »Schade, dass mein Freund Heine nicht hier ist. Ihm würden die richtigen Verse zu Nonnenwerth einfallen.«

»Das glaube ich auch«, entgegne ich amüsiert.

Etwas später – die Sand hat noch zu schreiben, wie

sie sagt – nehme ich mein Mittagessen alleine ein. Es wird draußen serviert, zur Freude der nun doch zahlreicher werdenden Gäste. Eine schwarz-weiß gefleckte Katze streicht über den Rasen und wird reihum geherzt. Als sie zum Haus zurück strolcht, kommen zwei fette Krähen angeflattert und treiben sie mit ihren starken Schnäbeln vor sich her. Wer eben noch mit dem Kätzchen schmuste, lacht nun über das verstörte Vieh.

Ansonsten passiert nicht viel. Über der Insel scheint ein großes Fermatenzeichen zu schweben. Es gibt keine Kutschen, keine Pferde, keine Passanten, keinen Straßenlärm. Nichts, was auf ein Fortkommen schließen lässt; nichts, was nach Bewegung schmeckt. Der Rhein fließt, Nonnenwerth aber steht. Selbst das heisere Röhren und Pfeifen der vorbeiziehenden Dampfer versandet im unaufhörlichen Rauschen der Blätter. Die gesamte Insel ist von einem Band stattlicher Bäume umgeben – Pappeln im Osten, Weißbuchen und Lärchen im Westen –, die den Blick auf die umliegenden Ortschaften versperren. In Rolandseck, nur etwas mehr als einen Steinwurf entfernt, könnte sich ein Mord ereignen, ohne dass man ihn auf Nonnenwerth zur Kenntnis nähme.

Endlich, gegen vier Uhr nachmittags, ertönt eine Glocke vom Fluss her. Alles horcht auf: Das Dampfschiff! Das Dampfschiff ist da! Sofort beginnt ein allgemeines Geschiebe und Gerenne zum östlichen Ufer der Insel hin, wo es eine zweite Anlegestelle oder eine Kahnstation geben muss. Ich bleibe als Einziger still an meinem Platz sitzen. Auf das Läuten der Schiffsglocke folgen laute Rufe und Gegenrufe, es wird gelacht, geklatscht und jubiliert. Fetzen eines Liedes schallen über die Insel. Sogar die Kellner und Hotelbediensteten scheinen Vorfreude zu empfinden.

Ich muss lange warten. Endlich naht der Zug von der Anlegestelle. Ein paar Kinder laufen voran, hinter ihnen wird eine unüberschaubare Menschenmenge sichtbar, alle in heller Sommerkleidung, mit Hüten, Sonnenschirmen, Fächern. Die Spitze des Zuges aber, umkreist von stets wechselnden Trabanten, bildet ein gravitätisch, fast zeremoniell dahinschreitendes Paar, beide groß, beide schlank und selbst auf die Entfernung von einer gewissen Unantastbarkeit: Franz Liszt und die Gräfin Marie d'Agoult. Wie es um sie herum wuselt! Wie man Kontakt zu den beiden sucht, um im letzten Moment zurückzuschrecken! Nein, diese zwei Menschen sind nicht dazu geschaffen, dass man ihnen auf den Leib rückt. Da mögen sie noch so viel Freundlichkeit ausstrahlen: In ihrer Nähe wird die Luft dünn. Ich sehe, wie Liszt einem Kind im Vorbeigehen über das Haar streicht und wie seine Geliebte mit einer kleinen Verbeugung einen Blumenstrauß entgegennimmt. Aber das ist Pose, einstudiert, weltmännisches Gehabe. Ich verkneife mir ein Grinsen: ich, Hermann Cohen aus Hamburg, der ich den größten Pianisten des Kontinents kenne wie niemand sonst.

Kein Grinsen also. Stattdessen gähne ich. Dann wische ich mir eventuell vorhandene Krümel vom Hemd und erhebe mich. Auf Liszts Begrüßung bin ich gespannt.

Ob er mich der lauernden Menge sogleich vorstellen wird? Vielleicht gar als Puzzi le mélancolique? Das wäre mir unangenehm, aber nicht zu vermeiden. Mir wird bestimmt eine kleine Stichelei als Replik einfallen.

Sie kommen näher. Haben sie mich schon entdeckt? Mich, eine einsame Gestalt, bleich, mit immer noch kindlichem Gesicht und zarten Zügen. Der einzige Gast, der seinen Tisch nicht verlassen hat. Hinter ihnen der nicht abreißende Strom der Inselbesucher. Sind es achtzig Personen? Oder hundert? Ich weiß es nicht, sondern habe nur Augen für Franz, meinen Lehrer, meinen Freund, mein Vorbild. Wie wird er mich empfangen?

In dieser Sekunde erfasst mich sein Adlerblick. Ich sehe, wie er für einen kurzen Moment in der Bewegung erstarrt, wie seine Brauen zucken. Aber schon hat er sich wieder gefangen, führt den Schwung seines rechten Armes ganz ungezwungen fort, um mit dieser Geste einen Satz zu unterstreichen, den er seinem aktuellen Nachbarn hingeworfen hat, wie ein Hundehalter ein Stöckchen wirft. Der Mann zieht sich mit Bückling in die Menge zurück und wird durch einen anderen ersetzt. Liszts Blick jedoch bleibt auf mir haften.

Auch Marie ist meiner gewahr geworden. Augenblicklich schlägt ihre hübsche Stirn Falten, sie beugt sich zu Franz hinüber, um ihm etwas zuzuraunen und ihm die Hand auf den Unterarm zu legen.

Liszt schüttelt sie ab.

Nun noch zehn, zwölf Schritte. Ihr Weg führt sie direkt an meinem Tisch vorbei. Ob der gelungenen

Überraschung spitze ich die Lippen. Franz scheint nicht im Traum daran gedacht zu haben, ich könne seine briefliche Erwähnung der Insel als Einladung auffassen. Schon werden seine Begleiter auf mich aufmerksam: Wer mag dieser junge, elegante Herr mit dem Künstlergesicht wohl sein?

Ich deute eine Verbeugung an. Steif setzt Liszt einen Fuß vor den anderen. Sein Blick in meinem. Welches Wort wird wohl als erstes über seine Lippen kommen? In welche Formulierung wird er seine Verwunderung fassen? Voilà, Messieurs, un génie! Oder: Darf ich Ihnen, ehrenwerte Gesellschaft, den jungen Mann vorstellen, der mir einst nachfolgen wird, nein was sage ich, der schon längst in meine Fußspuren getreten ist?

Solche eitlen Gedanken schießen durch meinen Kopf, als Liszt endlich vor mir steht. In Wahrheit jedoch steht er nicht, sondern geht sofort weiter. Und er spricht kein Wort, kein einziges. Vor aller Welt straft er mich mit Missachtung. Und Marie, seine Geliebte, schürzt bloß die Lippen, bevor sie ihm folgt. Die Menge ihnen nach.

3

Am Abend heisst es, Liszt werde spielen. Von Mund zu Mund, von Zimmer zu Zimmer verbreitet sich das Gerücht, es durcheilt sämtliche Gänge, bis es schließlich auch mich erreicht, und zuletzt werden es wohl die Nonnenwerther Spatzen vom Hoteldach in die Welt hinaus gepfiffen haben.

Wer wollte sich dieses Ereignis entgehen lassen?

Man trifft sich im großen Saal. Wohl ein Dutzend geräumiger Tische fasst kaum die erwartungsvolle Menge. Herausgeputzt wie selten die Herrschaften, die Damen in Vorfreude glühend. Die neuesten Duftnoten aus Brüssel und Paris nehmen Besitz von Nonnenwerth. Das Licht von hundert Kerzen bricht sich in Colliers, Goldketten und Ohrgehängen. Gastwirt Schneider ist in Schweiß gebadet.

An einem Ende des Raumes, nur wenige Schritte vom aufgeklappten Flügel, sitzen Franz und Marie, um sie herum die Glücklichsten der Glücklichen. Den Mienen ihrer Gesprächspartner nach zu urteilen, erörtert man Großes, Hochbedeutendes, wägt die Kunst gegen das Leben ab und das Leben gegen den Tod. Liszt, blass wie immer, gibt stockende, in ihrer Knappheit umso kostbarere Antworten, schenkt jedem in seiner Nähe ein höfliches Lächeln. Marie, die stolze Französin, verströmt eine Kühle, von der ich weiß, dass sie zur einen Hälfte ihrem angeborenen Adel, zur anderen aber einem tiefen Schutzbedürfnis entspringt. Sie trägt ein weißes Hemd mit Brosche und einen seidenen Überrock, dazu einen leichten, fast transparenten Shawl. Ihr volles Haar ist im Nacken zusammengebunden. Liszt hat seine Weste bis oben hin zugeknöpft, aus seinen Hemdsärmeln ragen die schmalen Hände mit ihren überlangen Fingern. Seine blonde Mähne reicht nicht mehr bis zu den Schultern wie früher, ist aber immer noch sorgfältig gescheitelt und wird beständig mit einer Hand nach hinten geworfen. Was, wie ich bemerke, die Damenwelt jedes Mal in einer Art heiligen Erschreckens zusammenfahren lässt.

Am meisten jedoch erstaunt mich der Gegenstand, den ich am Ringfinger seiner linken Hand blinken sehe. Tatsächlich, es ist sein alter Ring mit dem Totenkopf aus Silber, der schon so viele brave Jungfern in heillose Verwirrung gestürzt hat. Dass er sich immer noch mit ihm zeigt, und dann sogar in einem ehemaligen Kloster, hätte ich nicht für möglich gehalten.

Es wird aufgetragen, doch die Hälfte des Essens bleibt unangetastet. Welcher Magen, wenn nicht der einer seelenlosen Maschine, hätte in dieser Atmosphäre seine profane Arbeit auf die übliche Weise verrichten können?

Ich gehöre zu den Wenigen im Saal, die herzhaft zulangen. Die vorwurfsvollen Blicke meiner Sitznachbarn lassen mich kalt. Woher sollen sie auch wissen, dass niemand, Marie einmal ausgenommen, Liszt so oft hat spielen hören wie ich? Außerdem gibt es an diesem Abend keine Unterhaltung, die meinen Appetit hätte zügeln können. Jeder Ansatz zu einem Geplauder versickert augenblicklich, wenn sich vorne, wo der Meister präsidiert, etwas regt, wenn sich eine Stimme erhebt oder Wein nachgeschenkt wird. Jetzt versucht es wieder jemand an unserem Tisch: »Haben Sie die Zeitung gelesen …?« – aber schon verstummt der Jemand, seine Blicke eilen zu Liszt hinüber, seine Zunge fährt nervös über trockene Lippen. Am Tisch des berühmten Paares wurde gelacht. Gelacht, und sogar laut! Was mag der Anlass für diesen ungezügelten Ausbruch von Heiterkeit gewesen sein? Welche Geschichten machen da die Runde? In wessen Namen prostet man sich zu? Der Neid auf alle, die bei Franz und Marie sitzen dürfen, ist mit Händen zu greifen.

»Vorzüglich, diese Entenbrust«, sage ich zu meiner Nachbarin, einer knochigen Dame, die samt Gatten aus dem Nassauischen angereist ist. Sie sieht mich mit hohlem Blick an, ohne etwas zu erwidern. Achselzuckend esse ich weiter.

»In der Tat, vorzüglich«, kommt ein lahmes Echo von der anderen Seite des Tisches.

»Nicht wahr?«

»Ja.«

Ein Kellner naht mit der Weinflasche und schenkt nach. Die knochige Dame versetzt ihrem Gatten einen Rippenstoß, woraufhin der dem Kellner bedeutet, einen

Schritt zur Seite zu machen. Herrgott, der Blick nach vorne! Er ist ja sonst versperrt!

»Was steht denn nun in der Zeitung?«, will ein rüstiger Herr wissen, der mir vis-à-vis sitzt. Schlohweiße Brauen schmücken einen kantigen Quadratschädel. Sein bestimmter Ton und die zackigen Bewegungen beim Essen lassen auf eine militärische Vergangenheit schließen.

Der Angesprochene, ein noch junger Mann mit lichtem Haar, sieht ihn verwirrt an. »Meinen Sie mich?«

»Aber ja. Sie fragten doch eben, ob wir die Zeitung gelesen hätten.«

»Habe ich das?«

»Offensichtlich nicht, sonst würden Sie sich nicht bei uns erkundigen. Was mich angeht, ich habe sie gelesen.«

Der andere errötet. »Oh, nein, entschuldigen Sie, meine Frage eben galt der Tatsache, ob ich diese Frage wirklich gestellt habe.«

»Das haben Sie, allerdings.«

»Wirklich? Ich kann mich nicht erinnern.«

»Ach?«

»Ja.«

An dieser Stelle stockt der reizvolle Dialog. Ich schneide mir ein neues Stück Entenbrust ab und warte. Sollte ein altgedienter Militär wie mein Gegenüber nicht Mittel und Wege finden, dem Gedächtnis seines Gesprächspartners auf die Sprünge zu helfen? Dazu besteht jedoch kein Anlass. Der Vergessliche schaut hilfesuchend zum Liszt-Tisch hinüber, und als sich dort nichts Ungewöhnliches tut, ruft er aus: »Richtig, jetzt fällt es mir wieder ein. Ich wollte Sie fragen, ob Sie von der neuen Rekordfahrt der Dampfschiffe gehört haben. Dem Adler vom Oberrhein ist es vor Kurzem gelungen, die Strecke von Basel nach Mainz in einem Tag zu bewältigen. In einem einzigen Tag! Es stand in der Zeitung.«

»Eine gloriose Fahrt«, nickt der Alte. »Ich habe davon gelesen.«

»Ach, Sie auch?«

»Ja.«

»So.«

Wieder ein toter Punkt mitten im Gespräch. Verlegen tupft sich der Jüngere der beiden Zeitungsleser den Mund ab. Der andere beugt sich zu seiner Gattin, einer fülligen Matrone, um mit ihr zu tuscheln. Ich aber lege mein Besteck zur Seite und beschließe, die Situation zu retten. »Ich gäbe was drum«, seufze ich, zu meiner hageren Tischnachbarin gewandt, »wenn ich wüsste, was die Damen und Herren dort drüben mit Liszt zu bereden haben!«

»Oh, ja!«, reagiert sie prompt. »Das wüsste ich auch nur zu gerne.«

»Man müsste Mäuschen spielen können«, ergänzt ihr Mann. Ringsum wird eifrig genickt. Die Füllige kneift die Augen zusammen.

»Aber«, gibt mein Nachbar zu bedenken, »über was wird man sich mit einem Liszt unterhalten können wenn nicht über Musik?«

»Über Politik«, mischt sich die beleibte Militärsgattin ein.

»Meinen Sie?«

»Ich bin sogar sicher, dass es an dem Tisch dort drüben um Politik geht.« Die Überzeugung, mit der sie diese Meinung äußert, verfehlt ihre Wirkung nicht. Beherrscht die gute Frau etwa die Kunst des Lippenlesens?

»Um Politik?«, wiederhole ich mit skeptischem Blick. »Dann wird es gefährlich. Unser hochverehrter Meister hängt auf diesem Gebiet nämlich waghalsigen Theorien an.«

»Was wollen Sie damit sagen?«, erkundigt sich der Mann der Fülligen.

»Dass er politisch weit links steht. Liszt gehört den Radikalliberalen an; wenn irgendwo eine Revolution aufflackert, unterstützt er sie in Wort und Ton.«

»Aber er ist doch Künstler!«

Auf diesen stichhaltigen Einwand weiß ich nichts zu sagen. Seine korpulente Herzensdame kommt mir zu Hilfe, indem sie behauptet, Liszt sei verführt worden. Eben weil er ein Künstler in der reinsten Bedeutung des Wortes sei, habe man ihm den Kopf durch die tollen Lehren der Zeit gänzlich verdrehen können.

»Und von wem ist er verführt worden?«, will meine Nachbarin naserümpfend wissen.

»Das fragen Sie, Verehrteste? Von *ihr*!«

Nun sind alle Augen am Tisch auf die Sprecherin gerichtet. Den Namen der Verführerin hat sie gar nicht erst aussprechen müssen; jeder weiß ohnehin, wer gemeint ist.

»Aber bei *ihr* handelt es sich ganz gewiss um keine Revolutionärin«, wagt der Zeitungsleser zu behaupten. »Eine Adlige, stellen Sie sich vor!«

»Sie ist älter als er«, beharrt die Dame am anderen Tischende. »Also hat sie Einfluss auf ihn. Eine verheiratete Frau, die bereits Kinder in die Welt gesetzt hat, und dann so ein junger Mensch. Denken Sie nur an die Mesalliance, die das Paar führt. Une vie scandaleuse!«

Alles nickt. Ja, an diesem Punkt gibt es nichts zu rütteln. Ein Leben auf Reisen, er blutjung, sie den hochedlen Gatten und ihre Familie zurücklassend – niemand aus der besseren Gesellschaft kann das Genie Liszt feiern, ohne mit Bedauern auf seinen zigeunerhaften Lebenswandel hinzuweisen.

»Außerdem«, setzt die Sprecherin hinzu, »ist sie sehr wohl so etwas wie eine Revolutionärin. Ich habe mir ihre Schriften besorgt. Natürlich nur diejenigen, die nicht auf dem Index stehen.«

Eine Bewegung am Tisch der hohen Gäste lässt alle aufsehen. Auch mich, der ich allerdings den letzten Sätzen der Dame noch stirnrunzelnd nachsinne. Von welchen Schriften spricht sie? Soviel ich weiß, hat Marie außer ein paar anonymen Journalbeiträgen nichts veröffentlicht. Die gute Frau gehört wohl zu den Schlaumeiern, die Liszts Begleiterin für die berühmte George Sand halten. Auch wenn die blonde Marie in jeder Hinsicht das Gegenteil der schwarzgelockten George ist. Aber solche Kleinigkeiten halten die Nonnenwerther Damenwelt nicht davon ab, ihr die schlimmsten Verfehlungen anzudichten, vom Fluchen über das Rauchen bis hin zur Verführung unschuldiger Musiker.

Unterdrückte Seufzer ringsum signalisieren, dass nun die Stunde des Meisters gekommen ist. Vorne hat sich Liszt erhoben, die Gräfin mit ihm; während sie abwartend dasteht, legt er eine seiner schlanken Hände auf die Brust und deutet eine Verbeugung an. Ich kenne Franz viel zu gut, um nicht zu wissen, dass diese Art von Gestik keinen Auftritt erwarten lässt. Tatsächlich weist er mit seiner Hand gleich darauf gen Kinn und zuckt bedauernd die Achseln. Sein Totenkopfring blitzt. Dann schreiten beide hinaus, ohne den Flügel und die versammelte Gemeinschaft auch nur eines Blickes zu würdigen.

Im Saal macht sich Entsetzen breit. Er spielt nicht! Franz Liszt weilt unter uns, aber er spielt nicht. Warum nur? Warum, ihr Götter?

Ringsum wird geraunt, gezischt, gemutmaßt: Er ist nicht in der Stimmung heute, heißt es, er vermisst die Inspiration. Vielleicht liegt es am Wetter.

Oder stören ihn die Leute? Die Deutschen, die Ausländer?

Es hätten ja nicht so viele kommen müssen, man hätte ihn und seine Gefährtin etwas dezenter angaffen können.

Vielleicht spielt er morgen.

Herr im Himmel!, stöhnt der Zeitungsleser an unserem Tisch. Morgen reise ich ab!

Ich dagegen, der ich die Launen meines Lehrers kenne, strecke mich in meinem Stuhl aus und verlange nach einem Kaffee. Einem schwarzen, mit viel Zucker.

Endlich dringt vom Tisch des Meisters die erlösende Nachricht zu uns: Er leide unter Zahnschmerzen. Heftigen, ziehenden Zahnschmerzen, schon den ganzen Tag und die Nacht, und die Dampferfahrt auf dem Rhein habe sein Leiden nur verschlimmert. Aus Rücksicht auf die zahlreichen Gäste und Musensöhne habe er die Krankheit bislang verschwiegen, sehe sich nun jedoch außerstande, den anwesenden Kennern und Liebhabern einen befriedigenden Kunstgenuss zu bieten. Man bitte um Verständnis.

»Zahnweh«, nicke ich, in meinem Kaffee rührend. »Eine tückische Sache. Sechsunddreißig Zähne hat der Mensch, und jederzeit droht einer von ihnen krank zu werden. Immer dann, wenn man es gerade nicht gebrauchen kann.« Ich mache eine Pause und setze hinzu: »Oder gut gebrauchen kann.«

4

An einem einzigen Tag also hat der große Franz Liszt zunächst mich brüskiert und danach alle übrigen Gäste auf Nonnenwerth. Sein Dentalschmerz, sicher, die Geißel der Menschheit – allenthalben heuchelt man Verständnis und Mitgefühl. Aber dass er mich stehen ließ wie einen Schuljungen, dafür gibt es keinen vernünftigen Grund.

Rechtschaffen müde von der langen Reise, gehe ich früh auf mein Zimmer und falle sofort in Schlaf. Sollte an diesem Abend auf und um Nonnenwerth eine der poetischen Stimmungen herrschen, von denen George Sand gesprochen hat, so muss sie auf meine Zeugenschaft verzichten.

Am nächsten Morgen erwache ich einigermaßen erholt und begebe mich in den Frühstücksraum im Erdgeschoss. Ältere Damen und Herren sitzen verstreut an den Tischen, ein paar Bücher lesende Engländer trinken ihren Tee. Von Franz und Marie nichts zu sehen.

Lange bleibe ich nicht allein. Am Nachbartisch schnellt urplötzlich eine Dame in völliger Missachtung ihrer Leibesfülle von ihrem Platz hoch und kommt auf mich zu. Es ist die gesprächige Militärsgattin von gestern Abend, die Marie für George Sand hält. Ihre Nachbarin, ein kompaktes Persönchen gleichen Alters, tupft sich sorgfältig den kleinen Mund ab, bevor sie sich der Korpulenten anschließt. Überrascht erhebe ich mich.

Ob man mir Gesellschaft leisten dürfe, wird gefragt.

»Es ist mir eine Ehre.« Ich rücke beiden einen Stuhl zurecht. »Mit wem habe ich das Vergnügen?«

»Mein Name ist Cordier«, erklärt die Kleinere. »Margarete von Cordier. Seit mir die Insel gehört, verbringe ich jeden Sommer auf Nonnenwerth. Hier sehen Sie eine unserer treuesten Besucherinnen …«

»Marie Freifrau von Czettritz und Neuhauß«, vervollständigt die andere. »Mein Mann stand als Generalmajor in preußischen Diensten. Und Sie sind Monsieur Herrmann aus Paris, wie mir Frau von Cordier sagte.«

Ich nicke brav. Während wir in unumgänglicher Konversation machen – die erfreuliche Entwicklung des Wetters, angenehme Gesellschaft ringsum, der Kaffee exzellent –, mustere ich die beiden. Aus dem runden Gesicht der Inseleignerin leuchten wachsame braune Augen; ihren kräftigen, gewissermaßen auf das Wesentliche konzentrierten Körper hält sie straff und aufrecht. Dagegen droht der alternde Leib der Baronin zusehends aus dem Leim zu gehen. Ihr gemütvoller, um nicht zu sagen stumpfer Blick vermittelt eine Naivität, der ich nicht recht über den Weg traue. Immerhin bewies sie gestern bei Tisch, dass sie sehr wohl zu scharfen Urteilen fähig ist.

»Paris muss eine wunderbare Stadt sein«, meint Frau von Cordier.

»Ich war leider schon eine Weile nicht mehr dort«, entgegne ich. »Schicksal des Musikers, dass er selten länger vor Ort bleibt.«

»Ach, Sie sind auch Musiker?«, fragt die Czettritz und klimpert mit blaugrundierten Augenlidern. Natürlich wissen die beiden Damen längst Bescheid; sie haben mit Schneider oder dem kleinen Korf gesprochen und wollen es sich nur nicht anmerken lassen.

»Ich bin Pianist«, spiele ich das Spiel bereitwillig mit. »Soeben komme ich von einem längeren Aufenthalt in Italien zurück.«

»Das dachte ich mir«, nickt die Baronin zufrieden. »Ich dachte es mir, als ich Sie gestern zum ersten Mal sah. Die Beweglichkeit Ihrer Finger, Ihr Gesichtsausdruck … Nach dem Abendessen sagte ich zu meinem Mann, dieser junge Herr übt zweifellos das gleiche Metier aus wie Liszt. Er hat dieses Künstlerische im Wesen!«

»Ihr Mann?«, platze ich heraus.

»Aber nein, wo denken Sie hin! Mein Mann durfte sich schon von Berufs wegen nicht mit Musik abgeben. Jetzt genießt er seine Pension und hat trotzdem keine …« Sie schüttelt den Kopf, als müsse sie sich zur Ordnung rufen. »Wissen Sie, Monsieur Herrmann, wenn eine Frau meines Alters noch einen Vorzug hat, dann Menschenkenntnis. Außerdem bin ich eine entfernte Verwandte von Rahel Varnhagen, der berühmten Schriftstellerin. Mir war sofort klar, dass es sich bei Ihnen um einen Künstler handelt. Kennen Sie Monsieur Liszt näher? Sind Sie ihm in Paris begegnet?«

»Bin ich.«

»Oft?«

»Regelmäßig.« Und weil die beiden so an meinen Lippen hängen, setze ich noch einen drauf: »Ich war sein Schüler.«

»Sein Schüler?« Was sie für Augen machen! Herrliche Synchronität! Die Kleine und die Füllige, in Verblüffung vereint.

»Aber was heißt schon Schüler?«, fahre ich wie beiläufig fort. »Wir sind Freunde, Franz und ich. Als ich mit dreizehn Jahren nach Paris kam, gab er mir gleich Klavierunterricht. Kostenlos, wegen meines Talents. Bitte, Sie dürfen mich nicht für großsprecherisch halten, ich gebe nur das Urteil Liszts wieder.«

»Selbstverständlich«, sagt Frau von Cordier, und ihre Freundin nickt dazu.

»In Paris und dann später in der Schweiz sahen wir uns fast täglich. Mittlerweile sind wir beide ständig auf Reisen, weshalb ich mich umso mehr auf die Ruhe von Nonnenwerth freue.«

»Beneidenswert«, seufzt die Baronin. »Sie Glücklicher!«

Frau von Cordier aber lehnt sich nach vorne, legt beide Unterarme auf den Tisch und fragt in einem Ton, der keinen Widerspruch, kein Ausweichen duldet: »Herr Herrmann! Was ist Monsieur Liszt für ein Mensch? Sagen Sie mir das, junger Freund! Was ist dieser Mensch für ein Mensch?«

Um Zeit zu gewinnen, beiße ich in mein Butterhörnchen. Warum will alle Welt wissen, was für ein Mensch Franz ist? Weshalb begnügen sie sich nicht mit dem Wissen, was für ein Pianist er ist? Schon in Genf haben sie mich gelöchert: Was isst er, was trinkt er, welche Nachtmützen hat er auf? Während nach anderen begabten Musikern – nach einem gewissen Hermann Cohen alias Puzzi beispielsweise – überhaupt nicht gefragt wurde. Es war höchste Zeit, aus seinem Schatten zu treten. In Italien ging es endlich einmal nur um mich, um mein Spiel und meine Kompositionen.

»Nun, liebe Frau von Cordier«, sage ich und wische mir einen Krümel von der Oberlippe, »selbst ich, der ich mich zu Liszts engsten Freunden zähle und das seit mehr als sieben Jahren, könnte nicht mit letzter Sicherheit behaupten, ihn zu kennen. Noch immer ist mir dieser Mann ein Rätsel.«

Das ist eine ziemlich alberne Feststellung, doch bei meinen Damen löse ich damit wahre Begeisterungsstürme aus.

»Ein Rätsel!«, ruft die Besitzerin von Nonnenwerth und nickt heftig dazu. »Das ist er! Allerdings.« Und die Baronin stößt vor Erregung gegen den Tisch, dass das Frühstücksgeschirr zu klirren beginnt. Ein Kellner eilt herbei, um etwaige Überschwemmungen zu beseitigen, doch die Tischdecke ist verschont geblieben. Lediglich der Zustand meiner Untertasse erinnert an das Große Wasser von 1784. Eine Handbewegung der Cordier vertreibt den dienstbaren Geist.

»Mein Mann sagt das auch«, verkündet die gute Frau von Czettritz und tätschelt mir zur Bestätigung den Arm. »Es gibt Menschen auf dieser Erde, die unsereins nicht durchschaut. Opake Persönlichkeiten, wenn Sie mir den Begriff gestatten.«

»Er hat Launen«, meint ihre Freundin. »Wechselnde Stimmungen. Mal so, mal so.«

»Ich weiß nicht, ob es Launen sind, meine Liebe. Vermutlich streiten zwei Seelen in seiner Brust um Vorherrschaft, eine göttliche und eine ...« Die Baronin lässt den Satz unvollendet. Offenbar sucht sie nach einer milderen Variante für das Wort »teuflisch« und findet keine.

»Zwei Seelen«, nicke ich kauend. »Das mag stimmen. Und je nachdem, auf welcher Seite er geschlafen hat, liegt die eine oben oder die andere.«

»Für mich sind es Launen«, beharrt Frau von Cordier. »Als er ankam, war er die Leutseligkeit in Person. Seit ein, zwei Tagen jedoch gibt er sich abweisend, zieht sich zurück, ist für keinen zu sprechen. Und das liegt nicht nur am Zahnweh!«

»Er hat sogar Schießübungen gemacht«, verkündet Frau von Czettritz stolz. »Mit meinem Mann!«

»Schießübungen?«

»Ja.« Das ist wieder die andere. Wie sie mit ihren samtbraunen Augen rollt! »In London hat Monsieur Liszt ein Paar Pistolen erstanden, die er mit dem General und Fürst Lichnowsky ausprobierte. Draußen im Wäldchen. Das gab vielleicht eine Aufregung!«

»Anschließend lud er uns alle zum Tee«, fährt die Baronin fort. »Gott, was für eine geistreiche Unterhaltung! An Wortwitz und Eleganz kommt keiner dem jungen Fürsten gleich. Man könnte sagen, was Liszt in der Musik ist, ist sein Freund Lichnowsky in der Sprache.«

»Na, nun übertreiben Sie ein bisschen, Gnädigste. Monsieur Liszts Spiel hat Gehalt und Tiefe, während dieser verwöhnte Adelsspross … Aber wir wollen Sie nicht langweilen, lieber Herr Herrmann.«

»Das tun Sie nicht, keine Sorge, Frau von Cordier. Von Liszts Freundschaft zu diesem Fürsten wusste ich bisher nichts. Ist es derselbe Lichnowsky, der in Spanien kämpfte?«

»Und ein Buch darüber verfasste, richtig. Immerhin verdanken wir es ihm, dass Monsieur Liszt nach Nonnenwerth kam.«

»Wir wollten ja auch nur erzählen, wie wechselhaft uns sein Betragen anmutet«, mischt sich wieder die Baronin ein. »Da lädt er uns zum Tee, plaudert mit uns, als seien wir seine ältesten Bekannten – und am Ende spielt er sogar für uns!« Sie legt eine Hand auf ihren Busen. »Ich sage nur: *Er spielte*! Das muss genügen. Am nächsten Tag aber weicht er uns aus, antwortet nicht auf meine Gegeneinladung, lässt sich verleugnen. Wie erklärt sich das, Herr Herrmann?«

Ich hebe die Schultern, bedauernd.

»Sind alle Künstler so?«, forscht sie weiter. »Sie auch, mein Freund?«

»Ich? Nein. Unnahbarkeit ist mir fremd, Frau Generalin.«

»Das freut mich. Das freut mich sogar sehr. Ich sagte gestern noch zu meinem Mann …« In diesem Moment wird vor dem Fenster eine ernste, in Gedanken versunkene Gestalt sichtbar: Marie. Meinen Blick bemerkend, wendet Frau von Czettritz den Kopf und entdeckt sie ebenfalls. Das gibt ihr die Gelegenheit, nach kurzem Räuspern einen neuen Satz zu beginnen. »Ich glaube«, sagt sie mit verhaltener Stimme, »ich glaube, es liegt an ihr.«

»An wem, gnädige Frau?«, raune ich zurück.

»An der Sand. Seiner Begleiterin.«

»Ach.«

»Wie ich gestern schon sagte: Sie hat ihn verführt. In jeder Hinsicht. Deshalb sein Schwanken. Der Sturz von einem Extrem ins andere.«

»Meinen Sie?«

»Vertrauen Sie meinem Gespür für Menschen, junger Mann.«

Ich nicke. Schweigend. Was wäre dem auch zu entgegnen? Das Hörnchen will gegessen sein, der Kaffee getrunken. Und die Menschheit betrogen. Weshalb soll ich den beiden neugierigen Damen verraten, wie Liszts Geliebte in Wahrheit heißt? Der Name d'Agoult wird ihnen nichts sagen. Vielleicht kommt eine Gelegenheit, bei der ich mein Wissen mit größerem Gewinn einsetzen kann.

»Kennen Sie die Sand näher?«, fragt mich Frau von Cordier.

»Leider nein.« Wer kennt Frauen schon näher?

»Man hört und liest ja einiges über sie.«

»Das tut man durchaus.« Köstlich, wie die Baronin jede Bemerkung ihrer Freundin mit Brauen und Nasenflügeln begleitet!

»Sie soll eine verheiratete Dudevant sein und Kinder haben.«

»Zwei Kinder, liebe Frau von Cordier.«

Passend zu dieser Antwort mündet die stumme Pantomime der Baronin in ein vorwurfsvolles Kopfschütteln. Vielleicht drückt es auch Bedauern aus; Bedauern darüber, dass eine so talentierte junge Frau auf die schiefe gesellschaftliche Bahn geraten musste. Ich höre die Besitzerin von Nonnenwerth tief ein- und ausatmen. Mein Blick gilt dem Fenster, vor dem sich Marie eben wieder blicken lässt. Dass ihr markantes Profil Eindruck macht, wird niemand bestreiten können. Es fragt sich nur, welchen Eindruck.

Wieder ein schwerer Atemzug der Frau von Cordier. Dann gibt es kein Halten mehr, es bricht geradezu aus ihr heraus: »Beim besten Willen«, ruft sie und greift sich an den Hals, »beim besten Willen ist das nicht zu begreifen: dass eine Person wie die Sand so gar nicht dem Bild entspricht, das man von ihr hat.«

Ihre Freundin runzelt die Stirn. »Wie meinen Sie das?«

»Sie wissen doch, was man sich über diese Frau erzählt. Dass sie Zigarren raucht, dass sie Männerkleider trägt und ständig ›Diable‹ ruft. Aber wirkt sie so? Ganz im

Gegenteil! Sie wirkt wie eine Dame mit Eleganz und Geschmack. Wie eine Grande Dame, in jeder Faser.«

»Nun ja«, gibt die Baronin zögernd zu Protokoll, als wolle sie nicht eingestehen, dass sie ähnlich denkt.

»Sie ist eine Grande Dame«, sage ich, »zweifellos ist sie das, Frau von Czettritz.«

»Ich weiß nicht. Eleganz ... sicher, die hat sie. Eine Statur, beneidenswert! Aber haben Sie sie einmal sitzen sehen?«

»Sitzen?«

»Ja, sitzen. Dasitzen, im Sessel sitzen: wie ein Mann! Sie schlägt die Beine übereinander, stützt ihr Kinn in die Hand – es mag beim Nachdenken helfen, aber tut das eine Dame?«

»Das ist der neue Stil«, seufzt Frau von Cordier und schüttelt ihre Locken. »Der Pariser Stil!«

»Woher wissen Sie eigentlich«, erkundige ich mich vorsichtig, »dass es sich bei Madame Defontaine um eine ... um diese andere Person handelt?«

Für diese Frage ernte ich verwunderte Blicke. »Lieber Herr Herrmann!«, ruft Frau von Czettritz, »auch wir nehmen die einschlägigen Journale zur Kenntnis. Mein Mann hat etliche Zeitungen abonniert.«

»Dass Monsieur Liszt in Begleitung George Sands zu reisen pflegt, liest man überall«, ergänzt ihre Freundin. »Zuletzt sah ich ihr Porträt in einem Buch. In welchem, weiß ich nicht mehr.«

»Und nach diesem Bild haben Sie Madame erkannt?«

Sie nickt.

»Madame Mortier Defontaine«, lacht die Frau des Generals. »Was für ein Name! Er könnte gut und gerne einem französischen Gesellschaftsdrama entnommen sein.«

»Allein, wie sie hier ankam!« Das ist nun wieder die Herrin der Insel, deren rosige Bäckchen zu glühen beginnen. »Wie sie hier ankam, Monsieur Herrmann! Es war schon spät, ein Regentag, sie kam in Begleitung ihrer Kammerjungfer und hatte unendlich viel Gepäck. Himmel, was für Gepäck! Und sie: ganz in Schwarz gekleidet. Drei Zimmer belegte sie, schickte gleich nach Blumen für die Dekoration, anschließend wurde ein Bad verlangt. Aber kein gewöhnliches, Gott bewahre! Sie glauben nicht, was sie alles hineinschüttete. Erst ein Viertelpfund Stärke, für die Geschmeidigkeit der Haut, dann Essenzen, Düfte, Kräuter – auf dem ganzen Stock kamen die Gäste aus ihren Zimmern und fragten, was hier so herrlich rieche. Das war ein Auftritt, mein Lieber!«

»Beeindruckend.«

Frau von Czettritz greift nach meiner Hand. »Und ihre Kleider, junger Freund! Haben Sie ihre Kleider bemerkt? Ihre Shawls, ihre Stoffe? Blusen aus Seide und Batist, Nachthäubchen mit Spitzen im Valenciennestil, Prachttaschentücher nach der neuesten Mode. Selbst die Söckchen spitzenbesetzt. Und das alles von einer Fraîcheur, dass man glaubt, sie trage die Sachen nur ein Mal. Aber wem sage ich das, Sie kennen sie ja viel besser als ich!«

»Nun«, sage ich, »so gut kenne ich die Dame auch wieder nicht, dass ich mir ein Urteil über ihre Schlafhäubchen erlauben könnte.«

»Eine Grande Dame«, wiederholt Frau von Cordier fast triumphierend.

»Zumindest«, nickt die Generalin, »ist sie anders, als ich sie mir vorgestellt habe. Das muss ich zugeben. Samtpantöffelchen statt Reiterstiefel! Und ihr Auftreten! Wenn sie nur diesen armen Musiker nicht auf dem Gewissen hätte … Was für ein Paar!«

5

Bei der Zahngeschichte scheint es sich um eine hartnäckige Angelegenheit zu handeln. Jedenfalls lässt sich Liszt im Verlauf dieses Tages nicht blicken. Lediglich Marie sieht man hin und wieder alleine über die Insel spazieren oder ins Gespräch mit Frau von Cordier vertieft.

Und so bin ich einigermaßen überrascht, als es nach Mittag an meiner Tür klopft und der kleine Korf mir ein Billett von der Gräfin bringt. »Ich erwarte Sie in meinem Zimmer. Arabella.«

Dass sie mit ihrem Namen aus Schweizer, von George Sand literarisch geadelten Zeiten signiert hat, werte ich als dezente Aufforderung, ihr Inkognito zu wahren, und nicht etwa als Zeichen besonderer Vertrautheit. Vertraut waren Marie und ich uns nie. Höchstens ganz zu Beginn, als ich noch ein Kind war, Schüler und Ministrant ihres Geliebten – und sie meine Ersatzmutter, eine schöne, elegante, verehrungswürdige Mutter. Lange hatte dieses Verhältnis nicht Bestand. Aus Liebe zum blonden Puzzi wurde Duldung, aus Duldung Ablehnung. Ich weiß, dass Maries Briefe voll sind von spitzen Bemerkungen über mich und meinen Lebenswandel. Sie liebt es, andere Menschen mit ihrer Feder aufzuspießen wie ein Botaniker seine Schmetterlinge, und ich bin nun mal ein ganz besonders schillerndes Exemplar von Schmetterling. Jedenfalls verdächtige ich sie schon länger, einen Keil zwischen mich und Franz treiben zu wollen. Als wenn ich ihr den Geliebten wegnehmen könnte! Das kann sie nur selbst. Sie muss endlich begreifen, dass ich erwachsen geworden bin. Ein gefeierter Pianist, mit eigenen Plänen und eigenen Anhängern.

Ich ziehe mir eine saubere Weste über und lasse mir von dem Jungen den Weg zu Maries Suite zeigen. Von den drei Zimmern, die sie bewohnt, dient ihr dasjenige ganz rechts als Salon. Ihr Kammermädchen, eine junge Deutsche namens Annette, lässt mich ein. Marie sitzt vor dem offenen Fenster, eine Zigarette in der Hand. So viel zum Unterschied zwischen ihr und George Sand! Mein taxierender Blick erfasst eine spärliche, aber gewählte Einrichtung, in einem Regal Bücher von Byron und Shakespeare, eine Bibel und eine deutsche Grammatik, dazu Heines ›Salon‹ von 1840. Auf einem runden Nussholztisch stapeln sich Gazetten und Journale in verschiedenen Sprachen. Meine Gastgeberin steht nicht auf, sondern hält mir eine Hand zum Kuss hin und bittet, nein: heißt mich, Platz zu nehmen. Ihre sprichwörtlich aristokratische Kühle ist einer arktischen Kälte gewichen, wie sie die liebliche Rheininsel in den strengsten Wintern nicht erlebt haben mag.

»Sie sehen entzückend aus, meine Liebe«, eröffne ich das Gespräch.

»Ich weiß, wie ich aussehe, Puzzi«, wehrt sie ab. Und dann, ohne Einleitung und Geplänkel, schießt sie ihre Fragen ab: »Warum sind Sie auf Nonnenwerth? Wie haben Sie uns gefunden? Was wollen Sie von Franz?«

»Was ich von ihm will?«, lache ich und schlage die Beine übereinander. »Ihn sehen. Ihn bewundern, wie alle Welt. Mit ihm sprechen, ihm von meinen Fortschritten berichten. Sie wissen, dass ich ihm alles verdanke. Er ist mein Freund.«

»Freund?«, stößt sie hervor. »Dieses Wort wagen Sie in den Mund zu nehmen? Nach allem, was Sie ihm angetan haben?«

»Ich bitte Sie, Marie …«

»Nennen Sie mich nicht bei meinem Vornamen. Das war einmal.«

»Wie Sie wünschen.« Im Sitzen deute ich eine Verbeugung an. »Darf ich Sie dann höflichst ersuchen, mich nicht mehr Puzzi zu nennen, liebe Gräfin?«

Sie schweigt.

»Und was meine angeblichen Taten betrifft«, fahre ich fort, »so weiß ich nicht, wovon Sie sprechen, Gnädigste. Meinen Anteil am Misslingen der Leipziger Konzerte habe ich längst eingeräumt. Entschuldigt habe ich mich, schriftlich und mündlich. All das geschah ja nicht aus böser Absicht. Wenn ich mir etwas vorwerfen muss, dann mangelnde Kenntnis der Gegebenheiten. Niemand hatte mir erklärt, welche Gepflogenheiten in dieser arroganten Stadt herrschen, dass die Presse auf Händen getragen werden will, dass man Freibilletts verteilen, die Honoratioren umschwirren muss …«

»Davon rede ich nicht, und das wissen Sie ganz genau. Es geht um Geld.«

»Um Geld?« Ich koste das Gefühl von Bestürzung und Verständnislosigkeit so lange aus, bis die schöne Französin schier explodiert. Bevor sie jedoch wie eine Furie aus ihrem Sessel auffahren kann, hebe ich beide Hände und rufe: »Ach so, die Endabrechnung meinen Sie! Das ist geklärt, meine Liebe. Rundum geklärt.«

»Wie bitte?«, zürnt sie. »Das wäre mir neu. Nichts ist geklärt, gar nichts!«

»Ich habe die Sache überprüfen lassen«, lächle ich. »Dazu musste ich jeden einzelnen Abrechnungsbogen aus Sachsen durchgehen. Jeden Bogen eines jeden Konzertes. Sie können sich ausmalen, was das für eine Heidenarbeit war, zumal mir diese Unterlagen aufgrund meiner überhasteten Abreise zunächst nicht zur Verfügung standen. Ganz zu schweigen von dem Umstand, dass wir Künstler von Natur aus keine bürokratische Ader haben, verstehen Sie, keine Ader, durch die echtes Buchhalterblut fließt.« Ich fahre mit der Hand über den ausgestreckten Unterarm, als wolle ich ihr meine Blutbahnen – die eines wahren Musikers – zum Beweis meiner Behauptungen zeigen.

»Warum haben Sie Franz dann überhaupt vorgeschlagen, seine Konzerte in Leipzig zu organisieren? Vergessen Sie nicht, es war Ihre Idee!«

»Ich weiß«, seufze ich, »ich weiß. Und Sie ahnen nicht, liebe Gräfin, wie sehr ich diese Idee bereut habe. Ich befand mich damals in einer akuten Notsituation. Meine Geschäfte gingen schlecht, in Paris wollte man mich nicht hören, für Verona hatte ich eine Oper geschrieben, die keine Einnahmen brachte. Plötzlich stand ich mittellos da.«

»Hören Sie auf«, schnaubt sie und stopft ihren Zigarettenstummel in eine große Muschel, die als Aschenbehältnis dient. »Geld hatten Sie genug. Aber auch nichts Besseres zu tun, als es in die nächste Spielbank zu tragen.«

Ich senke den Blick. »Das stimmt. Wenn auch nicht ganz. Ich gebe zu, da ist etwas in mir, eine Art dunkle Seite meiner Seele, die von Zeit zu Zeit ihren Tribut fordert.« Zwecks Bekräftigung: leichte Schläge mit der geballten Faust gegen die Brust. »Ich versuche ja, mich dem zu erwehren ... aber manchmal ist dieses Etwas stärker als ich. Wenn ich wenigstens wüsste, ob es von Beginn an Teil meines Wesens war, wie ein Fluch, ein Geburtsfehler ... oder ob die Gesellschaft es mir eingepflanzt hat. Dann könnte ich mich besser darauf einstellen. Ich weiß nur eins«, damit hebe ich den Blick wieder und sehe sie ernst an, »ich weiß, dass ich sehr jung war, als ich nach Paris kam, dass ich von Salon zu Salon gereicht wurde, ohne zu merken, was mit mir geschah, und dass ich keine anderen Lehrmeister hatte als Sie beide, Sie und Franz.«

»Wie? Wollen Sie damit sagen, wir seien an Ihrer Spielsucht schuld?«

»Auf keinen Fall! Sie missverstehen mich, Gnädigste. Für Sie lege ich die Hand ins Feuer, Sie haben immer nur das Beste für mich gewollt. Wer anderes behauptet, lügt. Aber vielleicht hätten Sie mich noch mehr vor den bösen Einflüssen dieser Stadt schützen müssen, jung und orientierungslos, wie ich war. Mein Leben lag in Ihrer Hand. Franz hat immer gesagt, dass er die Verantwortung für mich trägt.«

»Oh ja, das hat er«, lacht sie bitter. »Wie oft unterstützte er Sie, wenn Sie wieder am Abgrund standen! Mit Ihren zwanzig Jahren haben Sie …«

»Fast einundzwanzig.«

»Ja, mit zwanzig Jahren haben Sie bereits mehr Geld durchgebracht, als andere in ihrem ganzen Erdendasein sehen werden.«

»Genau deshalb bin ich hier«, rufe ich fröhlich und springe auf. »Ich habe nämlich nach Durchsicht aller Unterlagen aus diesem verdammten Leipzig festgestellt, dass es bei der Berechnung der Konzerteinnahmen einige Fehlbuchungen gab, die zu Franzens Ungunsten ausgefallen sind.«

»Und zu Ihren Gunsten, nehme ich an.«

»Ich habe alles dabei: Rechnungen, Verträge, Listen der verkauften Billetts und so weiter.« Große Geste der ausgebreiteten Arme. »Nicht zu vergessen das Geld, das ich ihm noch schulde.«

Marie legt den Kopf schräg. »Sie bringen Geld, das Sie ihm zurückgeben möchten?«

»So ist es.«

»Sie?«

Ich lächle.

»Nun, das ist wirklich mal eine Neuigkeit.« Mit einer Hand tastet sie nach dem Etui, das ihre Zigaretten enthält, legt es aber gleich wieder zur Seite. Offenbar weiß sie nicht, was sie sagen soll. »Sie wollen Ihren Fehler also aus der Welt räumen.«

»Es wird mir ein Vergnügen sein, mich bei Franz zu entschuldigen und ihm alles, was ihm an Erlösen zusteht, zu überbringen.«

»Das ist lobenswert«, sagt sie langsam und betrachtet mich prüfend.

»Wobei ich etliche mildernde Umstände ins Feld führen möchte: meine Jugend, meine Unerfahrenheit in Sachen Buchhaltung, vor allem aber meine fortwährende Überspanntheit. Sie wissen, dass ich eine ganze Reihe von Konzerten in Italien hatte? Ohne unbescheiden zu sein: Venedig lag mir zu Füßen.«

»Ich gratuliere.«

»Danke.«

Sie weicht meinem Blick aus und schweigt. Es ist offensichtlich, dass sie der Sache nicht traut. Wenn ich Marie d'Agoult vorhin eine schöne Frau genannt habe, so dürfte dies kaum dem Urteil der Mehrheit entsprechen. Ihr Gesicht hat etwas Grobes, was ihr stolzer Blick vergeblich zu überspielen versucht. Von den Flügeln ihrer schmalen, leicht höckrigen Nase zieht sich rechts und links eine tiefe Kerbe bis zu den Mundwinkeln. Fünfunddreißig Lebensjahre liegen hinter ihr. Trotzdem gefällt sie mir, wie sie mir schon immer gefallen hat: weil sie Trotz und Stärke ihr Eigen nennt, weil sie für den Sohn eines kleinen Verwalters aus Ungarn alles aufgegeben hat – und natürlich, weil sie Liszt gefällt. Die strenge, leidenschaftliche Marie, Mademoiselle Flavigny, einst getraut vom französischen König: Wem sollte sie nicht imponieren? Und dass sie im Laufe der Zeit auf mich und mein Verhältnis zu Franz eifersüchtig geworden ist: Heute empfinde ich das als Erhöhung ihrer Attraktivität.

»Marie!«, sage ich, immer noch stehend, eine Hand aufs Herz gelegt. »Entschuldigen Sie: liebe Gräfin! Ich weiß, dass Franz mir verzeihen wird. Er würde es, selbst wenn ich mit leeren Händen käme. Aber ich möchte, dass auch Sie mir verzeihen. Verstehen Sie: Sie beide! Es ist mir wichtig. Dafür habe ich die lange Reise nach Nonnenwerth unternommen.«

Maries Blick wird starr. Über ihr Gesicht huschen die widersprüchlichsten Empfindungen. So stark ihre Aversion gegen mich auch ist, wie wollte sie sich einem Zwanzigjährigen, der sie gleichsam auf Knien anfleht, verweigern? Ich weiß, welche Wirkung ich auf Damen, auf Damen ihres Alters zumal, ausübe. Mein Gott, was sind schon ein paar tausend Francs gegen die Verehrung eines jungen Kavaliers? Und ich muss mich nicht einmal groß verstellen, denn Marie ist verehrungswürdig, gerade weil sie so hart und ungerecht sein kann.

»Sie müssen jetzt nichts sagen«, fahre ich fort und lege so viel Sanftheit in meine Stimme wie möglich. »Warten Sie ab und beobachten Sie mich, dann werden Sie sehen, wie ernst ich es meine. Ich werde einige Wochen auf

Nonnenwerth verbringen. Wenn Sie mich sehen möchten, stehe ich zu Ihrer Verfügung. Falls nicht, halte ich mich im Hintergrund.«

»Sind Sie wirklich nur an den Rhein gekommen, um sich mit Franz zu versöhnen?«, fragt sie nach einem Räuspern.

»Ja.«

»Und wie geht es Ihrer Mutter?«

»Danke, gut«, schmunzle ich. Marie muss wirklich irritiert sein, wenn sie zu solchen Fragen Zuflucht nimmt! »Sie lässt Sie grüßen. Da ich in diesem Jahr kaum in Paris war, habe ich sie nur selten gesehen.«

Erneut entsteht eine Gesprächspause. Marie wird an früher denken müssen – in ihrem Alter neigt man dazu, habe ich mir sagen lassen –, an die Zeit vor sechs, sieben Jahren, als Puzzi noch ein formbarer Knabe war, Wachs in ihren Händen, das älteste unter ihren Kindern. In ihrem Pariser Salon reichte sie mich herum wie ein exotisches Souvenir, später in der Schweiz übernachteten wir in Berghütten. Franz war nicht jedes Mal dabei.

»Apropos«, beende ich das Schweigen. »Was macht Franz? Immer noch Zahnschmerzen?«

»Gelegentlich«, antwortet sie nebenhin.

»Dann wünsche ich gute Besserung. Diese Insel ist der ideale Ort für ihn, um sich zu erholen.«

»Ja, vielleicht«, entgegnet sie mit der Andeutung eines Lachens. »Wenn die vielen Gaffer nicht wären, würde ich Ihnen glatt zustimmen.«

6

Wie recht Marie mit ihrer letzten Bemerkung hat, wird mir erst am folgenden Tag bewusst. Bis spät in die Nacht hinein habe ich komponiert, eine Caprice vierhändig, nichts von Belang, aber unter dem hellen Stern meiner aktuellen Hochstimmung erblühend. Als ich aufwache, steht die Sonne bereits hoch am Himmel. Bei einem Spaziergang schüttle ich mir die Müdigkeit aus den Gliedern. Es ist ein windstiller, warmer Tag. Franz lässt sich noch immer nicht blicken.

Dafür *hört* man ihn. Seine Zimmer liegen ja gen Norden, direkt neben denen Maries, und wer im Stock darunter im Flur verweilt oder draußen vor dem Hoteleingang stehen bleibt, der badet gleichsam in einem Wasserfall von Tönen. Liszt übt – oder fantasiert er? Es ist nicht zu entscheiden. Immer gehen seine Etüden in Improvisationen über, diese in ein Fugato mit Subjekt und Gegensubjekt, bevor er sich aus solch Bach'schem Stimmengewirr in eine furiose Bravourcoda rettet. Als heimlicher Lauscher ist man fast dankbar für die Wand oder Zimmerdecke, die sich zwischen einem selbst und dieser Flut von Musik befindet; man müsste sonst befürchten unterzugehen.

Und dann kommen die Besucher. Es langen an, auf bewimpeltem Kahn, in leichten Sommeranzügen mit Blume im Knopfloch: Gesangsquartette aus Köln, Bonn und Honnef, Liebhaber mit Gitarre und Mandoline, ein größerer Chor aus Godesberg, weitere Sänger, Studenten, Enthusiasten, Verwandte von Enthusiasten. Lauter Musensöhne, ergänzt durch Musentöchter. Eine ganze Pension junger Damen unter Aufsicht ihrer gestrengen Leiterin findet sich ein und plant Ungeheuerliches, ihre Mienen verraten es. Summend füllt sich der Platz vor dem Hotel, das Grün des Rasens weicht dem Bunt der Gäste. Nonnenwerth: Nabel der Musikwelt.

Liszts Spiel ist verstummt. Er hat Nachricht erhalten, wer und was da auf ihn wartet. Schon lässt sich das erste Quartett vernehmen: mit einem Studentenlied, frisch intoniert. Franz erscheint grüßend am Fenster. Sein Blondhaar leuchtet, die Hände wandern ruhelos umher. Das zweite Quartett: etwas aus dem »Freischütz«. Danach eine Nummer von Schubert, diesem Wiener Kleinmeister, an dem mein Freund seinen ganz persönlichen Narren gefressen hat, dessen Lieder er für Klavier solo setzt, um damit seine Recitals zu spicken. Das ist, in Ermangelung Liszt'scher Originalgesänge, eine gelungene Hommage der Rheinländer an ihren berühmten Gast, der milden Beifall nach unten schickt. Marie lässt sich nirgends blicken.

Als nächstes fordert der Godesberger Chor sein Recht. Von meinem Standpunkt, etwas abseits, um mir die transpirierende Erregtheit der Besucher vom Leib zu halten, sehe ich, dass sich die verschiedenen Ensembles sehr uneins über die Abfolge ihres Auftretens sind. Ohne die Anwesenheit des Meisters zu ihren Häuptern müsste man mit Handgreiflichkeiten rechnen. Endlich stehen die Chorsänger parat, öffnen die Münder und geben zwei Volkslieder zum besten, die von unbekannter Hand mehr oder – wie in diesem Fall – weniger geschickt zur Vierstimmigkeit veredelt wurden. Solche rustikalen Huldigungen sind derzeit schwer en vogue. Überall in den deutschen Ländern schießen die Gesangsvereine und Liedertafeln wie Pilze aus dem Boden. Es spricht ja nichts dagegen, dass die Leute singen. Eine italienische Opernarie ist mir dennoch lieber.

Nun tritt eine kurze Pause ein. Liszts Löwenkopf verschwindet, die Choristen sammeln sich für die nächste Darbietung, auch die beiden Quartette scheinen noch nicht am Ende ihrer musikalischen Kräfte. Ich vermisse die jungen Damen und ihre Lehrerin. Sollten sie auf die Begegnung mit dem Genie verzichten wollen? Währenddessen eilen Schneiders Bedienstete umher, nehmen Bestellungen auf, bringen Erfrischungen. Fächer werden gezückt. Die sonst so begehrten Schattenplätze bleiben verwaist, weil sie sich zu weit vom Hoteleingang befinden, und dort erwartet man jeden Augenblick das Erscheinen des Gefeierten.

Wozu es denn auch kommt, in freilich unspektakulärer Weise. Plötzlich steht Liszt unter der Tür, sieht sich kurz um; anstatt jedoch seine erhöhte Position zu genießen und dem Publikum huldvoll zuzuwinken, schreitet er die Treppenstufen herab und mischt sich unter seine Bewunderer. Frau von Cordier folgt ihm auf dem

Fuß. Im Strudel der Inselbesucher ist Liszt trotz seiner Körpergröße von nun an meinen Blicken entzogen. Ein Meer von Hüten und Zylindern, Hauben und aufwändigem Kopfputz umbrandet ihn. Jetzt ist er es, dem der Untergang droht!

Eine Bewegung hinter mir lässt mich herumfahren. Ich entdecke ein vielleicht zehnjähriges Mädchen in schlechter Kleidung, mit nachlässig zusammengebundenem Haar, das eben auf ein Mäuerchen steigt, um einen Blick auf Liszt zu erhaschen. Ganz offensichtlich wagt die Kleine nicht, sich der pompösen Gesellschaft in ihrem Sonntagsstaat zu nähern. Ich hätte ihr anbieten können, sie auf meine Schultern zu nehmen, lasse es aber in Anbetracht ihres schmutzigen Rockes. Nun beginnt Liszt also schon, die unteren Klassen für sich zu begeistern! Ich schlendere zum nächsten Stuhl hinüber und setze mich.

Ein weiterer Gesangsvortrag durch eines der Quartette. Danach wieder der Chor. Eine Gitarre zirpt dazwischen, es gibt tremolierende Worte, Gelächter und Beifall. Die Menge klumpt regelrecht zusammen. Dann: Stille. Geschuldet, so nehme ich zumindest an, dem andächtigen Lauschen von Liszts Dankesansprache. Dass diese selbst nicht zu vernehmen ist, wundert mich nicht. Der Mann, der unter allen Pianisten die kraftvollste Art zu spielen hat, pflegt sich stets mit leiser, unsicherer Stimme zu äußern, vor allem im Deutschen, seiner Muttersprache, der er entwachsen ist.

Also Stille, durchkreuzt nur vom Rascheln der Kleider, vom Lispeln des Laubs und vom fernen Ächzen eines Fuhrwerks, das sich irgendwo am Rheinufer seinen Weg sucht. Ich blinzle mit den Augen. Wie ist das bloß möglich: dass diese Meute, diese Hundertschaft rheinischer Plappermäuler, so lange stumm bleibt? Dass sie den Atem anhält, die Pobacken zusammenkneift? Niemand hätte sie dazu bringen können, kein Sterblicher außer meinem Freund und Gönner Franz Liszt.

Ich warte. Eine Elster kommt herbeigeflogen und setzt sich auf einen der verwaisten Tische. Noch immer herrscht diese ärgerliche Stille. Langsam richte ich mich auf, breite die Arme aus ... und klatsche dann so fest in die Hände, dass die Haut brennt.

Der Knall lässt die ganze Insel zusammenzucken. Für einen Moment verstummt das Blätterrauschen, die Elster flattert davon.

Dass man zu mir herübersieht, bedarf keiner weiteren Erwähnung. Aber wie man es tut! Die äußeren Ringe der kreisförmig um Liszt angeordneten Bewundererschar entfalten sich gewissermaßen durch Kopfwenden und Zurücktreten, irritierte Blicke fliegen mir zu, gemischt mit Empörung, bevor die flüchtende Elster eine Erklärung bietet und sich die Blütenblätter wieder fest und einvernehmlich um das Innere des Kelchs schließen.

Meine Hände glühen. Ich lehne mich zurück und schaue zu dem Mäuerchen hinüber. Das Mädchen ist verschwunden.

Dafür taucht kurze Zeit später die Leiterin des Mädchenpensionats auf. Eine gewisse Frau Tormann, wie ich im Laufe des Tages noch erfahren soll. Im Hoteleingang stehend, bittet sie den weltberühmten Gast zurück in seine Suite. Sogar ich vernehme diese Bitte, weil die Dame ein Organ besitzt, das sich durchaus mit den Oktavengewittern in Liszts Opernfantasien messen kann. Ihr Fortissimo gründet in einem von gewaltigem Busen überwölbten Brustkorb, um den sich eine reinweiße Bluse spannt.

Die Menge, neugierig, setzt sich in Bewegung. An ihrer Spitze Liszt, dem es nichts auszumachen scheint, Fremde durch seine Gemächer trampeln zu lassen. Vielleicht ist er eingeweiht; sein Gesicht jedenfalls strahlt selbst auf die Entfernung Wärme und Lauterkeit aus. Hinter ihm verkeilen sich die Massen im Eingang des Gebäudes. Auch Höflichkeit und Zurückhaltung, die bürgerlichen Tugenden, zwängen sich nur mit Mühe durch den Engpass; da wird gedrängelt und geschubst, geflucht und gedroht. Niemand will hintanstehen, denn im ersten Stock, so viel ist gewiss, gibt es für die Letzten keine Möglichkeit, dem Meister nahe zu kommen. So manche Träne der Enttäuschung tropft auf die Stufen zu Schneiders Gasthaus, das an diesem Tag als eine Art Parnass erscheint. Schwere Seufzer entringen sich zum Zerreißen gespannter Brust.

Und ich? Anfangs zögere ich, mich der Meute anzuschließen. Aber alleine im Garten zurückbleiben will ich auch nicht, und so stehe ich bald am verdickten Schwanzende der Riesenschlange, die zum Sturm auf das Hotel ansetzt. Vor mir versuchen die Kleinwüchsigen und Schmalbrüstigen unter den Inselbesuchern vergeblich, ihren Platz zu behaupten. Von Ellbogen und kräftigen Schultern zurückgewiesen, tröstet sie einzig der Gedanke, dass ich, ein junger, stattlicher Herr, noch hinter ihnen rangiere. Bloß: wie lange? Ich lächle und mache keine Anstalten, mich an ihnen vorbeizudrängen.

Zu meiner und ihrer Überraschung jedoch ist der Raum im ersten Stock, in dem man sich versammelt, so weitläufig, dass fast alle einen Platz zum Sehen oder Hören finden. Das Schlusslicht der Neugierigen, meine Wenigkeit nämlich, steht zwar im Flur, aber nur einen Schritt von der Tür entfernt, und wenn ich mich auf die Zehenspitzen stelle, erhasche ich einen Blick auf die hochroten Köpfe der Tormann-Schülerinnen, die eben zu ihrem unvermeidlichen Ständchen ansetzen. Ihre Frisuren, auch das sehe ich, sind so apart wie altbacken und müssen stundenlange Vorbereitungen in Anspruch genommen haben. Mit etwas Mühe entdecke ich sogar das eine oder andere hübsche Gesicht unter ihnen, insgesamt jedoch dominiert die Schlichtheit der Rheinanwohner, die es nicht lohnt, dass man sich ihretwegen die Zehen ruiniert. Lieber bleibe ich mit beiden Füßen fest auf dem Dielenboden stehen und lasse, während ich dem Gesang lausche, meine Blicke durch den Flur schweifen.

Liszts Gemächer liegen neben denen seiner Geliebten. Auf der anderen Seite stoßen sie an den großen

Saal, hinter dem sich wiederum ein Durchgang zur Empore der Kapelle anschließt. Die offene Zimmertür, das bemerke ich erst jetzt, ist kunstvoll mit Blumen geschmückt; vermutlich ein Werk der emsigen Pensionsschülerinnen während jener Zeitspanne, als ich sie unten im Garten vermisst habe. Endlich neigt sich das Lied seinem Ende zu. Nach dem letzten Ton brechen die jungen Damen in »Vivat«-Rufe aus und werden für ihren Enthusiasmus mit Applaus belohnt. Wo ist Franz? Wieder stelle ich mich auf die Zehenspitzen, was meinen italienischen Lederschuhen nicht gut tut. Da sehe ich sein Haupt, blumenbekränzt, zwischen den Sängerinnen hin- und herwandern. Die Tormann-Schülerinnen haben ganze Arbeit geleistet.

»Eine Pièce«, ruft jemand drinnen. Andere bejahen, fallen ein: »Spielen Sie uns etwas, Monsieur! Nur ein kleines Stück.«

Aber sofort verstummen sie wieder, und statt ihrer bittet einer um Gehör, dessen knarrende Stimme so gar nicht zu dem eben verklungenen hellen Mädchenchor passt. Der Sprecher setzt zu einer Rede auf Liszt an, einer Eloge, wie sie mir noch nie zu Ohren gekommen ist. Sie hat nichts mit den überquellenden Liebesgeständnissen oder geistreichen Bonmots zu tun, die ich aus den Pariser Salons kenne, und auch nichts mit den anerkennenden Urteilen der Schweizer oder dem hysterischen Jubel Italiens. Nein, das Lob, das dieser mir unsichtbare Herr mit dem Knatterregister in die Welt hinausposaunt, ist so gründlich, umfassend und belesen, dass es nur von einem meiner Landsleute stammen kann. In seiner nicht eben langen, aber umso tiefgründigeren Abhandlung schlägt er einen Bogen von den Ursprüngen der Musik über die Strömungen der letzten Jahrzehnte bis hin zum aktuellen Gipfelpunkt der Entwicklung, auf dem kein anderer als mein Freund Franz thront. An lateinischen und griechischen Zitaten lässt er es nicht fehlen, und so wundert es niemanden, dass er Liszt als Apoll der neuen Zeit bezeichnet. Was, abgesprochen oder nicht, den Ehrenkranz im Haar des Gastes aufs Schönste rechtfertigt.

»Wer spricht da?«, frage ich flüsternd meine Nebenleute.

»Professor Breidenstein«, weiß einer. »Universitätsmusikdirektor in Bonn.«

Ein Professor, so etwas habe ich mir schon gedacht. Wo anders als in Deutschland hätte man aus der Musik eine Wissenschaft machen können! Natürlich gibt es auch für Breidensteins Apoll-Vergleich lebhaftesten Beifall; zu den Schlusssätzen seiner Rede allerdings werden zwei Damen, denen der Sauerstoffmangel ins bläuliche Gesicht geschrieben steht, von einer ganzen Korona besorgter Herren aus dem Zimmer geschleppt. Sofort nutze ich die Gelegenheit und dränge, zusammen mit anderen, in die entstandene Lücke nach. Auch wenn mein Raumgewinn gering ist, erlaubt er mir nun, die ganze Szenerie zu übersehen. Ein Bild für die Götter! Wie die Meerschweinchen drängen und kuscheln sich die Kunstfreunde aus den

Rheinlanden aneinander, noch im hintersten Winkel des Zimmers, auf der Fensterbank und dem Ofen sitzt oder steht einer. Mindestens die Hälfte des wackeren Chores zwängt sich nebeneinander auf eine Chaiselongue, deren Lehne weiteren Sangesbrüdern Platz bietet. Ein Sessel ist zur Heimstatt eines der Vokalquartette geworden, welches nebenbei noch Gelegenheit findet, zwei schwergewichtige Damen zu stützen. Man liegt, lehnt, klemmt, stapelt sich. Wo bleibt die deutsche Schicklichkeit? Schultern von Menschen, die sich nie zuvor begegnet sind, pressen fest aneinander, Hüften streifen sich, Männeratem kitzelt Damenlocken. Und alles nur wegen Franz, um des Welteneroberers Liszt willen, des Einzigen und Wahren. Ihm allein wagt sich niemand zu nähern, er bewegt sich frei im Raum. Noli me tangere – so bedankt er sich bei allen, verbeugt sich vor dem Lobredner, nickt den Mädchen zu. Mehr als ein Händeschütteln lässt er an Berührung nicht zu.

Und nun aufs Neue die Rufe nach Musik. Ans Piano, Meister! Wenigstens eine, eine klitzekleine Pièce! Tatsächlich, da lugt der Klavierhocker zwischen gebauschten Sommerkleidern hindurch, unbesetzt, eine Aufforderung an den Weitgereisten. Franz, der Diener seines Publikums, legt eine Hand gegen die Brust und verbeugt sich gleichsam entschuldigend, um sich dann ohne weitere Umstände den Hocker heranzuziehen und ans Klavier zu setzen.

Das überrascht mich. Seine Gesten haben Abwehr,

ja Verweigerung signalisiert, genau wie vor zwei Tagen. Es fehlte nur der Hinweis auf sein Zahnweh. Liegt es an der Abwesenheit Maries, dass er diesmal das Nein scheut? Will er die von auswärts angereisten Gäste nicht vor den Kopf stoßen oder fühlt er sich eingekesselt, gestellt in den eigenen vier Wänden? Wie auch immer, nun sitzt er da, kerzengerade und ein wenig steif, die Füße auf den Pedalen, den Blick nach vorne gerichtet, hoch über das Instrument hinweg und zum Fenster hin.

»Schönes Wetter heute«, meint er, und einige kichern.

Dann geht es los. Franz spielt, aber sein Spiel scheint wie getrennt von ihm selbst. Während des Vortrags dreht er den Kopf nach allen Seiten, lässt den Blick schweifen, lächelt und nickt den andächtig Lauschenden zu. Noten braucht er natürlich keine. Bei dem Piano handelt es sich um einen altersschwachen Rumpelkasten mit unebener Tastatur und mürbem Diskant, dem einige Saiten von der Fahne gegangen sind. Ich sehe, wie Franz mit dem kleinen Finger seiner rechten Hand auf manche Tasten geradezu einhackt, um die Melodielinie nicht versickern zu lassen. Ein Basston fehlt dafür ganz.

Über das Stück verliert er kein Wort. Das ist es auch nicht wert: irgendeine operntaugliche Ariette, die sich unter seinen Händen in flirrende Tonleitern und Akkordkaskaden kleidet, in ein funkelndes, sprudelndes Nichts. Ohne auf die Tasten zu blicken, schüttelt er diesen Springbrunnen mal aus der rechten, mal aus der linken Hand. Immer rascher tanzen seine Finger über die Elfenbeinplättchen, vom hochgestellten Handgelenk geführt wie Marionetten an Fäden.

»Spinnen«, höre ich neben mir flüstern, »das sind ja Spinnenbeine.«

Ein hübscher Vergleich. Auch wenn es auf der ganzen Welt keine Spinne gibt, deren sechs Beine ein Wettrennen gegen die fünf Finger einer Liszt'schen Hand gewonnen hätten.

Die Kunststückchen meines Freundes sorgen also für gebührendes Aufsehen. In mir dagegen regt sich Enttäuschung. Das ist nicht der Franz, den ich kannte. Wo bleibt seine Dämonie, seine Tiefe, das Bezwingende seines Spiels? Zum ersten Mal bin ich geneigt, ihm seine Zahnschmerzen zu glauben. Hohle Tastenakrobatik hätte ich genauso gut bieten können, und zu Seitenblicken für die wenigen Schönen im Saal wäre ebenfalls noch Zeit gewesen. Aber die Menge lässt sich betören: durch seine Verbindlichkeit, die Eleganz seiner Darbietung und das immer wieder forsch aus der Stirn geworfene Haar.

Endlich ist das Machwerk zu Ende. In die Schlussakkorde hinein: donnernder Applaus, Rufe nach einer Zugabe. Die Finger haben sich kaum von den Tasten gelöst, da kündigt Franz seinen Namensvetter an, jenen Schubert aus Wien, von dem er ein, wie er sagt, entzückendes Ständchen für Piano solo gesetzt habe. Das klingt nun zweifellos interessanter als die Bagatelle von eben, auch wenn es der Wiener für meinen Geschmack mit seinen Mollstellen übertreibt. Viel zu viel Dunkel! Im Publikum stehen die Münder schon aus Gewohnheit offen. Pianistische Bravour erst zum Schluss hin, Liszts Gesicht voller Demut. Erneut Beifallsstürme.

Und siehe da, er spielt noch ein Stück, das letzte, wie er ankündigt. Hat er wirklich von einem vierstimmigen Chorsatz gesprochen, einem Werk aus eigener Feder? Ich mag es kaum glauben. Was er den versammelten Musensöhnen präsentiert, besteht jedenfalls aus viel mehr als vier Stimmen, da braust und rauscht es wie ein Strom, der sich in viele Einzelströme teilt, der über Klippen springt, über Felsen schießt, der brodelt und gurgelt und brüllt. Auch das ist nicht der Franz, den ich kenne, sondern ein bestürzend ernsthafter, unheimlicher Künstler, in dem ein kaltes Feuer zu brennen scheint. Dabei hat sich der Ausdruck seines Gesichts kaum verändert. Chorsatz und Begleitung sind in eine Komposition gegossen, jeder Finger spielt seine eigene Melodie, die nach Bedarf oktaviert wird. Jetzt endlich gibt das heftig ächzende Instrument seinen Widerstand auf und opfert dem Ausführenden zwei Saiten, die mit hässlichem Knall reißen.

Liszt lächelt nur.

»Und nun in den Saal!«, ruft er, den Klavierdeckel schließend, gegen den Jubel an. Mit der Aufforderung, ihm zu folgen, schreitet er voraus, durch eine Gasse hindurch, die sich ihm sofort auftut. Dahinter kommt es an der Tür zu der bereits bekannten Keilformation, nur dass diesmal die Positionen vertauscht sind. Wer dem

Konzert auf der Schwelle stehend gelauscht hat, gehört nun zu den ersten Trabanten des Meisters. Es sei denn, man gewährt wie ich der Damenwelt den Vortritt. Nach Ihnen, junge Frau! Ich habe Monsieur Liszt schon mehr Zigarren gerollt, als Sie je rauchen werden!

Während sich der Raum langsam leert, wird mir bewusst, mit welcher Sorgfalt die Schülerinnen der gestrengen Frau Tormann für seine Ausschmückung gesorgt haben. Blumengirlanden umranken den runden Wandspiegel, verzieren die Kommode, sogar auf dem bemitleidenswerten Klavier liegt ein schwerer Kranz. Nicht lange allerdings. Ein auf die fünfzig zugehender Herr mit akkuratem Seitenscheitel und dichtem Schnurrbart streift ihn sich im Gehen als Trophäe über den Arm.

»Meine Frau liebt Blumen«, erklärt er. An seiner Stimme erkenne ich Professor Breidenstein. Ich frage ihn nach dem letzten der dargebotenen Stücke, doch auch er weiß nur, dass es sich um einen patriotischen Chor auf Worte des Freiherrn von Arndt handelt. Seines geschätzten Bonner Kollegen.

»Patriotisch?«, gebe ich zurück. »Sie meinen: deutsch patriotisch?«

»Selbstverständlich«, nickt der Mann. »Das ganze Deutschland muss es sein!«

»Interessant.« Ehrlich gesagt, empfinde ich es als keineswegs selbstverständlich, dass ein geborener Ungar, der die Hälfte seines Lebens in Frankreich, der Schweiz und Italien verbracht hat, der besser Französisch als

Deutsch spricht, solche nationalgermanischen Töne anschlägt. Mir, Hermann Cohen aus der Freien und Hansestadt Hamburg, käme dergleichen nie in den Sinn. Es sei denn, das Publikum verlangte es.

»Nach Ihnen«, bittet der Professor an der Tür.

»Aber nein, nach Ihnen«, schüttle ich den Kopf. Eine Weile fliegen die Höflichkeiten hin und her, bis wir uns gleichzeitig dazu entschließen nachzugeben und so einen gemeinsamen Schritt durch die Tür machen. Was nicht ohne eine kleine Rempelei vonstatten geht.

Im Saal hat man derweil den nächsten Programmpunkt eröffnet. Tische und Stühle sind zur Seite geräumt, an der Rückwand wartet der Flügel auf seinen Einsatz, doch von Musik ist in diesem Moment keine Rede. Liszts Anhänger haben sich zu einem großen Kreis formiert, in dessen Zentrum die Tormann-Zöglinge, ergänzt um einige weitere Mutige, kreischend umherwuseln. Mitten unter ihnen: Franz, die Blumen immer noch im Haar, ein Tuch vor den Augen, beide Arme nach vorne gereckt.

Dem Professor an meiner Seite bleibt der Mund offen stehen.

Auch einige der Besucher schauen kritisch, die Mehrzahl aber jubelt und klatscht und feuert die jungen Leute zu immer tolleren Bocksprüngen und Haken an. Liszt streckt seine langen Arme nach den Mädchen aus, wendet sich auf dem Absatz um, grapscht ins Leere. Da – jetzt hat er eine erwischt, und zwar an einem Körperteil, das die argwöhnisch beobachtende Frau Tormann zusammenzucken lässt.

»Sie müssen eine der Sängerinnen sein«, ruft er.

»Ja, aber welche?«, gellt es ihm um die Ohren. »Welche Stimmlage?«

»Sopran!«

»Falsch!« Jauchzend entwindet sich das Mädchen seinem Griff und wirbelt davon. Weiter geht das wilde Spiel: Liszt stochert mit seinen Armen wie ein Storch im Wasser, fängt eine zweite Dame, rät, liegt erneut daneben, gerät ins Stolpern, wird geneckt und verlacht. Nachdem er eine Weile vergeblich nach neuen Opfern getastet hat, bleibt er kurzentschlossen stehen und packt eine der Zuschauerinnen beim Arm: auch sie noch ein junges Ding, das mit Mühe einen Schrei in der vorgehaltenen Hand erstickt.

Konzentriert streicht ihr Liszt über Finger und Handrücken. »Dies hier«, ruft er anschließend, »ist niemand anderes als die Tochter meiner hochedlen Gastgeberin, Fräulein Auguste von Cordier.« Damit reißt er sich das Tuch von den Augen.

»Bravo!«, schallt es durch den Saal. »Ingeniös! Er hat sie an ihren Fingern erkannt!«

Liszt gibt dem atemlosen Mädchen einen Handkuss, was diese schier in Ohnmacht fallen lässt. Fassungslos blickt sie von Franz zu ihrer Hand und wieder zurück. Ihre Brust hebt und senkt sich in wildem Aufruhr.

»Jetzt sind Sie dran, Gnädigste«, lächelt er und reicht ihr das Tuch. »Gestatten Sie?«

Die junge Cordier, zurückweichend, schüttelt nur den Kopf. Liszt erkennt, dass das Spiel, aus welchen Gründen auch immer, über ihre Kräfte geht, und wendet sich den übrigen Damen zu. Ob eine von ihnen bereit sei einzuspringen?

Natürlich sind welche bereit, sich vom Meister eigenhändig das Tuch um den Kopf schlingen zu lassen, und so wird das Spiel in unverminderter Ausgelassenheit fortgesetzt. Während Liszt unter den jungen Leuten herumtobt, stützt sich die totenblasse Auguste auf ihre Frau Mutter und bekommt die Wangen getätschelt.

Ich blicke mich um. Von den wenigen altfränkischen Bedenkenträgern einmal abgesehen, herrscht ringsum helle Begeisterung. Dass der berühmte Liszt sich herablässt, mit Bonner Bürgerstöchtern und -söhnen Blindekuh zu spielen! Noch ihren Enkeln werden sie von diesem Ereignis berichten, mit denselben strahlenden Augen wie jetzt.

Und Franz gibt sich jovial und volksnah, lacht mit allen, schwitzt mit allen. Prompt wird er gefangen, doch der junge Mann, der ihn erraten soll, hält ihn für einen Sängerfreund. Wie hätte sich dieser namenlose Mensch, das Tuch vor den Augen, auch vorstellen sollen, dass er jetzt, in diesem Moment, den größten Pianisten der Welt am Schlafittchen gepackt hat!

»Wunderbar«, sagt Professor Breidenstein kopfschüttelnd. »Einfach wunderbar.«

Und dann – mit allem habe ich gerechnet, aber nicht damit – kommt Franz auf mich zu. In der Hand hält er das Tuch, es ist eine leichte Verwirrung eingetreten, weil eine der Damen, die schon mehrfach die Blindekuh gespielt hat, ein weiteres Mal an ihrem hysterischen Gelächter erkannt worden ist und darum gebeten hat, aussetzen zu dürfen; Franz jedenfalls zieht mich in den Kreis und ruft: »Jetzt dieser junge Mann hier! Ein pianistisches Talent von höchsten Graden!« Damit bindet er mir unter dem Beifall aller Gäste das Tuch um und dreht mich ein paar Mal um die eigene Achse.

Nun tappe ich also blind durch den Saal von Schneiders Hotel, um mich herum ohrenbetäubenden Lärm, dazu die Schubser und Knüffe der jungen Leute. Schon habe ich die Orientierung verloren. Ich will Franz erwischen, höre ihn auch einmal neben meinem Ohr lachen, aber als ich dem Gelächter folge, laufe ich bloß gegen eine Wand von Leibern, die mich in den Kreis zurückstößt.

»Menschenfleisch!«, brülle ich und wedle mit den Armen. »Ich rieche Menschenfleisch!« Vielstimmiges Gejauchze ist die Antwort.

So geht es denn eine Weile, bis ich die Lust verliere. Wenn sich wenigstens eine der strammen rheinischen Gören schnappen ließe! Als ich merke, dass ich den Zuschauern wieder einmal nahe gekommen bin, mache ich einen Satz nach vorne und greife zu. Der folgende Aufschrei und der Umfang des Armes, den ich erwischt habe, verraten mir schlagartig, wer mir da ins Netz gegangen ist. Generalin von Czettritz persönlich!

Dass sie an der allgemeinen Belustigung nicht teilnehmen wird, versteht sich von selbst. Und falls doch, gäbe es dem unschuldigen Spiel einen derart bizarren Anstrich, dass sich niemand mehr in den Kreis wagte. Also streiche ich der Freifrau wie zuvor Liszt prüfend über die fleischigen Finger, um anschließend voller Entschlossenheit auszurufen: »Kein Zweifel! Ich habe Professor Breidenstein erwischt!«

7

Liszts Einladung erhalte ich am nächsten Morgen. Er scheint sie in der Nacht formuliert zu haben, um sie mir früh durch den kleinen Korf zukommen zu lassen. Momentan, so weiß es der Schwarze zu berichten, schliefen der Herr Pianist und seine Gefährtin noch. Sie seien überhaupt Langschläfer, ließen sich oft erst gegen Mittag im Garten blicken und äßen um vier. Ich gebe dem redseligen Knirps ein ordentliches Bakschisch.

Um elf stehe ich vor Liszts Tür und erhalte auf mein Klopfen die Antwort, mich noch einen Moment zu gedulden.

Ein wenig nervös gehe ich im Flur auf und ab. Frau von Czettritz hat recht: Nie kann man wissen, in welcher Stimmung Franz sich gerade befindet. Da ist seine brüske Missachtung am Tag meiner Ankunft, sein abendliches Zahnweh. Gestern dagegen hat er Stunden in menschenfreundlichster Stimmung zugebracht, hat auch nach dem Ende des Blindekuhreigens noch zum Tanz aufgespielt, bis Frau Tormann ihre Schützlinge einsammelte. Und heute lädt er mich zum Gespräch unter vier Augen. Oder soll auch Marie zugegen sein? Davon ist in seinem Billett keine Rede gewesen.

Ich höre Geräusche hinter der Tür, gedämpfte Kehllaute. Nach kurzem Zögern gehe ich in die Knie und spähe durch das Schlüsselloch. Da steht Franz, mitten im Raum. Scharf hebt sich sein Profil vom hellen Hintergrund ab. Mit hängenden Schultern und müden Augen fixiert er einen Gegenstand außerhalb meines Sichtkreises. Und fängt plötzlich an, Grimassen zu ziehen: reckt das Kinn vor, lässt es kreisen, mahlt mit dem Kiefer. Ich sehe, wie sich seine Nüstern blähen, wie die Augäpfel hin und her rollen. Dann stöhnt er auf. Einmal, zweimal, zuletzt noch ein sehr langes drittes Mal. Wieder die kreisenden Bewegungen des Unterkiefers. Sein Brustkorb hebt sich.

Mir dagegen stockt der Atem. Kniend verfolge ich diese faszinierende Darbietung. Wenn ich mich recht erinnere, handelt es sich bei dem unsichtbaren Gegenstand auf der linken Seite um einen Spiegel. Um denselben, der gestern von den Tormann-Schülerinnen geschmückt wurde. Aber warum dieses Mienenspiel? Jetzt scheint es zu Ende zu sein. Franz, immer noch nach links starrend, steht still da. Schultern und Arme hängen herab, das Gesicht ganz unbeweglich, wie aus Stein. Dann hebt er beide Hände, fährt sich langsam über Augen, Wangen und Kinn … und schüttelt sie aus. Mehr noch: Er wirft seine Finger gleichsam zu Boden. Diese heftige Geste wiederholt er zweimal. Danach ist das Lächeln auf sein Gesicht zurückgezaubert. Sein Körper strafft sich. Er geht zur Tür, drei rasche Schritte, öffnet sie, sieht mich emporschnellen.

»Hermann, mein Freund«, begrüßt er mich.

»Franz«, stottere ich.

Wir umarmen uns. Hemd und Weste, die er trägt,

können die knöcherne Härte seines Brustkorbs nicht mildern. Über seine Schulter fällt mein Blick auf den Spiegel an der Seitenwand, umrankt von den Blumen der Mädchen. Ist in ihm noch das gefrorene Antlitz des Künstlers zu sehen? Nach langen Sekunden lösen wir uns aus der Umarmung, er legt mir seine Hände auf die Schultern und mustert mich prüfend.

Was er sieht?

Vermutlich nicht mehr, als alle sehen. Ein Jünglingsantlitz, noch immer weich und kantenlos, das Haar dicht, die Lippen voll. Helle Haut, der die Sonne Italiens wenig anhaben konnte. Kleider nach der aktuellen Mode: Seidenweste über mehrfach gefälteltem Hemd, eine weinrote Krawatte, enge Hosen, spitze Schuhe aus englischem Leder. Auf meine gelben Handschuhe habe ich diesmal verzichtet. So bin ich, so trete ich auf, und was sich hinter alledem an jugendlicher Unrast verbirgt, geht niemanden etwas an. Nicht einmal Franz, dessen Hände schwer auf meinen Schultern lasten.

Und ich, was sehe ich?

Einen Mann, der mir, obwohl keine zehn Jahre älter als ich, ein ganzes Leben an Erfahrung voraus hat. Seine Augen verraten es, aber nicht nur sie. Auch sein Mund tut es, dieser breite Mund mit den leicht nach oben gebogenen Winkeln, die seinen Lippen ein kaum wahrnehmbares Lächeln schenken: das Lächeln des Gewohnheitssiegers. Nicht zu vergessen die hohe Stirn, der kräftige Haaransatz mit dem gescheiteltem Schopf, die übergroße Nase, das energische Kinn und der vorspringende Kehlkopf: Alles an Franz ist so prägnant, so scharf gezeichnet, dass sich die Bildenden Künstler auf ihn stürzen, um sein Profil für die Ewigkeit festzuhalten. Es gibt Aquarelle und Ölbilder von ihm, aber weitaus mehr Stiche, Skizzen, Studien, Umrisszeichnungen, Lithographien und Plastiken. Klare, harte Linien! Ein Charakterkopf, der keinen Spielraum in der Darstellung lässt: Der größte Pianist seiner Zeit ist gleichzeitig der hagerste. Aber noch immer weckt dieses markante Antlitz mütterliche Gefühle bei den Damen. Das Feuer der Entsagung, das in seinen Augen brennt, lässt sie dahinschmelzen.

»Gut siehst du aus, Hermann«, sagt Franz und gibt mich frei. »Geht es dir auch gut?«

»Bestens. Und dir?«

Statt zu antworten, bietet er mir einen Platz an, fragt nach meinen Wünschen: Tee, Kaffee? Lieber etwas Erfrischendes? Ich verneine. Er sucht nach Gebäck, findet schließlich eine kleine Schale und stellt sie auf den Tisch, nachdem er Bücher, Musikalien und Mappen mit Kupferstichen zur Seite geräumt hat. Der Schreibtisch ist mit geöffneten und halb geschriebenen Briefen übersät. In einer Ecke des Zimmers steht Liszts Stummerli auf dem Boden, eine Übetastatur mit drei Oktaven, die ihm unterwegs als Klavierersatz dient. Und noch immer liegen überall Blumenkränze von gestern Abend herum.

»Ich hoffe, ich störe nicht«, sage ich mit Blick auf seine Korrespondenz.

»Briefe!«, ruft er verächtlich aus. »Wie ich es hasse, dieses ewige Schreiben und Beantworten und Ersuchen! Man verstellt sich, macht Verrenkungen, versucht die Sprache des Empfängers zu treffen und tritt ihm am Ende doch auf die Füße. Ein elendes Geschäft! Ich habe mir ein Konzeptheft zugelegt, aber das verschlimmert die Sache nur noch. Nie in meinem Leben werde ich so viele Notenblätter füllen können wie Briefbögen.« Er sieht, dass ich zu einer Entgegnung ansetze, und schüttelt den Kopf. »Aber du, Hermann! Hast du dich schon eingelebt auf Nonnenwerth?«

»Kann man das? Bei all den Besuchern?«

»Das wird sich geben. Irgendwann werden wir die Insel für uns haben.«

»Vielleicht. Was machen deine Zahnschmerzen?«

Er zuckt mit den Achseln. »Sie kommen und gehen. Schon seit einigen Wochen. Aber reden wir nicht davon, sondern ...«

»Sondern?«, frage ich, da er nicht weiterspricht.

Nachdenklich mustert er mich. Wo ist er nur mit seinen Gedanken? Soll ich ihm sagen, worüber ich mit ihm sprechen möchte? Aber da huscht ein kurzes Lächeln über sein Gesicht, und er ruft: »Italien! Erzähl mir, wie es dir in Italien ergangen ist.«

Gut, auch mit diesem Thema diene ich gern. Es lässt sich so leicht als Crescendo anlegen: erst das Pech mit meiner Oper, die sie in Verona nicht geben wollten – piano lamentoso. Dann, etwas lauter, meine Auftritte als Pianist, hier ein Privatkonzert, dort eine öffentliche

Soirée. Und zuletzt, fortissimo: mein Erfolg in Venedig. »Wie sie mich dort feierten, Franz, du kannst es dir nicht vorstellen. Huldigungen ohne Ende! ›Pianista di prima sfera‹ nannten sie mich in der Società d'Apollo.«

»Glückwunsch. Dann brauche ich mich dort nicht mehr blicken zu lassen.«

»Mein Stern ist am Aufgehen, ich übertreibe nicht. Auch in Mailand lief es gut. Vielleicht kann ich meine Oper dort unterbringen. Galeotto Manfredi, der alte Ghibellinen-Stoff – so etwas muss den Leuten einfach gefallen.«

»Und sonst? Außerhalb Italiens?«

»Alles der Reihe nach«, wehre ich ab. »Nichts überstürzen!«

»Sicher.« Nachdenklich mustert er seine abgespreizten Finger. »Den italienischen Geschmack hast du also getroffen. Spielst du mir etwas vor?« Er weist auf das übel zugerichtete Klavier. Als er meinen skeptischen Blick sieht, verzieht er amüsiert die Lippen. »Natürlich ist es ein Jammerkasten. Aber was glaubst du, mit welchen Instrumenten ich mich unterwegs herumschlagen muss. Bei diesem hier sind immerhin noch mehr Saiten vorhanden als vermisst. Im Bass fehlt das D; spiel also lieber kein Stück in dieser Tonart. Das Schubert-Ständchen gestern musste ich auch transponieren.«

Ich trete also zu dem Klavier, einem Instrument aus Nussbaum. Fahre über die Tasten, wie ich es mir von Franz abgeschaut habe, drücke diejenigen, die gar zu weit nach oben ragen, auf gleiche Höhe herab. Dann beginne ich: mit einer Opernfantasie, ganz im Stil meines Lehrers. Die Saiten zittern, das Holz knackt. Liszt geht zum Fenster, um zu lauschen. Schon nach wenigen Takten öffnet er die beiden Flügel und schaut nach draußen.

»Fast hätte ich mitgesungen«, sagt er nach Ende meines Vortrags. »Aber das Schönste sind die Leute dort unten. Sie können es nicht fassen, dass da jemand genauso spielt wie ich.«

»Hör auf«, entgegne ich, womöglich eine Spur zu heftig. »Ich kann nicht so spielen wie du. Niemand kann das.«

»Diese Leute dort scheinen anderer Meinung. Vermutlich glauben sie jetzt, der verrückte Liszt sei in der Lage, gleichzeitig am Fenster zu stehen und Klavier zu spielen. Hast du noch ein Stück für mich, etwas Ruhigeres vielleicht?«

Ich spiele mein Schlummerlied, eine ganz neue Komposition. Von ferne ähnelt sie dem Schubert-Ständchen, das er gestern dargeboten hat. Mehr als bei der Fantasie stört mich das kaputte D im Bass, aber zum adhoc-Transponieren fehlt mir die Routine. Franz hat sich umgewandt und beobachtet mich, gegen die Fensterbank gelehnt.

»Sehr hübsch«, sagt er schließlich. »Ja, das gefällt den Italienern.«

»Dir nicht?«

»Ich bin Ungar.« Er geht zu einem Sessel, rückt das darauf liegende Kissen umständlich zurecht und setzt sich. »Übel ist es nicht. Vielleicht solltest du in dieser Richtung ... aber nein, ich brauche dir keine Ratschläge mehr zu geben. Du bist alt genug, Puzzi. Und gleichzeitig so jung, dass du mich als Komponist mühelos übertreffen kannst. Du hast eine Oper geschrieben. Gut, das habe ich auch, mit dreizehn Jahren. Aber das war eine Jugendsünde, und seither habe ich mich vor allem gedrückt, was mit der Bühne oder mit Gesang zu tun hat.«

»Und das Stück von gestern? Ich habe gehört, es sei für Chor gesetzt.«

Ganz kurz zuckt es um seine Mundwinkel. »Ja, vielleicht«, murmelt er und kratzt sich im Nacken. »Ein Versuch. Ich weiß nicht ... Es ist alles so deutsch hier, verstehst du?«

Nein, ich verstehe nicht. So deutsch? Auf Französisch ergibt diese Aussage keinen Sinn. Si allemand – wen oder was meint er damit? Die Insel? Die Menschen? Ihre seltsame Art der Begeisterung?

»Reden wir von etwas anderem, Hermann.« Er macht eine abwehrende Handbewegung. »Es freut mich, dass du hierher gekommen bist. Die Insel ist wunderschön, nicht wahr? Was meinst du, soll ich sie kaufen?«

»Kaufen?« Mir bleibt der Mund offen stehen. »Du willst sie ...? Steht sie denn zum Verkauf?«

»Ich habe keine Ahnung. Frau von Cordier klagt sehr über die hohen Unterhaltskosten. Wer weiß, wie lange sie sich diesen Luxus noch leisten kann.«

»Hättest du denn das Geld?«

Er zuckt mit den Achseln. »Ich müsste nachsehen. Es war nur ein Gedanke.«

Nach diesen Worten tritt eine Gesprächspause ein. Liszts Blicke fliegen unruhig durch sein Zimmer, während ich der verrückten Idee, eine Insel zu kaufen, nachhänge. Aber dann besinne ich mich rechtzeitig auf das Stichwort Geld, das mir eine passende Überleitung bietet.

»Franz«, rufe ich und bekräftige meine Worte mit einer kurzen Klavierfanfare, »hat dir Marie erzählt, warum ich hier bin? Unser Streit wegen Leipzig – lass ihn uns begraben. Du hattest recht, ich schulde dir tatsächlich noch die Konzerterlöse von damals. Und es tut mir sehr leid, dass die Überprüfung so lange gedauert hat. Ich habe alles dabei, die gesamte Summe. Wenn nur endlich diese unangenehme Affäre aus der Welt geschafft werden kann. Daher bitte ich dich, meine Entschuldigung anzunehmen. Franz, du kennst mich. Du weißt, dass ich dich niemals betrügen könnte. Ich bin jung, unerfahren ... aber ohne böse Absichten. Lass uns wieder Freundschaft schließen, hier auf Nonnenwerth.« Als er nichts entgegnet, stehe ich auf und trete mit ausgebreiteten Armen vor ihn hin. Bei Marie hatte diese Haltung bereits den gewünschten Effekt. »Nimmst du meine Entschuldigung an?«

»Wie bitte?«, erwidert er düpiert. »Wovon sprichst du?«

»Ich bitte dich, mir zu verzeihen.«

»Natürlich ... natürlich verzeihe ich dir. Hör auf, Hermann!«

»Danke«, flüstere ich. Wenn er nicht da in seinem Sessel kauerte, würde ich ihm jetzt um den Hals fallen. So setze ich mich wieder auf den Klavierschemel und beginne ihm vorzurechnen, welche Beträge ich ihm schulde. 1500 Francs vom ersten Konzert, eine etwas geringere Summe vom zweiten ...

»Lass das«, wehrt er ab. »Bitte, Hermann, ich will davon nichts hören. Wir werden die Sache bereinigen, aber nicht jetzt, verstehst du? Nicht heute, wo wir uns nach Monaten zum ersten Mal wieder sehen.«

»Aber du nimmst das Geld an, Franz? Ja?«

»Wie? Erst die Entschuldigung, dann auch noch dein Geld?«

»Es ist *dein* Geld.«

»Wir werden sehen. Vielleicht gibt es bessere Verwendungsmöglichkeiten.«

»Dann lass mich wenigstens vom Prozess gegen Wieck, den alten Giftzahn, erzählen.« Ich rutsche auf dem Schemel ganz nach vorn. »Du erinnerst dich an seinen Schmähartikel in der Leipziger Allgemeinen? Ohne ihn wäre das Publikum nie und nimmer gegen dich eingenommen gewesen. Und mich hat er darin als unanständigen Kerl bezeichnet. Aber das habe ich ihm vor Gericht vergolten, doppelt und dreifach! Wieck ist verurteilt worden. Wegen Verleumdung und Rufschädigung.«

Franz schweigt.

»Und nun stell dir vor«, fahre ich fort. »Der Alte ging in Revision – und verlor erneut. Niederlage auf der ganzen Linie! Ist das nicht zum Lachen? Mit Richtern hat Wieck einfach kein Glück. Erst zieht er gegen seinen Schwiegersohn Schumann den Kürzeren, jetzt gegen mich.«

Franz schweigt noch immer.

»Freut dich das nicht?«, bohre ich nach. »Wir können uns doch nicht alles gefallen lassen. Nirgendwo war die Stimmung so eisig wie in Leipzig, und das, bevor du überhaupt eine einzige Note gespielt hattest.«

»Ich weiß. Aber irgendwann werde ich wieder dort spielen müssen. Dann kann ich keine Feinde gebrauchen.«

»Von nun an wird Wieck vorsichtig sein, das verspreche ich dir.« Ich strahle ihn an. »Lässt du mich wieder deine Konzerte organisieren, Franz? Unsere Konzerte?«

Sein Blick wird starr. »Wie meinst du das?«

»Wie ich es sage. In Leipzig habe ich Fehler gemacht. Dumme Fehler. Aber woraus lernt man, wenn nicht aus Fehlern? Hinter mit liegt ein ganzes Jahr an Auftritten: England, Italien, Deutschland. Ich bin heute ein anderer, Franz, ich weiß jetzt, wie man Publikum und Kritiker zu behandeln hat. Du willst nach Russland, sagte man mir. Brillant! Ich kann dir nützlich sein, in vielerlei Hinsicht. Ich kann dir den Rücken freihalten, mich um alle lästigen Kleinigkeiten kümmern …« Kurzes

Augenzwinkern: »Und ich kann für dich einspringen, wenn du Zahnweh hast.«

Franz schweigt erneut. Er schlägt die Beine übereinander und fährt sich durchs Haar. Sein Blick irrt wie zuvor suchend umher, bis er sich an einem Punkt des mit Teppichen belegten Zimmerbodens festsaugt. Möglicherweise dieselbe Stelle, auf der das, was seine Finger vorhin aus dem Gesicht gestrichen haben, zu liegen kam.

»Es ist nicht gut, alleine zu reisen«, insistiere ich. »Schon gar nicht jetzt, auf dem Höhepunkt deines Ruhms, da dir ganz Europa zu Füßen liegt. Auf wen kannst du dich verlassen, wenn du von allen Seiten bedrängt wirst? Wer springt für dich ein, wenn ein Konzert unter allen Umständen stattfinden muss? Warum zögerst du? Erinnere dich nur an unsere gemeinsamen Auftritte in England!«

»England war ein Desaster«, murmelt er.

»Die Briten waren das Desaster, ja. Weißt du, welches Konzert mir einfällt, wenn ich an frühere Zeiten denke? Das vor sechs Jahren in Genf, als wir unser Czerny-Potpourri an vier Klavieren spielten. Du, Wolff, dieser Italiener und ich. War das Publikum nicht überwältigt?« Ohne eine Antwort abzuwarten, plappere ich weiter. »Vielleicht ließe sich ein solches Kabinettstück vor dem preußischen König wiederholen? Es ist auch viel sicherer, zu zweit zu reisen. Frag Marie, sie wird es dir bestätigen.«

»Marie?«, lacht er auf. »Nein, Hermann, sie sollten

wir nicht fragen. Ihrer Meinung nach ist es am sichersten, überhaupt nicht zu reisen.«

»Oh.« Ich verstehe. Die Gräfin d'Agoult heißt Liszts Tourneepläne nicht gut. Wenn es nach ihr ginge, würde sie ihren genialen Mann zuhause einschließen, wie eine wertvolle Orchidee, die man nicht aus der Hand gibt. Jetzt erinnere ich mich wieder an ihre Wutanfälle, als er damals nach Wien oder Ungarn fuhr, an ihre Tränen, an Drohbriefe und überfallartige Fieberattacken – je nachdem, welche Taktik ihr gerade als die erfolgversprechendste erschien. Ich bin so allein, Franz! Ich brauche dich! Habe ich nicht deinetwegen meine Familie verlassen …?

Gut, dann meiden wir dieses Thema. Auch wenn es ein absurder Gedanke ist – und ein typisch weiblicher dazu –, der Öffentlichkeit einen Franz Liszt vorenthalten zu wollen. Männer wie er gehören der ganzen Menschheit. Es ist ihre Bestimmung, die Massen zu begeistern, sie an die Grenzen ihrer Empfindungsfähigkeit zu führen. Meine Bestimmung vielleicht auch. Zumindest will ich Teil daran haben.

»Aber du wirst doch reisen?«, vergewissere ich mich. »Oder ist die Rede von deinem Gastspiel in Berlin nur ein Gerücht?«

»Nein, nein, ich habe das fest vor.« Er steht auf, geht zum offenen Fenster und sieht hinaus. »Es ist nur so, dass ich …« Der Rest seines halblaut gesprochenen Satzes wird vom Wind verweht.

»Wie bitte?«

Achselzucken. »Tut mir leid, Puzzi.«

»Moment, was tut dir leid? Ich habe nicht verstanden, was du eben sagtest. Du darfst nicht nach draußen sprechen, Franz.«

»Entschuldige. Ich sagte, dass es bereits jemanden gibt, der sich um meine Konzerte kümmert.«

»Was?« Ich sitze wie vom Donner gerührt. »Du hast jemanden?«

Er nickt.

»Aber wen?«

»Einen Italiener namens Belloni. Er steht seit Februar in meinem Dienst. Derzeit ist er unterwegs, um meine Auftritte vorzubereiten.«

»Und ihm traust du zu …? Einem Ausländer?«

Wieder fährt sich Franz durchs Haar. »Lass uns von etwas anderem reden«, lächelt er. »Was machen die Frauen, Hermann?«

8

Ja, Liszt sei zusammen mit einem Sekretär auf der Insel eingetroffen, bestätigt Schneider, der Gastwirt. Einem ungewöhnlich schweigsamen Italiener, während Liszts Diener, ein gewisser Jacob, immer für ein Schwätzchen zu haben sei. Und dieser Belluno oder Belloni reise nun von einem Ort zum anderen – Bonn, Köln, Aachen –, um alle nötigen Vorarbeiten für die Konzerte seines Meisters zu leisten.

»Herrje, warum hat mir das keiner gesagt?«, schimpfe ich. »Dann hätte ich mir die Fahrt hierher sparen können.«

Ohne die genaue Ursache meines Unmuts zu kennen, beweist der gute Friedrich Schneider ein feines Gespür für Solidarität, indem er aus einem Schrank eine Flasche Branntwein herbeizaubert und uns beiden ein Gläschen einschenkt. Nicht ohne zuvor einen Blick ins Hotelfoyer zu werfen; wegen Frau von Cordier, der Strengen, wie er mir zuraunt.

»So ein Konkurrent«, nickt er seufzend, »kann einem die Hölle heiß machen. Ich weiß, wovon ich spreche, Herr Herrmann. Mein Nachbar, der Hotelier Groyen drüben in Rolandseck …«

»Hat dieser Belloni überhaupt Ahnung von Musik?«, unterbreche ich ihn. »Was weiß er schon von den Bedürfnissen eines Virtuosen? Da braucht es Einfühlungsvermögen! Gespür! Mit Rechnen und Verkaufen allein ist es nicht getan.«

»Es kann der Beste nicht in Frieden leben, wenn es dem bösen Nachbarn nicht gefällt«, sekundiert Schneider.

»Welche Referenzen hat der Mann, welche Qualitäten? Wahrscheinlich ist er nur deshalb so schweigsam, weil er kein Wort Deutsch spricht.«

»Oh, das nicht, Herr Herrmann.« Entschlossen schüttet Schneider seinen Schnaps hinunter. »Er scheint unserer Sprache durchaus mächtig zu sein. Zumindest versteht er sich auf das Geschäft, die Zeitungsredakteure für seine Zwecke einzuspannen.«

»Ach?«

»Haben Sie noch keinen Blick in die Journale geworfen? Fast täglich erscheint eine Konzertankündigung in einem der Blätter. Oder einfach der Hinweis, dass der weltberühmte Franz Liszt dieser Tage am Rhein weilt. Auch wenn dabei ...«

»Wo steht das? Zeigen Sie her!«

Mein rüder Umgangston lässt den Wirt von Nonnenwerth regelrecht in sich zusammenfallen. Sein runder Kopf sackt in den Hemdkragen wie eine Kugel in ihr Loch; seine Miene, die ohnehin schon von Kummer überschattet ist, verdüstert sich noch mehr. »Stets zu Diensten, der Herr«, kommt es gepresst über seine Lippen.

»Entschuldigung«, rufe ich, beide Hände hebend. »Nun seien Sie nicht gleich eingeschnappt, guter Mann!

Sie sehen doch, dass mir übel mitgespielt wurde. Nach Höflichkeit und Etikette steht mir in diesem Moment nicht der Sinn.« Und weil er noch immer pikiert dreinschaut, hebe ich das Glas und proste ihm zu. Diese Maßnahme lässt das Eis zwischen uns schmelzen. Er prostet zurück und reicht mir anschließend die Zeitungen der letzten Tage: das Bonner Wochenblatt, die Kölnische Zeitung, den Koblenzer Anzeiger.

Tatsächlich, in jeder zweiten Ausgabe findet sich ein Hinweis auf Liszts Anwesenheit am Rhein. Am Mittwochabend, einen Tag vor meiner Ankunft, hat er in Bonn gespielt, zuvor gab es ein Diner im Kreise dortiger Vereinsgrößen. Morgen wird er sich in Bad Ems hören lassen, mit dem Chromatischen Galopp als Höhepunkt, von dem das Publikum offenbar nie genug bekommen kann. Seine atemberaubende Klaviertechnik findet ebenso Erwähnung wie sein Engagement für das Bonner Beethoven-Denkmal. Und dann gibt es noch eine Anzeige der Kölner Musikalienhandlung Eck & Compagnie, die bereits vor über einer Woche erschien: »Der gefeierte Pianist Liszt meldet uns so eben, daß er morgen hier eintreffen werde, welches uns zur Freude gereicht, hierdurch einem verehrten musicalischen Publicum mitzutheilen.«

»Und das hat alles dieser Italiener veranlasst?« Wütend werfe ich die Zeitung auf den Stapel zurück.

»Oder das Büro von Eck & Compagnie«, meint der Wirt, der von einem erneuten Kontrollgang zur Tür zurückkommt. »Einer der Firmengründer, Herr

Lefebvre, scheint ein guter Freund von Herrn Liszt zu sein.«

»Lefebvre? Nie gehört.« Mit Schwung leere ich mein halbvolles Schnapsglas. »Kaum ist man mal ein paar Monate im Ausland, umgibt sich Franz mit einem ganzen Begleitorchester neuer Freunde. Erst Lichnowsky, dann Signor Belloni und nun dieser Herr. Bauen sie in Köln denn wenigstens ordentliche Klaviere?«

»So sagt man. Beim Konzert für den Dombau wird Herr Liszt jedenfalls ein Instrument von Eck spielen.«

Ich stelle das Glas ab. »Ein Konzert – wofür?«

»Zugunsten des Kölner Doms. Nächste Woche soll es stattfinden. Der Erlös geht ohne Abzug in die Kasse des Dombauvereins.«

»Aber der Dom ist doch kaputt.«

»Er ist unvollendet, Herr Herrmann. Das ist ein Unterschied.«

»Und Franz wird spielen? Unser Franz Liszt?«

Schneider nickt trübsinnig.

»Ach was«, sage ich brüsk. »Für so einen Unsinn ist ein Franz Liszt nicht zu haben.« Dabei kenne ich seine Marotte, landauf, landab Benefizkonzerte zu geben. Aber wenn er es tat, in Wien zum Beispiel, ging es immer um Menschen. Um Überschwemmungsopfer in Ungarn oder um Witwen und Waisen irgendeiner Großstadt. Was soll da ein Bauwerk, das aus irgendwelchen Gründen nicht zu Ende gebaut wurde?

Schneider springt auf die Füße. Mit hochrotem Kopf

wühlt er in den Blättern, bis er die richtige Ausgabe gefunden hat. Er schlägt die Seite auf und hält sie mir vor die Nase. »Hier!«, ruft er zürnend. »Lesen Sie das, Herr Herrmann!«

Gut, tue ich ihm den Gefallen. Der Artikel stammt vom vergangenen Mittwoch. »Da allenthalben unsere Dombau-Angelegenheiten den lebendigsten Anklang finden«, heißt es großspurig, »so ist es uns eine höchst erfreuliche Nachricht, daß auch Herr Liszt, der auf einige Zeit Rolandswerth zu seinem Aufenthaltsorte gewählt hat, mit der freudigsten Bereitwilligkeit einem Wunsche aller Freunde des hohen Werks zuvorgekommen ist und sich erboten hat, in den nächsten Tagen hier in Köln ein großes Concert zum Besten des Dombaues zu geben. Der geniale, hochgefeierte Künstler, dem Großen und wahrhaft Schönen immer ein freigebiger Freund, was er zur Genüge in Bezug auf das Denkmal Beethoven's bewiesen, möge im Voraus den innigst gefühlten Dank empfangen, und wollen wir hoffen, daß sein edles Beispiel noch viele Nachahmer finde.«

»Soso.« Ich lege die Zeitung beiseite und kratze mich am Kopf.

»Und?« Schneiders kleine Augen funkeln. »Was sagen Sie?«

»Was soll ich dazu sagen? Meiner Ansicht nach …«

»Ist das nicht eine Unverschämtheit?«

»Meinen Sie?« Seltsam, gerade noch schien Schneider vom Plan eines Dombaukonzerts angetan. Woher dieser plötzliche Sinneswandel?

»Eine Frechheit ist das! Skandalös!«

»Schön, dann ist es eben skandalös. Ich stimme Ihnen völlig zu, Herr Schneider. Warum konzertiert der größte Pianist unseres Säkulums für eine Handvoll Steine, während die Menschheit hungert? Respektlos nenne ich das, unverantwortlich!«

Entgeistert starrt mich das Männchen an. »Aber das meine ich doch gar nicht.«

»Sondern?«

»Na, hier. Haben Sie nicht gelesen?« Er fährt mit dem Finger über die Zeilen des Artikels, bis er das Wort »Rolandswerth« erreicht hat. »Was steht da, Herr Herrmann?«

»Der auf einige Zeit Rolandswerth zu seinem Aufenthaltsorte gewählt hat«, lese ich. »Verstehe: die falsche Ortsangabe. Das stört Sie so.«

»Allerdings.« Er zieht ein weiteres Blatt aus dem Stapel. »Wobei es sich bei Rolandswerth um den alten Namen der Insel handelt. So ganz falsch ist die Angabe also nicht. Aber sie führt nur zu Verwechslungen. Hier, sehen Sie. Das ist der eigentlich Skandal!«

Auch im zweiten Artikel, den er mir hinhält, geht es um Franz, zumindest indirekt. Er stammt aus der Kölnischen Zeitung von gestern und annonciert eine Lustfahrt nach Rolandseck, um den Klaviervirtuosen Herrn Franz Liszt nach Köln zu begleiten.

»Rolandseck«, nicke ich. »Das Dorf am Rheinufer.«

»Eben!«, ruft er und wirft seine kurzen Arme in die Höhe. »Dort, wo Groyen sein Hotel hat. Das auch noch so heißt: Zum Rolandseck. Wahrscheinlich steckt er persönlich hinter der falschen Angabe, es würde mich nicht wundern. So einer arbeitet mit allen Mitteln. Sie müssen sich das einmal vorstellen: Der Kerl bemüht sich seit Tagen, meinen prominentesten Gast zur Übersiedlung nach Rolandseck zu bewegen, in sein eigenes Etablissement.«

»Ein Abwerbungsversuch?«

»Allerdings. Bislang ließ sich Herr Liszt nicht dazu bewegen, aber man weiß ja nie. Künstler ändern ihre Meinung schnell! Jedenfalls sah ich mich gezwungen, eine Richtigstellung in die Kölnische zu setzen.« Er hält mir eine dritte Ausgabe vor die Nase, die von heute, in der unter seinem Namen tatsächlich eine Gegenanzeige abgedruckt ist. Inklusive eines Schreibfehlers, der sich vermutlich Schneiders heiligem Zorn über seinen Konkurrenten verdankt.

»Und was ist das für eine Lustfahrt?«

»Die Kölner Liedertafel hat beschlossen, dem Künstler ein feierliches Geleit nach Köln zu geben. Es wurde eigens ein Dampfboot gemietet! Immerhin gibt Herr Liszt sein Konzert unentgeltlich.«

»Ein ganzes Boot voller Leute? Und die kommen alle hierher? Nach Nonnenwerth?«

»Das will ich doch hoffen«, entgegnet Schneider strahlend.

»Falls sie nicht in Rolandseck anlegen.«

Sein Strahlen verschwindet. »Dieser Groyen«, raunt er, »übernimmt sich, Sie werden sehen! Er hat sich in

Königswinter von einem Kölner Architekten ein Hotel bauen lassen, direkt am Rheinufer. Ein richtiger Klotz! Modern, na ja. Und dann der Name: Hôtel de l'Europe! Europäischer Hof! Hätte Rheinischer Hof nicht gereicht? Oder Deutscher? Aber nein, ein Groyen baut nach der Devise: Das ganze Europa muss es sein. Ich frage mich, woher er das Geld nimmt. Keine Frage, für ihn und seine Häuser wäre es die beste Werbung, wenn ein Liszt bei ihm logierte. Doch die Ruhe und Beschaulichkeit von Nonnenwerth kann Groyen nicht bieten. Auf Ihr Wohl, lieber Herr Herrmann!«

»Auf Ihr Wohl«, echoe ich und hebe mein Glas. Der gute Friedrich Schneider scheint nicht zu ahnen, dass ich vor meiner Ankunft auf der Insel eine Nacht bei seinem Konkurrenten verbracht habe.

Im nächsten Moment erschallt draußen Musik. Ich schaue durchs Fenster. Ein Bläserensemble, hübsch ausstaffiert in blauen Röcken, gibt eine Freiluftserenade. Schneider stellt sich neben mich und nickt zufrieden.

»Die habe ich bestellt«, erklärt er. »Kleine Aufmerksamkeit für die Baronin von Czettritz. Sie hat heute Namenstag und wünschte sich eine Harmonie im Garten.«

»Namenstag?«

»Sie heißt Marie.«

»Sieh an.«

Schneider winkt den Musikern zu, die sich aus Leibeskräften an ihren Instrumenten abrackern. Sonderlich originell ist es nicht, was sie da spielen, aber so ein Ständchen in der Natur macht immer Eindruck. Ich kehre zu den Zeitungen zurück und blättere sie durch.

»Hören Sie, Herr Schneider, das mit dem Dom müssen Sie mir erklären. Mir will nicht in den Kopf, warum sich ein Franz Liszt dazu herablässt, zu seinen Gunsten zu konzertieren.«

»Aber wieso nicht?«

»Ich bitte Sie: eine Kirche! Wie es sie in Deutschland zu Hunderten gibt.«

»Oh nein, oh nein!« Der gute Wirt schüttelt seinen runden Kopf so heftig, dass er ihm fast vom Hals purzelt. »Das sehen Sie falsch, lieber Herr Herrmann, ganz falsch. Der Kölner Dom ist keine beliebige Kirche. Er ist etwas ganz Besonderes.«

»Ja, er ist ein Trümmerhaufen. Hat man mir in Paris gesagt.«

»Eben.«

»Eben?«

»Genau genommen, ist er natürlich kein Trümmerhaufen.« Schneiders Miene nimmt einen kämpferischen Zug an. »Er ist unvollendet, ein Torso. Irgendwann vor 200 oder 300 Jahren hat man aufgehört, ihn weiterzubauen. Und gerade deswegen braucht er jegliche Unterstützung. Für uns Rheinländer«, und damit wirft er sich geradezu in Positur, der kleine Mann, »ist er mehr als ein Gotteshaus. Er ist ein …«

»Ja?«

»Ein …« Schneider überlegt. Er legt einen Finger an die Nase, aber das Wort will und will ihm nicht einfallen.

»Ein – was?«, frage ich. »Ein Kunstwerk? Ein Fanal? Ein Skandal?«

»Ein Symbol«, stößt er erleichtert hervor. »Ein Symbol, Herr Herrmann.«

»Und wofür?«

»Für vieles. Für bedeutende Dinge. Dinge, die uns wichtig sind.« Er spreizt seine Finger, um diese wichtigen Dinge an einer Hand abzuzählen, aber wieder fehlen ihm die Vokabeln, die Finger bleiben einsam in der Luft stecken.

»Ich bin kein Katholik«, sage ich. »Deshalb müssen Sie es mir erklären.«

»Aber Sie sind Deutscher! Auch wenn Sie im Ausland leben. Passen Sie auf, Herr Herrmann, die Sache ist ganz einfach. Sie erinnern sich an vergangenes Jahr, als die Franzosen die Kriegstrommel rührten? Als sie uns den Rhein wieder wegnehmen wollten?«

»Ich erinnere mich an ein paar Sonntagsreden …«

»Oh, die wurden auch während der Woche gehalten. Jeden Tag!«

»… und an einen Ministerpräsidenten, der sich innenpolitisch profilieren wollte.«

»Auf Kosten seiner Nachbarn, jawohl.« In Schneiders Augen blitzt die Verachtung des moralisch Überlegenen. »Wirklich ein verantwortungsvoller Politiker, dieser Adolphe Thiers! Nun ist er abgesetzt, der Arme, und musste die Grenze als Privatier überschreiten. Ganz ohne seine Truppen. Es heißt, er wolle hier bei uns für sein Napoleon-Buch recherchieren. Aber lassen wir das. Was ich sagen wollte: dass vor einem Jahr, angesichts der Pariser Kriegstreiberei, ein Aufschrei durch Deutschland ging.«

»Durch Preußen.«

»Durch alle deutschen Länder. Und ab diesem Moment herrschte Einigkeit, dass unsere Nation, wenn sie schon in viele Einzelreiche zersplittert ist, etwas braucht, an dem sie sich aufrichten kann. Das ihren Geist verkörpert.«

Mein Zeigefinger schnellt vor. »Ein Symbol.«

»Richtig, ein Symbol. Und dieses Symbol ist der Kölner Dom.«

»Eine Ruine?«

»Keine Ruine. Ein Torso!« Regelrecht empört schaut er mich jetzt an, der Gute. »Herr Herrmann, manchmal sind Sie wirklich schwer … Hier, sehen Sie sich das an.« Blitzschnell greift er in eine seitliche Vitrine und stellt eine Tasse vor mich hin. Auf ihr ist eine plumpe gotische Kathedrale mit zwei Türmen zu erkennen. Links und rechts davon, um die Größe des Bauwerks zu illustrieren, ein paar winzige Häuschen. »So wird er aussehen, Herr Herrmann«, strahlt der kleine Mann. »Wenn er fertig ist. Der Kölner Dom, Wahrzeichen des geeinten Deutschland. Na, was sagen Sie jetzt?«

Ich kratze mich am Kinn. »Schöne Tasse, Herr Schneider.«

»Sie zeigt den fertiggestellten Dom. Und ich sage Ihnen, ich werde dieses Bauwerk noch mit eigenen Augen sehen. Der Kölner Dom ist nicht irgendeine Kirche. Er enthält die Reliquien der Heiligen Drei Könige.«

»Tatsächlich?«

»Darum sollte er das größte Gotteshaus der gesamten Christenheit sein, und wenn der Stadt nicht im 15. Jahrhundert die Geldmittel …«, nachdenklich dreht er die Tasse in seinen Händen, »oder im 16. … Jedenfalls ist es an der Zeit, das Werk zu vollenden.«

»Ja, vielleicht.«

»Ganz sicher, Herr Herrmann.«

»Dann frage ich mich, warum nicht auch andere Ruinen wieder aufgebaut werden. Die auf dem Drachenfels zum Beispiel. Dass die etwas Besonderes ist, wird Ihnen jeder Ihrer englischen Gäste bestätigen, der seinen Byron gelesen hat. ›The castled crag of Drackenfels‹, so heißt es doch, oder?«

»Absolut korrekt«, lächelt er pfiffig und schenkt mir nach. »Wissen Sie was, mein Lieber? Wenn es nach mir ginge …«

»Würden Sie morgen den Grundstein legen«, ergänze ich den Satz.

»Und heute schon die Konzession für die Burgschenke beantragen«, kichert er. »Prost, Herr Herrmann!«

9

Meine Enttäuschung lässt sich weder durch die Unterhaltung mit Schneider abmildern noch durch seinen Schnaps. Von diesem Belloni zu erfahren, war wie ein Schlag ins Gesicht: das abrupte Ende jeder Hoffnung, mich mit Franz aussöhnen und von seinem Ruhm profitieren zu können. Umsonst die Reise nach Nonnenwerth, all meine schönen Pläne für die Katz. Als mir das klar wurde, fand unser vormittägliches Gespräch in seiner Suite ein baldiges Ende; zwischen den Mahlsteinen meiner Empörung und Liszts Verlegenheit wurde es regelrecht zerrieben, bis nur noch Satzspelzen und Worthülsen übrig blieben. Irgendwann reichte es mir, ich stürmte aus dem Zimmer und missachtete seine Rufe, nachmittags noch einen Abschiedskaffee mit ihm einzunehmen.

Ein Italiener, ausgerechnet! Wegen eines Italieners muss ich nach Italien zurück!

Erst die Aussicht, Franz in den nächsten Tagen nicht sehen zu können, bringt mich zur Besinnung. Vielleicht ist ja doch noch nicht alles verloren. Ich muss ihm begreiflich machen, dass ich der bessere Belloni bin: Musiker wie er, eine Attraktion für die Damen. Morgen konzertiert er in Bad Ems, einem wenige Stunden rheinaufwärts an der Lahn gelegenen Kurort. Vor seiner Abreise muss ich noch einmal mit ihm sprechen, unbedingt. Schneider verrät mir, dass er sich den Kaffee ganz alleine am nördlichen Ende der Insel servieren lässt. Der kleine Korf, der die Getränke, den Kuchen und das Geschirr schleppt, zeigt mir den Weg. Voll düsterer Gedanken stiefle ich hinter dem ohne Unterlass redenden Jungen her. Sein freundliches Geplapper vermischt sich mit dem Rauschen der Blätter, in denen der Wind spielt, zu einem bedeutungslosen Hintergrundrauschen.

Der Weg ist weit, viel weiter, als ich erwartet hatte. Als wir Franz endlich erreicht haben, ist die Nordspitze der Insel noch immer ein gutes Stück entfernt. Er sitzt auf einer Bank, neben der ein mächtiger Baumstumpf als Tisch dient, und scheint keineswegs überrascht, mich zu sehen.

»Wie schön, dass du mir Gesellschaft leistest.« Er legt die Zeitschrift, in der er gelesen hat, beiseite und erhebt sich, um mir die Hand zu schütteln. Der dunkelhäutige Knabe breitet ein Tuch über den Baumstumpf und serviert. Sobald er damit fertig ist, schickt Franz ihn fort.

»Es tut mir leid, dass ich vorhin so plötzlich davonlief«, sage ich. »Ich war wie vor den Kopf gestoßen, das musst du verstehen. Als ich hierher kam, glaubte ich, dir nützlich sein zu können, und dann erfahre ich …«

»Schon gut. Setz dich, Hermann. Einen Kaffee?«

»Gern.«

Er reicht mir die Tasse, Zucker, streicht sich das Haar aus dem Gesicht. »Seltsam«, murmelt er vor sich hin.

»Plötzlich riecht es hier nach Schnaps. Hast du getrunken, Hermann?«

»Mein persönlicher Beitrag zur Völkerverständigung. Ich musste Schneider trösten und er mich. Aber lassen wir das. Erzähl mir von Belloni. Ist er der Aufgabe gewachsen? Wie lange arbeitet er schon für dich?«

»Seit einigen Monaten. Ich bin zufrieden mit ihm.«

»Wirklich? Nun, mit den Zeitungsleuten scheint er umgehen zu können. Aber sonst? Der Kontakt mit dem Hof, die Konzerte, all die musikalischen Belange – schafft er das?«

»Ich bin zufrieden«, wiederholt Franz und nippt an seinem Kaffee. »Gut, nicht wahr? Fast wie in Frankreich.«

»Und was hält Marie von ihm?«, frage ich fast trotzig. Nun muss die d'Agoult als letzter Rettungsanker herhalten. Wenn sie den Reiseplänen ihres Geliebten ablehnend gegenübersteht, wird sie auch für seinen Impresario wenig übrig haben.

»Ich denke, sie hält viel von Belloni«, erwidert Franz. »Schließlich war sie es, die ihn mir als Sekretär empfohlen hat.«

»Marie hat ihn empfohlen?«

»Ja.«

Jetzt bin ich am Ende meiner Weisheit. Wie soll man das verstehen? Wenn Marie ihren Geliebten näher an sich binden will, warum verschafft sie ihm dann einen Sekretär? Glaubt sie, dieser Belloni könne Liszts Tourneen sabotieren oder wenigstens begrenzen? Da hätte sie lieber auf mich, den Versager von Leipzig, zurückgreifen sollen!

»Schau mal, das Kätzchen«, kommt es von der Seite.

Ich folge seinem Blick. Da streicht die schwarz-weiß gefleckte Katze, die mir schon am Tag meiner Ankunft auffiel, mit hochgerecktem Schwanz durchs Gras. Franz beugt sich vor, um sie mit Maunzen und Fingerbewegungen anzulocken. Und natürlich kann auch sie ihm nicht widerstehen. Leise schnurrend nähert sie sich.

»Franz«, versuche ich einen allerletzten Anlauf, »überleg es dir noch einmal. Vielleicht gibt es die Möglichkeit eines Arrangements mit Belloni. Du weißt, dass ich ganz andere Fähigkeiten habe als er. Wie oft warst du krank, weil du dir zu viele Konzerte zugemutet hast. Wer außer mir könnte dich in solchen Situationen entlasten? Und jetzt, wo ich dabei bin, meine Schulden zu begleichen …« Ich sehe, wie es um seine Mundwinkel zuckt, und gerate in Zorn. »Warum ist dir dieses Thema so peinlich, Franz? Ich werde dir das Geld zurückzahlen, es geht schließlich um meine Ehre, um meinen guten Ruf!«

»Sicher. Beruhige dich.« Enttäuscht sieht er der Katze nach, die vor Schreck das Weite gesucht hat.

»Für meinen Ruf bin ich sogar bereit, vor Gericht zu ziehen, frag den alten Wieck. Daran kann es also nicht liegen, dass du mich nicht mitnehmen willst. Woran sonst? Du traust es mir nicht zu, richtig? Du hältst mich immer noch für den kleinen, dummen Puzzi, der ahnungslos durchs Leben stolpert!«

»Auf keinen Fall.«

»Sondern?«

Er holt tief Luft, schlägt seine langen Beine übereinander und lässt den Blick über den Fluss schweifen. Am östlichen Rheinufer, wo sich Honnef mit seinen wie hingewürfelten Häuschen in einer Senke ausbreitet, sind einige Fischerboote auszumachen. Dahinter, auf den Hängen des Siebengebirges, spielen die Wolkenschatten. »Es hat nichts mit dir zu tun«, sagt er schließlich. »Aber warum sollte ich etwas ändern, wenn ich mit Belloni und seiner Arbeit zufrieden bin? Er ist sehr zuverlässig. Mit ihm habe ich einen echten Glücksgriff getan.«

»Und da ist für mich kein Platz mehr?«

Er setzt zu einem Nein an, doch das Wort kommt nicht über seine Lippen. »Hermann … Warum gehst du nicht selbst auf Konzertreise? Warum versuchst du nicht …«

»Ich bin erst zwanzig«, unterbreche ich ihn barsch.

»Natürlich. Verzeih, man vergisst es, wenn man wie ich deine Entwicklung schon so lange begleitet.« Er knetet seine Hände, bis die Finger knacken. »Also gut«, sagt er dann, »ich werde es mir noch einmal durch den Kopf gehen lassen. Auch wenn ich im Moment keine Möglichkeit sehe, dich mitzunehmen. Mach dir bitte keine großen Hoffnungen. Wie lange bleibst du auf Nonnenwerth?«

»So lange, wie du mich nicht fortschickst.«

»Nun spiel nicht den Gekränkten. Schau dich um, wie schön es hier ist. Du solltest den Aufenthalt genießen.«

Ich schweige. Genießen soll ich meinen Aufenthalt? Ob ich das kann, hängt von seiner Entscheidung ab. Und wie gut mir die Insel gefällt, auch. Von den sanften Windungen des Flusstals, von den Steilhängen und dem ewigen Plätschern der Wellen lässt sich ein Hermann Cohen nicht so rasch betören. Ich sehe eine Möwe auf die Wasseroberfläche zuschießen und der Strömung einen Fisch entreißen. Einen kleinen nur, aber auch ein kleines Leben will gelebt werden.

»Was machst du eigentlich auf Nonnenwerth?«, entgegne ich schließlich.

»Wie meinst du das?«

»Du hast mir geschrieben, dass du dich hier erholen möchtest. Ein Rückzug in die Stille, zusammen mit Marie.«

»Das stimmt.«

»Von Rückzug kann ja wohl keine Rede sein. Nicht, wenn halb Bonn die Insel heimsucht, um dich spielen zu hören.«

Lächelnd bleibt er die Antwort schuldig.

»Was wiederum kein Wunder ist«, fahre ich fort, »schließlich sind die Leute erst durch Bellonis Pressekampagne so in Aufruhr versetzt worden.«

Jetzt lächelt er nicht mehr. »Alles, was Belloni tut«, sagt er kühl, »tut er mit meinem Segen.«

»Und gerade das verstehe ich nicht. Willst du nun deine Ruhe haben oder so viel Staub aufwirbeln wie möglich? Ich bin der Letzte, der dir ein Konzert auszureden versucht, aber muss es unbedingt eines für diesen halbfertigen Dom sein?«

»Da ist sie ja wieder!« Ja, die Katze. Sie hat wohl einen Narren an ihm gefressen. Und er an ihr. Prompt beginnt das Spiel des Werbens und Lockens von vorn. Hier ein Maunzen, da ein Schnurren. Nicht lange, und das Tier springt ihm auf den Schoß, um sich ausgiebig kraulen zu lassen. Franz scheint mich völlig vergessen zu haben. Erst als ich mich räuspere, schaut er auf. »Entschuldige, Hermann, was hast du gefragt?«

»Wie du dazu kommst, für einen Dom zu konzertieren.«

»Ich wurde darum gebeten.«

»Ein Benefizkonzert, ja?«

Er seufzt. »Geld bringt es nicht, aber Sympathien. Und den Menschen hier liegt der Dom am Herzen. Sie wollen ihn endlich vollendet sehen.«

»Dazu genügt das richtige Geschirr.« Ich erzähle ihm von Schneiders Domsouvenir.

»Apropos«, meint Franz, »dein Kaffee wird kalt.«

Er hat recht. Der beständige Wind lässt die Tassen auskühlen. Wenigstens in der Kanne, die Korf dankenswerterweise mit einer gestrickten Hülle ummantelt hat, bleibt der Kaffee warm. »Und du glaubst tatsächlich«, frage ich nach einem Schluck, »mit deinem Konzert könntest du zum Weiterbau beitragen?«

»Ich hoffe es.« Er hebt das Kätzchen empor, um ihm so kräftig ins Ohr zu pusten, dass es sich schüttelt. »In

Köln haben sie ein Zentralkomitee gegründet, und überall im Land schießen die Dombauvereine wie Pilze aus dem Boden. Auch im Ausland. Sogar in Paris wird es eine Dependance geben, mit Heine als Mitglied.« Erneut bläst er ins Ohr des Kätzchens. »Obwohl er aus Düsseldorf stammt.«

»Heinrich Heine? Der alte Spötter? Das kann ich mir nicht vorstellen.«

»Ich weiß es aus sicherer Quelle.«

»Gut, aber wie soll dieses Gebäude am Ende aussehen?« Ich stehe auf und setze eine Fußspitze auf die Bank. Im Grunde interessiert mich nicht, was aus dem Kölner Torso wird, doch in diesem Moment erliege ich dem Verlangen, Franz zu widersprechen. »Da wird ein uraltes Gemäuer mit den Mitteln unseres Jahrhunderts weitergebaut. Und wenn es fertig ist, besteht es aus zwei Teilen, die überhaupt nicht zueinander passen. Die Türme im aktuell romantischen Stil, während der Rest …«

»Nein, nein!«, unterbricht er mich unerwartet heftig. Die Katze schaut überrascht auf. »Du kennst die Vorgeschichte nicht. Sie haben die alten Pläne gefunden, die aus dem 13. Jahrhundert. Einen in Paris, den anderen auf dem Dachboden eines Gasthofs in Darmstadt. Man weiß nun, wie der Dom hätte aussehen sollen. Es sind die Originalpläne!«

»Seit wann findet man Pläne aus dem Mittelalter auf dem Dachboden einer Kneipe?«

»Sagt dir der Name Boisserée etwas?«

»Ein Franzose?«

»Nein, ein Kunstsammler aus Köln. Er engagiert sich schon seit Jahren für den Weiterbau und hat nach den Plänen gesucht.« Jetzt neckt er die Katze mit seinem Gepuste so sehr, dass sie zappelnd zu fliehen versucht. Aber wer entkommt schon den Händen eines Franz Liszt! »Sulpiz Boisserée«, sagt er und hält sein Opfer in die Höhe, um ihm feixend in die Augen zu schauen. »Er ließ daraufhin Ansichten des vollendeten Doms anfertigen. Der Gasthof hieß übrigens Zur Traube. Gutbürgerliche Küche wahrscheinlich, aber unterm Dach der Plan zur Erstürmung des Himmels. Und dieser Boisserée«, jetzt schneidet er dem Tier sogar Grimassen, »wurde letzte Woche, als ich in Köln war, gefeiert wie ein König. Die Liedertafel brachte ihm ein Ständchen.«

Ich ziehe die Stirn kraus. »Soll das heißen, dass der Dom nach den alten Bauplänen weitergebaut wird?«

Franz nickt.

»In diesem scheußlichen gotischen Stil? Du scherzt!«

»Scheußlich findest du ihn?«

»Und ob! Kalt ist er und verworren. Nichts gegen unsere Vorväter, aber Geschmäcker ändern sich. Fehler von früher muss man doch nicht wiederholen. Das wäre grotesk!«

»Es geht nicht um Fehler, Hermann, sondern um verschiedene Anschauungen.«

»Ja, eben. Überall im Land werden Eisenbahnstrecken gebaut, fahren Dampfboote – aber in Köln will man ein Riesengebäude nach Plänen aus dem Mittelalter errichten! Wie passt das zusammen?«

»Beethoven hat keine Eisenbahnen erlebt, trotzdem spielen wir ihn noch. Oder Bach.«

»Ja, hin und wieder. Als Ergänzung. Aber um sich gänzlich hinter den Alten zu verstecken, muss man schon Mendelssohn heißen.«

Liszt kann sich ein Lachen nicht verkneifen. Er steht auf und versucht, das überraschte Kätzchen unter seine Weste zu stopfen. Was natürlich nicht gelingt, da das Tier verzweifelt um seine Freiheit kämpft. »Dich nehme ich mit, hübsches Ding!«, ruft er. »So eine Katze habe ich mir schon immer gewünscht.« Dann wird er gekratzt und lässt los. Mit gesträubtem Fell hetzt sein Opfer davon. Lachend sieht er ihm nach.

»Pass auf deine Finger auf«, murmele ich.

Immer noch lachend schlägt er mir auf die Schulter. »Weißt du, was dir fehlt, Hermann? Eine Vision! Der Wunsch, die Zukunft zu gestalten. Verrückte Ideen. Du bist viel zu sehr Pragmatiker, du willst immer nur den schnellen Erfolg. Das Publikum mit ein paar Kunststückchen um den Finger wickeln, ist einfach. Aber welche Perspektive hat es? Wie weit trägt es?«

»Und deshalb spielst du für den Dom? Für ein fragwürdiges Bauprojekt in irgendeiner deutschen Stadt?«

»Ja, zum Beispiel. Vielleicht wird er ja wirklich vollendet, irgendwann einmal. Und dann habe ich dazu beigetragen, den Grundstein zu legen. Architektur ist Stein gewordene Musik – wer hat das gesagt? War es Hugo? Umgekehrt gilt das natürlich auch: Musik als Architektur in Tönen.«

»Du hast recht, für solche Maximen bin ich wirklich zu pragmatisch.«

Franz nimmt die Zeitschrift, in der er vorhin las, von der Bank und reicht sie mir. »Hier, die Gazette Musicale de Paris von vor zwei Jahren. Ich habe dort einen Artikel über ein Bild von Raffael veröffentlicht. Die Heilige Cäcilie – du weißt, sie ist die Schutzpatronin der Musik.«

»Seit wann bist du Experte für Malerei?«

»Bin ich nicht. Ich würde auch nie behaupten, das Bild verstanden zu haben. Raffaels Gemälde dienen mir als Anregung. Manchmal für eine Komposition. Oder, wie in diesem Fall, für ein paar grundsätzliche Überlegungen. Es geht um die Frage, welche unterschiedlichen Funktionen Musik hat – wenn wir das Naheliegendste, die Publikumsbetörung, einmal ausklammern.«

»Ach?«, grinse ich. »Es gibt also noch andere Funktionen?«

»Wer weiß«, meint er achselzuckend. Dann wird er plötzlich ernst. »Sie kommen.«

Ich folge seinem nach Süden gerichteten Blick. Der leicht geschwungene Inselsaum verstellt uns die Sicht auf den Strom, aber ganz hinten, fast schon am östlichen Rheinufer, ist eine Bewegung erkennbar. Da nähert sich ein Gefährt, das äußerst flach im Wasser liegt und sehr groß sein muss, denn vom typischen Schaukeln der Fischerboote ist nichts zu bemerken. Ruhig treibt es auf dem Fluss.

»Ein Floß«, sagt Franz.

Ich stelle mich neben ihn und blinzle gegen die hochstehende Sonne. Nach und nach schiebt sich die Vorderfront des Gefährts aus dem Schatten der Insel. Seine Dimensionen sind ungeheuerlich! Ich schätze seine Breite erst auf zehn Meter, dann auf zwanzig – und noch immer wächst es zur Seite hin an. Über die gesamte Front hinweg stehen Männer in Fünfer- oder Sechsergruppen und hantieren mit gewaltigen Hölzern, die als Ruder dienen. Ihre abgeflachten Enden tauchen ins Wasser, auf dem Floß werden sie über die Kehle festmontierter Gabeln geführt. Jedes dieser Ruder wäre eines Titanen würdig. Endlich kann ich die schwimmende Insel in ihrer gesamten Breite überblicken. An achtzehn Gabeln mühen sich etwa hundert Männer, um das Floß in der Mitte des Flusses zu halten. Kommandos schallen über das Wasser.

Aber wenn dieses Monstrum schon so breit ist, dass es mit Müh und Not durch die Engstellen des Rheintals passt – wie lang mag es da sein? Ich ertappe mich dabei, wie ich die Luft anhalte.

Schweigend verfolgen wir die Annäherung der Flößer. Über den Männern an den Riesenrudern wird ein Holzsitz sichtbar, von dem aus ein Steuermann oder Lotse das Geschehen überwacht. Und noch weiter dahinter sind Dächer zu erahnen; nicht eins oder zwei, sondern Dutzende von Dächern. Eine Stadt wandelt auf dem Wasser!

»Woher wusstest du von dem Floß?«, frage ich schließlich.

»Hast du den Wahrschauer nicht gesehen? Ein Boot, das solchen Flößen eine Stunde vorausfährt. Alles, was sich auf dem Rhein befindet, muss gewarnt werden: Schiffer, Fährleute, Fischer. Auch die Leute in Badeanstalten und Flussmühlen, und natürlich sind alle Schiffsbrücken zu öffnen. Wenn ein Floß dieses Ausmaßes erst einmal in Bewegung kommt, gibt es kein Halten mehr.«

»Wahrschauer?« Inmitten unserer französisch geführten Unterhaltung nimmt sich das einsame deutsche Wort noch seltsamer aus.

»Eine schwarz-rot gewürfelte Fahne dient als Erkennungszeichen, ich habe es mir erklären lassen.«

»Das ist ja ein schwimmendes Dorf!«

Franz nickt. Das Floß ist nun so nahe, dass wir die Erschöpfung im Gesicht der Ruderer erkennen können. Es muss eine übermenschliche Anstrengung sein, die schweren Stämme stundenlang von einer Seite zur anderen zu führen. Nicht jeder Stromabschnitt erfordert so viel Geschicklichkeit wie diese Passage zwischen Nonnenwerth und Grafenwerth. Aber nachlassen darf man nie; solange man auf dem Wasser treibt, ist Vorsicht geboten.

»Kannst du mir verraten, wie man ein solches Floß

durch das Rheintal steuert, Franz? Durch die berüchtigten Engstellen?«

»Gar nicht. Das hier wird in Koblenz zusammengestellt worden sein. Weiter oberhalb sind kleinere Flöße im Einsatz.«

»Hessenland!«, hören wir den Steuermann von seinem Hochsitz aus rufen. Sofort reagieren die Ruderer auf sein Kommando; das Floß bewegt sich leicht zum entgegengesetzten Ufer. Ich kann nicht anders, als vor Erstaunen den Kopf zu schütteln. Schaum aufwirbelnd, klatschend und ächzend und doch in allergrößter Ruhe zieht dieses Riesenwerk an uns vorüber. Dabei ist das Ende des Floßes noch lange nicht absehbar. Niedrige Hütten umstehen ein Haus von beträchtlichen Ausmaßen, in einem umzäunten Bereich tummeln sich Hühner und Schweine. Männer mit Hakenstangen in der Hand laufen hin und her, lautes Hämmern ist zu hören. Wo die Dampfschiffe der Moderne schwarzen Rauch ausstoßen, breitet sich hier der Geruch nach Suppe und gekochtem Fleisch aus.

»Sie sollen ihren eigenen Metzger an Bord haben, der täglich einen Ochsen schlachtet«, raunt mir Franz zu.

Angesichts der Ausmaße glaube ich ihm aufs Wort. Mir fällt auf, dass die Spitze des Floßes aus vier verbundenen, aber beweglichen Einzelflößen besteht, an die sich der Hauptkörper mit einer Länge von mehreren hundert Metern anschließt. Und dort ganz hinten –

ja, jetzt kann ich den Abschluss des Gefährts erkennen – steht dieselbe Menge an Ruderern wie vorne: noch einmal eine Hundertschaft.

»Was für eine Urgewalt!«, entfährt es mir, als das Floß unter vielen Geräuschen und doch deutlich leiser als ein Dampfschiff vorübertreibt. »Ich wusste nicht, dass es solche Ungetüme heutzutage noch gibt!«

Franz zeigt auf die zusammengebundenen Stämme. »Siehst du das? In der Mitte sind mehrere Lagen Holz übereinandergestapelt. Innen Eiche, außen Fichte. Das leichtere Holz hilft dem schwereren beim Schwimmen.«

»Woher weißt du das alles?«

»Ich habe mich erkundigt«, schmunzelt er. »Vor einiger Zeit musste mein Dampfer einem solchen Floß ausweichen. Da schlägt man drei Kreuze und beginnt sich für diese Sachen zu interessieren.« Wir warten, bis auch der letzte Abschnitt des Floßes die Insel passiert hat. Während die Ruderer ganz hinten noch Blickkontakt zu uns haben, nähern sich die am vorderen, beweglichen Ende bereits dem Drachenfels. Und mit Einbruch der Dämmerung werden sie das schwierigste aller Flößermanöver in Angriff nehmen müssen: das Anlanden.

»Glaubst du nun«, höre ich Franz sagen, »glaubst du nun, Puzzi, dass die Menschheit imstande ist, einen Riesenbau wie den Kölner Dom zu vollenden?«

»Du meinst: weil sie auch solche Flöße bauen kann?«

»Bauen«, nickt er, »und steuern.«

»Wenn ein Riese wie Franz Liszt für den Dom musiziert«, schießt es mir durch den Kopf, »dann ja.«

10

Franz ist unterwegs, und an Nonnenwerth nagt die Langeweile. Einige der Engländer reisen nach Bad Ems, um ihn zu hören, in Köln werden die Vorbereitungen für sein großes Benefizkonzert getroffen, auch Frankfurt und Koblenz harren seiner Ankunft. Auf der Insel aber geht der Gesprächsstoff zur Neige. Naheliegend, dass man sich mit dem Wetter beschäftigt. Es ist heiß am Rhein, drückend heiß sogar, zum ersten Mal überhaupt in diesem grauen, ungemütlichen Jahr 1841. Aus dem ganzen Land werden Ernteausfälle gemeldet. Das Korn verfault, die Bäume tragen keine Früchte. Während die preußische Regierung eine Beschränkung der Getreideausfuhr und des Kartoffelbrennens erwägt, setzen Börsenspekulanten auf Versorgungsengpässe zu Beginn des kommenden Jahres.

Und es gibt noch ein Thema, um das sich die Unterhaltungen der Inselbesucher drehen, solange Liszt ausbleibt: die Eisenbahn. Keine sechs Jahre ist es her, dass die Adler keuchend zu ihrer Jungfernfahrt antrat. Mittlerweile legt sich ein immer dichteres Spinnennetz von Schienenwegen über das Land. Eine Viertelstunde nur braucht man von Köln nach Müngersdorf, weitere zehn Minuten bis Lövenich. Durch die Neueröffnung der Strecke Köln-Aachen in zwei Wochen wird sich die Reisezeit zwischen diesen beiden Städten auf drei Stunden verkürzen. Entlang der Gleise herrscht bereits Volksfeststimmung, jede Testfahrt wird bejubelt, in Düren und Eschweiler plant man Feierlichkeiten. Drei bärenstarke Lokomotiven – die Vorwärts, die Rhein und die Herkules – brennen auf ihren Einsatz. Der Königsdorfer Stollen: eine Wunderhöhle, fünftausend Fuß lang, mit Ziegelsteinen ausgekleidet. Brücken über die Erft, über die Ruhr, Viadukte, ein weiterer Tunnel. Sie lebe hoch, die Rheinische Eisenbahn! Während eines morgendlichen Spaziergangs mit dem Ehepaar Czettritz verrät mir der General, dass er etliche Aktien der Betreibergesellschaft hält. Was heißt »verrät«? Er beichtet es mir!

»Der Schiene gehört die Zukunft«, verkündet er mit seiner tiefen, von einem Hauch Düsternis grundierten Stimme. Seine Gattin schnuppert derweil an Blumen und Zweigen. »Leider.«

»Wieso leider? Als Aktionär sollten Sie das begrüßen.«

»Ich mag die Eisenbahn nicht«, seufzt er. »Ich verachte sie geradezu. In dieser Hinsicht bin ich ein Kind des vergangenen Jahrhunderts, in dem es nichts als Postkutschen gab und Segelschiffe. Glauben Sie mir, junger Mann, ich hasse dieses schnelle Reisen. Der Mensch ist für die Langsamkeit geschaffen!«

»Und doch haben Sie in das Ende der Langsamkeit investiert.«

»Es ist nun mal eine interessante Geldanlage. Ich halte auch Aktien der Imperial Continental Gas Association, die für die Straßenbeleuchtung in Köln sorgt. Aber Gaslampen bei mir vor der Haustür? Niemals!«

»Die Moderne lässt sich nicht aufhalten, fürchte ich.«

»Natürlich nicht, Sie haben recht. Mein einziger Trost ist, dass ich all das nicht mehr erleben werde. Dass durch jede deutsche Kleinstadt eines dieser stinkenden, brüllenden Ungeheuer walzt. Dass in jedem Dorf ein Gasometer steht.«

»So weit wird es nicht kommen«, entgegne ich. Mein Kopf ist schwer von zu wenig Schlaf und zu viel Wein. »Oder glauben Sie, dass die Lokomotiven auch das Rheintal erobern werden?«

»Und ob sie das werden! Da bin ich Realist. Ich habe an so vielen Schlachten teilgenommen, habe so viele Befehlshaber kennengelernt, dass ich weiß: Es braucht nur einen Napoleon der Technik, dann ist alles möglich. Man muss es wollen, verstehen Sie? Der menschliche Wille versetzt Berge und verlegt Schienen, auch entlang des Rheins.«

»Bis nach Nonnenwerth? Bis nach Remagen und weiter?«

Mit einer Handbewegung wischt er meinen Einwand beiseite. »Man wird Tunnel bauen, Brücken. Von ein paar romantisch umschwärmten Felsen lässt sich der Fortschritt nicht aufhalten, mein Freund.«

»Und was, wenn den Menschen der Fortschritt über wird? Es gibt auch die Sehnsucht nach Früher. Denken Sie nur an den Wiederaufbau des Kölner Doms. Das passt doch nicht zusammen!«

»Nein?« Er bleibt stehen, kratzt sich im Nacken und lässt seine Blicke über den Fluss schweifen. »Es scheint da einen Widerspruch zu geben, ich gebe Ihnen recht. Aber das Leben besteht nun mal aus Widersprüchen. Sagt Ihnen der Name Boisserée etwas?«

»Das wurde ich vor wenigen Tagen schon einmal gefragt. Sie meinen diesen Dombaupropagandisten?«

»Den Kunsthistoriker, ja. Ein Mann, der für die Vergangenheit lebt, der sich im Mittelalter auskennt wie kein Zweiter. Was ihn nicht davon abhält, für die modernen Verkehrsmittel einzutreten. Als zum erstenmal ein Dampfboot bis nach Kaub fuhr, war er an Bord. Und sein Vetter sitzt im Vorstand der Kölnischen Schifffahrtsgesellschaft.«

»Scheint ein Hansdampf in allen Gassen zu sein, dieser Mensch.«

»Und ich«, fährt von Czettritz fort, den kurzen Generalsdaumen auf der eigenen Brust, »ich werde den Erlös, den ich aus den Eisenbahnaktien ziehe, dem Dombaukomitee spenden.«

»Aus schlechtem Gewissen?«, grinse ich.

Bedächtiges Wiegen des Kopfes. »Auch. Ja, durchaus. So ist der Mensch. Mit einem Bein steht man im alten Leben, mit dem anderen im neuen.«

»Sie glauben also, dass man eines Tages mit der Eisenbahn durch das Rheintal fahren kann, um den fertiggestellten Dom in Köln zu besuchen?«

»Ich bin mir sogar sicher. Und ebenso sicher bin ich mir, dass Sie, junger Mann, das noch erleben werden.«

Er hüstelt kokett. »Falls sich meine Prophezeiung erfüllen sollte, denken Sie bitte daran, dass in beiden Errungenschaften mein Geld steckt.«

»Ach ja, das Geld«, flötet seine Gattin und lächelt gegen ihren schwergängigen Atem an. »Das liebe Geld, welches die Welt regiert. Aber wollen wir nicht von etwas anderem sprechen?« Hoffnungsfroh sieht sie mich an.

»Von der Musik zum Beispiel?«, tue ich ihr den Gefallen. »Von Liszt und seiner Kunst?«

»Von der Kunst, ja«, strahlt sie. »Genau davon wollen wir sprechen. Und von Ihnen, lieber Monsieur Herrmann.«

Nun bin ich doch überrascht. »Von mir?«

Ihre Wangen röten sich, aus ihren Augen blitzt mir eine Keckheit entgegen, die ihr überhaupt nicht steht. »Ich weiß, wer Sie sind«, ruft sie aus. »Ich habe alles über Sie gelesen! Die Reisebriefe der Sand aus der Schweiz, mit der Beschreibung Ihres fröhlichen Vagabundenlebens – köstlich! Sie sind Puzzi, Herr Herrmann, richtig? Der junge, schöne, begabte Puzzi, dem die Frauen zu Füßen liegen. Habe ich recht?«

Mehr als ein gequältes Lächeln bringe ich nicht zustande. Die dicke Schachtel platzt ja schier vor Stolz über ihre Entdeckung. Hilfesuchend blicke ich zu ihrem Mann, doch der tut, als sei er nicht anwesend. Empfindet die Begeisterung seiner Frau für französische Salonlektüre wohl als degoutant.

»Darf ich Sie Puzzi nennen, mein Lieber?« Sie lässt einfach nicht locker.

»Nun ... offen gestanden, wäre es mir unlieb, gnädige Frau. Denken Sie nur an meine Karriere als Künstler. Irgendwann muss man sich von diesen Verniedlichungen lösen.«

»Oh, das verstehe ich. Das verstehe ich sehr gut.« Wohlwollend tätschelt sie meinen Unterarm, auf dem sich augenblicklich eine Gänsehaut ausbreitet. »Dann sind und bleiben Sie also Herr Herrmann. Wobei ich Sie im Stillen immer Puzzi nennen werde.«

»Dort drüben zum Beispiel«, lässt sich der General mit seiner tiefen Stimme vernehmen. Eine Hand beschattet die Augen, während der Blick gen Süden gerichtet ist. »An diesem Felsen wäre ein Durchstich unumgänglich. Bergmännisch gesehen, kein Problem. Spannend wird es erst an der Loreley.«

»Diese Verwirrungen!«, schwärmt die Czettritz unverdrossen. »Die Maskeraden und kuriosen Verwechslungen, von denen die Sand schreibt. Und schreiben kann sie, das muss man ihr lassen. Wenn sie sich nur etwas moralischeren Gegenständen widmen würde!« Jetzt hakt sie sich auch noch bei mir unter! »Mein lieber Herr Herrmann«, sagt sie im Gehen, »darf ich Sie um einen Gefallen bitten? Um einen klitzekleinen Gefallen nur?«

»Und der wäre?«

»Es geht um Madame Sand. Je mehr ich von dieser Frau weiß, desto mehr fasziniert sie mich.« Die Baronin ist ernst geworden. Einen Kopf kleiner als ich, hält sie meinen Arm fest gepackt. »Sehen Sie, ich kann einfach nicht glauben, was über sie berichtet wird. Dass sie alle Konventionen über Bord wirft, dass sie ihre Kinder vernachlässigt und sich mit jedem dahergelaufenen Maler oder Dichter einlässt … Es passt so gar nicht zu ihrem Auftreten!«

»Aber es muss wahr sein«, knurrt der General von hinten. »Man liest es überall.«

»Gestern«, fährt seine Gattin unbeirrt fort, »trat sie als Nonne auf. Was sage ich: Sie *war* eine Nonne! Wenn Sie sie gesehen hätten, lieber Herr Herrmann, wie sie durch den Garten wandelte, dann würden Sie dasselbe sagen wie ich. Eine Frau? Nein, eine Erscheinung! Ihr Überrock, aus feinstem Kaschmir und strahlend weiß, mit diesen weiten Ärmeln – ganz die Tracht einer Klosterfrau. Einen Schleier trug sie auch, beide Enden über der Brust verschlungen, und dazu hatte sie ein großes Kreuz umgehängt.«

»Aber keine Handschuhe!«, wirft ihr Mann ein.

»Das ist richtig. Keine Handschuhe! Schöne weiße Hände hat die Sand. Und dann ihr Blick, so ganz ohne Fehl und Tadel! Wie erklärt man sich das, Monsieur?«

»Nun, vielleicht trug sie die Kleider aus Respekt vor ihrem Aufenthaltsort.«

»Das meine ich nicht«, runzelt sie die Stirn. »Ich frage mich, ob diese Frau ein zweites Ich besitzt, eine Seelenschwärze, die ihrer äußeren Erscheinung spottet. Können Sie mich nicht mit ihr bekannt machen, Herr Herrmann? Vielleicht ist sie ja selbst eine Verführte, vielleicht haben widrige Umstände entscheidenden Anteil an ihrem skandalösen Betragen.«

Ihr Mann schüttelt den Kopf, schweigt jedoch.

»Sie wollen, dass ich Sie einander vorstelle?«, vergewissere ich mich. Der Kopfschmerz drückt auf meine Augenlider.

»Ich wäre Ihnen ewig zu Dank verpflichtet«, strahlt sie mich an.

»Na, dann ... Es wird mir eine Freude sein, Frau Baronin.«

Vor lauter Glück stöhnt sie auf.

Noch am selben Tag gelingt es mir, Marie zu einem Besuch beim Ehepaar Czettritz zu bewegen. Zunächst sträubt sie sich, fürchtet um ihr Inkognito, und erst als sie erfährt, dass die Baronin eine Verwandte der berühmten Rahel Varnhagen ist, willigt sie ein. Dachte ich mir doch, dass meine ehrgeizige Arabella die Gelegenheit, Intimes über eine Schriftstellerkollegin zu erfahren, beim Schopfe ergreifen wird. Wir verabreden uns für den Abend.

Nach dem Mittagessen begebe ich mich auf mein Zimmer, finde aber keinen Schlaf. Eine Art innerer Unruhe ist an die Stelle meiner Kopfschmerzen getreten. Macht mir die Abgeschiedenheit der Insel so zu schaffen? Es ist doch nur ein Katzensprung zum westlichen Rheinufer, eine Überfahrt von wenigen Minuten! In Groyens Hotel in Rolandseck gab es ein hübsches Zimmermädchen, das überhaupt nicht aus dem Mund roch. Als sie hörte, dass ich in Italien gewesen war, blitzten ihre blauen Augen. Vielleicht sollte ich mir von ihr den Drachenfels zeigen lassen. Warum nicht gleich die Drachenhöhle?

Oder mit dem Dampfboot nach Ems, in den Kursaal. Nach Wiesbaden, unter meinesgleichen. Nicht hier versauern!

Ich wälze mich also auf meinem Bett hin und her, als ich durch das offene Fenster plötzlich Geschrei vernehme. Unten, im Wirtschaftshof, rufen und lärmen sie durcheinander, Kinderstimmen sind zu hören und das Schlagen von Türen. Kaum dass ich am Fenster stehe, bietet sich mir ein befremdliches Bild. Eine ganze Horde von Menschen – Männer, Frauen, Kinder – rennt kreuz und quer durch den Hof, in scheinbar willkürlicher Anordnung. Es sind Bedienstete des Hotels, ich sehe den kleinen Korf, den Koch, einige Mägde. Jeder hat etwas in der Hand, eine Heugabel, einen Spaten, einen Dreschflegel oder wenigstens einen Blechtopf, auf dem es sich mit einem großen Löffel tüchtig lärmen lässt. Vor dem verschlossenen Hoftor steht breitbeinig ein kräftiger Kerl mit bloßen Armen, eine Schippe als Waffe in den Fäusten.

Erst verstehe ich nicht. Das Ganze ähnelt einer bäuerlichen Variante unseres Blindekuh-Spiels, nur dass niemandes Augen verbunden sind. Dann aber entdecke ich eine Ratte, die in wildem Zickzacklauf der jagenden Meute zu entkommen versucht. Von meinem erhöhten Beobachterposten wirkt sie so klein, fast niedlich, dass man ihr die Flucht gönnen möchte. Krachend fährt das Blatt eines Spatens neben ihr auf die Erde. Sie rennt auf eine Magd zu, die ihr einen beherzten Fußtritt versetzt. Begeistertes Johlen der Menge. Dann schreit ein junger Mann auf, der in die nackten Zehen gebissen wurde. Wieder entkommt das Tier haarscharf einer brachialen Attacke. Anschließend flüchtet es Richtung Hoftor, in der vergeblichen Hoffnung, dort entschlüpfen zu können. Vor dem Tor aber steht dieser Bär von Mensch, regungslos, die Schippe gezückt, mit der er urplötzlich, ohne groß Schwung zu holen, dem Vieh über den Kopf fährt. Zappelnd liegt die Ratte vor ihm, ihr Schwanz kräuselt sich wie eine Schlange. Ein gezielter Schlag mit der Metallkante, Blut spritzt, der Körper ist in zwei Hälften geteilt. Wütende Begeisterung.

Während der erfolgreiche Jäger, ohne einen Blick für sein Opfer, von dannen zieht, stürzen sich Kinder und Mägde auf das Tier. Bearbeiten es so lange mit ihren primitiven Waffen, bis da nur noch schwärzlich-rote Klumpen auf der Erde zu erkennen sind. Auch der kleine Korf beteiligt sich an dem Massaker.

Später, als ich ihm auf dem Weg zu Marie begegne, frage ich ihn, ob derartige Treibjagden an der Tagesordnung sind.

»Zum Glück nicht«, antwortet er, doch das Jagdfieber in seinen Kinderaugen spricht seinen Worten Hohn. »Auf Nonnenwerth gibt es keine Ratten. Ab und zu, aber wirklich nur sehr selten, gerät eine unbemerkt auf die Fähre. Wir bekommen ja alles angeliefert, Brennholz, Mehl, Getreide, Kartoffeln. Da steckt schon mal so ein Viehzeug dazwischen. Dann muss es natürlich getötet werden, sofort.«

»Du meinst, weil man sonst eine Rattenplage auf der Insel bekäme?«

»So ist es, Missjö.«

»Bei *einer* Ratte?«

Da grinst der Kerl über das ganze schwarze Gesicht. »Wo eine Ratte ist, sind auch zwei. Glauben Sie mir, Missjö.«

11

Marie scheint sich des Eindrucks, den ihre Nonnentracht bei Frau von Czettritz gemacht hat, sehr wohl bewusst zu sein. Jedenfalls hat sie den weißen Überrock am Abend erneut angelegt. An Stelle des Schleiers trägt sie diesmal einen ihrer langen seidenen Schals. Ihr Haar, über der Mitte der Stirn streng gescheitelt, fällt in kunstvoll drapierten Locken über beide Ohren – das Arrangement eines Künstlers. Ganz zu schweigen von ihrem kerzengeraden Gang, dem lange antrainierten, ihrem alabasterfarbenen Gesicht und dem weltsatten Blick. Kein Wunder, dass sich die Hotelgäste, und zwar nicht nur die männlichen, auf dem Flur nach ihr umdrehen.

»Meine Hochachtung, Gnädigste«, verbeuge ich mich und gebe ihr einen Handkuss. »Sie könnten mit Aphrodite um den Apfel des Paris wetteifern.«

»Ist das alles, was Sie in Italien gelernt haben?«, zischt sie. »Falsche Komplimente zu machen?«

»Sie sind bedeutend weniger falsch als Ihr Name, Madame Mortier Defontaine«, lächle ich. »Mag sein, dass ich hin und wieder den richtigen Ton nicht treffe, meine Liebe. An meiner Verehrung für Sie ändert das nichts. Sie sehen wirklich bezaubernd aus.«

Der weitere Weg verläuft schweigsam. Als wir vor der Tür der Baronin stehen, bittet mich Marie, ihr Inkognito zu wahren. Auch wenn es mir schwer falle. Der Name d'Agoult solle nicht in der ganzen Welt mit einem Ehebruch in Verbindung gebracht werden.

Ich sehe, wie mühsam ihr diese Bitte über die Lippen kommt. Fast tut sie mir leid, die schöne Marie.

»Für Sie tue ich alles«, sage ich.

Baronin von Czettritz spielt die perfekte Gastgeberin. Wenn ich es nicht besser wüsste, könnte ich die beiden für langjährige Freundinnen halten. Keine Rede mehr von der Verführerin oder Revolutionärin, sondern höfliches Interesse und charmante Nichtigkeiten. Der General steht im Hintergrund herum und würde am liebsten mit dem Säbel rasseln, den er längst abgelegt hat.

»Voudriez-vous un thé, Madame? Vous aussi, Monsieur Herrmann?«

Das Französisch der Baronin ist eher holprig, aber besser als das ihres Gatten (der damals mit Napoleon ja auch keinen Tee trank, sondern ihn bekämpfte), und was an Vokabeln fehlt, wird durch Pathos ausgeglichen. Ich muss sagen, so viel Geschmeidigkeit hätte ich der Matrone nach unserer ersten Begegnung nicht zugetraut. Auch Marie hat Kreide gefressen. Sie lobt die geschmackvolle Einrichtung des Zimmers, die kluge Auswahl der Bücher und zettelt gleich ein Gespräch über deutsche und französische Literatur an. Vermutlich ist ihr jedes Thema recht, solange keine persönlichen Angelegenheiten zur Sprache kommen. Außerdem kennt sie sich in Literatur aus.

»Was für geistreiche Ansichten, Madame …!«, ruft die Baronin entzückt. Im letzten Moment hat sie den Namen Sand, der ihr auf der Zunge lag, hinuntergeschluckt. Zur Sicherheit wiederholt sie ihren Satz: »Was für geistreiche Ansichten, Madame Defontaine. Man merkt gleich, dass Bücher Ihr Lebensinhalt sind.«

»Das Leben besteht aus mehr als Büchern.«

»Aber Sie verkehren mit Schriftstellern.«

»Das lässt sich nicht vermeiden. Paris ist voll von ihnen.«

»Dann kennen Sie auch Heine, den Romantiker?«

»Heine, ja«, seufzt Marie, legt die Hände in ihren Nonnenschoß und senkt den Kopf. Ohne ihre Haltung zu verändern, aber mit verstohlenen Blicken zu ihren Gastgebern, fährt sie fort: »Seinem Land macht er keine Ehre, dieser Henri Heine. Er lässt sich aushalten. Er bettelt: Donnez-moi cinquante francs! Und man gibt sie ihm.«

»Welche Schande!« Baron und Baronin sind empört.

»Gleichwohl hält Liszt viel von ihm«, sagt Marie, indem sie uns wieder ihr klares Gesicht zeigt. »Und dass er der Welt bezaubernde Verse geschenkt hat, wird man kaum in Abrede stellen können.«

»Monsieur Liszt sollte sie vertonen«, schlägt die Czettritz vor.

»Nein!« Das ist ihr Gatte.

»Aber ja! Hören Sie nicht auf meinen Mann, Gnädigste, er ist kein Freund von Heine und keiner von moderner Musik.«

»Das ist nicht wahr«, widerspricht der Alte. »Monsieur Liszt hat vor einigen Tagen einen Marsch für mich extemporiert, und der war ausgezeichnet. Ein musterhaft vorgetragenes Stück!« Die Endgültigkeit, mit der er das sagt, steht wohl nur einem preußischen Generalmajor zu.

»Aber als am Sonntag die Kapelle vor meinem Fenster spielte«, setzt seine Gattin das Geplänkel fort, »war er drauf und dran, die Musiker mit seinem Spazierstock zu vertreiben.«

»Das war keine Musik, das war Lärm!«

»Diese Herren brachten mir ein Ständchen zum Namenstag.«

Der General winkt ab. Zivilisten! Marie aber schaut überrascht vom einen zum anderen: »Zum Namenstag? Heißen Sie auch Marie?«

Stirnrunzeln bei der Frau Baronin. »Sie etwa auch?«

Amüsiert ziehe ich die Brauen nach oben. Die d'Agoult bemerkt es, und ebenso merkt sie, dass sie sich verplappert hat. »Ja«, stottert sie errötend, »Marie … Mortier Defontaine. Ich glaubte in der Tat, das Ständchen gälte mir. Obwohl dieser Brauch in Deutschland nicht üblich ist, wie man mir sagte. Meine Zimmer liegen ja gleich über Ihren.«

»Jeden Sonntag gibt es Tanzmusik auf der Insel«, wirft der General ein, und seiner Miene lässt sich ablesen, dass er dies nicht gutheißt. »Schneider lässt sie aus Bonn kommen oder woher auch immer. Als ob wir Inselgäste so etwas nötig hätten!«

»Sonntags verlasse ich meine Wohnung nie«, ergänzt seine Frau. »Der siebte Tag der Woche ist mir heilig. Es sei denn, Ihr …«, sie stockt, um sich sofort zu verbessern: »Es sei denn, Monsieur Liszt gibt ein Konzert. Dann mache ich eine Ausnahme.« Ein Räuspern soll ihre Verlegenheit überspielen. Weil Marie eisern schweigt, spricht sie rasch weiter: »Soso, wir beide tragen also den gleichen Vornamen. Ist das nicht charmant?«

Tut mir leid, Frau Baronin, aber auf diese Weise bringen Sie Ihren Gast nicht zum Reden! Marie tupft sich mit einem Spitzentaschentuch die Lippen. Die Czettritz sieht hilfesuchend zu ihrem Mann hinüber, der aber bloß seine vielfach bewährte Schlachtenlenkermiene aufsetzt. Schwer lastet die Stille auf der kleinen Teegesellschaft.

Gut, dass es mich noch gibt! Meine Tasse abstellend, beuge ich mich zur Baronin hinüber und sage: »Die Schwester von Madame Defontaine war mit dem Dichter Brentano verheiratet. Wussten Sie das?«

An Albernheit ist meine Frage kaum zu überbieten. Woher soll die gute Frau wissen, dass jene französische Marie, die unter dem Namen Defontaine firmiert und für George Sand gehalten wird, dass also eine dieser Personen überhaupt eine Schwester besitzt? Aber darum geht es nicht. Es geht um die wütenden Blicke, die mir Marie auf meine Bemerkung hin zuwirft, Blicke so scharf wie die Bajonette aus den napoleonischen Kriegen.

»Ist das wahr, Gnädigste?« Die Baronin schlägt die Hände zusammen. »Mit Brentano, dem frommen Mann, der den Rhein so oft besungen hat? Ihre Schwester?«

»Stiefschwester«, murmelt Marie.

»Auguste Bussmann«, komme ich ihr zu Hilfe. »Leider hielt die Ehe nur kurz. Es lebt sich nicht leicht an der Seite eines Dichters. Wir sprachen ja gerade über Heine. Und Brentano steht ihm in nichts …«

»Ein Fischer saß im Kahne«, unterbricht mich der volltönende Bass des Generals, »ihm war das Herz so schwer, sein Liebchen war gestorben …«

»Das glaubt' er nimmermehr!«, fällt seine Frau begeistert ein. Und fährt fort, ohne auf unsere verdutzten Mienen zu achten: »Ja, das ist Brentano. Sein Rheingedicht! Das mit der toten Jungfrau. Wie heißt es noch? Da kommt sie hergegangen …«

»Kömmt«, verbessert ihr Gatte. »Kömmt, nicht kommt. Da kömmt sie hergegangen und steiget in den Kahn, sie schwanket in den Knien, hat nur ein Hemdlein an.« Seine geblähten Nüstern lassen darauf schließen, dass ihm die leicht bekleidete Dame gerade leibhaftig vor Augen steht.

»Und das Schönste«, ergreift wieder die Baronin das Wort, »das Schönste an diesem Gedicht: Nonnenwerth kommt darin vor!«

»Kömmt darin vor?«, echoe ich.

»In einem Nonnenkloster, da singen Stimmen fein, und in dem Kirchenfenster sieht man den Kerzenschein.« Die Czettritz nickt versonnen. »Als das geschrieben wurde, gab es noch Nonnen auf der Insel.«

Marie hat schweigend zugehört. Sie sitzt da, als sei sie selbst die gestorbene Jungfrau, so kalt und unnahbar in ihrer strengen Tracht. Welche Gefühle mögen sich hinter dieser abweisenden Fassade zusammenbrauen?

»Hat nur ein Hemdlein an«, summt der General vor sich hin.

»Und ein Loreley-Gedicht hat Ihr Schwager auch geschrieben, Gnädigste!« Die Baronin ist nicht zu bremsen. »Ein sehr schönes, ganz anders als Heines Lied, das freilich auch seine Qualitäten hat. Zu Bacharach am Rheine – nicht wahr, so geht es doch? Dort kommt ebenfalls ein Kloster vor. Warten Sie, gleich fällt es mir ein: Du sollst ein Nönnchen werden – ist das nicht hübsch? Keine Nonne, sondern ein Nönnchen. Mit ›du‹ ist die Loreley gemeint, die Zauberin. Du sollst ein Nönnchen werden, ein Nönnchen schwarz und weiß, bereite dich auf Erden zu deines Todes Reis'.«

»Bravo«, applaudiere ich. »Wunderbar, liebe Frau Baronin! Ich bin beeindruckt.« Geschmeichelt legt sie eine Hand auf die Brust.

Marie aber schweigt noch immer. Ihr Blick ist auf das offene Fenster gerichtet, hinter dem die Bäume der Insel sanft im Wind schwanken. Wem sie in diesem Moment nicht als schön vorkommt, der hat überhaupt keine Empfindung für das Schöne auf der Welt. Ihre Finger sind fest in den Stoff ihres Überrocks vergraben und walken ihn durch.

»Zu deines Todes Reis'«, wiederholt sie schließlich leise. Sie zitiert das Gedicht auf Deutsch, genau wie das Ehepaar Czettritz zuvor. »Wohl gesprochen. Auguste … meine Stiefschwester … ihre Ehe war nicht glücklich. Sie hielt kaum einen Sommer. Vor bald zehn Jahren ging sie ins Wasser.«

Betretene Stille. Die Baronin wirft ihrem Mann einen hilfesuchenden Blick zu. Auch ich bin irritiert. Flunkert Marie? Spricht sie jetzt als Madame Defontaine? Aber mit solchen Dingen treibt man doch keinen Scherz!

»Das tut mir sehr leid«, erwidert die Czettritz schließlich. Flüsternd, aber mit Inbrunst. »Es tut mir unendlich leid für Sie, meine Liebe.«

»Der Tod gehört zum Leben«, sagt Marie mit fester Stimme und wendet sich ihr zu. »Würde es Sie sehr stören, wenn ich mir eine Zigarette anzündete?«

Nicht nur der Baronin klappt die Kinnlade herunter.

Mit diesem Geständnis hat unser Gespräch eine unerwartete Wendung genommen. Ich wusste nichts vom Selbstmord der Bussmann. Marie sprach mir gegenüber nie davon, Franz ebenso wenig. Aber die Erwähnung dieses Vorfalls zeigt sofort Wirkung: Natürlich sei es ihren Gästen gestattet zu rauchen, betonen Baron und Baronin nach dem ersten Schreck und vielsagendem Augenkontakt einhellig, für sich selbst bitte man lediglich darum, sich dieses Genusses enthalten zu dürfen.

Während ein Diener nach Maries Zigaretten geschickt wird, versuche ich mich an das zu erinnern, was ich vom Schicksal ihrer Halbschwester weiß: Tochter eines reichen Bankiers; mit sechzehn Flucht aus dem Elternhaus, um den viel älteren Brentano zu heiraten; Trennung, Rückkehr, wieder Trennung; erst nach Jahren die Scheidung; dann eine zweite Ehe, Kinder ... Hier endeten gewöhnlich die Berichte über Maries deutsche Verwandte. Ihre Mutter, eine geborene de Flavigny, vermählte sich in zweiter Ehe einem Grafen d'Agoult und zog von Frankfurt nach Paris.

»Sie auch eine Zigarette, Hermann?«, holt mich Marie wieder in die Gegenwart zurück.

Ich schüttle den Kopf. Wortlos entzünde ich ein Streichholz und halte es an die Spitze ihrer Zigarette. Dabei komme ich ihrem Gesicht so nahe, dass ich ihr Parfüm einatmen kann. Leider nur einen kurzen Augenblick, dann verdrängt der Schwefelgeruch des Zündholzes jeden anderen sinnlichen Eindruck.

»Darf ich fragen«, räuspert sich die Czettritz, »wo sich Ihre Schwester ertränkt hat? In einem Fluss? Bitte halten Sie diese Frage nicht für indiskret, ich ...«

»Im Main.«

»Aha.«

Kurze Stille. Natürlich, unsere dicke Gastgeberin wird insgeheim gehofft haben, dass Auguste den Tod im Rhein gesucht hat. Vielleicht sogar hier, in Sichtweite

Nonnenwerths! Oder am Loreleyfelsen. Dann hätte sich trefflich über die prophetische Gabe ihres Mannes, des Dichters, philosophieren lassen: Das Wasser treibt so schnelle, o fall nicht in den Rhein …

»Es ist tragisch«, seufzt die Baronin. »Manchmal denke ich, das ganze Leben ist tragisch. Finden Sie nicht auch, Gnädigste?« Sogar ihr Mann hüstelt nur ganz leise vor sich hin.

Marie steht auf. Groß und schlank schreitet sie an uns vorüber, zum Fenster, die brennende Zigarette in der Hand. Den Blick ins Freie gerichtet, beginnt sie zu erzählen: »Ich kannte meine Schwester kaum. Sie war fünfzehn Jahre älter als ich und in Frankfurt aufgewachsen, während ich in Frankreich lebte. Ich weiß nur, dass sie an Neujahr geboren wurde. Ich dagegen an Silvester. Die eine am ersten Tag des Jahres, die andere am letzten. Ob das etwas zu bedeuten hat? Entgegengesetzte Pole, einander ausschließende Eigenschaften? Ich weiß es nicht. Eine Gemeinsamkeit hatten wir jedenfalls: die missglückte Ehe mit einem zugewiesenen Gatten. Sie litt, ich litt. Und wir beide suchten die Freiheit; Auguste vor ihrer Heirat, ich danach. Sie mit einem Dichter, ich mit einem Musiker. Und vermutlich scheitern wir auch da beide. Insofern gebe ich Ihnen recht, liebe Frau von Czettritz, das Leben ist tragisch.« Nur kurz zieht sie an ihrer Zigarette, um sogleich fortzufahren, im selben ausdruckslosen Ton: »Zwei Jahre nach Augustes Tod erkrankte meine Tochter, Louise. Sie war sechs. Erst sah es aus wie eine normale Erkältung. Doch sie wurde den Husten nicht mehr los. Kurz vor Weihnachten starb sie. Mit sechs Jahren. Ich habe geweint, wie ich noch nie geweint habe. Stundenlang trug ich mein totes Kind schreiend durch unser Schloss, verfolgt von der verzweifelten Dienerschar. Mein Mann war mir keine Hilfe.« Sie macht eine lange Pause. »Nur Franz«, sagt sie dann leise. »Er war da.«

Die Baronin hat beide Hände vors Gesicht geschlagen. Tränen laufen ihr über die vollen, weichen Backen, schon glänzen die Fingerspitzen feucht, während sich ihr mitfühlendes Gestammel an der Innenseite der Handflächen bricht. Düsteren Blickes sitzt ihr Mann da, wie nach endgültig verlorener Schlacht, den letzten, alles zertrümmernden Schlag des Schicksals erwartend.

Am fassungslosesten aber bin ich.

Ja, ich glaube, selbst wenn mir in diesem Moment eine große Fliege in den offenen Mund geflogen wäre, hätte ich meine Haltung keinen Zentimeter verändert. Ungeheuerlich ist, was Marie da von sich gibt. Das perfekte Melodram! Eine Inszenierung! Nicht dass sie uns angelogen hätte, Gott bewahre. Ich weiß, dass sie ihre Tochter verloren hat, sieben Jahre ist das her, kurz nachdem ich in Paris eintraf. Und es stimmt auch, dass ihr Mann darüber nur die Schultern zuckte, wie ihm alles herzlich egal war, was seine junge Gemahlin betraf. Vielleicht ist sie sogar schreiend durch das Haus gelaufen, mit dem kleinen Leichnam auf dem Arm, denn wie anders soll eine Mutter auf den Tod ihres Kindes reagieren? Aber der Ton, in dem sie uns dies verkündet! Ihr Blick, die Haltung, ihre Gesten – billige Theatralik! Im wahren Leben kennt die Gräfin Marie d'Agoult Muttergefühle überhaupt nicht. Höchstens aus Büchern! In ihren Kreisen schmückt man sich mit Kindern, und wie jede Art von Schmuck können Kinder auf die Dauer lästig werden. Kinder lassen sich auch gut als Druckmittel einsetzen: beispielsweise wenn man einen in die Ferne strebenden Virtuosen an sich binden möchte. Die Erziehung können andere übernehmen. Blandine und Cosima, sechs und vier Jahre alt, leben in Paris, unter Aufsicht ihrer Großmutter Anna Liszt. Und Daniel, der Wurm von zwei Jahren, hat sein Geburtsland Italien noch nie verlassen; ein Lohndiener kümmert sich um ihn. Der Junge weiß überhaupt nicht, was das ist, eine Mutter, wie sie sich anfühlt, wie ihre Stimme klingt.

Aus all diesen Gründen sollte ich lachen: ein böses, wissendes, sardonisches Lachen. Aber ich kann nicht. Ich sitze einfach da, halte Maulaffen feil und warte, dass mir irgendein mitleidiges Wesen die Kinnlade nach oben drückt.

Diese Hexe! Diese schöne Hexe im Nonnengewand!

Endlich geht Marie zu ihrem Platz zurück. Die Zigarette ist nirgends zu sehen; sie muss sie aus dem Fenster geschnippt haben. Die Baronin, tränenüberströmt, drückt ihr schluchzend die Hand und will gar nicht mehr loslassen. Ihr Mann geht zu einem Schrank, dem er einen Mandellikör und vier Gläser entnimmt. Ja, vielleicht ist das die beste Methode für uns Zuschauer, dieses Schundstück zu ertragen.

Wir prosten uns zu. Auf das Leben und den Tod!

In der Folge geht unsere Konversation getrennte Wege: Während die beiden Frauen im traulichen Zwiegespräch den Gleichklang ihrer Seelen beschwören, hält sich der pensionierte General lieber an mich, seinen Geschlechtsgenossen. Das Eintauchen in die Gefühlswelt der Weiber ist dem alten Fahrensmann wohl suspekt, weshalb er in mir einen Verbündeten sucht. Eine Allianz, die mir gerade recht kommt, zumal ich dabei stets mit einem gefüllten Glas rechnen kann.

Und so widmen der General und ich uns eher maskulinen Themen, von der Qualität des Likörs bis zur aktuellen politischen Lage. Gleichzeitig versuche ich, die Damen und ihre Unterhaltung im Auge zu behalten. Ich registriere sehr wohl, dass Frau von Czettritz ihre Kinderlosigkeit beklagt und mehr, nein: einfach alles über Maries Familienverhältnisse erfahren will. Diese äußert sich jedoch sehr allgemein, und wenn, dann vorzugsweise über Franz.

»Früher«, höre ich Marie sagen, »war nur Gott in seinem Herzen. Jetzt bin ich es, der für ihn nach Gott rangiert.«

»Die Franzosen«, ruft der General und schenkt nach, »die Franzosen begehen einen Fehler, wenn sie denken, wir wären nicht Manns genug, uns zu verteidigen. Ich habe die Befreiungskriege erlebt, ich weiß, wozu meine Landsleute fähig sind. Vom zersplitterten deutschen

Reich darf man nicht auf einen zersplitterten Nationalcharakter schließen. Oder denken Sie anders darüber, junger Mann?«

»Ich?«

»Ja, Sie!«

»Aber nein, wie käme ich dazu?« Reiß dich zusammen, Hermann! »Für die Franzosen wäre es geradezu eine Hilfe, wenn der Kölner Dom fertiggebaut wäre. Sie erhielten sozusagen Anschauungsunterricht in Sachen nationaler Einheit.«

»Schön gesagt, Herr Herrmann. Sehr schön! Sehen Sie mich an: Ursprünglich diente ich in der sächsischen Armee. Dann wechselte ich zu den Preußen. Wie ist das möglich? Doch nur, wenn es etwas Höheres im Menschen gibt, etwas Übergeordnetes.«

»Die Nation«, folgere ich, ein Gähnen unterdrückend.

»Die Nation«, nickt der alte Czettritz düster.

»Mein erster Mann war Arzt«, seufzt die Baronin in unsere Gesprächspause hinein. »Er hieß Breinersdorf und lebte in Breslau. Als er starb, heiratete ich den Kaufmann Lüttke. Lassen wir das!« Ihre Stimme sinkt zu einem Flüstern herab, so dass ich nicht erfahre, was sie aus den Armen von Kaufmann Lüttke gerissen hat.

»Im Übrigen glaube ich nicht, dass Frankreich ernsthaft den Krieg wollte«, fährt der General fort. »Ein paar Hitzköpfe, sicher, die gibt es immer. Die schweigende Mehrheit dagegen … Es hat sich ja inzwischen alles wieder beruhigt. Von Thiers, dem alten Brandstifter, spricht niemand mehr.«

»Ich hörte, er soll privat durch Deutschland reisen, um vor Ort für sein Buch zu recherchieren.«

»Er war hier.« Czettritz macht eine kleine Pause, um mir Gelegenheit zu geben, meine Überraschung zu zeigen. »Ja, er war auf der Insel. Kurz nur, beim Stopp seines Dampfers. Wir haben ihn gesehen, ihn und seine Gattin. Man kann nicht behaupten, dass er ein gewinnendes Äußeres hätte – aber seine Frau! Oh là là, mein lieber Herr Herrmann, das ist vielleicht eine Schönheit. Natürlich viel jünger als er, zwanzig Jahre mindestens.«

»Aber was wollten die beiden auf Nonnenwerth?«

»Nichts. Es handelte sich, wie gesagt, nur um einen Zwischenaufenthalt auf dem Weg nach Koblenz. Mittlerweile ist Thiers in Berlin eingetroffen. In ganz Deutschland will er die Schlachtfelder der napoleonischen Kriege in Augenschein nehmen.« Wie der General an dieser Stelle eine Braue lüpft, hat geradezu etwas Ulkiges. »Warum fragt der Herr nicht mich, wie es damals zuging? Ich könnte ihm etwas erzählen, dem Monsieur Thiers!«

»Ich habe eine Novelle begonnen«, höre ich Marie sagen. »Hier auf Nonnenwerth. Wir alle kommen darin vor.«

»Wir?«, ruft die Baronin zu gleichen Teilen erschreckt und entzückt.

»Natürlich so, dass kein Außenstehender uns erkennt. Wenn das Büchlein erscheint, lasse ich Ihnen ein Exemplar zukommen.«

»O bitte, tun Sie das!«

»Für die meisten unserer Landsleute«, meint Herr von Czettritz, »stellt Thiers' Anwesenheit eine Provokation dar. Eine Taktlosigkeit! Auch ich will nicht so recht glauben, dass dieser Mann allein aus Privatinteresse unser Land bereist. In Berlin wird er vom König empfangen, in Bad Ems warten weitere gekrönte Häupter auf ihn, und eine Begegnung mit Metternich ist ebenfalls geplant. Auf Schloss Johannisberg, unten im Rheingau.«

»In Bad Ems könnte er Liszt treffen«, werfe ich reichlich zusammenhanglos ein.

Der General kneift die Augen zusammen. »Es gibt Gerüchte, Thiers sei in Wahrheit auf diplomatischer Mission. Was mich bei seiner feindseligen Einstellung wundern würde. Aber denkbar ist es.«

»Über dieser Insel waltet ein poetischer Zauber«, seufzt seine Frau. »Wenn ich nur jünger wäre ...!«

»Und nun raten Sie«, kichert der Alte, dem der Alkohol allmählich zu Kopf steigt, »wen Thiers am Tag nach seinem Stopp in Nonnenwerth traf! Von Koblenz fuhr er mit dem Dampfboot weiter nach Mainz. Und mit ihm auf demselben Schiff befand sich sein größter politischer Gegner: Girardin von der Pariser Opposition.«

»Emile de Girardin, der Journalist?«

»Eben der. Eine Begegnung der Giganten! Über Stunden sollen sich die beiden ignoriert haben. Stellen Sie sich das nur vor: Der eine schaut starr zum linken Ufer, der andere zum rechten – köstlich!«

Ich schmunzle mit ihm. Aber meine Aufmerksamkeit gilt Marie. Täusche ich mich, oder ist sie tatsächlich bei der Nennung von Girardins Namen zusammengezuckt? Sie kennt ihn, natürlich, er veröffentlicht ihre Schriften in La Presse, seiner Zeitung, und seine Gemahlin führt einen berühmten Salon – aber muss man bei der Erwähnung des eigenen Verlegers gleich zusammenfahren wie ein aufgescheuchtes Reh?

Sie bemerkt meinen Blick und errötet. Wie bitte? Marie! Hast du etwas mit Emile? Mit dem trägen, brillanten Girardin, der angeblich nur für das gesprochene oder geschriebene Wort lebt? Bleibst du so deinem Franz treu?

»Ja«, sage ich gedehnt, »eine wirklich köstliche Vorstellung.«

»Nicht wahr?«, lacht der General.

»Wenn er nur glücklich wäre, unser lieber Liszt«, seufzt seine Frau.

»Wer ist hienieden schon glücklich?«, sagt Marie. Dann steht sie auf und bedankt sich für die Gastfreundschaft.

12

Die folgenden Tage sind heiß und windstill. Nur auf dem Fluss weht noch eine leichte Brise. Die gesamte Insel versinkt in Lethargie; wenn überhaupt, bewegt man sich im Schatten. Ich nutze die Gelegenheit, fahre gleich am nächsten Morgen mit dem Dampfschiff nach Koblenz und weiter nach St. Goar, um mir die Loreley anzusehen, solange sie noch nicht von der Eisenbahn durchstoßen ist. Und damit meine ich sowohl den Felsen als auch das Fräulein obenauf. Das sich meinen Blicken allerdings entzieht.

Unterwegs muss ich immer wieder an Marie denken. Was mag sie mit ihrem bizarren Auftritt nur bezweckt haben? Die Sympathie des Ehepaares Czettritz besaß sie doch schon, warum dann auch noch Mitleid? Was ist der eigentliche Grund: Einsamkeit? Fühlt sie sich von Franz so im Stich gelassen, dass sie sich an jeden klammert, der ihr ein freundliches Wort gibt? Oder wusste sie um den anfänglichen Argwohn der Baronin und fürchtete, er könne durch zu viel Distanz geweckt werden?

Eine schwer zu durchschauende Frau, bilanziere ich, als das Fahlgrau des Loreleyfelsens zum zweiten Mal an mir vorübergleitet. Ich habe mich in St. Goar nicht aufgehalten, sondern das nächste Boot in Gegenrichtung genommen; mittlerweile steht die Sonne tief am Horizont. Frauen sind überhaupt schwer zu durchschauen! Du erst recht, blonde Jungfrau, Felsenhexe, Rheinnixe im Nonnengewand. Wer liegt dir nicht alles zu Füßen! Die größten Dichter und Komponisten, Deutsche, Franzosen, du wirst besungen und umschwärmt – und was tust du? Vernichtest uns. Gibst uns einen Fußtritt!

»Ja, so bist du«, lache ich vor mich hin. »Wie du auch immer heißen magst. Marie. Arabella. Loreley! Aber nicht mit mir. Nicht mit mir.«

Zurück auf Nonnenwerth, erkundige ich mich nach Franz und erfahre, dass er noch unterwegs ist. Sofort lasse ich Marie durch Korf einen Blumenstrauß schicken. Anonym, versteht sich. Atemlos berichtet mir der Kleine, dass er den Namen des Absenders, wie zuvor mit mir vereinbart, erst nach Zahlung eines ordentlichen Trinkgelds preisgab. Was ich wiederum keinesfalls erfahren dürfe, habe ihm die Gräfin aufgetragen.

»Gut gemacht«, lobe ich und schicke ihn mit einem weiteren Bakschisch fort.

Marie lässt sich nichts anmerken. Tags darauf begegnen wir uns zufällig vor dem Hotel, sie ist kühl und abweisend wie immer. Mein Angebot, ihr am Abend etwas vorzuspielen, nimmt sie allerdings an. Zur vereinbarten Stunde klopfe ich mit einem Packen Noten unterm Arm an die Tür von Liszts Zimmer, lasse mir von Maries Mädchen öffnen – und bleibe überrascht auf der Schwelle stehen.

Marie hat einen Gast. Einen jungen Mann mit kohlschwarzem Schnurrbart und einem Blick, der schon so manches Damenherz in Brand gesetzt haben dürfte. Wie er mich fixiert! Eine Hand an der Bartspitze, die Beine nachlässig übereinandergeschlagen – er macht überhaupt keine Anstalten, sich aus seinem Sessel zu erheben. Diesem Mann ist es gegeben, aus sitzender Position auf seine Gäste herabsehen zu können.

»Treten Sie ein, Hermann«, sagt Marie. »Ich habe mir erlaubt, einen Freund und Kunstkenner hinzuzubitten: Fürst Felix Lichnowsky. Er ist auf der Durchreise und freut sich sehr, Ihre Bekanntschaft machen zu dürfen.«

Lichnowsky, sieh an. Irgendwann musste ich diesem Mann ja über den Weg laufen. Wie er da sitzt und keinen Finger rührt, um mich zu begrüßen, macht er seinem Ruf alle Ehre: ein arroganter Schönling und belesener Haudrauf. Jünger als Franz und doch schon ein Kriegsheld, im Gebrauch von Degen und Worten gleichermaßen virtuos. Nur mit Geld kann er angeblich nicht umgehen.

Aber wer kann das schon?

Schweigend verfolgt er, wie ich mich verbeuge und mir die üblichen Höflichkeitsbekundungen abringe. Eine Brauenbewegung signalisiert Amüsement. Soll er ruhig merken, dass mir seine Anwesenheit nicht passt! Ich wollte mit Marie allein sein, ihr und nur ihr vorspielen. Als klimpernde Staffage für verwöhnte Aristokraten ist sich ein Herr Herrmann zu schade.

»Enchanté«, beendet der Fürst mein Gestammel und springt auf. Mit einer raschen Bewegung hat er mir den Notenstapel aus der Hand gerissen. »Was spielen Sie uns, junger Freund?«, fragt er, während er die Seiten überfliegt. »Ist das Ihre Handschrift? Ich brenne vor Neugier, eine Ihrer Kompositionen hören zu dürfen. Franz erzählte mir, dass Sie der begabteste Schüler waren, den er je hatte.« Er zwinkert mir zu. »Und der faulste.«

»Das sagte er?«

»Im Scherz vermutlich. Nach dem, was ich hier sehe, kann ich es nicht glauben. Aber spielen Sie!« Er gibt mir die Noten zurück. »Spielen Sie uns ... etwas Verbotenes. Können Sie das?«

Diesmal erwidere ich gar nichts, sondern schiele hilfesuchend zu Marie hinüber, die sich ganz offensichtlich an Lichnowskys Auftritt delektiert.

»Etwas Verbotenes, ja«, fährt der Fürst mit raunendem Unterton fort. »Etwas, das geheime Leidenschaften weckt, intime Wünsche. Tut das gute Musik nicht immer? Wie könnte ich es sonst wagen, mich meiner geliebten Gräfin zu nähern?« Damit greift er ebenso schnell nach ihrer Hand wie vorhin nach meinen Notenblättern. Und dass Marie keine Handschuhe trägt, fiel ja bereits Frau von Czettritz auf.

»Reißen Sie sich zusammen, Felix!«, weist sie ihn mehr geschmeichelt als missgestimmt zurück.

»Aber das tue ich«, entgegnet er bestürzt, sehr nahe an ihr und ihre Hand in der seinen. »Das Zusammenreißen ist mir zur zweiten Natur geworden, merken Sie das nicht? Ich beherrsche mich, wie sich ein ausgehungerter Löwe angesichts der Beute beherrscht, die er seinem besten Löwenfreund überlässt. Allerdings nur ihm, niemandem sonst!« Über die Schulter wirft er mir einen kurzen Blick zu.

»Beute, soso«, lächelt sie schwach. »Glauben Sie, wir Frauen liebten es, als Beute betrachtet zu werden? Als ein Stück Fleisch, das von Raubtierzähnen zerrissen wird?«

»Selbstverständlich. Der Mensch ist doch ein Stück Fleisch. Nicht ausschließlich, gewiss nicht, aber in der Hauptsache.« Ganz dicht hält er Maries Hand vor seine Nase, um sie zu beschnuppern. »Fleisch, eindeutig Fleisch. Und das Zerreißen dürfen Sie nicht wörtlich nehmen, meine Liebe. Wer käme schon auf den Gedanken, Ihnen etwas anzutun? Zerreißen – das ist eher symbolisch gemeint.« Er drückt seine Lippen auf Maries Hand, bevor er sie freigibt. »Wie denken Sie darüber, Freund Hermann?«

Erneut fehlt mir die Geistesgegenwart für eine originelle Replik. Zu sehr beschäftigt mich die Frage, was an der wohlfeilen Galanterie dieses Schwätzers Spiel und was Ernst ist. Ob Franz sie mir beantworten könnte?

»Sie sind doch ein Frauenkenner, richtig?«, fährt Lichnowsky fort. »Franz erzählte mir von Ihren Erfolgen, Hermann. Wie Sie die Prinzessin Belgiojoso betörten – ich weiß nicht, ob in diesem Fall mein Neid oder mein Respekt vor Ihnen die Oberhand hat. Und Marie verriet mir, dass Sie ohnehin gerne älteren Frauen den Hof machen.«

»Felix!« Diesmal ist es ein echter Tadel. Marie errötet sogar.

»Die Mehrzahl der Frauen, denen ich begegne, ist nun einmal älter als ich«, bringe ich mit einiger Mühe hervor. »Und dass ein Musiker wie ich sich mit dem schönen Geschlecht beschäftigt, liegt in der Natur der Sache. Wie könnte ich sonst den Keim der Schönheit in meine Kompositionen legen?«

»Wunderbar gesagt!«, ruft Lichnowsky begeistert und klatscht in die Hände. Es scheint, als gäbe ihm diese Antwort zum erstenmal Anlass, mich als Gesprächspartner ernst zu nehmen. »Grandios, mein lieber Hermann! Umso mehr bin ich auf Ihr Spiel gespannt.«

Ich spiele also. Gehemmt, trotz allem. Lichnowsky lässt es sich nicht nehmen, meinen Vortrag kommentierend zu begleiten, durch Ausrufe wie »charmant!«, »entzückend!« oder »mehr davon!«, aber auch durch unverständliche Bemerkungen, die ausschließlich für Marie bestimmt sind. Mal fällt ein Name, mal ein Ort, mit dem die beiden etwas verbinden mögen. Dazwischen nestelt der junge Fürst an seiner Uhrkette oder schenkt der Gastgeberin Wein nach. Wenigstens lobt er am Ende mein Spiel. Er lobt es geradezu überschwänglich.

»Mir ist heiß«, seufzt Marie. »Würden Sie bitte ein Fenster öffnen, Felix?«

»Morgen soll es noch heißer werden, meine Liebe. Nehmen Sie gleich vormittags ein Bad im Fluss. Ich habe es mir in Spanien angewöhnt.«

»Das werde ich tun. Hermann, leisten Sie uns noch ein wenig Gesellschaft?«

»Vielen Dank, aber ich werde gehen«, sage ich und packe meine Noten zusammen. Sie kann mir gestohlen bleiben mit ihrer plötzlichen Sanftheit! Ohne die Anwesenheit Lichnowskys wäre sie kratzbürstig wie eh und je. Ich stelle sie mir vor, wie sie morgen in den Fluss steigt, drüben in Schneiders Badeanstalt, um ihren erhitzten Körper abzukühlen und ihre Krallen zu säubern. »Ich werde gehen«, wiederhole ich. »Schließlich hat Ihr Gast viel seltener als ich die Gelegenheit, Ihnen nahe sein zu dürfen.«

»Allerdings«, ruft Lichnowsky mit vorgerecktem Kinn. »Wir danken für Ihre Rücksichtnahme und den dargebrachten Kunstgenuss. Was Franz über Sie sagte, kann ich nur bestätigen.«

Ich verzichte darauf, ihn zu fragen, ob er damit meine Begabung oder meine Faulheit meint. Stattdessen verschlinge ich Marie beim Abschied mit den Augen.

Sie muss es bemerkt haben!

Als ich am nächsten Tag die Rezeption betrete, fällt mir sofort auf, dass der Schlüssel zur Badeanstalt nicht an seinem Platz hängt. Madame Defontaine habe ihn vorhin abholen lassen, erklärt Schneider, dem der Schweiß schon wieder dick auf Stirn und Nacken steht. Vielleicht könne ich mich mit der Dame arrangieren und den Schlüssel für einige Stunden ausleihen?

»So wichtig ist es nicht«, winke ich ab.

Die Nonnenwerther Badeanstalt besteht aus einem Holzhäuschen, das am Westufer der Insel in den Rhein hinaus ragt. Hätte es eine Öffnung zum Wasser hin, könnte man es für ein Bootshaus halten. Doch es gibt nur ein paar schmale Fenster für den Lichteinfall. Die Holzwände der Hütte, die auf Pfählen im Flussgrund verankert ist, enden einige Spannen unter der Wasseroberfläche, so dass der Rhein ungehindert ins Innere strömt, ohne den Badenden mit sich reißen zu können. Eine ähnliche Einrichtung habe ich einmal in Wien gesehen; dort trägt die Donau ein schwimmendes Gebäude von erstaunlichen Ausmaßen. Auch in Köln soll es eine große Badeanstalt auf der Deutzer Seite geben, die sich regen Zuspruchs erfreut, obwohl – oder gerade weil – dieses Vergnügen für die Massen nicht frei von Anrüchigkeit ist. Dass hingegen an einem seriösen Ort wie Nonnenwerth regelmäßig zum Bad gepilgert wird, halte ich für ausgeschlossen. 35 Grad Celsius allein sind kein Grund sich zu entblößen.

Tatsächlich lässt sich Marie nicht in der Nähe des Badehäuschens blicken. Wie die meisten Besucher verbringt sie den größten Teil des Tages im Haus. Die kühlen Mauern des ehemaligen Klosters bieten mehr Erholung als die schattigsten Plätze im Freien. Auf einem Liegesessel ruhend, ein Buch in der Hand, lasse ich mir jede Stunde ein Glas kalter Limonade bringen. Trotzdem fühle ich mich unwohl, nicke mehrmals ein. Von meinem Platz aus entgeht mir niemand, der den Weg zum Badehaus einschlägt.

Trägheit und Stille liegen über Nonnenwerth. Selbst die Dampfer mit ihren fauchenden Maschinen scheinen die Insel seltener zu passieren als sonst. Franz hat den Kurgästen von Bad Ems gehuldigt und sie ihm. Die Liste der illustren Besucher ist lang, vom schwedischen Prinzen Wasa bis zum König von Hannover, von der griechischen Königin bis zum Prinzen von Oranien. Sie schlürfen ihr Heilwasser, promenieren an der Lahn entlang und sehen Liszt bei seinen Zauberkunststückchen zu. Ist er besser als Thalberg? Wird der kleine Rubinstein bald sein Konkurrent? Was hat er an eigenen Werken vorzuweisen? Und warum spielt er immer diese alten Sachen: Stücke von Beethoven, Schubert, Weber, den lange Verblichenen?

Meine Gedanken flirren in der Hitze. Dabei interessiert mich nur eins: wann Franz zurückkehrt.

Verwaist liegt der Weg zum Badehäuschen. Die Hotelgäste speisen im Saal, man hört es am Klappern von Geschirr. Ich selbst verspüre keinen Appetit. Von Zeit zu Zeit lese ich in Balzacs »Béatrix«, einem Roman, dessen Hauptfiguren realen Personen nachgebildet sein sollen: Marie, Franz und der Sand. Aber nicht einmal die boshaften Wahrheiten des dicken Exzentrikers vermögen mich an diesem Tag in ihren Bann zu ziehen.

Als sich die Abenddämmerung ankündigt, tönt das Läuten einer Schiffsglocke über die Insel. Ich richte mich auf, um zu sehen, wer da kommt. Es sind jedoch nur ein paar Touristen, darunter ein blässlicher Schotte in karierten Hosen und ein streitendes Ehepaar aus

Norddeutschland. Kaum wende ich meine Aufmerksamkeit wieder der Westseite zu, da sehe ich eine weibliche Gestalt über den Pfad zur Badeanstalt huschen. Schon ist sie zwischen den Bäumen verschwunden.

Marie? Sie muss es gewesen sein, auch wenn ich ihr Gesicht nicht erkannt habe. Schließlich hat sie den Schlüssel! Sofort springe ich auf und folge ihr. Nicht auf direktem Weg natürlich. Ich schlage vielmehr einen großen Bogen Richtung Kahnstation, quere die Insel, sobald der Bewuchs dichter wird, und gelange so ungesehen von der entgegengesetzten Seite zum Badehaus.

In der Hütte sind schwache Geräusche zu hören. Mein Herz klopft wie rasend. Wie gut, dass die Dämmerung bereits eingesetzt hat, und wie gut, dass die Anstalt so abseits liegt. Es geht doch nichts über das bürgerliche Schamgefühl! Nur leise jetzt. Keine überhastete Bewegung! Obwohl – was schadete es, wenn Marie hörte, dass da jemand um das Badehaus schleicht? Nie und nimmer wird sie in ihrem jetzigen Zustand die Tür öffnen. »Hat nur ein Hemdlein an« – ich pfeife es leise durch meine trockenen Lippen. Ob sie nackt ebenso schön ist wie in ihrem Nonnenkleid? Ich würde es ihr wünschen. Mir wünschen! Fünfzehn Jahre liegen zwischen ihr und mir, aber vielleicht zieht gerade das mich so magisch an. »O fall nicht in den Rhein …« Das Gras dämpft meine Schritte.

Vorsichtig drücke ich mich um eine Ecke der Hütte. Dort, direkt an der Uferböschung, habe ich am Morgen ein vorhandenes Astloch so vergrößert, dass sich das Innere bequem überschauen lässt. Während ich ein Auge der Öffnung nähere, wird mir bewusst, dass die Dämmerung auch ihre Nachteile hat. So wie ich nur ein Schemen zwischen Linden und Erlen bin, werde ich in dem Badekabinett kaum mehr als einen Schatten erkennen können.

Aus diesem Grund trifft mich der Anblick des hellen Körpers dort drinnen wie ein Schlag. Ich kann nicht anders, ich stöhne auf! Das Licht eines Öllämpchens fällt auf eine gänzlich entkleidete Frau, die mit den Füßen im Wasser steht, bereit, weitere Stufen der Holztreppe hinabzusteigen. Auf mein Stöhnen hin, das sie natürlich gehört hat, erstarrt sie mitten in der Bewegung, dreht nur ihren Oberkörper in meine Richtung und blickt mit weit aufgerissenen Augen zu mir herüber. Ihre Haut erstrahlt in einem überirdisch grellen Weiß.

Und nun? Was mich betrifft, so verschmilzt meine Wange geradezu mit der Außenwand der Hütte. Ich sollte weglaufen, rumort es in mir; aber da ist ja noch die blitzartige Erkenntnis meiner Überlegenheit, der Überlegenheit des bekleideten Mannes gegenüber der Nackten. Und diese Erkenntnis, im Verbund mit der Gier des Voyeurs, ist stärker als jeder Fluchtreflex. Also bleibe ich. Glotze einäugig. Sauge jedes Detail in mich auf. Mein Hunger: unstillbar.

Die Frau ist nicht Marie. Es ist Annette, ihr Zimmermädchen, und bei Gott, ich hätte hinter deren käsigem Gesicht keinen so begehrenswerten Körper vermutet. Hell hebt sie sich von der Rückwand der Hütte ab, ihr

Umriss wie mit einem Messer gezeichnet. Worauf wartet sie? Hofft sie, mich zu erkennen? Sie erkennt mich nicht. Sie steht aufrecht, unbeweglich, das Kaninchen vor der Schlange. Wenn sie Gewissheit hätte, dass da bloß ein Bediensteter seiner billigen Lust frönt, könnte sie ihn beschimpfen und einen Schuh nach ihm werfen. Aber vielleicht, so denkt sie, gehört das eine Auge ja zu einem bedeutenden Kopf, mit dem man es sich nicht verscherzen darf, zu einem neureichen Industriellen oder alteingesessenen Adligen. Dass das Auge nicht weicht, spricht dafür. Es spricht für einen Mann, der es als Vorrecht seines Standes empfindet, die Kammerjungfer Annette Laager in voller Blöße zu sehen.

Endlich kommt Leben in den Statuenkörper. Vorsichtig steigt Annette Stufe für Stufe in den Rhein hinab und kauert sich in das dunkle Wasser des Bassins. Nur ihr Kopf mit den blonden Haaren ist noch zu sehen.

Zweiter Teil

Der Dom

Köln, 29. August
Es bedurfte nur einer leisen Andeutung, nicht einmal einer directen Aufforderung, um Herrn L i s z t zu bestimmen, ein Concert zum Besten unseres Dombaues zu veranstalten; denn wo es der Kunst galt, wo irgend etwas Großes ins Leben gerufen werden sollte, hat Herr Liszt auch immer mit der freudigsten Bereitwilligkeit das Seinige gethan, wie es seine reichen Spenden zu dem in Bonn zu errichtenden Denkmale Beethoven's am schönsten befunden.
Kölnische Zeitung, 1841

1

FRANZ IST ZURÜCK, aber schon wieder auf dem Sprung. Diesmal soll es nach Köln gehen, zum großen Dombaukonzert. Ob ich ihn begleiten wolle, erkundigt er sich.

Ich bin sprachlos. Ihn begleiten – ist das ein Test? Puzzis Reifeprüfung, um seine Tourneetauglichkeit festzustellen? Bestimmt steckt Belloni dahinter, der große Impresario!

Liszt verneint. Sein Sekretär habe damit nichts zu tun. Überhaupt sei Belloni bis auf die lancierten Zeitungsartikel nicht in die Kölner Angelegenheit involviert. Als Kontaktpersonen fungierten vielmehr die Freunde von der Klavierbaufirma Eck. Sie seien es, die für die Organisation sorgten und den Flügel zur Verfügung stellten.

»Dann komme ich mit«, sage ich.

Salopp gesprochen, ähnelt unser Aufenthalt in der Domstadt dem Ablauf einer dreisätzigen Sonate: Anreise am Sonntag – allegro; tags darauf Empfänge und Diners – largo maestoso; am Dienstag schließlich das Konzert – prestissimo. Eine Sonata trionfale natürlich, im sieghaften D-Dur, vielleicht auch ein feierliches Es-Dur-Werk; Molltöne jedenfalls scheinen ausgeschlossen. Das Finale im Saal des Kasinos bestreitet Franz persönlich, unter Mitwirkung regionaler Künstlergrößen. Ein Violinist aus den Reihen des hiesigen Orchesters, ein beliebter Sänger, die Herren der Liedertafel. Ich kann mir lebhaft ausmalen, wie ihnen vor dem Auftritt mit dem berühmten Pianisten die Knie zittern.

Und dann der Ort des Geschehens: der Saal des Kölner Kasinos! Ein Tempel des Spiels, in jeder Hinsicht. Mit gemischten Gefühlen sehe ich dem Konzert entgegen.

Sonntagmorgen: königlich das Wetter, alle Türen und Fenster des Hotels stehen offen. Um die Insel läuft das Geschnatter der Gäste, man frühstückt im Freien, die Engländer schütteln sich den Alkohol aus den Gliedern. Mit Todesverachtung im Blick schleicht Gastwirt Schneider umher. Er ist beleidigt, da er erfahren hat, dass das gemeinsame Diner nicht auf Nonnenwerth eingenommen werden soll, sondern drüben in Rolandseck. Auch nicht bei Groyen, seinem Konkurrenten, der nur noch an sein Hotel in Königswinter denkt, sondern im Gasthof Zur Rolandsburg auf Höhe des Bogens, geführt von einem gewissen Küpper. Es soll Rabatte geben. Wenigstens diese Maßnahme scheint mir im Verhandlungsgeschick Bellonis zu gründen. Seit der Sache mit der Pressekampagne traue ich dem Kerl alles zu.

Apropos Presse: Laut Zeitungsannonce beginnt die musikalische Lustfahrt morgens um sechs am Kölner Hafen. Das Schiff der Musenfreunde müsste Nonnenwerth also am späten Vormittag erreichen. Aber gegen zehn Uhr ist von der Kölner Abordnung noch nichts zu sehen. Lediglich kleinere Grüppchen von Ausflüglern, die mit dem Linienschiff gekommen sind, bevölkern die Insel. Natürlich haben auch sie die Zeitungen gelesen und wissen um das große Ereignis auf dem kleinen Fleckchen Erde mitten im Fluss. Ich sehe Lichnowsky im Gespräch mit mehreren Herren, den General Czettritz, ausnahmsweise ohne seine Gattin, und Frau von Cordier, die Besuch von ihrem Sohn hat. Sie stellt ihn mir vor: Emil, ihr Augenstern, der so gern auf Nonnenwerth weilt. Seinem treuherzigen Blick nach zu urteilen, ist er noch frommer als seine Schwester.

Aber schon eilen die Cordiers weiter. Überall ist man gespannt, hoffnungsfroh, erfüllt vom Glück des Augenblicks. Die ausgesprochenen oder unausgesprochenen Erwartungen an diesen Tag türmen sich zu einem Riesengebäude, das selbst den vollendeten Kölner Dom weit überragt.

Lediglich die Nordspitze der Insel scheint mir noch frei von dieser Luftschlossarchitektur. Nach einem kurzen Marsch entlang der Baumreihen stoße ich unversehens auf eine Person, die sich eine einsame Bank als Platz für ein Nickerchen ausgesucht hat. So leise ich auch vorbeischleiche, sie erwacht augenblicklich.

»Puzzi«, murmelt George Sand und zwinkert mit den Augen. »Was machen Sie hier?«

»Das fragen Sie? Der Liedertafel entgegenschwimmen, das will ich. In ihren Gesang einfallen, dass den Rheinnixen die Ohren dröhnen.«

»Schlecht geschlafen, junger Mann?«

»Sogar besser als sonst. Wenn ich mir Sie dagegen anschaue ...«

Ich vollende den Satz nicht. Die Sand gähnt undamenhaft, stemmt sich in die Höhe und hakt sich bei mir unter. »Wenn Sie es genau wissen wollen, Puzzi: Ich habe überhaupt nicht geschlafen. Außer gerade eben, auf dieser Bank.«

»Sie haben geschrieben? Die ganze Nacht?«

»Vermutlich. Erinnern kann ich mich nicht. Aber wenn ich in mein Zimmer zurückkehre, werden es mir meine Blätter verraten. Ja, wahrscheinlich habe ich geschrieben. Was soll ich sonst tun an so einem Ort?«

»Ich wusste, dass Ihnen die Insel nicht gefallen würde.«

»Ach? Das wussten Sie?«

»Ja. Für Menschen wie Sie ist es zu langweilig hier.«

»Was hat das eine mit dem anderen zu tun?« Unter ihrer Führung haben wir den Rückweg angetreten. Im Gras beiderseits des schmalen Wegs summen die Bienen. »Natürlich ist es langweilig auf Nonnenwerth, um nicht zu sagen öde. Aber gerade deshalb gefällt mir die Insel! Wir Schriftsteller brauchen Langeweile, erst dann küsst uns die scheue Muse. Sehen Sie sich nur Marie an! Auch sie sitzt in diesen Tagen an einer Novelle.«

»Ich hörte davon. Worum geht es?«

»Darüber schweigt sie. Vielleicht weiß sie es selbst noch nicht.«

»Und wer wird ihre Erzählung veröffentlichen?«

Sie wirft mir einen spöttischen Seitenblick zu. »Ist die Frage ernst gemeint? Girardin natürlich.«

»Natürlich.«

»Tun Sie nicht so unwissend, Puzzi! Girardin würde sogar Maries Haushaltsbuch drucken, wenn sie ihn darum bäte. Auch das wäre Stoff für einen Roman: Ein Mann, der einst seinen Gegner im Duell tötete und jetzt der Regierung die Stirn bietet, wird zum Schoßhündchen einer angejahrten Salondiva.«

»Interessant.« Irre ich mich oder schwingt bei aller Gleichgültigkeit, die meine Begleiterin zur Schau stellt, auch etwas Bitternis in ihrer Stimme mit? »Wirklich höchst interessant, was Sie da sagen … Kann es sein, dass Sie nicht nur das Verhalten Girardins missbilligen, sondern auch das der Gräfin?«

Sie zögert mit der Antwort. Rheinabwärts ist jetzt ein Läuten zu hören, das weit über das Wasser schallt. Aus einer Pappel flattert ein Elsternpaar davon.

»Das wird das Dampfboot aus Köln sein«, meint die Sand. »Gehen wir zum Anleger? Na los, Puzzi, zieren Sie sich nicht so.«

»Ihr Wunsch ist mir Befehl«, erwidere ich, froh, mich hinter ihrer Neugier verstecken zu können.

Immer noch untergehakt, setzen wir unseren Weg fort. »Trotzdem würde mich interessieren, was Sie über Marie denken.«

»Sagen Sie es mir.«

»Ich? Liebe George, in meinem zarten Alter hat man noch kein Gespür für das weibliche Geschlecht.«

»Humbug. Sagen Sie es.«

»Nun, Sie beide sind grundverschieden, würde ich meinen.«

»Scharf beobachtet.«

»Trotzdem waren Sie einmal die besten Freundinnen.«

»Waren wir das?«, lacht sie. »Ja, vielleicht: als wir uns noch nicht kannten. Als wir uns aus sicherer Entfernung euphorische Briefe schickten, Marie und ich. Die Bekanntschaft mit Franz schweißte uns zusammen. Aber sonst? Ich weiß nicht. Es steht zu befürchten, dass wir uns beide zu lange ein falsches Bild voneinander gemacht haben.«

»Marie schätzt Sie sehr.«

»Warum lästert sie dann über mich? Schauen Sie nicht so, Puzzi. Ich weiß, dass sie es tut. Und es ist ja nicht so, dass ich keine Angriffspunkte böte. Ich habe mich für meine Art zu leben entschieden, und wenn jemand glaubt, sich darüber das Maul zerreißen zu müssen, soll er es tun. Aber dass sie auch über meine Kinder herzieht, kann ich nicht ertragen. Ja, sie behauptet, sie seien missraten, hätten einen schlechten Charakter und andere Dinge mehr. Ich fürchte, ich werde mich literarisch rächen müssen.«

»Das klingt ja furchtbar. Wollen Sie einen Enthüllungsroman schreiben?«

»Möglich.« Das erneute Schiffsläuten, nun deutlich näher, lässt sie eine Pause einlegen. »Aber vielleicht ist das gar nicht nötig. Ohnehin ähneln alle Romane einander. Stets kehren dieselben Konstellationen unter leicht veränderten Vorzeichen wieder. Er und sie, die große Liebe, dann die Enttäuschung, weil man unterschiedliche Erwartungen hat.«

»Und dann zerbricht das Glück.«

»Es sei denn, einer der beiden steckt zurück. Verleugnet sich. Aber nun stellen Sie sich zwei starke Persönlichkeiten vor, die jeder ein klares Ziel vor Augen haben. Leider nicht dasselbe Ziel. Wenn Sie Ihre Figuren so anlegen würden, wie ginge dann der Roman aus, Puzzi?«

»Wie soll ich das wissen? Sie sind die Autorin!«

»Nun, Sie könnten versuchen, ein versöhnliches Ende zu konstruieren. Aber dazu müssten Sie die ureigenen Ziele der beiden neu definieren, und das hieße, die Personen selbst umzuschreiben. Undenkbar! Besser wäre es, für einen Wechsel der Verhältnisse zu sorgen. Wenn sich meine Umgebung verändert, ändern sich auch meine Ziele.«

»Von was für einem Wechsel sprechen Sie?«

»Oh, da gibt es viele Möglichkeiten. Ein Wechsel der sozialen Verhältnisse, der politischen, finanziellen, ideellen – was Sie mögen.« Sie atmet tief durch. »Schon eine bloße Luftveränderung kann einen radikalen Umschwung herbeiführen.«

»Sie meinen: eine kurze Auszeit auf einer Insel im Rhein?«

»Warum nicht? Eine Insel, auf der es nach Vergangenheit riecht, nicht nach Zukunft. Auf der es keine Konzertplakate gibt, kein rasendes Publikum, keine Erwartungen, kein Lampenfieber, keine Gesellschaften – nur den Helden und die Heldin eines Liebesromans.« Die Sand legt eine Hand über die Augen. Der Dampfer ist nun ganz nahe, aber noch hinter den Bäumen versteckt. »Pures Wunschdenken, natürlich. Eine solche Insel gibt es nicht. Und deshalb wird mein Roman tragisch enden. Wenn ich ihn schreibe.«

»Schreiben Sie ihn. Ich bin sicher, er wird ein Erfolg werden. Das Publikum liebt tragische Geschichten.«

Sie zuckt mit den Achseln. Immer mehr Menschen strömen zum Steg der Kahnstation. Unter das Rasseln und Schnaufen des Dampfers mischen sich Rufe, Gesang und Fetzen von Blasmusik. Schweigend legen wir die letzten Meter zurück. Ein Meer von Hüten und Sonnenschirmen empfängt uns. Frau von Cordiers Bedienstete, darunter der kleine Korf, lassen die Boote zu Wasser. Von Franz und Marie keine Spur.

Endlich kommt das Schiff in Sicht. Erst der hochragende Schornstein, schwarzen Rauch speiend. Dann der viel dünnere nackte Mast, die Taue, Wimpel und Fahnen. An Bord eine unübersehbare Menschenmenge. Man winkt, das Winken wird erwidert, Hüte segeln durch die Luft, Vivat- und Bravorufe. Wieder das Läuten der Schiffsglocke, während der mächtige Stahlrumpf seine Bewegung drosselt. Ein halbes Dutzend Kähne, mit roten Fähnchen bestückt, legt vom Ufer ab.

»Wo bleibt der Maestro?«, höre ich den General hinter mir schnaufen. Die Unpünktlichkeit des Künstlers verträgt sich nicht mit seinen militärischen Tugenden. »Er wird erwartet!«

Längst haben die Neugierigen einen weiten Halbkreis um den Steg gebildet. Man schiebt und drängelt, nur der Platz in der Mitte bleibt frei: Er ist Franz und seiner Begleiterin vorbehalten. Auf dem Schiff verrenken sie sich die Hälse bei der vergeblichen Ausschau nach dem prominenten Gast. Ein Böllerschuss vom Deck lässt alle zusammenfahren.

Ich sehe mich um. Schon gibt es die ersten enttäuschten Gesichter. Will sich Liszt etwa nicht feiern lassen? Das kann er seinen Verehrern nicht antun!

Kurz entschlossen hake ich die Sand erneut unter und dränge sie mit sanfter Gewalt nach vorne zum Steg.

»Was tun Sie?«, zischt sie überrascht.

Lächelnd nicke ich nach allen Seiten. Vom Schiff winkt man uns zu, ich grüße zurück. »Die Leute wollen den Pianisten und seine Herzensdame sehen, die berühmte Autorin aus Paris. Also geben wir sie ihnen.« Und als sie den Kopf schüttelt, füge ich hinzu: »Auch wenn ich mich als Künstler nicht mit Franz messen kann, sind Sie eindeutig die bessere George Sand.«

Sie rollt mit den Augen. Hinter uns wird getuschelt. Aber niemand wagt, uns den Platz in der Mitte des Halbkreises streitig zu machen. Wir tun ja nichts Verbotenes – und von Liszt fehlt weiterhin jede Spur.

»Na los, grüßen Sie unsere Kölner Gäste«, raune ich der Sand zu. »Was können wir dafür, wenn sie uns für jemand anderen halten?«

Doch das Winken überlässt sie mir. Auf dem Dampfer, der nur noch einen Steinwurf entfernt ist, steckt man die Köpfe zusammen und tuschelt über das Paar am Steg. Die Geschwindigkeit des Gefährts wird weiter gedrosselt, bis es im Fluss zu stehen scheint. Ein Anker fährt rasselnd in die Tiefe. Vorsichtig nähern sich die Kähne, Spielzeugboote nur vor dem mächtigen schwarzen Rumpf des Dampfers. Noch immer bellen die Maschinen, wühlen die großen Schaufelräder das Wasser auf. Und gegen diesen Lärm schallt plötzlich Gesang über den Fluss: der Begrüßungschor unserer Gäste. Schade, dass Franz das nicht hören kann! Warum ist er auch so ein Langschläfer? Ich beginne mir eine Dankesrede für die Sänger zurechtzulegen.

»Meine lieben Landsleute! Freunde und Verehrer ...!«

Wenn man nur wüsste, was die munteren Choristen da von sich geben! Außer einem mehrfach wiederholten »Guten Morgen« ist nichts zu verstehen. Jetzt senken sich auch noch rußige Wolken von der Spitze des Schornsteins auf die Liedertafel. An ein Decrescendo der Maschinen ist nicht zu denken. Der Mann, der damals den Dampfmotor erfand, kann kein Musiker gewesen sein. Mit über hundert kraftstrotzenden Kehlen kämpft das kunstbeflissene Köln gegen die Segnungen der modernen Technik an – vergebens.

»Was singen diese Leute?«, raunt mir die Sand zu. »Ich verstehe kein Wort!«

»Sie singen La, la, la«, gebe ich zurück. »Schwer zu übersetzen, aber ich will es versuchen.«

Ende der Darbietung. Wie geht es nun weiter? Aussteigen? Aber wo bleibt der Ehrengast? Auf dem Schiff stecken die Anführer des Festkomitees ihre ergrauten Köpfe zusammen. Eine Urkunde wird hastig zusammengerollt. Offenbar ist man unschlüssig, wie man auf die Anwesenheit des falschen Pianisten reagieren soll. Der gesamte Plan scheint über den Haufen geworfen. Ich warte gespannt. Überall herrscht Unruhe: unter den Choristen auf dem Dampfer, in unserem Rücken, selbst das Gespucke des Schornsteins wirkt plötzlich nervös.

Was tun?

Schließlich ist es der kleine Korf, der für ein Ende des unangenehmen Intermezzos sorgt. Zusammen mit anderen Bediensteten hat er seinen Kahn an dem sanft schlingernden Schiff angedockt und wartet darauf, die Passagiere ans Ufer bringen zu können. Ob nun aus Ungeschicklichkeit oder Übereifer oder weil er von den deutlich größeren Kollegen einfach übersehen worden ist: Jedenfalls gelingt es ihm, durch einen spektakulären Sturz ins Wasser die Aufmerksamkeit sämtlicher Anwesenden auf sich zu ziehen. Hinterrücks in den Fluten versinkend, taucht er sofort wieder auf, mit derart jämmerlichen Schreien, dass sie sogar das Röhren des Dampfers übertönen. Halb empört, halb bewundernd verfolgen die Mitglieder der Liedertafel den Überlebenskampf des Schwarzen, von dem man freilich auch ohne prophetische Gaben sagen kann, dass er siegreich ausgehen wird. Zu flach ist das Wasser an dieser Stelle, zu viele Helfer sind zur Hand, außerdem riegeln Schiffsrumpf und Kahnflotte das Ufer zum Fluss hin ab und verhindern so ein Abtreiben Korfs.

Was diesen nicht davon abhält, sein Gebrüll noch zu verstärken, um sich zu schlagen und Wasser zu schlucken. Selbst aus der Entfernung ist das Weiße seiner Augen im dunklen Gesicht deutlich zu erkennen. Die Damen am Ufer sind entsetzt, begleiten das Geschehen mit unterdrückten Schreien und stöhnen erleichtert auf, als dem Verunglückten endlich ein Ruder hingehalten wird, an dem er sich festklammern kann. Jammernd lässt er sich an Bord eines Kahns ziehen, schüttelt sich die nassen Haare aus dem Gesicht und beklagt sein Geschick in derbsten rheinischen Kraftausdrücken, die nun wirklich unübersetzbar sind, da kann mich die Sand noch so fragend anblicken. Früher als alle Passagiere wird er an Land gebracht, wo er zusammenbricht und sich von seinen Rettern unter Weh und Ach über die Böschung schleifen lässt. Dabei sammelt er eine so große Menge Schlamm und Gras auf, wie man das bei einem derart kleinen Körper niemals für möglich gehalten hätte. Oben angekommen, erwartet ihn bereits die erhobene Hand seines Herrn, des Gastwirts Schneider, die denn auch nach kurzem Zögern wegen des drecküberzogenen Gesichts klatschend auf Korfs Wange niedersaust.

»Was ist denn hier los?«, höre ich eine keuchende Stimme hinter mir. »Sind sie schon lange hier? Was habe ich verpasst?«

Es ist Franz. In einer den Atem verschlagenden Wolke Rasierwassers stehend, schaut er sich wie gehetzt nach allen Seiten um. Fürst Lichnowsky ist ihm gefolgt. Niemand nimmt von den beiden Notiz. Die Luft ist erfüllt vom Lärm der Dampfmaschinen und vom Geheul des verunglückten, bestraften Jungen. Lachen auf der einen Seite, Empörung und Mitleid auf der anderen. An Liszts Kinn bemerke ich einen stark blutenden Schnitt, der vermutlich von überhasteter Rasur herrührt.

»Guten Morgen«, sage ich. »Und keine Angst: Für die Volksbelustigung ist bereits gesorgt.«

Lichnowsky bricht in schallendes Gelächter aus.

2

Man stelle sich vor, Nonnenwerth wäre keine Insel, sondern ein Nachen – sein Untergang wäre unvermeidlich. Noch am heutigen Tag würde er wegen Überfüllung kentern. Das Dampfboot, ein beachtliches, aber keineswegs riesenhaftes Gefährt, entlässt wohl zweihundert Passagiere, allesamt wohlgenährte Bürger der Stadt Köln mit einem schier unerschöpflichen Repertoire an Volksweisen. Rheinlieder, Weinlieder, ganz besonders aber Rheinweinlieder, deren Texte den Mangeln an Inspiration durch einen kräftigen Schuss Nationalstolz ersetzen. Auf diesem Schiff hätte Monsieur Thiers nach Koblenz reisen sollen! Er wäre mit Sicherheit sofort in seine französische Heimat geflüchtet. Schon seit einer geschlagenen Stunde dröhnt das Eiland vom gesungenen Schwur, dass der Rhein deutsch sei und immer bleibe, dass den rheinischen Jungfrauen an Schönheit und ihren Männern an Tapferkeit keiner gleichkomme. In solchen Momenten wünscht man sich einen Spötter wie Heine herbei – oder Roland den Riesen, auf dass er die Insel packe wie ein Bettlaken, um sie einmal kräftig durchzulüften. Sogar Blasinstrumente haben sie dabei, die Musenjünger aus der Domstadt. Immer wenn die Liedertafel eine Verschnaufpause braucht und zum Glas greift, schmettert die Kapelle etwas Erhebendes. Vom Augusthimmel strahlt die

Sonne. Schneiders Kellner haben Übermenschliches zu leisten.

Aber was ist das schon gegen Liszts unerschütterliche Geduld, mit der er jeden Ansturm seiner Verehrer übersteht? Im Gegensatz zu den Kellnern gewährt man ihm keine Minute Ruhe. Er wird gepriesen, geehrt, besungen, bekniet und beglotzt, man überreicht ihm Gedichte und Geschenke, lädt ihn zur Einkehr in diesen Salon und jenes Bürgerhaus. Wie soll er das in einem einzigen Leben bewältigen? Wie soll er allen Wünschen, allen Erwartungen gerecht werden? Er ist zu gut, seine Genialität wird ihm zum Verhängnis: Was er durch sein Spiel an Hoffnungen geweckt hat, kann er als Mensch unmöglich erfüllen.

Und doch strahlt Franz unentwegt Gleichmut aus. Erwidert jede Verbeugung, gibt Kompliment für Kompliment mit Zinsen zurück. Ich kann nicht anders als ihn bewundern. Dunkelrot glänzt die Wunde an seinem Kinn; niemand wagt es, ihn darauf aufmerksam zu machen. Die Einzige, die es vermocht hätte, ist Marie, aber die lässt sich nirgends blicken.

Dafür kommen neue Gäste, Schiff für Schiff. Fahnen knattern im Wind, Böllerschüsse hallen weit über den Fluss. Ein besonders kecker Kapitän steuert seinen Dampfer einmal um die ganze Insel herum. Vogelschwärme stieben empört in die Höhe. Schneider weiß nicht, ob er lachen oder verzweifeln soll. Dem Fährmann drückt er ein paar Scheine in die Hand: Er soll weiteres Personal für den Tag besorgen, woher auch immer, zur Not von Groyen. Die Kölner Gesellschaft hat dem Wirt versprochen, bis zum Abendessen auf Nonnenwerth zu bleiben. Das mag für den zwischenzeitlichen Ausflug zu Küpper entschädigen.

Selbst mir, der ich den distanzierten Beobachter geben darf, wird es irgendwann zu viel. Zum Teufel mit all den verklärten Bürgersfratzen! Die Sand hat sich längst in ihr Zimmer zurückgezogen, also lasse ich mich alleine nach Rolandseck übersetzen und steige, mit einem Fernglas bewaffnet, hoch zum Rolandsbogen.

Der Aussichtspunkt ist gut gewählt. Zu meinen Füßen liegt Nonnenwerth lang ausgestreckt im Rhein, das Schieferdach des ehemaligen Klosters glänzt in der Sonne. Zwischen den Bäumen die buntgescheckte Besucherschaft in ständig sich verändernder Formation. Die Insel ist zu einem wichtigen Hafen geworden, überall haben Boote und Nachen festgemacht. Vorbeifahrende Schiffe verlangsamen ihre Fahrt, an Deck staunende Passagiere: Was ist los auf Nonnenwerth? Welch ein Schauspiel wird hier gegeben? Und immer findet sich ein Kundiger, ein Zeitungsleser, der seine Mitreisenden in Kenntnis setzt: über den illustren Gast und seine Verehrer. Franz Liszt, so wird er zitieren, »dem Großen und wahrhaft Schönen immer ein freigebiger Freund …«

Belloni hat ganze Arbeit geleistet, das muss ich zugeben.

Plötzlich merke ich, dass ich nicht allein bin. Ich setze das Fernglas ab und drehe mich um. Unter dem Bogen steht ein Mädchen. Dasselbe, das ich beim letzten Menschenauflauf vor einer Woche auf Nonnenwerth sah. Ich erkenne die Kleine an ihrer verschlissenen Kleidung. Sogar sie, die vor Dreck nur so starrt, scheint vom Glanz der Liszt'schen Glorie angezogen zu werden. Barfuß steht sie da, mit der Schulter an das Mauerwerk gelehnt, und lässt mich nicht aus den Augen.

»Na, Kleine?«, rufe ich und komme mir vor wie Franz, als er das schwarz-weiße Kätzchen anlockte. »Heute nicht auf der Insel?«

Keine Reaktion. Ihr Blick, der Blick eines Forschers, gleitet über mich hinweg. Bin ich ein unbekanntes Wesen, das sie erst mit den Augen erkunden muss? In ihrer Bewegungslosigkeit scheint sie wie mit der Ruine verwachsen. Nur ihr Haar spielt leicht im Wind.

Schon will ich mich wieder abwenden, als sie sich einen Ruck gibt und auf mich zukommt. »Zu viele Leute«, sagt sie und setzt sich in einiger Entfernung von mir nieder.

»Stimmt«, grinse ich.

Erneut schaut sie mich prüfend an. Ihre Augen: grün wie die meines Freundes Franz. Sie zieht die Knie nah an ihren mageren Körper heran und umklammert sie mit den Armen. Ich sehe Sommersprossen, verfilzte Haarsträhnen, schmutzige Zehen. Ach was, Zehen! Das ganze Kind bedarf dringend einer Wäsche.

»Bist du ein Freund von dem Mann, der Musik macht?«, höre ich sie sagen.

»Bin ich.«

»Und du magst die vielen Leute auch nicht?«

»Heute übertreiben sie.«

»Gut«, nickt sie. Und gleich noch einmal, voller Zufriedenheit: »Gut. Kannst du mir einen Gefallen tun?«

»Was für einen?«

»Den Bogen wieder richtig herum hinstellen.«

Verblüfft schaue ich sie an. »Welchen Bogen?«

Keine Antwort. Natürlich weiß ich, dass sie vom Rolandsbogen spricht. Aber was meint sie damit: ihn richtig herum hinstellen? Steht er etwa falsch? Ist er in der Nacht den Hang hoch gewandert?

»Wieso richtig herum?«, hake ich nach. »Was soll das heißen?«

Ihr Blick schweift über das Flusstal. »Du bist nicht von hier«, stellt sie fest.

»Auf der Durchreise.«

»Dann hör zu. Vorletzten Winter, kurz nach Weihnachten, gab es einen Sturm. Der ganze Bogen stürzte ein. Kein Stein stand mehr auf dem anderen. Ein Dichter, der über dem Rhein wohnte, sorgte dafür, dass er wieder aufgebaut wurde. Er hat Geld gesammelt, viel Geld. Aber nun steht der Bogen nicht mehr richtig, verstehst du?«

»Nein«, lache ich, amüsiert über ihre Direktheit. »Das verstehe ich nicht.«

Auch wenn ihr meine Erheiterung missfällt, aus der Ruhe bringen lässt sie sich dadurch nicht. Sie stützt beide Hände auf den Boden, legt den Kopf in den Nacken und streckt die Beine aus. »Macht nichts«, sagt sie. Dann schließt sie die Augen.

»Nun erzähl schon. Es interessiert mich.«

Schweigend hält sie das Gesicht in die Sonne. Als ein Mauersegler über sie hinwegzieht, sehe ich, wie sich die Augäpfel unter ihren Lidern bewegen. Ich weiß selbst nicht, warum ich ihr keine Ohrfeige gebe und sie fortjage.

Endlich öffnet sie die Augen. »Das hier«, sagt sie und weist mit dem Kinn zum Bogen, »war vor vielen Jahren eine Burg. Die Burg Rolandseck.«

»Davon habe ich gehört.«

»Solange sie stand, wachte sie über das Kloster. Und als sie verfiel, wurden ihre Steine dazu verwendet, die Südspitze von Nonnenwerth zu befestigen. Wegen des Eisgangs. Auch wenn die Burg schon lange nicht mehr existiert, schützt sie die Insel und das Kloster noch immer.«

Ich schaue hinunter, zum südlichen Ende der Insel, an dem der Rhein leckt, Tag für Tag, Winter für Winter.

»Die Burg und das Kloster gehören zusammen«, fährt das Mädchen fort. »Man darf sie nicht trennen. Davon erzählt auch die Rolandsage.«

»Roland der Riese«, nicke ich.

»Er lebte hier oben, in der Burg. Von seinem Zimmer aus schaute er nach Nonnenwerth hinunter, um seine Geliebte zu sehen. Die war nämlich ins Kloster gegangen, weil sie ihn für tot hielt.«

»Wenn du es sagst.«

»Es war so!«, blitzt sie mich an. »Er saß am Fenster, jeden Tag, und schaute durch diesen Bogen hier.«

Ich folge ihrem Blick. »Das glaube ich nicht.«

»Warum nicht?«

»Weil der Bogen gar nicht zum Kloster zeigt. Man schaut eher nach Norden.«

»Aber genau das ist es ja!«, ruft sie. »Sie haben ihn verkehrt aufgebaut. Vorher stand er so, dass man genau auf die Insel sehen konnte. Aufs Kloster! Und dann kam dieser Mensch vom Kölner Dom und stellte ihn anders herum wieder hin. Jetzt schaut man in die falsche Richtung. Als wenn es die Sage nie gegeben hätte!«

Wieder muss ich lachen. »Das sind ja abenteuerliche Geschichten, Kindchen. Von welchem Domherrn redest du?«

»Kein Domherr. Der Baumeister war das. Derselbe, der für den Dom zuständig ist. Wie soll so einer eine Riesenkirche zu Ende bauen, wenn er nicht einmal den Rolandsbogen richtig herum aufstellen kann!«

»Der Kölner Dombauarchitekt? Bist du sicher?«

»Frag Groyen, wenn du mir nicht glaubst. Er ist mit dem Dichter befreundet.«

»Der Dombaumeister von Köln!« Amüsiert kratze ich mich im Nacken. »Das ist wirklich zu drollig.«

»Drollig?«, zürnt sie.

»Aber ja. Es klingt, als habe er hier geübt. Bevor er in Köln einen halbfertigen Dom vervollständigt, lässt er in Rolandseck eine kaputte Ruine als reparierte

Ruine wieder auferstehen. Lauter verrückte Aufgaben. Und wenn er sich dann auch noch in der Himmelsrichtung getäuscht hat …« Ich stehe auf und mache ein paar Schritte zu dem Bauwerk hin. »Vielleicht war es ja Absicht. Schau dir das an: Jetzt kannst du durch den Bogen direkt zum Drachenfels gucken. Noch so eine Ruine! Bei euch im Rheintal steht Verfallenes hoch im Kurs. Gut für den Tourismus, würde ich sagen.«

»Aber Roland schaut nun nicht mehr zum Kloster!«, faucht sie.

»Welches Kloster? Falls du Nonnenwerth meinst: Das Haus ist ein Hotel.«

Sie springt auf. »Es wird immer ein Kloster bleiben. Immer, hörst du?«

»Na, nun werd mal nicht frech, Kleine!« Ich drohe ihr mit dem Finger, doch in Wahrheit macht mir ihre Empörung Spaß. »Ich kann mich irren, aber ist dieser Roland nicht längst tot?«

»Ja. Und weißt du, wie er starb?«

»An Altersschwäche vielleicht?«

»In den Armen seiner Geliebten. Beim Kampf um die Insel.« Sie stemmt die Hände in die Hüften und blickt auf den Rhein.

»Siehst du? Dann ist es auch gleichgültig, in welche Himmelsrichtung der Bogen schaut.«

Sie wirft mir einen finsteren Blick zu. »Du begreifst nichts. Überhaupt nichts!«

»Gut, dann begreife ich eben nichts. Vor allem begreife ich nicht, was ein Mannsbild wie der rasende

Roland unter Nonnen zu schaffen hat. Von denen eine angeblich seine Geliebte war!«

»Er wollte das Kloster schützen. Es ist eine Sage, und Sagen sind immer wahr.«

»Meinst du?«

»Warum ist dann mein Großvater gestorben, als er das Kloster ebenfalls schützen wollte? Kannst du mir das erklären?«

»Bedaure.« Ich hebe Schultern und Arme. »Du siehst mich ratlos.«

»Schau hier herüber, zum Drachenfels.« Mein Blick folgt ihrem ausgestreckten Finger, der zum Siebengebirge zeigt. »Siehst du den kleinen weißen Strich unter der Ruine?«

»Nein.«

»Dann nimm halt dein Fernglas.«

Ich kneife die Augen zusammen, kann aber beim besten Willen nicht erkennen, was sie meint. Erst als ich das Glas zu Hilfe nehme, entdecke ich unterhalb des Gipfels eine Art Säule oder Stele, auch sie verwittert und verfallen wie anscheinend alles hier. »Was ist das? Ein Denkmal?«

Sie nickt. »Für die Freiheitskrieger von 1814.«

»Du kennst dich aus, Kleine.«

»Auf dem Stein steht der Name meines Großvaters: Joseph Genger. Und das Datum seines Todes. Der 3. Januar 1814. An diesem Tag führte er seine Leute über das Eis auf die andere Rheinseite, zu den Franzosen. Auf Nonnenwerth wurde er von einer Kugel getroffen.«

»Auf der Insel? Du meinst, so wie Roland?«

»Damals gab es noch Nonnen im Kloster. Obwohl es von den Franzosen längst aufgehoben war. Du siehst also, die Sagen lügen nicht, niemals. Sie sind alle wahr.«

»Interessante Theorie. Bloß dass dein Großvater nicht in den Armen seiner Geliebten starb.«

»Und wenn die Freiheit seine Geliebte war?«

»Wer, bitteschön?«

»Die Freiheit. Du wirst doch wohl wissen, was Freiheit ist?«

Ich schenke ihr ein spöttisches Lachen. So allmählich wird mir die Kleine unheimlich. Was sind das für nachgeplapperte Sprüchlein? Die Sagen lügen nicht ... die Freiheit seine Geliebte ... Wohl von der Romantik infiziert, das junge Ding! Ihr strohblondes, verfilztes Haar flattert im Wind, das Gesicht bleibt ernst. Einen Kamm sollte sie sich kaufen!

Zum Abschied werfe ich ihr ein paar Münzen hin, die sie hoffentlich mit Bedacht einsetzen wird. Sie regt keinen Finger, als die Geldstücke auf sie zufliegen. Klimpernd fallen sie zwischen die Steine. Stolz ist sie also auch noch. Sobald ich außer Sicht bin, wird sie sich auf das Almosen stürzen. Ich kenne diese Mädchen.

3

Das Diner bei Küpper entspricht nicht den Erwartungen. Sein Lokal ist noch kein Jahr alt, es liegt possierlich auf Höhe des Rolandsbogens und prunkt mit einer großen Freiterrasse. Beste Voraussetzungen also, zumal die Sonne lacht. Doch es fehlt an Gedecken und Kellnern, die Portionen sind dürftig, und hübsche Bedienungen gibt es auch nicht. Hat Küpper mit weniger Gästen gerechnet oder ist er wie Groyen gedanklich bereits auf Expansionskurs? So jedenfalls wird sich ein Franz Liszt nicht dauerhaft aufs Festland locken lassen.

Der guten Stimmung tut die mangelhafte Bewirtung jedoch keinen Abbruch. Wer kürzer speist, kann länger feiern. Man beginnt im Schatten des Bogens, besingt vierstimmig alle Himmelsrichtungen, um sich anschließend zur Terrasse zu begeben, wo eine weitere Probe deutscher Chorkunst die Vorspeise ersetzt. Franz findet seinen Platz am Kopfende der langen Tafel. Umringt von Kölner Honoratioren, lässt er alles über sich ergehen: Grußworte, Dankesworte, Toasts, das Essen. Zum Abschluss ein weiterer, recht lang geratener Chorvortrag. Obwohl ich etwas entfernt sitze, entgeht mir keine seiner Reaktionen. Ab und zu, bei einer hübschen Melodieranke oder einer unerwarteten harmonischen Wendung, schnellt seine Braue nach oben, verziehen sich seine schmalen Lippen zu einem Lächeln. Auch das

Gegenteil kommt vor, allerdings kaum wahrnehmbar: ein zuckender Mundwinkel bei verfehlten Einsätzen, das Schiefstellen des Kopfes, wenn die Intonation des Chores ins Bodenlose sackt. Marginalien!

Vom geballten Enthusiasmus seiner Gäste zu einem Toast gedrängt, erhebt er sich. Das Haar wird zurückgeworfen, eine Hand knetet die andere. Er ist so schlank, die Nase übergroß. Sein Blick geht zum Drachenfels. Der Schnitt an seinem Kinn liegt zum Glück im Schatten. Wird er deutsch sprechen? Er muss, es ist immer noch seine Muttersprache. Und schon geht es los, stockend und halblaut wie gewöhnlich. Ganz hinten spitzen sie die Ohren, um ja nichts zu verpassen. Mehrfach hält er inne, horcht in sich hinein, um den nächsten Halbsatz übersprudelnd, wie eine Klavierfioritur hervorzubringen, dann fehlt ihm wieder ein Ausdruck, den er sich, herabbeugend, von seinem Nebenmann ausborgen muss. Aber wer wollte an seiner tief empfundenen Dankbarkeit zweifeln? Am Ende macht er eine Pause – oder ist das schon die Stille nach dem Schlusswort? Nein, er greift zum Glas, schaut in die Runde und öffnet den Mund, auf dass alles den Atem anhält. Dann schließt er ihn wieder, um seine Lippen zuckt es, die Stirn schlägt tiefe Falten. Düsternis senkt sich auf seine Miene. Kein Zweifel, er sucht nach einer Formulierung, aber sie will und will ihm nicht einfallen! Schon hebt sich einer seiner Verehrer vom Stuhl, um ihm etwas zuzuflüstern, da glättet sich Liszts Stirn unvermutet, und es bricht regelrecht aus ihm heraus:

»So etwas wie Ihre Liedertafeln … wie die rheinischen Liedertafeln, meine Herren, gibt es nirgendwo auf der ganzen Welt!«

Der Jubel ist unbeschreiblich.

»Das gibt es in der Tat nirgendwo«, denke ich und kann gar nicht anders, als mich der allgemeinen Zustimmung mit erhobenem Glase anzuschließen.

Nach dem Essen geht es mit knurrendem Magen zurück nach Nonnenwerth. Zwischen dem Festland und der Insel herrscht wilder Verkehr, noch der kleinste Nachen wird zum Transport der Gäste herangezogen. Zeitweise hat man den Eindruck, trockenen Fußes über das Wasser wandeln zu können, so dicht drängen sich die Boote.

Vor dem Hotel sitzen die Gäste in großen Gruppen zusammen, spielen Karten und lauschen der Musik. Kaffeeduft umzieht das Gebäude. Plötzlich ein Trompetenstoß aus der Höhe: Da haben doch tatsächlich einige den Turm der Kapelle bestiegen und blasen nun über die Köpfe der Anwesenden hinweg. Was natürlich mit Beifall und Hurrageschrei beantwortet wird. Kurz ist Marie d'Agoult an einem ihrer Fenster im ersten Stock zu sehen, doch nach einem Blick über die Menge zu ihren Füßen wendet sie sich wieder ab, ohne eine Gemütsregung erkennen zu lassen.

Franz wird herumgereicht. Man fragt nach seinen Plänen, seinen kommenden Auftritten, seinem Konzert in Köln. Wann er sich einmal vor den Berlinern hören lasse? Bereits in diesem Herbst. Ob er auch ferne

Länder bereisen werde? Er wünsche sich nichts sehnlicher als eine Tournee durch den Orient. Und das Dombaukonzert? Welche Stücke werde er spielen? Franz zögert. Das Programm stehe fest, gibt er zur Antwort, die genaue Reihenfolge jedoch habe er nicht im Kopf. Dann zählt er wahllos Kompositionen auf, die zu seinem Repertoire gehören. Er empfiehlt sich. Schon wartet die nächste Gruppe.

Aus Langeweile schließe ich mich einer Partie Whist an. Ich bin unkonzentriert, aber meine Mitspieler sind es erst recht, schließlich wollen sie nichts von dem verpassen, was auch nur im Entferntesten mit Liszt zu tun hat. Wo Madame Sand wohl steckt, seine Muse? Und ob er heute noch spielen wird? Das sind die drängenden Fragen, die an unserem Tisch erörtert werden.

»Begleiten Sie uns nach Köln, Herr Herrmann?«, erkundigt sich Kaufmann Knippschild aus der Schildergasse.

»Natürlich wird er das«, antwortet Notar Schinzel an meiner statt. »Er wird sich doch unsere Kantate nicht entgehen lassen.«

Fragend blicke ich ihn an. Ich weiß nichts von einer Kantate.

»Eine Kantate nach Motiven aus Liszts Kompositionen«, erläutert Kaufmann Knippschild und reibt sich über seine fleischige Nase. »Ganz neu verfertigt für diesen feierlichen Anlass. Wir bringen sie dem Meister unterwegs zu Gehör.«

»Unterwegs?«

»Auf dem Schiff. Als eine von mehreren Überraschungen.«

»Aber nichts ausplaudern«, droht mir der Notar mit beringtem Finger.

»Ganz gewiss nicht.«

»Der Maestro hätte über Pfingsten in Köln sein müssen«, meint Knippschild, seine Karten ordnend. »Als das Niederrheinische Musikfest bei uns stattfand. Was er da an Orchestern und Chören hätte hören können! Unsere Liedertafel natürlich auch. Diese Gelegenheit kommt so schnell nicht wieder.«

»Nein?«

»Das Musikfest wird jedes Jahr von einer anderen Stadt ausgerichtet.«

»Verstehe.«

»Kennen Sie den Dom, Herr Herrmann?«, wirft Schinzel ein. »Morgen früh gibt es eine Besichtigung unter Führung von Dombaumeister Zwirner. Sie sind herzlich eingeladen.«

»Verbindlichsten Dank. Ich habe schon viel von diesem Herrn gehört. Er soll ganze Ruinen versetzen können.«

Die beiden Kölner sehen sich irritiert an.

»Und dann freue ich mich natürlich auf das Konzert«, setze ich versöhnlich hinzu und lege eine Karte ab.

Ja, das Konzert! Alle sind des Lobes voll über den Künstler, der zugunsten des Domes seine Zeit opfert – Zeit, die doch eigentlich der Erholung von seinen Reisestrapazen gewidmet sein sollte. Eine kurze Anfrage nur, erklärt Kaufmann Knippschild, ach was: eine Andeutung, der Hauch einer Andeutung hat genügt, um in Liszt den Wunsch zu wecken, einen Beitrag zum patriotischsten aller Träume – einen Stein gewordenen Traum, wirft Notar Schinzel ergänzend ein; genauer gesagt, einen Stein werdenden Traum, jawohl – jawohl, sagt auch Kaufmann Knippschild, hat aber den Beginn seines Satzes vergessen. Gleichviel, nun findet das Konzert statt, und niemand will sich dieses Ereignis entgehen lassen. Seit Tagen bereits vibriert das musikalische Köln vor Erregung, für Dienstagmorgen ist eine Extraprobe des Chors angesetzt.

»Präzise um halb zwölf vormittags«, mahnt Notar Schinzel mit erhobenem Zeigefinger. »Dass Sie mir ja pünktlich sind, Knippschild!«

Demütig senkt der Angesprochene den Kopf.

Ereignisreich und doch ereignislos verstreicht dieser Tag. Mir dröhnt der Kopf, und ich will mich bereits zurückziehen, als uns die frohe Kunde erreicht, der Maestro werde spielen. Endlich! Alles erhebt sich, rückt die Krawatten zurecht, spitzt die Lippen und begibt sich – wohin?

»In die Kapelle!«, rufen einige. »Er will in der Kapelle spielen.«

Verwunderte Blicke allenthalben. Soviel ich weiß, gibt es in der Klosterkirche bloß eine kleine Truhenorgel, eine Art Harmonium. Steht uns etwa ein geistliches Konzert bevor? Franz beherrscht auch diese Disziplin, keine Frage, ich erinnere mich noch gut an jenen

Tag im schweizerischen Freiburg, als er das Jüngste Gericht durch das Kirchenschiff toben ließ, fünf Jahre ist das her. Dort aber stand ihm ein königliches Instrument zur Verfügung, mit mehreren Manualen und prächtigem Pedalwerk. Der Menge ist das gleich, sie strömt unbeirrt, wie von unsichtbarer Hand choreographiert, auf die offene Tür der Kapelle zu. Rasch sind die wurmstichigen Bänke belegt, auch die Stehplätze werden bald rar. Durch die hohen Fenster des Gotteshauses fällt gedämpftes Licht. Ist es überhaupt noch ein Haus Gottes? An Sonntagen lässt Schneider hier Messe halten, aber wohl mehr aus touristischen Gründen denn aus Pietät. Morgens Gottesdienst, mittags Harmonie – für den Rheinländer ein durchaus lockender Gleichklang.

Und Liszt? Wo bleibt er?

Zunehmend richtet sich die Aufmerksamkeit auf die rückwärtige Empore. Man wendet den Kopf, verrenkt sich den Hals. Auch dort oben herrscht dichtes Gedränge. Franz scheint fest entschlossen, dem altersschwachen Orgelchen den Garaus zu machen. Aber dann entdecke ich einen schwarzen Schatten hinter der Brüstung. Da hat er doch tatsächlich den Cordier'schen Flügel auf die Empore bringen lassen! Der große Saal liegt auf gleicher Ebene, also ist der Transport ein Leichtes gewesen. Und dass die Mehrzahl des Publikums Franz nicht sehen kann, wird er ausnahmsweise gern in Kauf nehmen; denn so schweben die Töne seines Spiels wie Manna auf uns herab.

Unglaublich, dieser Mensch! Er lässt sich immer neue Effekte einfallen.

Ohnehin braucht man ihn nicht zu sehen. Man schließe die Augen und spitze die Ohren! Alles ist ganz nahe, geradezu greifbar. Füßescharren auf der Empore, das Knistern und Rascheln der Sommerkleider, nervöses Hüsteln, geflüsterte Kommentare: das Flechtwerk einer vielstimmigen Geräuschkomposition. Da – etwas verändert sich! Es wird stiller in der Kapelle und gleichzeitig gespannter. Halten die Leute den Atem an? Jetzt betritt Franz die Empore; seine Schritte, obwohl behutsam, sind deutlich zu vernehmen. Eine halblaute Bemerkung, unverständlich. Oben schmunzelt man. Sogar das lässt sich erlauschen. Der Klavierhocker quietscht. Wo bleibt das Umblättern der Noten? Liszt hat es nicht nötig. Ich sehe ihn stumm vor dem Instrument sitzen, beide haben wir die Augen geschlossen. Er streicht über die Tasten, unhörbar – ich höre es trotzdem. Schließlich bin ich Puzzi, ich kenne ihn. Die Luft ist kühl in der Kapelle. Jetzt legt er den Kopf zurück, wie er es immer tut, wie er es auch seinen Schülern befiehlt. Leider übertreibt er heute, übertreibt maßlos: Er schaut ja fast senkrecht nach oben! Schaut mit immer noch geschlossenen Augen, das lange Haar fällt ihm in den Nacken, über die Schulterblätter, und nun heben sich seine zarten Hände, um scheinbar zufällig auf den Tasten liegen zu bleiben, doch hier ist nichts zufällig.

Der erste Akkord.

Um mich herum fahren die Menschen zusammen. Ich spüre es, spüre die Gänsehaut auf ihren Armen. Ein einfacher Akkord bloß, aber schon den können nur wenige Pianisten so spielen, wie Franz ihn spielt. Vielleicht sollte er den Vortrag an dieser Stelle beenden. Amen e fine. Noch immer zittern die Wände von den zwei Handvoll Tönen. Mit seinem Entschluss, auf der Empore der alten Klosterkapelle zu spielen, hat er dem Gebäude seine Weihe zurückgegeben, wenigstens für ein paar Minuten oder für einen Tag. Die Nonnen früherer Jahrhunderte, die unten in der Krypta ruhen, werden mit Wohlgefallen lauschen.

Hat Franz seine Augen mittlerweile geöffnet? Ja, vielleicht sind die Lider voneinander gewichen, aber was heißt das schon? Wenn er zur Decke starrt, sieht er die Decke nicht. Er sieht durch sie hindurch, er hat Kontakt zum Himmel aufgenommen, seine Finger sind keine Finger mehr, sondern die vibrierenden Enden eines Blitzableiters. Achtlos bewegt er sie über die Tastatur, wird bewegt, lässt sich bewegen, lässt den Flügel aufleuchten. Akkord folgt auf Akkord, Melodie auf Melodie, ein Klageruf aus der Tiefe, ein Ave Maria in Tenorlage, geschmackvolles Gotteslob, zuletzt der Hymnus im Engelsdiskant, grundiert von warmen Arpeggien der Linken. Dann der Absturz ins schwarze Innere des Instruments, nagender Zweifel, Selbstbezichtigung, Schreie, immer wieder Schreie, bis zur völligen Ermattung.

Und an diesem Punkt, dem Moment äußerster Kälte und Erstarrung, schafft es dieser Hexenmeister doch tatsächlich, mich aus der Fassung zu bringen. Genauer gesagt: mich beinahe aus der Fassung zu bringen. Denn ich bin drauf und dran, meine Augen aufzuschlagen, um zu sehen, wer von den Zuhörern ringsum da plötzlich auf seiner Flöte spielt, als mir bewusst wird, dass es niemand anderes ist als Franz selbst. Dank seiner unnachahmlichen Anschlagstechnik lässt er den Flügel der Frau von Cordier nicht wie einen Flügel klingen, sondern wie eine Querflöte in hoher Lage. Süßlicher lallt kein Engel! Meine Lider zucken, doch sie öffnen sich nicht.

Fast hätte er mich gehabt.

Mit dem Zauber allerdings ist es vorbei. Meine Nase juckt, vielleicht stört sie die Überzuckerung. Liszt hat noch immer den Kopf in den Nacken gelegt, seine Hände sind noch immer Löwe und Liebhaber, Scharfrichter und Schelm, aber ich zähle die Takte bis zum Ende der Fantasie. Ob ich die Augen geschlossen halte oder nicht, spielt keine Rolle mehr. Ich erspare mir lediglich den Anblick des ergriffenen Publikums.

Franz wollte schon als Kind Geistlicher werden. Er spricht selten darüber, aber gerade weil er sich darüber ausschweigt, klingt es glaubhaft. Manche Leute sagen, er sei jetzt ein Geistlicher, ein Hohepriester der Musik, der über die Heilige Cäcilie und andere fromme Damen nachsinnt. Es liegt nicht an mir zu beurteilen, ob das stimmt, ich kenne die Pfaffen zu wenig. Ohne Gemeinde jedenfalls könnte er niemals Priester sein, und diese Gemeinde existiert. Sie besteht aus Kaufleuten und Notaren, aus Baroninnen und Generalen, aus Hoteliers und Kapitänen. Ihnen stehen Tränen in den Augen, sie erschauern gemeinsam, und sie fühlen sich etwas weniger sterblich, weil sie dabei sein durften, als Liszt spielte.

Mir kommt der Satz des Mädchens von Rolandseck in den Sinn: »Dieses Haus wird immer ein Kloster bleiben.« Dass er heute stimmt, dafür sorgt mein Freund Franz.

4

Von der starken Rheinströmung getrieben, macht unser Dampfer Meile um Meile gut. Wie der Wind fliegt das Siebengebirge an uns vorüber, die Gipfel vom Abendgold umhüllt. Der Drachenfels ist ein klobiger, müder Riese, dem die Steinhauer von Königswinter Tag für Tag zu Leibe rücken. Schon verbreitert sich das Tal und geht in das flache Bonner Gelände über. Wir überholen einen Lastkahn, einen Boten der alten, langsamen Zeit. In unserem Kielwasser dümpeln Fischerboote vor sich hin. Beide Ufer sind von Lichtern übersät.

Nur an den Lärm, den die Höllenmaschine im Innern des Schiffes macht, werde ich mich wohl nie gewöhnen können.

»Hoffentlich kommen wir heil in Köln an«, sagt Kaufmann Knippschild und wischt sich den Schweiß von der Stirn. »Mit Gottes Hilfe, meine Herren!«

»So hat er schon heute Morgen geunkt«, lacht Notar Schinzel, an einer Pfeife ziehend. »Dabei verdankt sich unser Wohlergehen weniger dem Allmächtigen als der Maschine, die uns antreibt. Und die funktioniert reibungslos.«

»Mit Gottes Hilfe«, beharrt der Kaufmann. »Und das meine ich ganz wörtlich, lieber Schinzel. Wissen Sie nicht, wie die Stromenge zwischen Nonnenwerth und

Grafenwerth von den Fischern genannt wird? Gotteshülfe! Weil das Wasser dort so schnell fließt wie nirgendwo sonst.«

»Mag sein«, gähnt der Notar. »Dennoch vertraue ich in diesem Fall lieber auf die Hilfe der Technik. Soll sich der liebe Gott mit der Natur und all ihrer Widerspenstigkeit herumschlagen – und kümmern wir uns um die Maschinen.« Seiner Müdigkeit zum Trotz gewährt uns der gute Mann einen Einblick in die Geschichte der modernen Dampfschifffahrt. Schließlich war er mit an Bord, als der Mittelrhein vor siebzehn Jahren zum ersten Mal mit Maschinenkraft bezwungen wurde. Als sich die Zeeuw aus Rotterdam den Fluss hochquälte, gegen Hochwasser, Schlamm und Unkenrufe ankämpfend. Ja, er war Zeuge dieser Fahrt, zusammen mit Boisserée, dem Kunstsammler, und Cotta, dem Verleger. Lauter bedeutende Herren, und der junge Schinzel mitten unter ihnen. Am Ufer schlugen alte Frauen die Hände über dem Kopf zusammen, die Kinder hüpften vor Begeisterung, es gab Jubel und Gebete für dieses Schiff, das wie von Geisterhand bewegt den Naturgesetzen trotzte. Wo waren die Zugpferde, wo die Treidler? Der Steuermann, ein Kölner namens Urban, lenkte seinen Holländer so nahe an die vom Hochwasser eingeschlossenen Dörfer heran, dass man den Menschen in die Stube blicken konnte. Bis nach Mainz gelangten sie nicht, die Gegenströmung erwies sich als zu stark. Eine Triumphfahrt war es trotzdem. Kaub wurde umrundet, dann flog die Zeeuw, gleichsam ein vom Bogen geschossener Pfeil, flussabwärts nach Köln zurück.

All dies erzählt der Notar mit der Zufriedenheit eines Mannes, der weiß, dass ihm und seinesgleichen die Zukunft gehört. Durch wohldosiertes Gähnen und Schmauchen verstärkt er diesen Eindruck noch. Währenddessen zieht Bonn an uns vorbei, die Universitätsstadt mit dem Alten Zoll direkt am Rhein, und ihr gegenüber Beuel, das Dorf der Wäscherinnen, wo die Wiesen noch am Abend voll gebleichter Tücher liegen. Der Himmel färbt sich tiefviolett. Rechter Hand mündet die Sieg, und Schinzel zelebriert seine Erinnerungskunst.

Kaufmann Knippschild dagegen hält es kaum noch auf seinem Stuhl. »Jaha!«, ruft er schließlich und rollt mit den Augen, »das ist die eine Seite, mein Freund, die eine. Es gibt aber noch eine andere, und die dürfen Sie nicht unterschlagen. Was ist mit den Gefahren und Problematiken des Fortschritts? Was ist mit den vielen Dampfern, die auf dem Grund des Rheins liegen? Die sich in Riffe gebohrt haben oder denen der Kessel um die Ohren flog?«

»Sie übertreiben, lieber Knippschild. Erstens haben Dampfer keine Ohren …«

»Eine Metapher, Schinzel, eine Metapher! Wissen Sie, was eine Metapher ist?«

»Und zweitens trägt an Unfällen so gut wie immer der Mensch die Schuld. Der Mensch, nicht die Maschine.«

»Das sagen Sie!«

»Ja, das sage ich. Jeder weiß, dass es eine schlimme Konkurrenz zwischen den Kapitänen der Kölner Gesellschaft und denen der Düsseldorfer gibt. Sie wagen Überholmanöver an den schmalsten Stellen des Flusses und riskieren dabei Leib und Leben ihrer Passagiere. Sobald diese Rangeleien abgestellt sind, wird man auf dem Rhein so sicher reisen wie im Mutterleib.«

»Rangeleien!«, schnaubt der Kaufmann. »Mit Dampfschiffen rangelt man nicht!«

»Unser Boot gehört zur Kölner Gesellschaft?«, erkundige ich mich. »Dann wollen wir hoffen, dass uns kein Düsseldorfer begegnet.«

»Und die Erie?«, ruft Knippschild. »Was ist mit ihr? Sie war ja wohl kaum in eine Rangelei verwickelt!« Da ich verständnislos dreinschaue und Notar Schinzel bloß mit einem herzhaften Gähnen antwortet, packt mich der Kaufmann am Arm. »Die Erie, das war ein schönes, neues Dampfboot mit zwei Verdecken. Der Augapfel der amerikanischen Seeschifffahrt. Bis sie vor einigen Wochen unterging, mit über zweihundertfünfzig Personen an Bord. Die Hälfte davon Deutsche und Schweizer, auch Frauen und Kinder, eine Musikkapelle und fünfundzwanzig Mann Besatzung. Lesen Sie keine Zeitung, junger Mann? Sie müssen es gelesen haben!«

Bedauernd schüttle ich den Kopf.

»In Rheidt hatte ich einmal einen blondgelockten Schatz«, sinniert der Notar nickend und schaut zum rechten Ufer hinüber. Wir passieren zwei Inseln, die sich das Dorf durch Dämme einverleibt hat. Weiter nördlich ist auf einer Anhöhe schemenhaft eine große Windmühle zu erkennen.

»Es herrschte ruhiges Wetter auf dem Eriesee«, fährt der Kaufmann fort. Das Abendlicht spielt auf seiner schweißnassen Stirn. »Kein Sturm, kein Unwetter, auch kein anderes Boot in der Nähe. Wo ist die Gefahr, könnte man meinen. Aber was macht der Dampfkessel, dieses Höllenwerk aus Menschenhand? Na …?« – Pause, dramatisches Luftholen – »Er explodiert! Fliegt einfach in die Luft, ohne Vorwarnung, ohne Ankündigung, wird zu einem Feuerball, der das Schiff in einem einzigen furchtbaren Augenblick vertilgt.« Schaudernd blickt er zur Mitte unseres Bootes hinüber, in dessen Tiefe jetzt, zur nämlichen Sekunde, der Kupferkessel glüht und ein gieriges Feuer nach Nahrung brüllt, nach Schaufel um Schaufel Kohle. Und warum? Um uns Menschlein ein wenig schneller durch die Lande zu transportieren.

»Sie übertreiben, bester Knippschild«, tadelt der Notar. »Ich weiß, dass man bei Ihnen auf der Schildergasse der Fantasie gerne die Zügel lockert, aber gerade galoppiert sie Ihnen davon. So schnell, wie Sie behaupten, kam das Ende nun auch wieder nicht. Ein Schiff von der Größe der Erie …«

»Und ob es schnell ging«, ruft der Kaufmann empört. »Rasend schnell! Es stand doch in der Zeitung, genau so! Sie müssen den Fahrtwind berücksichtigen, der das Feuer über das gesamte Schiff trieb. Für die Passagiere unter Deck gab es keine Rettung mehr, da hat kein einziger überlebt. Haben Sie nicht gelesen, was der erste Ingenieur zu Protokoll gab? Ein Donnerschlag wie das Bersten eines Felsens, und schon züngeln die Flammen den Schornstein empor.« Er zeigt zum schwarz gestrichenen Kamin unseres Schiffes. »Meterhohes Feuer, ein regelrechtes Inferno, stellen Sie sich das vor!«

»Entsetzlich«, murmele ich, die Flammenwand leibhaftig vor Augen.

»In der Zeitung stand aber auch«, wirft der Notar ein, »dass besagter Ingenieur noch die Gelegenheit hatte, zusammen mit dem Kapitän die Lage zu erörtern. Man wollte das Feuer löschen, und erst als man die Aussichtslosigkeit dieses Unterfangens erkannte, ließ man die Rettungsboote zu Wasser.«

»Erörtern!«, schnaubt Knippschild und wirft seinem Sangesbruder zürnende Blicke zu. »Das klingt ja, als hätten sich die beiden Herren einen Tee servieren lassen! Es war der Kapitän, der als Erster über Bord hüpfte, und weiß Gott, ich kann es ihm nicht verdenken.«

»Wesseling.« Schinzels Pfeife zeigt zum linken Ufer. »Kleines Dorf nur, aber eine Fabrik für Schuhleder. Hervorragendes Leder, Qualitätsware.«

»Und der Ingenieur?«, frage ich. Zum Teufel mit Wesseling und seiner Lederfabrik!

»Sprang hinterher!« Knippschild wedelt mit den Armen. »Was hätte er denn tun sollen, der arme Teufel? Seine Kleider fingen ja schon Feuer. Kaum landet er im Wasser, beginnt die Schlacht um Planken und

Bretter. Beide Rettungsboote sind gekentert, da wird jede Schublade, an die man sich klammern kann, zum Nothelfer. Ertrinkende reißen einander gegenseitig in die Tiefe. Das Wasser ist eiskalt, aber die Luft glüht.« Kummervoll schaut er auf die schwarzen Wellen hinaus, durch die sich unsere Schaufelräder pflügen.

»Mein Gott, Sie sind ja völlig heiser geworden«, meint der Notar und kramt in seinen Taschen. »Sie sollten sich nicht so ereifern, lieber Knippschild!«

»Heiser? Finden Sie, ich klinge heiser?«

Ich verneine. »Und ob«, sagt der Notar. »Ich gebe Ihnen ein Kräuterbonbon. Schließlich brauchen Sie Ihre Stimme noch.«

»Um Gottes willen, mein Solo«, brummt der Kaufmann und beginnt nun seinerseits zu kramen. »Danke, Schinzel, ich nehme lieber meine eigenen. Hier, möchten Sie auch welche?« Er hält mir eine braune Papiertüte hin. »Es sind Dombaubonbons, die besten, die man bekommen kann. Ein Labsal für strapazierte Kehlen!«

»Was für Bonbons?«

»Ein Teil des Verkaufserlöses geht an das Dombaukomitee.« Er seufzt auf. »Ach, tut das gut!«

»Das jüngste Opfer des Erie-Unglücks«, murmelt Schinzel hinter seiner Pfeife. »Die Stimme von Kaufmann Knippschild!«

»Konnten sich viele retten?«, will ich wissen. »Ich meine, auf der Erie?«

»Keine fünfzig«, winkt der Kaufmann ab. »Dieser Clemens, der Ingenieur, meint, die meisten seien verbrannt. Bei lebendigem Leibe! Er sah sie auf dem Schiff kauern, inmitten der hin- und herwehenden Feuerwalze. An der Bootsspitze, die noch nicht in Flammen stand, krochen einige zum Geländer, um sich ins Wasser zu stürzen, aber sie waren zu schwach. Stellen Sie sich das vor: Sie hatten keine Kraft mehr, um über das Geländer zu klettern! Grässliche Szenen, Herr Herrmann, grauenhafte Bilder …«

»Entsetzlich«, wiederhole ich. Was soll ich auch anderes sagen? In diesem Moment, da der Lärm der keuchenden Maschinen dem von hundert Schmieden gleicht, scheint eine Explosion keineswegs ausgeschlossen.

»Man sollte keine Holzboote mehr bauen«, mischt sich Notar Schinzel ein, mit dem Fingerknöchel gegen die Schiffswand klopfend. »Die neue Generation der Rheindampfer wird aus Stahl sein. Die fangen weniger leicht Feuer.«

»Aber sinken werden sie trotzdem!«, prophezeit sein Mitsänger. »Ist nicht kürzlich erst die Elberfeld, das neue Stahlschiff der Düsseldorfer, untergegangen? Auf der Nordsee, als es zur Überholung nach London musste!«

»Wer lässt auch in England fertigen? Wir haben Ruhrort, die beste Werft weit und breit. Dort stellen sie gerade ein neues Schiff her, die König. Ein Gigant, sage ich Ihnen! Mit Platz für sechshundert Passagiere.«

»Oder für sechshundert Opfer«, flüstert Knippschild.

»Papperlapapp! Wir reisen hier so sicher wie in Mutters Schoß. Noch ein Stündchen, dann sind wir da. Bei Tag könnte man Köln von dieser Stelle aus schon sehen.«

Der Fluss schlägt nun einen großen Bogen nach rechts, linker Hand liegt eine weite Ebene mit den schwachen Lichtern einiger Dörfer. Es ist kühl geworden. Auch die Erzählung des Kaufmanns trägt nicht gerade zur Erwärmung bei. Bei uns im Freien, unter dem flatternden Zeltdach, sitzt nur ein kleiner Teil der Liedertafel. Der weitaus größere hat die Gesellschaft Liszts unter Deck vorgezogen.

Aber jetzt regt sich etwas. Aus dem Inneren des Schiffes strömen sie hervor, die Kölner Sangesbrüder, mit Notenblättern und Lampen bewaffnet, bereit zur Krönung der Fahrt. Die Bläser schließen sich ihnen an; man ist also fest entschlossen, auf Deck gegen den Wind und den Schiffslärm und die Kälte des Abends anzusingen. Sofort erheben sich der Notar und der Kaufmann, klopfen einander wie zur Ermutigung auf die Schultern. Knippschild räuspert sich mehrmals, Schinzel versorgt seine Pfeife. Mitten unter den Herren entdecke ich Franz, ein mildes Lächeln wie ins Gesicht gemeißelt. Gähnend – der Notar scheint mich angesteckt zu haben – folge ich der Menge in den vorderen Teil des Dampfers. Die Schiffsglocke läutet.

Schinzel zieht eine Taschenuhr hervor und nickt. Prüfende Blicke zum rechtsrheinischen Ufer, das nun in völliger Dunkelheit liegt. Minuten vergehen, während derer es an deftigen Scherzen nicht mangelt. Worauf warten wir eigentlich? Überbrückungshandlungen. Einige der Sänger scheinen dem Wein lebhaft zugesprochen zu haben. Immer wieder werden die Notenblätter konsultiert. Unheilvoll ragt der schwarze Kamin in den Abendhimmel. Der Groll der Maschine. Das Rauschen der Wellen. Die Schiffsglocke. Ich sehne mich nach einem Bett.

Endlich kommt Bewegung in die Liedertafel. Aller Aufmerksamkeit richtet sich auf das Ostufer, wo in einer weiteren Flussbiegung ein Dorf liegt. Porz, heißt es, das ist Porz. Davor aber tanzen Lichtpunkte durch die Nacht. Wie soll ich es sonst nennen? Sie tanzen: kreisen, hüpfen, springen von der einen Seite zur anderen. Beim Näherkommen bemerke ich, dass es Fackeln sind oder brennende Strohbündel, die von der Dorfjugend geschwenkt werden. Auf hohen Vogelstangen lodern Pechkränze. Dann wird eine ganze Pyramide aus Reisig entzündet. Im Handumdrehen brennt sie vom Fuß bis zur Spitze. Ihre Riesenflamme durchschneidet die Dunkelheit.

»Bravo!«, tönt es vom Schiff. »Exquisit!«

Selbst die gewöhnliche Beleuchtung der Häuser hat etwas Magisches. Franz applaudiert und schwenkt seinen Hut. Der Chorleiter gibt den Einsatz.

Unter Gesang nähern wir uns Köln.

5

Die Kantate ist hübscher als gedacht, aber das liegt eher an der musikalischen Vorlage als an ihrer Verarbeitung. Längst nicht alle der benutzten Liszt'schen Themen sind mir vertraut; er muss in den letzten Jahren einige neue Sachen komponiert haben. Vom Text verstehe ich kaum etwas, will auch nichts verstehen. Kurz vor Ende des Stücks bröckelt der Tenor bei einer heiklen Stelle, man versucht den Fauxpas mit Gelächter und Nonchalance zu kaschieren, doch der Dirigent winkt wütend ab und fordert mit hochrotem Kopf einen Neubeginn. Kaufmann Knippschild, im ersten Bass stehend, zieht die Brauen zusammen. Sollte die Nachwelt jemals Kunde von diesem denkwürdigen Tag erhalten, so wird das sängerische Missgeschick der Liedertafel sicher keine Erwähnung finden. Und siehe da, beim zweiten Anlauf geht alles glatt.

Franz lauscht mit halb gesenktem Haupt. Eine Haltung, die wohl seine Ergriffenheit bezeugen soll, Ausdruck tiefster Rührung. Beim anschließenden Dank möchte er die Hand des Dirigenten gar nicht mehr loslassen. Überwältigende Darbietung … unermessliches Geschenk … die höchste Ehre für einen Künstler, seine eigenen Schöpfungen … Er beendet seinen Satz nicht, aber das ist auch nicht nötig. Die Musik spricht für ihn, seine Musik, die sich gegen das Geheul der

Maschinen behauptet hat, um uns die Fahrt durch das Rheintal zu verkürzen.

»Köln!«, ruft einer. »Jetzt kann man es sehen!«

Alles wendet sich der Bootsspitze zu. Ja, dort hinten taucht es auf, das große, heilige Köln, dieser ewig im Aufgehen begriffene Halbmond am linken Rheinufer, gegen das Land durch Mauern und Schanzen geschützt, offen zum Fluss. Ein flirrender Leuchtfleck, der sich im Wasser spiegelt. Aus dem Fleck wird eine Wolke, aus der Wolke einzelne Lichtpunkte. Der Bayenturm, südlicher Vorposten der Stadt, gibt sich als Erstes zu erkennen. Dahinter eine Insel, größtenteils in Dunkel gehüllt. Aber dann, ein Haus neben dem anderen, stattliche Gebäude allesamt, so dicht aneinandergedrängt, als wollten sie sich gegenseitig wärmen: Hotels, Gasthöfe, Lagerhäuser, das größte von ihnen fünf Stockwerke hoch und statuengekrönt. Ihre scharfkantigen Dächer werden von Kirchtürmen überragt, deren Zahl sich auch am Tag kaum erfassen ließe. Und dort hinten, auf einem Buckel, mehr zu erahnen als zu erkennen, eine gigantische schwarze Masse, ein lichtschluckender Fels, ein schlafender Riese. Der Dom.

»Vivat Colonia!«

Fast die gesamte Liedertafel, zweihundert fröhliche Köpfe, drängt sich im Bug des Dampfers zusammen. Ich weiß, dass es unmöglich ist, ein Schiff auf diese Weise zum Kippen zu bringen, dennoch ziehe ich den Aufenthalt im mittleren Bereich vor. Es wäre keine gute Werbung für den Rheintourismus, wenn die Musik mit ihrer tödlichen Macht nun auch noch nördlich des Loreleyfelsens für Havarien sorgte.

Auf der anderen Rheinseite kommt Deutz mit seinen hellen Häusern in Sicht. Von dort soll man den schönsten Blick auf Köln haben, heißt es. Die große Pontonbrücke, welche die beiden Städte verbindet, ist vorerst nur zu erahnen. Glühwürmchen huschen von einer Seite zur anderen: Fußgänger mit Lampen, schwankend auf schwankendem Steg.

Unter unseren Sängerfreunden herrscht pure Begeisterung. »Ist das nicht ein königlicher Empfang?«, hört man immer wieder. Nun, ich muss zugeben, auch in Köln hat man sich für die Ankunft Liszts etwas einfallen lassen. An jener Stelle des Hafens, die unser Schiff ansteuert, lodert eine Reihe von Teertonnen, dahinter winkt und jubelt eine große Gruppe von Menschen. Jetzt sogar Kanonendonner, vom Wasser weit hinaus in die Nacht getragen.

Jemand huscht an mir vorüber. Franz? Ich schleiche ihm nach, um den Kamin herum und weiter nach hinten. Da steht er, am Geländer des Schiffes, wendet mir den Rücken zu, den Blick nach Süden gerichtet, in die Dunkelheit. Er schüttelt sich, aber wie! Schüttelt sich mit dem ganzen Körper. Der Schauer läuft vom Nacken bis zu den Füßen. Danach fährt er sich mit beiden Händen übers Gesicht und lässt sie anschließend fallen. So, wie er es vor einer Woche getan hat, als ich ihn in seinem Zimmer beobachtete. Zweimal streichen seine Finger die Erstarrung aus seinem Gesicht. Ein kurzes Innehalten nur, dann dreht er sich um.

Er hat mich entdeckt, wirft mir fragende Blicke zu – seine Züge sind wieder ganz entspannt –, doch bevor er etwas sagen kann, ertönt Gejohle vom Ufer her, und ein Schwall rotes Licht ergießt sich über die Szene. Während Liszts aufglühende Miene nur Überraschung zeigt, kein Erschrecken, schießt mir der Gedanke an die Erie durch den Kopf. Gott sei Dank, da ist kein Donner, keine Explosion, nur dieser rote Feuerschein, der unser Schiff und alle Passagiere unwirklich illuminiert. Jubel an Deck. In die Tonnen am Kai muss eine flammenfärbende Substanz geschüttet worden sein. Ich atme aus.

»Jetzt aber ran an den Speck!«, dröhnt der Bass von Kaufmann Knippschild aus der Menge. »Wollen wir uns mal nicht lumpen lassen!«

Franz mischt sich wieder unter die Sänger und schwenkt seinen Hut. Auf seinem bleichen Gesicht und den blonden Haaren lodert der künstliche Feuerschein besonders prachtvoll. Blutrot, ist man geneigt zu sagen.

»Jetzt alles herschauen, Leute!«, ruft Knippschild.

Und da geht es auch schon los. Eine Rakete verlässt unter bösartigem Zischen unser Schiff. Weit über den Nachthimmel zieht sich ihre Leuchtspur, Hieroglyphen aus sprühenden Funken. Dann verschwindet sie im Dunkeln. Fluchend bringen sich die Sangesbrüder in Deckung. Mitten unter ihnen hat der verrückte Kaufmann die Lunte gezündet!

»Gleich noch eine, meine Herren!«

Jetzt, da die Menge vor ihm zurückweicht, sehe ich ihn. Ausgerechnet Knippschild mit seiner heillosen Angst vor dem Dampfkessel! Der Teufel selbst könnte nicht wilder um das Höllenfeuer tanzen, und der rote Schein vom Hafen gibt die Beleuchtung dazu. Ein junger Kerl geht dem Pyromanen zur Hand, reicht ihm die Zündhölzer, stellt die Geschosse auf. Da jagt auch schon die nächste Rakete durch die Nacht. Verzückt wirft Knippschild beide Arme in die Höhe.

Doch bei aller Begeisterung scheint er übersehen zu haben, dass ein Teil seiner Munition umgekippt ist und wild verstreut auf dem Deck herumliegt. Und in diesem Moment fällt die dritte Rakete mit brennender Lunte auf den Boden, zuckt, zischt, dreht sich – und entzündet die anderen. Schreie gellen über das Schiff, als das Feuerwerk zu unseren Füßen in Gang kommt. Nun schaut auch Knippschild bestürzt drein. So hat er sich das Spektakel nicht vorgestellt!

»Keine Sorge!«, brüllt er gegen den Lärm an. »Keine Sorge! Ich hab alles unter Kontrolle!«

Aber wo er auch hintritt, ist der Brand schon weitergewandert. Die Raketen entzünden sich gegenseitig, eine nach der anderen heult über Deck, prallt gegen das Geländer oder schießt in den Rhein. Schwefeldampf hüllt uns ein. Was sich noch nicht in den hinteren Teil des Dampfers gerettet hat, versucht mit abenteuerlichen Sprüngen dem Feuerzauber auszuweichen. Das ganze Schiff scheint zu lodern! Vom Kai her gibt es Applaus ob der gelungenen Darbietung.

Und dann schreit der Kaufmann auf. Durch den rot glühenden Dampf hindurch sehe ich, wie er zusammensinkt und mit schmerzverzerrtem Gesicht nach seinem Fuß fasst. Niemand ist da, um ihm Hilfe zu leisten, auch sein junger Adjutant hat das Weite gesucht. Mit seinem schönen, vollen Bass stimmt Kaufmann Knippschild nun ganz andere Arien an als zuvor. Sein Freund, Notar Schinzel, macht einige heldenhafte Schritte auf ihn zu, wird jedoch von einer zornigen Rakete in die Schranken gewiesen. Wie das jault und gellt und dröhnt!

»Bravo!«, jubeln die Kölner am Ufer. »So muss man einen Liszt feiern!«

Endlich ist der pyromanische Spuk vorbei, und die ersten Rettungstrupps können sich durch die rötlichen Dampfschlieren zu dem Verletzten vorarbeiten. Trotz seiner Schmerzen ist es Knippschild gelungen, sich seines Schuhs und Strumpfes zu entledigen. In der Schuhsohle klafft ein Loch, in der Fußsohle ebenfalls, und in letzterer steckt ein Splitter, der von einer der Raketenstangen stammt. Wie ein Pfeil hat er sich durch Leder und Haut gebohrt.

»Heiliger Sebastian«, ruft Notar Schinzel, liebevoll um seinen Partner bemüht, »der du von Pfeilen durchdrungen bist! Dein Opfer lässt dich sitzen am Tische des Herrn.«

Schwer zu sagen, ob Schinzels Hinweis auf den christlichen Märtyrer ernst gemeint ist. Sarkasmus schien dem Notar bislang fremd. Ärztlicher Sachverstand übrigens auch; Kaufmann Knippschild jedenfalls entzieht ihm unter Grimassen den verwundeten Fuß.

»Nur weil ich mit zweitem Namen Sebastian heiße«, knirscht er und wehrt alle Versuche, den Splitter zu entfernen, fuchtelnd ab. Das Blut, das von der Wunde tropft, wirkt im roten Feuerschein schwarz.

Kanonendonner lässt uns alle zusammenfahren.

»Wir sind da«, raunt Franz, plötzlich neben mir stehend. Über all der Illumination und dem Feuerwerk samt Unfall ist uns entgangen, dass das Schiff angelegt hat. Niemand wagt auszusteigen. Die Ehre, den ersten Schritt an Land zu setzen, gebührt Liszt, und der steht noch immer bei dem hilflos-hilfsbereiten Grüppchen, das sich um den stöhnenden Knippschild geschart hat.

»Wir sollten ihn in ein Hospital bringen«, schlägt einer vor.

»Erst muss der Splitter raus«, verneint Notar Schinzel, seine Pfeife stopfend.

»Finger weg!«, kreischt der Verletzte.

Aber dann weiten sich seine Augen. Vor ihm steht, rußgeschwärzt und schweißüberströmt, ein halbnackter Kerl. Die Flammen der Teertonnen spielen auf seinen Muskeln. Mit einer pfannenbreiten Faust packt er den Unterschenkel des jammernden Knippschild und zieht ihm den Splitter aus dem Fleisch, wie sich unsereins ein Haar ausrupft. Dann drückt er mit zwei Fingern etwas Blut aus der Wunde. Der Kaufmann schnappt nach Luft.

»Branntwein drauf«, sagt der Heizer und verzieht sein Gesicht zu einem diabolischen Grinsen. Dabei sieht man, dass ihm mehr als die Hälfte der Zähne fehlt. »Ordentlich Branntwein. Das hilft.«

Mit diesen Worten steigt er wieder in den Orkus hinab, zu seinem glühenden Kessel und den Bergen von Kohle, die das Schiff bei jeder Ausfahrt verschlingt.

»Gehen wir«, sagt Franz und nimmt mich beim Arm. »Im Großen Rheinberg haben sie Zimmer für uns reserviert.«

6

Dombaumeister Zwirner, der königlich preußische Regierungs- und Baurat, ist ein mittelgroßer, untersetzter Mann mit prächtig wucherndem Backenbart. Ein Mann der Tat, das sieht man auf den ersten Blick. Nicht in Köln, sondern in Schlesien geboren, jedoch bereit, seiner neuen Heimat das Größte und Erhabenste zu schenken, was Menschen je erdacht.

»Gehen wir?«, sagt er und senkt beide Daumen in die Taschen seiner Weste.

Nicht so eilig, verehrter Zwirner! Erst die Namen. Interessiert Sie nicht, wen Sie da führen? Immerhin ist unsere Gruppe, der morgendlichen Stunde zum Trotz, schon wieder auf mehr als zwei Dutzend Personen angewachsen. Ein Mitglied des Dombaukomitees übernimmt das Geschäft des Vorstellens. Hier, der Dirigent unserer Liedertafel, verständlicherweise etwas übernächtigt. Herrn Spielberger, den Leiter des königlichen Theaters, kennen Sie wahrscheinlich. Stadtrat Berg, ebenfalls ein Freund der schönen Künste. Honoratioren, Musikliebhaber, Gelehrte. Auch Notar Schinzel hat sich eingefunden und berichtet, dass Kaufmann Knippschild medizinisch in besten Händen sei. Ob den Herren das Feuerwerk gefallen habe, solle er fragen.

Zu allerletzt, der Dombaumeister tritt schon ungeduldig von einem Fuß auf den anderen, kommt die Reihe an mich und Franz.

»Unsere Ehrengäste: Monsieur Liszt und Monsieur Herrmann aus Paris.«

Zwirner zieht eine Braue nach oben. »Die Herren sind Franzosen?«

»Aber nein, wo denken Sie hin?«

»Also Deutsche?«

Franz und ich wechseln Blicke. »Ich stamme aus Ungarn«, verkündet mein Freund.

»Warum sollen wir keine Franzosen sein, Herr Zwirner?«, erkundige ich mich.

»Ich frage nur.«

»Dann«, sage ich und halte seinem Blick stand, »bin ich heute Franzose.«

»Schön. Gehen wir?«

Doch das Komiteemitglied hält ihn am Ärmel zurück. Bevor man zur Besichtigung schreite, erklärt der gute Mann, solle Liszts Einsatz für den Kölner Dom gebührend gewürdigt werden. Einer der glänzendsten Künstler unserer Zeit, zuhause auf den Bühnen der Welt, der, ob nun Ungar, Franzose oder Deutscher, seinen Beitrag zur Vollendung eines heiligen Baus leisten wolle – dafür könne man nicht genug danken. Woraufhin Franz wiederum meint, sich ebenfalls bedanken zu müssen, und zwar bei Dombaumeister Zwirner. Es sei, gibt er in seinem stockenden Deutsch zu Protokoll, eine große Ehre für ihn, das vielgepriesene Wunderwerk gotischer Kunst sehen zu dürfen, noch dazu unter so kundiger Führung. Notar Schinzel unterdrückt ein Gähnen.

Als der Danksagungen Genüge getan ist, zieht Zwirner an breiter Kette eine Uhr aus der Tasche und wirft einen Blick auf das Zifferblatt.

»Carpe diem«, lautet sein Urteil. »Gehen wir jetzt?«

Einen Moment, Meister Zwirner! Denn da bin ja noch ich, der Leihfranzose für einen Tag, der eine unbändige Lust zur Provokation in sich spürt. Wortreich schließe ich mich den Ehr-, Dankes- und Freudenbekundungen sämtlicher Vorredner an. »Und dies um so mehr«, füge ich hinzu, »als ich mir von den überragenden Qualitäten des Architekten Zwirner bereits persönlich ein Bild machen konnte.« Alles wirft mir bewundernde Blicke zu. Was soll das heißen: ein Franzose und persönlich?

»Am Rolandsbogen«, erläutere ich.

»So?«, meint Zwirner.

»Er ist schöner als zuvor. Auch wenn ich ihn früher nie gesehen habe.«

»Eine Fingerübung.«

»Und dass Sie ihn gedreht haben, war bitter nötig. Der Blick zum Drachenfels ist durch nichts zu ersetzen.«

Seine Brauen ziehen sich zusammen. »Ich habe ihn nicht gedreht. Einige Leute in Rolandseck behaupten das zwar, aber es stimmt nicht. Er steht, wie er immer stand. Eine Fingerübung, wie gesagt. Wenn Sie eine gescheite Arbeit von mir sehen wollen, fahren Sie nach

Remagen. Dort baue ich gerade eine Kirche für die Herren Boisserée, durchaus im Stil des hiesigen Doms.« Er reckt sich. »War's das, meine Herren? Können wir endlich?«

Ja, nun steht einer Besichtigung nichts mehr im Wege. Höchstens unsere Müdigkeit. Franz wirkt noch blasser als sonst, um seine Augen ziehen sich dunkle Ringe. Unsere Nacht im Großen Rheinberg war nur kurz. Die von allen gerühmte Lage des Hotels direkt an der Schiffsbrücke erwies sich als Vorzug und Nachteil zugleich. Der Blick über den Fluss hinüber nach Deutz, auf die unzähligen Boote und Nachen des Freihafens ist durch Lärm erkauft: In aller Herrgottsfrühe sind die Rheinfischer unterwegs, pöbeln, singen, lachen, preisen ihre Ware an: Heringe in Fässern, Salme, geräuchert oder frisch, Stockfische und Sardellen. Man wacht gewissermaßen mit Fischgeruch um die Nase auf. Und dann der unablässige Strom von Menschen, Pferden und Wagen auf der Brücke! Drei Mal am Tag unterbricht die Durchfahrt der Schiffe das monotone Getrommel der Füße und Räder auf den Holzbohlen. Drei Mal, nicht öfter! Die Kissen über dem Kopf, fragt sich der Reisende, was all diese Leute auf der anderen Rheinseite zu suchen haben. Allzu hoch scheint das Brückengeld nicht zu sein. Auch soll sich das Badeschiff kurz vorm jenseitigen Ende der Brücke großer Beliebtheit erfreuen – aber zu dieser Stunde? Außerdem gibt es auf der Kölner Seite gleichfalls Badeanstalten, sogar warme Bäder in der Marzellen- und der Weiherstraße. Einer unserer Besucher schwärmte mir am Frühstückstisch davon vor, als ich noch kaum in der Lage war, die Augen zu öffnen. Russische Dampfbäder!, seufzte er wohlig: der Gipfel irdischen Glückes.

Frühe Gäste also in jeder Hinsicht. Wenn es heute und morgen so weitergeht mit den Honneurs, den gemeinsamen Diners und Abendgesellschaften, dann wird Franz sein eigenes Konzert verschlafen. Bestimmt wartet um die Ecke der nächste Männergesangsverein mit einem Ständchen für den hohen Gast.

Den Architekten Zwirner kümmert das nicht. Er scheucht uns mit einer Eile durch das Straßengewirr Kölns, dass wir schon bald jede Orientierung verlieren. Enge Gässchen, in die kaum ein Lichtstrahl fällt, gewundene, abschüssige Wege, von Kot und Unrat übersät. Wie es stinkt in der altehrwürdigen Stadt Agrippas! Nur hier konnte das Kölnische Wasser erfunden werden – ein Akt der Verzweiflung, letzte Zuflucht zu einem Antidot gegen jenen allumfassenden Gestank. Für einen Moment treten wir auf einen freien Platz von der Form eines Rechtecks, doch die Erleichterung währt nur kurz, schon geht es wieder hinein in das düstere Labyrinth dieser Stadt.

»Man fühlt sich gleich wie zuhause«, murmelt Franz und hält sich ein Tuch vor die Nase. In der Tat, mit den unappetitlichsten Stellen von Paris kann sich Köln durchaus messen.

Und dann stehen wir plötzlich vor einem Gerüst. Einem Gerüst von zyklopischen Ausmaßen: Nach beiden Seiten zieht es sich, wohl vier, fünf Stockwerke hoch, an einer Kirche entlang, die sich mit ihrer grauschwarzen Außenhaut ganz hervorragend in diese dunkle Stadt einpasst.

»Willkommen am Kölner Dom«, erklärt Zwirner, sich umwendend, »dem größten Gebäude der Welt.« Die Nachbemerkung – »wenn er einmal fertig ist« – erspart er sich; sie würde die Bedeutung seiner Aussage nur unnötig schmälern. Und dass der Dom einmal fertiggestellt sein wird, dafür bürgt der Wall der Gerüste. Die im Übrigen nur noch wenige Tage stehen bleiben, wie unser Führer erläutert, auf der Nordseite des Chors sind sie bereits abgebaut, und diese hier werden bald folgen.

Franz und ich sehen uns an. Ja, wir haben richtig gehört, Zwirner sprach gerade vom Chor. Soll das heißen, dass es sich bei dieser Riesenmasse Stein, die vor uns emporwächst, tatsächlich bloß um den Chor der Kathedrale handelt? Man müsste zurücktreten können, um den Gesamtbau in Augenschein nehmen zu können, doch das verhindern die Häuser, die sich, obwohl keineswegs klein, um den Dom drängen wie Kinder um die Beine ihrer Mutter. Bloß der Chor? Wie auf Kommando legen Franz und ich unsere Köpfe in den Nacken. Was hinter Pfosten, Brettern und Verschalungen gen Himmel strebt, ist ein Wald von Bögen und Pfeilern, die in Türmchen enden, neue Pfeiler gebären, aus denen noch höhere Türme sprießen. Wären die Gerüste nicht aus Holz und das Gebäude nicht steinern, könnte man beides nicht auseinanderhalten, so wuchert und rankt es ununterscheidbar empor. Dazwischen, im Halbdunkel von Nischen, sind Fenster zu erkennen, auch sie von einer geradezu bizarren Ausdehnung, wohl hundert Fuß hoch, die Scheiben durch dünne Säulchen unterteilt und von Rosetten gekrönt. Der Stein ist lückenhaft, porös, an vielen Stellen ausgebessert, auf manch einem Vorsprung nistet eine zufriedene Vogelfamilie.

»Hier außen«, verkündet Zwirner, an eines der Gerüste gelehnt, »konnten wir die Restaurierungsarbeiten abschließen. Ohne die jährlich erhobene Kathedralsteuer, vor allem aber ohne die Zuwendungen des preußischen Königs – wir reden hier von weit über 200.000 Talern, meine Herren –, wäre der Dom längst in sich zusammengesunken. Ein Trümmerhaufen. Alles spricht über den Weiterbau, doch zunächst habe ich mich um den Erhalt dieses Gebäudes zu kümmern. Verstehen Sie: den Erhalt! Ein mühsames Geschäft, mit dem man sich keine Lorbeeren erwirbt.« Er räuspert sich. »Und nun fragen Sie sich vielleicht, wie es kommen konnte, dass uns dieses Haus Gottes sozusagen unter den Händen wegstirbt. Dass es zu Staub wird, wenn wir nichts dagegen tun.« Dramatische Pause! Obwohl, für Zwirners geschäftsmäßigen Ton ist dramatisch das falsche Wort. Er erinnert mich an einen Militärarzt, der schon alle Schlachtfelder dieser Erde gesehen hat und nun vor Kollegen von seiner letzten Amputation berichtet. Dann aber merke ich, dass mich Zwirner mit seinen kleinen, klaren Augen fixiert. Regelrecht gepackt hat er mich mit seinem Blick! »Die Franzosen sind daran schuld, Monsieur Herrmann«, sagt er, und alles dreht sich zu mir um. »Die Franzosen, die in der Besatzungszeit die Kirche plünderten, ihr das Bleidach raubten und sie in ein Heulager verwandelten. Seither verfällt der Kölner Dom.«

»So?«, entgegne ich, ihn unbewusst zitierend.

Er nickt.

Je nun, kommt mir Stadtrat Berg zu Hilfe, das alles sei zum Glück lange her, man hege keinerlei Groll mehr gegen die Franzosen, außerdem handle es sich bei Monsieur Herrmann sehr wohl um einen Landsmann, der allerdings geraume Zeit in Paris zugebracht habe. Insofern …

»Ich habe nichts gegen Frankreich«, unterbricht Zwirner kühl. »Im Gegenteil, Sie werden keinen größeren Anhänger französischer Kultur finden als mich. Das ändert jedoch nichts an der Tatsache, dass die Besatzungszeit für den Kölner Dom um ein Haar das Todesurteil bedeutet hat. Und gegen die Spätfolgen dieses barbarischen Akts kämpfe ich Tag für Tag.«

»Umso dankbarer bin ich«, mischt sich Franz freundlich, aber bestimmt ein, »wenn ich als Abgesandter Frankreichs mit einem Konzert zum Erhalt und Weiterbau des Doms beitragen kann.«

»Wohl gesprochen!«, ruft Spielberger, der Theaterdirektor.

»Das weiß ich zu schätzen, Monsieur Liszt«, nickt der Dombaumeister in seiner emotionslosen Art. »Gehen wir weiter?«

Auf sein Kommando wenden wir uns nach links, Richtung Westen. Der monumentale Domchor mündet in ein derart kümmerliches Langhaus, dass man an der Zusammengehörigkeit der beiden Teile zweifeln möchte. Da steht nicht mehr als eine notdürftig gedeckte Halle, zwei Stockwerke hoch, die nur darauf wartet, von ihrem erbärmlichen Statthalterdasein erlöst zu werden. Ohnehin ist sie nicht in der Lage, den Blick des unvoreingenommenen Besuchers länger als eine Sekunde auf sich zu ziehen. Was unsere gesamte Aufmerksamkeit fesselt, was uns schier Mund und Augen offen stehen lässt, ist das Bauwerk, das den Abschluss des Domes bildet. Ein gigantischer, den Himmel verdüsternder Felsklotz mit einem keck in die Wolken ragenden Mützenzipfel. Auch hier: Pfeiler und Türmchen und Giebel und Spitzdächer; sie zeigen nach oben, immer höher, aber irgendjemand hat dem Himmelsstreben mit brutalem Schnitt ein Ende gesetzt. Zweihundert oder mehr Fuß über uns klafft eine Lücke, die in die Unendlichkeit reicht. Da ist dann nur noch dieser seltsame Zipfel, der an eine Feder auf dem Hut eines Lebemannes erinnert. Aber jetzt erkenne ich ihn: Es ist der Baukran. Droben, in luftiger Höhe, steht er seit dem Mittelalter.

»Was Sie hier sehen«, doziert der Dombaumeister im Gehen, »ist der südliche der beiden Glockentürme.

Seine Höhe soll einmal fünfhundertelf Fuß betragen, etwa das Doppelte des bisher Erreichten.«

Zwei Türme? Sosehr ich auch den Hals recke, der andere entzieht sich meinen Blicken. Von einer Vollendung scheint er noch wesentlich weiter entfernt zu sein als sein Gefährte. Aber dieser eine genügt ja auch, um einen Schauder zu verspüren. Turm nennen sie das? Einen gedrungenen Körper aus Basalt, der sich über Hunderte von Fuß kaum verjüngt? Die Gotteshäuser, die ihm das Wasser reichen können, lassen sich an einer Hand abzählen. Ist das noch Verehrung oder schon Blasphemie? Wo endet das eine, wo beginnt das andere?

»Die Erstürmung des Himmels«, höre ich Franz neben mir murmeln. Ja, da hast du sie, deine Stein gewordene Musik. Die Sinfonie, die diesem Bau zugrunde liegt, wird hoffentlich nie komponiert werden.

»Imposant, nicht wahr?«, will einer der Kölner Herren wissen.

Wir nicken unisono. Natürlich ist das Gebäude imposant. Aber auch einschüchternd und bedrückend. Auf der Tasse, die Schneider mir zeigte, war ein Kunstwerk abgebildet, eine freistehende Kathedrale in lichtem Grau. Der Kölner Dom in seinem jetzigen Zustand ist dunkel, teils aschfarben, teils schwarz, nur mit Mühe quält er sich aus den Häuserschluchten dieser alten, bedrängenden Stadt heraus, ein gefesselter, missgestalteter Riese. Ein Igel, spottete Hugo, der ihn im letzten

Jahr sah, wie ein ungeheurer Igel kauert er da, und die Kranspitze ist sein Schwänzlein. Aber solche Urteile lassen sich nur aus der Ferne fällen, vom erhöhten Standpunkt des reisenden Dichters.

»Wenn der Dom erst einmal fertig ist, wird es die Häuser ringsum nicht mehr geben«, erklärt Notar Schinzel mit großer Geste. »Was hier steht, kommt alles weg. Alles.«

»Sehr löblich«, nicke ich. Gastwirt Schneider, der Tassenbesitzer, würde andernfalls reklamieren.

Es geht weiter Richtung Südturm, um den ein Gitter läuft. Trotz der lebenserhaltenden Maßnahmen durch die Dombauhütte sprießen Gräser und Disteln aus den Rissen im Gestein hervor, gleichen Teile des Monstrums einem Vogelfelsen. Vor der Westfassade öffnet sich ein kleiner Platz. Raum genug, um zurückzutreten und den Blick emporwandern zu lassen. Das hier soll ein Torso sein? Diese Wand, an der sich Generationen von Steinmetzen verewigt haben, nur ein Fragment des Ganzen? Schon jetzt müht sich das Auge vergeblich, sämtliche Figuren und Szenen, Nischen und Tabernakel in absehbarer Zeit zu erfassen. Wie soll das erst werden, wenn das Haupttor steht, wenn der nördliche Turm die Höhe seines Bruders hat? Man nenne mir ein zweites Bauwerk, das bereits als Fragment zu groß geraten ist!

Franz zupft mich am Ärmel. Er zeigt auf den Nordturm, der nur bis zur Höhe des ersten Stocks gediehen ist und auch da bloß als durchbrochene Hülle. In seinem Innern hat sich ein Haus eingenistet, und beileibe kein kleines. Wie ein Pilz in einem hohlen Baumstamm hockt es da, zufrieden, mit frisch geputzten Butzenfenstern. Auf beiden Seiten berührt der Dachtrauf die Turmwände, und oben reckt sich stolz ein Kamin in die Höhe, als wolle er sagen: Seht ihr? Es gibt auch fertige Häuser.

»Hier wohnt der Küster«, erläutert Zwirner und winkt uns zu folgen. Am Küsterhaus vorbei führt ein schmaler Gang zu einer Tür, die er öffnet. Durch diese armselige Pforte betritt man also seit Jahrhunderten den Kölner Dom. Sein Inneres erinnert weniger an ein Gotteshaus als an eine Werkshalle. Da wird geklopft, gehämmert und gesägt, Kommandos schallen durch das halbhohe Kirchenschiff, auch der eine oder andere Fluch. Ein großer Teil des Gewölbes ist verschalt, Wände sind eingerüstet, so manch eine Säule verschwindet hinter einem Bretterkleid. Alle schadhaften Stellen, berichtet der Dombaumeister, seien mit frischem Mörtel überzogen worden. Einige Säulen habe man allerdings ersetzen müssen. Derzeit würden sämtliche Gewölbe, Gurte und Grate mit einem passenden Farbanstrich versehen, Sterne und Kränze übergoldet. Was nicht zu retten gewesen sei, habe man nachgestaltet und eingefügt – aber ganz im Sinne der Erbauer. Denn das sei oberstes Prinzip des im Entstehen begriffenen Dombauvereins: Jede Maßnahme habe streng nach den ursprünglichen Plänen zu erfolgen.

»Natürlich nur, soweit man sie kennt«, schränkt er ein. »Auch in dieser Hinsicht hat die Besatzungszeit Spuren hinterlassen.«

Ich fühle mich angesprochen. »Sie meinen, die Franzosen haben die Originalpläne mitgehen lassen, um sie zu verschachern?«

»Sie haben zumindest nicht für ihre Erhaltung gesorgt. Und wenn sich findige Bürger nicht um die Wiederbeschaffung gekümmert hätten …«

»Ein Hoch auf die Darmstädter Traube«, falle ich ihm ins Wort.

Er wirft mir einen kühlen Blick zu. »Lassen Sie uns in den Chor gehen.«

Um Messen durchführen zu können, hat man den Chor schon im Mittelalter durch eine hohe Wand vom Langhaus getrennt. Auch hier sind die Arbeiten in vollem Gange, wenngleich etwas gedämpfter, der Heiligkeit des Ortes wegen. Zwirner setzt das Ende der Erhaltungsmaßnahmen auf Ende nächsten Sommers an. Noch einmal nennt er die Summen, die zur Restaurierung des Doms nötig sind, vergisst auch den Hinweis auf die Missetaten unserer Nachbarn nicht.

»Aber dass der Stein so mürbe ist, daran tragen die Franzosen ja wohl keine Schuld?«, sage ich und zeige auf eine besonders schadhafte Stelle.

Sieh an, da beißt sich der Dombaumeister auf die Lippen! »Es ist Stein vom Drachenfels, der schnell verwittert. Leider auch in Innenräumen. Wir haben uns schon nach Ersatz umgesehen. Demnächst soll eine Ladung Steine aus Württemberg eintreffen. Aber der Steinbruch am Drachenfels hat natürlich eine ganz andere Bedeutung für die Menschen hier.« Er kneift die Augen zusammen. »Eine Aura, wenn Sie so wollen.«

»Schade, dass Aura nicht haltbarer ist«, entgegne ich sanft.

7

Nachdem sich Dombaumeister Zwirner, ein Mann, dem Begriffe wie »Aura« nur schwer über die Lippen kommen, der in den Kategorien des Machbaren, Planbaren, Summierbaren denkt – nachdem sich also dieser Mann mit dem Verweis auf dringende Pflichten verabschiedet hat, nehmen unsere Kölner Gastgeber wieder das Heft in die Hand und präsentieren Franz eine ganze Liste von klangvollen Namen, deren Träger, wie sie sagen, es als besondere Ehre betrachteten, wenn der weltberühmte Pianist einen Teil seiner kostbaren Zeit in ihrem bescheidenen Zuhause zubrächte. Franz erwidert, die Ehre sei ganz auf seiner Seite, und er schätze sich glücklich, dass so viele hochedle Bürger dieser kunstsinnigen Stadt … ich dagegen zerbreche mir den Kopf, wie ich dieser besitzergreifenden Gesellschaft entkommen kann, ohne sie zu brüskieren.

»Der Bürgermeister brennt darauf, Ihnen die Hand schütteln zu dürfen«, ruft Stadtrat Berg.

»Und das Theater«, meldet sich Direktor Spielberger zu Wort. »Sie müssen unbedingt mein Theater sehen.«

»Die Aktionäre der Rheinischen Eisenbahn treffen sich heute Abend im Gasthof Prinz Carl in Deutz. Dort steht sogar ein Klavier!«

»Selbstverständlich«, nickt Franz.

Der Dirigent deutet eine Verbeugung an. »Sie sind zu gütig, lieber Monsieur Liszt.«

»Es wird mir ein Vergnügen sein, all diese Herrschaften kennenzulernen«, entgegnet Franz. Dann wirft er eine Geste der Entschuldigung in die Runde, packt mich am Ärmel und zieht mich einen Schritt zur Seite. Lächelnd nähert er seinen Mund meinem Ohr. Will er mich küssen?

Aber es ist nur seine Stimme, die meine Wange streift, und diese Stimme flüstert auf Französisch: »Rette mich, Puzzi!«

Ich reiße die Augen auf.

»Hilf mir«, raunt die Stimme, »ich flehe dich an! Bring mich fort, verschleppe mich! Tu, was du möchtest, nur entreiße mich den Klauen dieser Menschen.«

»Sehr gerne«, räuspere ich mich vorsichtig. »Jetzt sofort?«

»So schnell wie möglich.« Mit diesen Worten wendet er sich wieder der Gruppe zu und verkündet heiter, dass man auf Monsieur Herrmanns Anwesenheit leider verzichten müsse, da selbiger noch einige Vorbereitungen für das morgige Konzert zu treffen habe. Er bitte um Verständnis. Dies wird selbstredend gewährt, und schon bin ich mein eigener Herr auf dem Weg zurück zum Hotel. Liszt und seine Begleiter schlagen die entgegengesetzte Richtung ein.

Was nun? Trotz meiner Verblüffung über den unerwarteten Auftrag lege ich mir sofort einen

Schlachtplan zurecht. Mein Herz klopft in Vorfreude. Ich selbst kann Franz nicht entführen, aber ich kann jemanden damit beauftragen. Einen Einheimischen. Bloß wen?

Mitten auf der Straße bleibe ich stehen und fixiere die Passanten. Das Volk strömt an mir vorbei: fliegende Händler, Dienstmägde, Bettler, eine Horde Kinder, der eine oder andere Bürgersmann. Ich teile die Menge mit meinem Blick, sortiere und taxiere. Da kommt mir einer entgegen: ein Bursche, der aussieht, als stehe seine Pfiffigkeit in umgekehrtem Verhältnis zu seinem Reichtum. Wenn sein rechtes Augenlid nicht ein wenig herabhinge, könnte man fast von einem hübschen Jungen sprechen.

»He, du!«, halte ich ihn auf. »Bist du von hier? Und hast du Lust auf einen kleinen Verdienst?«

Skeptisch schaut er mich an. »Köln ist eine große Stadt, mein Herr«, entgegnet er. »Es hat den größten Dom der Welt. Da wäre es doch eine Schande, sich wegen eines *kleinen* Verdienstes den Rücken krumm zu machen.«

»Na, da bin ich ja an den Richtigen geraten! Hör zu, du frecher Kerl, ich biete dir einen ganzen Taler für ein Geschäft, das keine fünf Minuten dauert.«

»Und das wäre?«

»Komm mit. Siehst du das Grüppchen ehrenwerter Herren dort hinten?« Ich erkläre ihm in aller Kürze seine Aufgabe: Franz unter einem Vorwand in ein Geschäft ziehen, ihn durch den Hinterausgang lotsen und zu mir bringen. »Sag ihm, er müsse sich in dem Laden unbedingt etwas ansehen. Wenn du ihm leise den Namen Puzzi nennst, wird er dir folgen.«

»Puzzi? Ist das seine Geliebte?«

»Vorsicht, du Lümmel! Also, was ist? Kennst du ein Geschäft, das einen zweiten Ausgang hat?«

Er überlegt. Lange und ausgiebig, wie ich finde. »Zwei Taler«, sagt er schließlich.

»Wucherer!«

»Zwei Taler, und dafür biete ich mich den Herren hinterher als Führer an. Niemand kennt Köln besser als ich.«

»Also gut. Du bekommst deinen Lohn aber erst, wenn mein Freund hier neben mir steht. Du erkennst ihn an seinen langen blonden Haaren und der Riesennase. Und nun zieh Leine!«

Er saust davon. Für mich beginnt die zehrende Zeit des Wartens. In der Gasse, in der ich stehe, riecht es nach Abfall und Pferdemist, Lastenträger und Karrenschieber verschaffen sich unter lauten Rufen Platz. Vom Haustor gegenüber lacht mich eine Teufelsfratze an. Warum kommt der Kerl nicht? Hat er die Gruppe verfehlt? Möchte Franz ihm nicht folgen? Seinen Lohn wird sich der Junge doch nicht entgehen lassen. Zwei Taler, dafür bekommt er zehn Laibe Brot, jeder Laib zu acht Pfund!

Endlich schält er sich aus der Menge, und tatsächlich, hinter ihm erkenne ich meinen Freund. Erleichtert fallen wir uns in die Arme. »Das war eines Feldherrn würdig!«, ruft Franz mit bleicher Miene und bedankt sich überschwänglich für die Rettung aus der Gewalt der Philister.

»Warum hat es so lange gedauert?«, frage ich den Jungen auf Deutsch.

»Ich habe sie erst in der Schildergasse eingeholt. Dann musste ich mich an ihnen vorbeischleichen und einen geeigneten Laden ausfindig machen. Beim Drogisten Falk hat es schließlich geklappt.«

»Er hat mich mit einer Haartinktur gelockt«, erklärt Franz. »Ein sündhaft teures Färbemittel aus Pflanzenstoffen. Aber meinen Begleitern hat es eingeleuchtet. Einer empfahl mir hinter vorgehaltener Hand noch eine nervenstärkende Pomade gegen Haarausfall.«

»Pomade«, nickt unser Helfer, der offenbar kein Französisch versteht, aber dieses eine Wort kennt. »Empfohlen vom Apotheker Denstorff aus Schwanebeck. Die Büchse zu zehn Silbergroschen. Und ich bekomme jetzt zwei Taler.«

»Die hast du dir redlich verdient«, gibt Franz auf Deutsch zur Antwort und greift in seine Tasche. »Oh, Puzzi … Ich habe mein Geld im Hotel gelassen. Könntest du vielleicht …?«

»Selbstverständlich.«

»Puzzi?« Grinsend fängt der Bursche die beiden Geldstücke auf. »Interessante Namen haben die Herrn. Was möchten Sie nun sehen von unserer schönen Stadt? Den Dom?«

»Da kommen wir gerade her. Außerdem haben wir

genug von kundiger Gesellschaft. Du hast deinen Auftrag erledigt, dafür danke, aber nun verzieh dich.«

»Haben Sie denn schon das berühmte Rubens-Gemälde in St. Peter besichtigt? Wenn Sie es auf eigene Faust tun, müssen Sie fünf Menschen Trinkgeld geben.« Er grinst erneut. »Wenn Sie dagegen mich als Führer haben, nur einem. Ich kann Ihnen auch zeigen, wo es das beste bayerische Bier gibt, wo man Limonade gazeuse verkauft und wo gerade Kirmes getanzt wird.«

»Hast du mich nicht verstanden? Scher dich zum Teufel!«

»Aber lass ihn doch!«, ruft Franz, dem der Schalk aus den Augen sprüht. »Lass ihn unser Führer sein, Puzzi! Dann lernen wir die Stadt von einer anderen Seite kennen. Er soll uns die Läden und Gasthäuser der Einheimischen zeigen. Nach all dieser spießbürgerlichen Gescheitheit habe ich nur einen Wunsch: mein Geld unters Volk zu bringen.« Stirnrunzelnd fährt er mit der Hand unter seine Jacke. »Beziehungsweise dein Geld, Puzzi. Du bekommst es noch heute zurück.«

Und so lassen wir uns in der folgenden Stunde abseits der Hauptstraßen durch das alte, dunkle Köln führen, durch enge, nach Tran, Leder und Talg stinkende Gassen. Wir streifen den Alten Markt und das Rathaus, kommen am Kasino vorbei, in dem morgen das große Dombaukonzert stattfinden wird, sehen Kirchen und Kasernen. Franz benimmt sich wie ein Kind, bleibt an jedem Geschäft stehen, plaudert mit Kaufleuten und Gemüsefrauen und amüsiert sich köstlich über ihren seltsamen Dialekt. Noch nie habe ich ihn so guter Laune gesehen. Seine vorherige Müdigkeit ist wie weggewischt. Freizügig bedient er sich meiner Geldbörse, um Groschen an die Bevölkerung zu verteilen. An der Kreuzung zu den vier Winden ersteht er eine Handvoll Krawatten in den unmöglichsten Farben. Anschließend spendiert er uns eine Limonade mit Himbeergeschmack.

»Siehst du, Puzzi«, sagt er und hakt sich bei mir unter, »so liebe ich es, eine Stadt zu besichtigen. Man muss doch die Menschen in ihrem Alltag erleben! Die Menschen, verstehst du?«

Unser Führer bedenkt uns mit einem langen, nachdenklichen Blick. »Vielleicht sind die Herren noch an einem Souvenir für ihre Damen interessiert«, sagt er schließlich; aber die Art, wie er das Wort »Damen« ausspricht, verrät, dass er an deren Existenz nicht so recht glauben mag.

»Nein, nein«, wehrt Franz ab. »Meine Frau hätte keine Freude an Präsenten aus Köln, außerdem war sie erst vor einigen Tagen hier.«

Der Bursche nickt, und als meine Antwort ausbleibt, nickt er noch einmal. Wir setzen unseren Weg fort.

In der Nähe des Bürgerhospitals sind plötzlich Militärinstrumente zu hören: die Musik der Wachtparade, die täglich um elf auf dem Neumarkt abgehalten wird. Den Vorschlag unseres Cicerone, dem Spektakel beizuwohnen, weisen wir einhellig zurück. Immer schweigsamer wird der Junge.

Aber dann dreht er sich doch unvermutet zu uns um und fixiert uns mit seinem einen gesunden Auge. Wieder haben wir eines dieser dunklen, krummen Gässchen erreicht. Bettlaken hängen aus den Fenstern, es riecht nach angebrannter Milch. Wie in Vorfreude, aber doch wohl eher aus Verlegenheit, reibt unser Führer die Hände. »Hätten die Herren denn Geschmack an einer ganz anderen Kölner Spezialität?«, beginnt er.

Wir sehen ihn fragend an.

»Wo wir doch gerade die Musik vom Neumarkt hörten … und weil es sich bei den beiden Herren um Musiker handelt.«

»Ja?«

»Ich könnte mir vorstellen, dass Sie beide jetzt gerne ein wenig Klavier spielen würden.«

»Klavier?«, staunt Franz. »Jetzt? Wie kommst du darauf?«

»Klavier spielen … mit einem hübschen Weibsbild, Sie wissen schon. Einer was geigen. Saft einkochen, den Acker pflügen. Wie sieht es aus, meine Herren?« Seine Nervosität steigt. Er tritt von einem Fuß auf den anderen, sein hängendes Lid beginnt zu zucken. »Gegen ein kleines Honorar verrate ich Ihnen, wo man günstig den Keller ausfegen kann.«

»Wie bitte? Von welchem Keller sprichst du?«

»Nun spielen Sie nicht den Kostverächter! Leute wie Sie kommen doch nur aus einem Grund nach Köln: um mal kräftig in der Büchse rühren zu können, stimmt's?«

»In der Büchse?« Endlich geht mir ein Licht auf. Mit geballten Fäusten gehe ich auf den Kerl los. »Was erlaubst du dir, verdammter Bengel! Für wen hältst du uns?«

Tänzelnd weicht er zurück. »Oh, für Männer. Für ganz normale Männer. Oder muss man Ihnen die Hosen mit der Kneifzange aufmachen? Ich habe wertvolle Kontakte, meine Herren. Mit fünf Talern sind Sie …«

»Verschwinde!«, brülle ich ihn an. »Bleib uns vom Hals mit deinen dreckigen Kölner Dirnen, du Untier!«

»Wie? Also doch ein Eisheiliger? Ein Kaltblüter vor den Damen? Ist die Sackpfeife des gnädigen Herrn verstimmt? Kommt kein Ton mehr aus der werten Schalmei?«

»Hau ab!«

»Ui, ui, zwei Tranlampen«, höhnt er, nun schon aus sicherer Entfernung. »Und das am helllichten Tag! Zwei traurige Tranlampen!«

Ich klaube einen Stein vom Boden auf und werfe ihn in die Richtung des Flüchtenden.

»Daneben! Ihr elenden Mezzofortisten!«, hallt es durch die Gasse, dann herrscht endlich Ruhe.

Franz steht der Mund offen. »Was ist denn in den gefahren? Wieso kommt er uns plötzlich mit mezzoforte? Kannst du mir das erklären, Puzzi?«

»Hermann«, erwidere ich erschöpft. »Mein Name ist Hermann, ein für alle Mal. Oder meinst du, einem Knäblein namens Puzzi würde man eine Vorstadthure andrehen? Die ihn mal kräftig in der Büchse rühren lässt?«

Franz schweigt. Seine Augen sind rund und groß. »Ach so«, macht er schließlich. »Darum ging es. Um Huren. Ich verstehe.«

»Es tut mir leid, dass ich an so ein verkommenes Subjekt geraten musste. Ich konnte doch nicht ahnen …«

»Schon gut!«, platzt es aus ihm heraus. Lachend klopft er mir auf die Schulter. »Du kannst ja nichts dafür, dass mein Deutsch so miserabel geworden ist.«

8

Die Begegnung mit dem jungen Zuhälter hat mir die Laune verhagelt, ich weiß selbst nicht, warum. Köln ist eine Handelsstadt, da wird eben mit allem gehandelt. Köln ist eine alte Stadt, da darf das älteste Gewerbe nicht fehlen. Jede Ware hat ihren Preis, jeder Preis hat seine Ware, auch wenn diese nicht offen in den Schaufenstern ausliegt. All das weiß ich, und doch bin ich missgestimmt. Vielleicht, weil ich mich von dem Burschen betrogen fühle? Möglich. Vielleicht aber auch nur wegen der deprimierenden Umgebung, dieser schäbigen Gasse mit ihren düsteren Hinterhöfen und blinden Fenstern. Ein vernarbter Bettler stellt sich uns in den Weg, kaum dass wir uns von unserer Überraschung erholt haben. Über allem liegt der süßliche Geruch einer nahen Zuckerraffinerie. Wir beeilen uns, in die Hohe Straße zurückzukehren.

Franz dagegen ist nach wie vor bester Stimmung. »Wie sie geglotzt haben müssen!«, ruft er ein ums andere Mal aus und reibt sich die Hände.

»Wer?«

»Unsere Kölner Freunde. Drüben in der Schildergasse, als ich in der Drogerie nicht mehr zu finden war. Wie sie geglotzt haben müssen!«

»Ja.«

»Falls sie überhaupt schon gewagt haben, nach mir zu schauen. Am Ende warten sie noch immer vor dem Laden! Stell dir das vor, Hermann – was für ein Bild! Die ganze Gesellschaft steht sich die Füße in den Bauch, jeder schaut den anderen an: Wer macht den ersten Schritt? Wer wird sich erdreisten, den großen Liszt nach draußen zu beordern?« Bei der Nennung seines eigenen Namens rollt er mit den Augen. »Komm, lass uns nachsehen!«

»Bitte?«

»Heimlich, meine ich. Um die Ecke linsen. Du könntest hingehen und so tun, als seist du nur zufällig vorbeigekommen.«

»Nein, Franz.«

»Wie du meinst. Dann lassen wir es. Aber mein Deutsch muss besser werden.« Wir setzen unseren Weg fort. Vor jedem Kleidergeschäft bleibt er stehen und studiert die Auslagen. Je teurer, desto besser. Kaschmirwesten, Samtjacken, Macintosh-Röcke, Hemden aus Bielefelder Leinen, sogar Gummihosenträger – für alles interessiert er sich. Lederne Unterhosen zaubern ihm ein verständnisloses Runzeln auf die Stirn. Mit Mühe und Not kann ich ihn davon abhalten, weitere Krawatten zu kaufen.

»Krawatten kann man nie genug haben«, rechtfertigt er sich. »Weißt du, Puzzi, was mein Traum ist?«

»Hermann!«

»Entschuldige, Hermann. Mein Traum ist es, einmal so viele Krawatten zu besitzen, dass ich jeden Tag des Jahres eine andere anziehen kann.«

»365 Stück? Du willst mich auf den Arm nehmen!«

»Will ich das?« Er überlegt, dann schüttelt er den Kopf. »Krawatten nehmen wenig Platz weg, sie sind ideale Reisebegleiter. An der Krawatte erkennst du den Herrn. Aber lass uns hier die Straße verlassen, sonst erkennt mich noch einer von Ecks Mitarbeitern.« Er zeigt auf das Haus mit der Nummer 113, in dem die Musikalienhandlung Eck & Compagnie untergebracht ist.

»Willst du deinem Freund Lefebvre nicht Guten Tag sagen?«

»Heute nicht.« Er zieht mich in eine Seitengasse. Wir schlagen einen Bogen und kehren an der nächsten Kreuzung wieder zur Hohen Straße zurück. Angst vor Entdeckung scheint Franz nicht zu haben. Ab und zu zieht er seinen Hut tiefer in die Stirn oder sucht Deckung hinter meinem Rücken. Wir begegnen jedoch keinem bekannten Gesicht.

»Pariser Schokolade!«, ruft er aus und zeigt auf eine Auslage. »Sollen wir uns Schokolade aus Paris kaufen, Hermann?«

»Nein, die kaufen wir in Paris. In Köln musst du die Bonbons des Dombauvereins probieren.« Während wir den Laden betreten, erkläre ich ihm, was es damit auf sich hat. Als wir wieder herauskommen, riecht unser Atem nach Pfefferminz.

»Wenn wir uns noch mehr solcher Bonbons leisten, brauche ich morgen nicht zu spielen«, zwinkert er mir zu. »Dann bauen sie den Dom aus dem Erlös von Süßigkeiten.«

Allmählich finde ich wieder Gefallen an unserem Ausflug. Immerhin habe ich Franz ganz für mich alleine. Kein Belloni, mit dem ich teilen muss, keine Marie, selbst sein Freund Lefebvre bleibt außen vor. Wenn das ein Test ist, so scheine ich ihn zu bestehen. Meine Aktien steigen.

»Ein Hühneraugenoperateur!«, liest Franz kopfschüttelnd auf einem Schild. »Gebe Gott, dass ich so einen Quacksalber niemals aufsuchen muss.«

Lachend zeige ich auf eine Tonne voller Blutegel, die im Dutzend abgegeben werden. »Und die hier? Muss man in deinem fortgeschrittenen Alter nicht immer eine Handvoll parat haben?«

Er nickt düster. »Im Oktober werde ich dreißig. Du hast recht, das Alter naht auf schnellen Füßen.« Dann hellt sich seine Miene auf. »Aber solange ich noch kein Toupet brauche …!« Mit seinen langen Beinen eilt er auf die andere Straßenseite, wo ein gewisser Anton Krämer, Coiffeurmeister aus Paris, Perücken eigener Fabrikation anpreist. Dazu Locken und Scheitel nach der neuesten Mode, beste französische Parfümeriewaren, Tinkturen und Färbemittel. Franz drückt sich eine ganze Weile die Nase an den Fensterscheiben platt.

»Ein schönes Haus«, meint er anerkennend. »Ich wusste nicht, dass man mit falschen Haaren so reich werden kann.«

Kurz danach verlassen wir die Hochstraße und biegen nach Westen ab. Der Strom der Passanten wird schwächer. Plötzlich lässt uns ein wimmerndes Geräusch aus der Ferne zusammenfahren. Beide schauen wir nach oben, können aber keinen einzigen Vogel entdecken. Hinter uns verdüstert der riesige Südturm des Doms den bewölkten Himmel.

»War das ein Schrei?«, flüstert Franz. Ich zucke mit den Achseln.

Ein paar Schritte weiter – und schon wieder dieses Geräusch! Jetzt erinnert es mich an eine sehr schwere ungeölte Tür. Aber was für eine Tür könnte das sein, die da weit über unseren Köpfen angebracht wäre?

Eine Greisin, in zerlumpte Kleider gehüllt, zupft mich am Ärmel. Während ihr Mund wie bei einem Fisch auf- und zugeht, zeigt sie mit dem Finger zum Turm. Soll das die Antwort auf unsere fragenden Blicke sein?

»Weg da«, mache ich mich los. »Den Dom kennen wir, Alte. Auf den brauchst du uns nicht aufmerksam zu machen!«

Sie schüttelt den Kopf, fährt sich zweimal über ihren mahlenden Mund, zeigt anschließend auf ein Ohr und wieder zum Turm hinüber. Ist sie stumm? Oder taub?

»Ich verstehe dich nicht«, herrsche ich sie an. »Lass uns in Ruhe!«

Wieder Kopfschütteln. Jetzt legt sie sogar eine Hand hinter ihr Ohr. Ich will gehen, als mich Franz aufhält. »Da«, sagt er, den Blick fest auf den Turm gerichtet. »Der Kran!«

Ich folge seinem Blick. Ganz oben auf der gewaltigen Ruine ragt die Spitze des mittelalterlichen Baukrans in den Himmel: Kölns Wahrzeichen, eine Feder auf überdimensioniertem Hut. Und plötzlich schwenkt er, von unsichtbarer Hand bewegt, zur Seite. Gleich darauf zieht wieder der wimmernde Laut an uns vorbei.

»Das war es«, flüstert Franz. »Ein Windstoß, der den Kran bewegt hat.«

Grinsend hält uns die Alte ihre Handfläche entgegen. Ich will sie schon wegstoßen, als ich den Gesichtsausdruck meines Freundes bemerke. Um einige Pfennige reicher, schlurft die Frau von dannen.

»Leicht verdientes Geld«, meine ich.

»Ja, aber sie hat uns auch auf ein Wunder aufmerksam gemacht.« In seinen meergrünen Augen spiegelt sich der Himmel. »Ein singender Kran. So etwas gibt es in keinem Orchester der Welt. Nicht einmal bei meinem Freund Berlioz.«

»Schreib doch ein Stück für das Monstrum.«

»Warum nicht? Ein Instrument der Vergangenheit für die Musik der Zukunft. Wenn ich mir vorstelle«, und damit hakt er mich unter, um den gemeinsamen Weg fortzusetzen, »wenn ich mir vorstelle, wie alt diese Melodie ist! Dass sie seit Jahrhunderten existiert! Alles, was sie braucht, ist ein wenig Wind. Generationen von Kölnern sind mit ihr aufgewachsen, mit ihr ins Grab gesunken. Aus diesem Stoff sind Legenden gestrickt.«

»Als Melodie würde ich dieses Wimmern nicht gerade bezeichnen.«

»Vielleicht haben Homers Sirenen so gesungen. Oder die Loreley. Hüten wir uns vor Überheblichkeit! Eher sollten wir Demut angesichts dieses Krans empfinden. Denk daran, was er alles gesehen, was er erlebt hat seit dem Mittelalter. Für die Kölner ist er ein fünfhundert Jahre altes Zeichen der Hoffnung.«

»Der Hoffnung? Solange der Kran dort steht, ist der Dom nicht vollendet.«

»Ja, aber solange er steht, zeigt er an, dass weitergebaut wird. Dass man sich mit dem jetzigen Zustand nicht zufrieden gibt. Sonst könnte man ihn ja abtragen.«

»Wenn es nach dir und dem Dombauverein geht, wird er irgendwann abgetragen. Dann wird man sein Gequietsche nicht mehr hören.«

»Du hast recht«, lächelt er. »Und das ist wirklich bedauerlich. Vielleicht gibt es einen neuen Standort für ihn und eine neue Funktion. Ah, schau: Wir sind am Theater angelangt.«

Das Schauspielhaus, tatsächlich. Das Zauberreich von Direktor Spielberger, der sein Publikum mit Opern von Mozart, Spohr und Auber beglückt, wie es ein großer Anschlag verkündet. Lustspiele unbekannter Autoren wechseln mit Schiller-Tragödien, und demnächst entsteht hier, mitten in Köln, eine Feenwelt mit magischen Illuminationen und neu angefertigten Bühnendekorationen; das geneigte Publikum wird um zahlreichen Zuspruch gebeten. Ein älterer Herr vertieft sich in den Text einer Stellenausschreibung. Wir lesen mit: Gesucht werden eine Prima Donna, eine Soubrette, ein tiefer Bariton und ein zweiter Tenor für Solorollen im Opernhaus.

»Die Prima Donna«, krächzt der Mann und dreht sich um, »die Prima Donna soll nur noch doppelt so viel verdienen wie der zweite Tenor. Das sind ja fast egalitäre Verhältnisse im Theaterbetrieb. Enorm!«

»Und die Streicher?« Ich zeige auf einen weiteren Aushang. »Im Orchester fehlen Geiger und Bratscher. Bei denen schrumpft das Gehalt aber auf ein Zehntel der ersten Sängerin. Hier steht es: ›Die Concurrenten müssen ihre Talente dem kunstrichterlichen Urtheile des städtischen Capellmeisters Herrn Conradin Kreutzer unterwerfen.‹ Wohl formuliert!«

»Mein Deutsch muss besser werden«, schüttelt Franz den Kopf. »Dem kunstrichterlichen Urtheile ... Wie das klingt! Enorm!«

Der Mann wirft uns einen misstrauischen Blick zu, lüpft kurz den Hut und trollt sich. Statt seiner kommt ein Hund um die Gebäudeecke gestrolcht.

»Ob er ...«, beginne ich, doch ich werde von Franz unterbrochen.

»Der ›Freischütz‹!«, ruft er enttäuscht. »Wir haben den ›Freischütz‹ verpasst! Schau, am Freitag wurde er gegeben. Ein Gastspiel aus Mannheim. Wie sie die Wolfsschlucht-Szene inszenieren, hätte mich interessiert.«

Ich zeige auf den Hund. »Wenigstens haben sie uns eine Art Wolf dagelassen.«

Franz dreht sich um. »Was bist denn du für ein gottverlassenes Tier!« Der Hund fixiert uns mit einem Blick, den ich feindselig nennen würde. Franz scheint anderer Ansicht. Er geht auf ihn zu und zieht dabei eine Grimasse, die man dem berühmtesten Pianisten der Welt niemals zugetraut hätte.

»Lass doch den Köter«, sage ich.

»Er ist nicht schön«, gibt er zurück, »aber Gottes Geschöpf. Was kann der arme Kerl dafür, dass ihm keine Perücken und Pariser Parfümeriewaren zur Verfügung stehen, um sich herauszuputzen?«

Der Hund beginnt zu knurren und nimmt Angriffshaltung ein. Er scheint ein Mischling zu sein, irgendetwas zwischen Hühner- und Metzgerhund, ausgehungert und mit räudigem Fell.

»Scher dich fort!«, rufe ich und wedle mit den Armen.

»Vielleicht hat er etwas gegen Franzosen«, mutmaßt Franz.

»Verzieh dich! Ab nach Hause!« Das Tier funkelt mich regelrecht an. Weil Franz nur abwartend dasteht, hole ich schließlich aus und versetze dem Köter einen Tritt gegen die Schnauze. Er jault kurz auf. Dann schnappt er nach meinem Knöchel. Ich fühle, wie seine Zähne durch meine Haut dringen.

»Puzzi!«, schreit Franz.

Ich bin zu Boden gefallen, den Knöchel noch immer in der Gewalt des Hundes. Seine Kiefer öffnen sich keinen Zoll, auf meine Schläge reagiert er nicht. Erst als ihm Franz einen Fuß gegen den Hals rammt, lässt er los. Knurrend. Franz weicht ein paar Schritte zurück. Ich krabble ebenfalls davon, ohne die Bestie aus den Augen zu lassen. Schmerzen fühle ich nicht.

Und dann sind plötzlich drei, vier Männer neben uns, mit Knüppeln und einem Bajonett bewaffnet. Sie umzingeln das Vieh, ein Kommando ertönt – der Hund heult auf. Die Klinge des Bajonetts hat ihm die ganze Seite aufgeschlitzt. Als er flüchten will, trifft ihn ein Knüppelhieb am Kopf, der nächste haut ihm die Beine weg. Was folgt, ist eine Hinrichtung. Da trommeln die Schläge auf den Leib des Tieres, dass das Blut spritzt. Aus dem zerschmetterten Gebiss fliegen Zähne über das Pflaster. Der Schlitz in der Seite wird immer größer, bis die Eingeweide zu sehen sind. Untätig, ungläubig sitze ich auf dem Boden und kann meinen Blick nicht von der grauenhaften Szene wenden.

Es ist dasselbe Geschehen, derselbe Blutdurst wie vor wenigen Tagen im Klosterhof, als die Ratte getötet wurde. Nur dass es hier um einen Hund geht, um ein größeres Tier, man braucht also mehrere Menschen, um ihn so zuzurichten, dass er nur noch ein Klumpen rohes Fleisch ist.

Ein erneutes Kommando, und das Gemetzel endet. Der mit dem Bajonett stößt die Reste des Hundes mit der Fußspitze an – eine völlig überflüssige Geste, die aber seine Stellung als Befehlshaber unterstreicht. Dann weist er seine Helfer an, den Kadaver auf den Schindanger zu schaffen.

»Gebissen worden?«, fragt er mich, der ich noch immer regungslos auf der Erde sitze.

Ich nicke.

»Schlecht für Sie, mein Herr. In der Stadt geht die Tollwut um.«

9

»Es ist alles meine Schuld«, flüstert Franz. »Wenn ich dich nicht zu dem Ausflug durch Köln überredet hätte, wäre es nie zu dieser Begegnung gekommen. Nun musst du für meine Launen büßen. Das werde ich mir niemals verzeihen können.« Er sitzt an meinem Bett und hält meine Hand. Sein schmales Gesicht ist noch bleicher als sonst.

»Ich hätte nicht nach dem Köter treten dürfen«, erwidere ich finster.

»Es braucht keine Tritte, um einen tollwütigen Hund zu reizen.« Er räuspert sich und fügt rasch hinzu: »Wenn er denn tollwütig war.«

»Ja: wenn.«

Lähmendes Schweigen senkt sich über uns. Tollwut – allein bei dem Gedanken bricht mir der Schweiß aus. Der Wasenmeister, jener Mensch mit dem Bajonett, konnte uns nicht sagen, ob der streunende Köter die Krankheit in sich trug. Er wusste nur, dass nach einer seit genau vier Wochen geltenden städtischen Verordnung jeder Kölner Hund an der Leine zu führen sei. Jeder, betonte er mit erhobenem Zeigefinger: bis hinunter zum kleinsten Pinscher oder Wachtelhund. Tiere, die frei herumliefen, seien sofort einzufangen und, sofern sich ihr Besitzer nicht binnen drei Tagen melde, zu töten. Unzuverlässige Hundehalter hätten nicht nur eine Strafe zu zahlen, sondern auch die Kosten für die Aufbewahrung ihrer Tiere zu tragen. Die Verordnung sei vorläufig für vierzig Tage in Kraft, könne aber, sollten weitere Fälle von Tollwut auftreten, jederzeit verlängert werden.

»Aber war das Vieh nun infiziert oder nicht?«, fragte ich ihn verzweifelt.

»Das wird sich zeigen.«

Damit rückte er ab, der Unhold, zusammen mit seinen blutrünstigen Gesellen. Die Herren des Schindangers, der Tierkadaver und Abfälle! Niemals hatte ich mir vorgestellt, mich mit einem von ihnen unterhalten, ja ihm für sein Einschreiten dankbar sein zu müssen. Was für ein Glück, dass sie von dem freilaufenden Hund erfahren und sich auf seine Spur gesetzt hatten. Am Ende wäre auch noch Franz gebissen worden, am Tag vor seinem Konzert!

Nur für mich kam ihre Hilfe zu spät.

»Es ist meine Schuld«, beharrt Franz, an seiner Unterlippe nagend. »Warum bin ich nicht bei meinen Gastgebern geblieben?«

Zum wiederholten Male untersuche ich meinen entblößten Fuß. Die Schmerzen sind erträglich; Pein bereiten mir weniger die blutigen Wunden als der gewaltige Druck, dem mein Gelenk ausgesetzt war, als es zwischen den Kiefern des Hundes klemmte. Das jedoch wird vergehen. Eine Hotelbedienstete hat mir bereits ein Schmerzmittel besorgt; in wenigen Tagen werde ich wieder auftreten können, ohne zu humpeln. Aber was ist mit den Stellen, die von den Zähnen aufgerissen sind, durch die das Gift vom Körper des Tieres in meinen dringen konnte? Sie werden mir noch lange Kummer bereiten. Fieber und Kopfschmerzen seien sichere Anzeichen für eine Tollwuterkrankung, hat mir der Wasenmeister auf den Weg mitgegeben, als ich mich von zwei eilends herbeigerufenen Hoteldienern zum Großen Rheinberg schleppen ließ.

Um ehrlich zu sein, fühle ich mich schon jetzt schwächer als je in meinem Leben. Herrgott, ich bin erst zwanzig!

»Sobald es geht, lasse ich dich nach Nonnenwerth bringen«, sagt Franz. »Dort hast du die Ruhe, die du brauchst.«

»Glaubst du?«

»Aber vorher besorge ich dir einen Arzt. Den besten, den es in dieser Stadt gibt.«

Gleich darauf klopft es. Liszts Diener Jacob kommt bereits zum dritten Mal mit einer Schüssel und frischem Wasser, um meine Verletzungen auszuwaschen. Ich schicke ihn weg. Wahrscheinlich besitze ich mittlerweile die saubersten Wunden in ganz Preußen!

»Schmerzt es so arg?«, fragt Franz schuldbewusst.

»Nein, verdammt! Ich will mir nur nicht von jedem an den Füßen herumfummeln lassen. Muss man so ein Aufhebens um einen Hundebiss machen? Gewaschen oder nicht, wenn ich die Tollwut habe, ist es ohnehin zu spät!«

»Ich kümmere mich selbst um den Arzt«, sagt Franz und eilt aus dem Zimmer.

Trotz meiner Sorgen muss ich eingenickt sein, als mich ein Geräusch an der Tür auffahren lässt. Über die Schwelle tritt ein beleibter, kurzgewachsener Mensch mit ölig schwarzem Haar und blitzenden Augen. Sein gezwirbelter Schnurrbart, ebenfalls tiefschwarz, lässt in ihm den Ungarn erkennen, noch bevor er das erste Wort gesprochen hat.

»Willkommen, willkommen«, ruft er mit ausgebreiteten Armen, »in der scheenen Stadt Köln! Mein Name ist Kovács Benjamin, stamme aus Szekler Distrikt in Siebenbirgen, was nicht ist das Gleiche wie Siebengebirge, auch wenn so klingt. Herzlich willkommen, sag ich, weil Kovács Benjamin schon länger in der Stadt ist als Patient, drei volle Tage nemmlich. Und Name von wohlgeboren Patient lautet, wie ich heere, Hermann. Das ist gut! Besser kann nicht sein! Denn Hermann ist Herr und Mann, und um zu überleben Hundswut, man muss sein Herr und Mann in einem. Klug wie ein Herr und stark wie ein Mann. Noch einmal: willkommen!« Damit reicht er mir seine warme, kräftige Hand.

»Er ist ein Landsmann«, erklärt Franz. Hinter Kovács stehend, überragt er diesen um mehr als Kopflänge.

»Ja, Landsmann«, bestätigt der andere glücklich. »Er meiner, ich seiner. Dabei spricht kein Wort Ungarisch, der gute Liszt Ferenc aus Doborján. Aber von Geburt Magyar und im Herzen Magyar, das allein zählt. So, und nun wir kommen zu Behandlung. Wie fühlt Wohlgeboren? Schon Simptome?«

»Schon was?«, stottere ich.

»Simptome. Fieber, Schmerzen, Schittelfrost.«

»Nicht direkt. Besonders gut fühle ich mich nicht. Aber ob das …«

»Ist egal«, winkt der Dicke ab. »Spielt keine Rolle. Jetzt der Hund. Seit wie viel Tagen ist krank gewesen? Wann ist gebissen worden das Vieh?«

Irritiert wechsle ich einen Blick mit Franz. »Woher soll ich das wissen? Wir können ja nicht einmal mit Sicherheit sagen, ob er tollwütig …«

»Ist ebenfalls egal, völlig. Manchmal man weiß, wann gebissen wurde Hund und wann ausgebrochen seine Krankheit, dann ist noch einfacher. Aber geht auch so. Mein Mittel hilft immer. Kovács Benjamin hat ein Patient auf sein Mittel.«

»Patent.«

»Richtig, Patent. Also, ich muss sagen vorweg: Mein Mittel ist nicht einfach in Herstellung, aber wirkt garantiert. Und verdiene nix dran, gar nix. Außer milde Spende, wenn Wohlgeboren geheilt. Und dass Mittel hilft, gebe ich Garantie.«

»Was ist das für ein Mittel?«

»Zuerst ich will erwähnen, dass es gibt jede Menge Empfehlungen von Fürsten und Grafen, die das Mittel haben ausprobiert und können bestätigen, dass hilft.« Er zieht ein zerknittertes Schreiben aus der Tasche. »Hier: Reichsgraf von Saromberg sagt, dass er es bei vielen Kranken hat angewendet und nie ist misslungen. Alle geheilt. Hilft sogar bei Tieren, meint er, aber Wohlgeboren ist ja kein Tier, deshalb kann man weglassen. Und nicht nur Reichsgraf von Saromberg, viele andere sagen Selbiges. Vor allem aber«, hier wird er urplötzlich ernst und fixiert mich unter zusammengezogenen Brauen, »vor allem aber hat Regierung von österreichischem Kaiser Mittel von Kovács Benjamin geprüft«, er holt Luft, »geprüft und Wirksamkeit eingesehen. Daraufhin hat gekauft, um Zusammensetzung zu drucken und in aller Welt zu verbreiten. Noch Fragen?«

»Nein. Das heißt, ja. Worin besteht dieses Wundermittel nun?«

»Sehr wohl.« Ohne meine Verletzung auch nur eines Blickes zu würdigen, setzt sich Kovács auf die Bettkante und erklärt, wie seine Arznei herzustellen sei. Franz notiert alles auf einem Zettel, und das ist auch nötig, denn es handelt sich um das abenteuerlichste Rezept, das mir bislang untergekommen ist. »Nimm sechs Quäntchen Wurzel der Schwalbenwurz, mein Freund«, rezitiert der Ungar mit priesterlicher Attitüde, »lateinisch Asclepias Viucetoxicum, dazu zwei Quäntchen Rinde der Elsebeere, Crataegus torminalis, aber bitte von den jüngeren Zweigen, und mische Selbiges mit innerem Teil von neun Knoblauchzehen.«

»Neun Zehen?«, vergewissert sich Franz.

»Neun, Landsmann. Kein acht, kein zehn: neun. Jetzt gib alles in einen neuen, unglasierten Topf von einem Viertelmaß Gehalt, das ist ein Schoppen, welchen du anfüllst mit reinem Wasser. Lass alles stehen, zwölf Stunden lang. Danach verklebst du Deckel, stellst Topf auf flachen Stein bei Feuer, dass ganze Mischung einmal aufkocht, einmal, heerst du, und muss anschließend noch ein Stündchen kochen, aber nur ein bisschen, so ganz leise, dass nicht überläuft. Verstanden?«

»Und dann?«

»Trinken.«

»Trinken?«

»Ja. Musst natürlich Decoct vorher vom Feuer nehmen, durchseien und abkühlen lassen, sonst verbrennt Zunge. Und ganz wichtig, Freund und Landsmann: Mittel immer frisch zubereiten. Nach einem Tag: fort mit dem Zeug! Unbrauchbar!«

»Wie viel soll man davon einnehmen? Und wann?«

»Am besten morgens, wenn Magen nüchtern. Mann fünf Esslöffel, Frau vier, Kind weniger.« Fröhlich tätschelt er meine Bettdecke. »Wohlgeboren heißt Hermann, was ist Herr und Mann gleichzeitig, also zehn Löffel! Nein, war Scherz; hat ja kaum Fleisch auf Rippen, deshalb reicht fünf. Aber morgens!«

»Das heißt, man muss mit der Zubereitung am Abend vorher beginnen?«, erkundigt sich Franz, eifrig notierend.

»Unbedingt. Muss ja kochen, muss digerieren, zwölf Stunden lang. Aber keine Sorge, nach Erfahrung von Kovács Benjamin genügt einmalig Einnahme.«

»Einmal nur?«

»Ja, reicht. Und jetzt kommt Wichtiges, pass auf. Wenn du weißt, wann kranker Hund krank geworden, dann gibst du Mittel nach ebenso vielen Tagen. Einfache Regel! Ich muss trotzdem erklären, nemmen wir

Beispiel: Hund ist gebissen von tollwütigem Hund und wird selber krank sieben Tagen später, ja? Dann muss Wohlgeboren trinken Mittel gleichfalls sieben Tage nach Biss. So hilft sicher. Wenn Hund schon nach drei Tagen krank ...«

»Aber wir wissen nicht, wann der Hund erkrankte oder wann er gebissen wurde«, werfe ich ungeduldig ein.

»Ist meistens so«, nickt Kovács gutmütig. »Leute wissen nicht. Und Hund kannst du nicht fragen. Ist auch egal, Mittel hilft sowieso. Nimmst du es neun Tage nach Biss.«

»Wie? Erst in neun Tagen? Das wäre Anfang September. Aber was, wenn ich mich vorher unwohl fühle?«

»Dann kannst du nemmen am dritten Tag und wiederholen Dosis nach sechs Tagen. Überhaupt genügt zu warten, bis sich zeigen Simptome. Wenn Angst kommt und Kopfschmerzen, wenn Beklemmung in der Brust, dann geht los.«

»Und Fieber.«

»Fieber auch, ja. Patient sehr, sehr traurig. Später Krampf bei Atmen und Schlucken, aber da hat Mittel längst geholfen.«

»Sie meinen also«, das ist wieder Franz, »man müsste Ihr Mittel erst nach Einsetzen der Symptome verabreichen?«

»Am dritten Tag, Landsmann. Mittel ist Arznei, deshalb nicht lecker. Kommt von Tataren, meine Vorfahren. In alten Zeiten haben alles vertragen, egal ob scharf oder bitter. Menschen heute nicht, müssen oft speien, das ist normal. Nur nicht ganz ausspucken Mittel, soll ja wirken in Magen, richtig? Trinkst du etwas Milch, dann Erbrechen weniger schlimm.« Wieder klopft er auf mein Bett. »Also, Wohlgeboren, was für ein Glück, dass Kovács Benjamin in der Stadt! Hat schon geheilt so viele Kranke. Kamen sogar welche gebunden, weil Hundswut ganz ausgebrochen. Sind gesund ebenfalls, kannst du alle fragen.«

»Und wie soll ich die Bisswunden behandeln?«

»Gar nicht. Lass in Ruhe. Wenn eitern, sehr gut. Hilft! Wenn nicht eitern, auch gut. Dann ihr könnt gehen zu Dom und angucken Monstrum.« Er wendet sich wieder an Liszt. »Hast du schon gesehen, Landsmann? Soll neu gebaut werden, die Ruine. Haben Kölner Leute zu viel Geld? Straßen voll mit tollwütigen Hunden, aber im Kopf nur Pläne von größter Kirche der Welt. Sag, mein Freund: Ist nicht seltsam der Mensch?«

10

Ohne die Droschke, die mir Franz eine Stunde vor dem Konzert zum Großen Rheinberg schickt, bliebe ich im Bett liegen. Würde seinen Auftritt zum Besten des Dombaus, diese Sternstunde wahren Künstlertums, wie Frau von Czettritz später sagen wird, verpassen. Was soll ich auch an so einem Tag mit Musik?

Lasst mich in Ruhe! Ich bin krank, apathisch. Ein tollwütiger Hund hat mich gebissen. Meine Wunden nässen. Ich habe Fieber. Wann kommt der elende Hoteldiener mit der Schwalbenwurz? Das Mittel dieses ungarischen Quacksalbers wird nicht helfen, aber ich werde alles ausprobieren, was man mir rät, alles. Wenn die Tollwut ihren Höhepunkt erreicht hat, schlagen die Patienten um sich und müssen gefesselt werden. Dann weiß man, dass es zu Ende geht.

Ich hätte auf Nonnenwerth bleiben sollen. Dort gibt es keine Hunde. Höchstens Pinscher und Möpse, Schoßhündchen in Hasengröße. Warum musste ich die Insel auch verlassen? Liszt hat recht, es ist seine Schuld.

Die Droschke kommt. Ein Billett von Franz: Er bittet mich inständig zu kommen, sofern es meine Verletzungen zuließen. Andernfalls müsse er das Konzert absagen.

Absagen? Ganz Köln vor den Kopf stoßen? Kurz genieße ich die Macht, die mir sein Schreiben vorgaukelt. Aber ich weiß, dass er sich einen solchen Schritt niemals erlauben wird. Der Dom ist wichtiger als ich, seine Wunden klaffen tiefer als meine. Und was zählt ein Menschenleben gegen die fünf Jahrhunderte, die der Dom bereits auf seine Vollendung wartet? Nein, so besorgt Franz auch um mich sein mag, er wird das Konzert spielen. Vielleicht wird er eines seiner Stücke mir widmen und das Publikum mit stockender Stimme auf das Schicksal seines Freundes Puzzi hinweisen. Obwohl er mir Geheimhaltung gelobt hat. Aber er wird spielen, so oder so. Und seinen Ruhm in der Damenwelt vergrößern.

Das Kasino am Augustinerplatz, ein schönes, neues Gebäude. Ich humple. Beim Auftreten schmerzt mein lädierter Knöchel, aber schlimmer ist die allgemeine Niedergeschlagenheit, ist der Schwindel, der mich von Zeit zu Zeit ergreift und alles vor meinen Augen verschwimmen lässt. Ich bleibe stehen, halte mich an einem Treppengeländer fest. Sind das schon die Symptome der Tollwut? Im Normalfall zeigen sie sich erst viel später, hat man mir gesagt. Vielleicht eine gedankliche Vorwegnahme des tatsächlichen Krankheitsausbruchs.

Der große Kasinosaal ist bis zum Bersten voll, ich schätze das Publikum auf nahezu vierhundert Besucher. Ganz vorne an der Seite sitzt die Baronin, die mich, kaum dass sie meiner gewahr wird, zu sich heranwinkt. Man bemerkt mein Humpeln, erkundigt sich, ist besorgt. Ein Hundebiss? Hoffentlich keine tiefe Wunde! Ob ich mit den richtigen Salben ausgestattet sei? Sofort überlässt mir General von Czettritz seinen Platz, ohne auf meinen Protest zu achten. Reife Damen mit Doppelkinn und runzligen Ohrläppchen nicken mitleidig. Niemand nimmt das Wort »Tollwut« in den Mund.

»Ist er nicht ein hübscher Junge?«, höre ich hinter mir flüstern. »Angeblich spielt er besser als sein Lehrer. Und das in seinem Alter!«

In einer anderen Situation hätte ich mich über dieses Geschnatter amüsiert. Aber heute? Vielleicht sollte ich wirklich mit zwanzig von der Bühne des Lebens abtreten, um mir zeitlosen Ruhm zu sichern.

Der Herr neben mir drückt mir die Hand: Lefebvre sein Name, Joseph Maria Lefebvre. Mitinhaber der Musikalienhandlung Eck & Co., welche als Veranstalterin der Soiree fungiert. Aha, so siehst du also aus. Hohe Stirn, scharfe Nase, das Haar ungebändigt um den Kopf stehend. Ungefragt rechnet er mir vor, dass der Reinerlös des Konzerts etwa 350 Taler betragen werde; leider habe man den Saal des Schauspielhauses nicht nutzen können, sonst wäre die Summe zweifellos höher ausgefallen. Ich versuche vergeblich, die Nasenspitze des Mannes zu fixieren. Meine Stirn fühlt sich heiß an.

»Was sind 350 Taler beim Bau des größten Gebäudes der Welt?«, höre ich mich fragen. »Eine Fenstereinfassung? Eine halbe Steinfigur?«

»Es geht um die Wirkung, lieber Herr Herrmann. Um das strahlende Vorbild, das ein Franz Liszt abgibt.«

»Verstehe.« So spitz Lefebvres Nase auch ist, entzieht sie sich doch mit Erfolg meinen Blicken, da kann ich die

Augen zusammenkneifen, wie ich will. Der Mann hinter der Nase weist mich darauf hin, dass auf der Bühne heute nur ein Flügel stehe, während es Liszt doch sonst immer mit mindestens zweien aufnehme.

»Stimmt«, sage ich. »Exakt ein Flügel, ich habe durchgezählt.«

»Auf Instrumente aus dem Hause Eck kann er sich verlassen. Da reißt keine Saite, da bedarf es keines Ersatzklaviers. Franz hat sogar ein Spezialinstrument bei uns in Auftrag gegeben, einen Riesenflügel nach eigenen Plänen.«

Ein Riesenflügel für einen Riesen, das sehe ich ein. Wobei Franz aus einem ganz anderen Grund zwei Klaviere pro Konzert benötigt, eins rechts postiert, eins links: damit jeder Zuhörer wenigstens einmal freie Sicht auf seine wirbelnden Finger hat. Die ächzenden Instrumente und reißenden Saiten sind da nur ein angenehmer Nebeneffekt.

Indessen betreten unter großem Gerumpel unsere Freunde von der Liedertafel die Bühne. Allons, enfants! Frisch ans Werk! Ein Chorstück aus der Feder eines gewissen Klein wird angekündigt: Dieses sei nicht nur eigens für den feierlichen Anlass komponiert, sondern könne auch beim Ausgang, säuberlich gestochen, vom Publikum gegen fünf Silbergroschen erworben werden. Baronin von Czettritz besitzt bereits ein Exemplar und liest eifrig mit. Klein heißt der Komponist, und so sind auch seine Gedanken. In der letzten Reihe des Chors erkenne ich Notar Schinzel; Kaufmann Knippschild sitzt vermutlich zu Hause und pflegt seinen lädierten Fuß. Seltsame Koinzidenz der Unfälle! Aber was gäbe ich darum, bloß einen Holzsplitter in der Sohle zu haben.

Fast entgeht mir der Auftritt meines Freundes. Ich überhöre die Seufzer, das erwartungsvolle Raunen und schließlich den Beifall, als Franz die Bühne betritt, weil all meine Sinne plötzlich mit Zahlen beschäftigt sind. Wie kommt dieser Lefebvre auf 350 Taler? Das ist das Einzige, was mich in diesem Moment interessiert. Soll Franz zum Flügel stolzieren, soll er den Kopf in den Nacken legen und über die Tasten streichen, wie er es immer tut – meinetwegen. Gut möglich, dass er vor dem ersten Ton einen entschuldigenden Blick in meine Richtung geworfen hat. Es ist mir egal. Sein rauschhaftes Spiel, die Sturmflut der Töne, Tiefe des Ausdrucks, klingende Heiligkeit – ja, ja, ja.

Ich rechne: rund vierhundert Besucher, das macht bei einem Taler Eintritt 400 Taler. Für die Partitur von Kleins Chorwerk je 5 Groschen, bei – großzügig geschätzt – dreißig verkauften Exemplaren also 5 Taler. Etwa so viel dürfte die Herstellung gekostet haben. Weitere Einnahmen: keine.

Ah, die Fantasie über »Robert le diable«. Mehr Töne, als in der ganzen Meyerbeer-Oper zu finden sind. Dass Franz sein Publikum immer gleich mit dem Schwersten überrumpeln muss!

Jetzt die Ausgaben. Für den Solisten: nichts. Für den Chor: nichts. Eck & Co. stellen den Flügel inklusive Transport kostenlos zur Verfügung, der Kasinosaal ist ebenfalls gratis. Zum Besten des Dombaus eben. Dem Saaldiener wird der Dom schnuppe sein. Vielleicht kommt er aus Deutz, denen nimmt der fertige Bau nur die Sonne weg. Also einen Taler für den Saaldiener. Einen für den Billeteur, einen weiteren für den Mann an der Kasse.

Neben mir springen sie auf, klatschend, jubelnd. Liszt wird von der Bühne treten wie ein römischer Kaiser, nehme ich an. Ich sehe es nicht, weil ich auf meine Fußspitzen starre, auf den einen Fuß, der in diesem Moment überhaupt nicht schmerzt. Ein junger Mann kommt, wird von Franz begleitet, behauptet singend: »Dein ist mein Herz«. Musik von Kauffmann, wer auch immer das ist.

Weiter mit den Ausgaben. Der Beleuchter bekommt seinen Taler, ebenso der Stimmenausschreiber, der Orchesterdiener, der Zettelträger, der Bühnenschreiner. Der eine etwas mehr, der andere weniger. Vor meinen Augen wirbeln die Geldmünzen umher. 350 Taler nur? Der Erlös muss höher sein!

Jetzt ein Geiger, sein Name huscht durch die Reihen, er scheint ein hiesiger Künstler zu sein. »Unser Hartmann«, nickt Lefebvre zufrieden. Ein kleines Konzert nach Kalliwoda, eher ein Potpourri, hübsches Geplänkel, schon ist es wieder vorbei. Franz muss ran, ich weiß nicht, was er spielt, will mich nicht fangen lassen von seinen Hexenhänden. Eine Chopin-Mazurka wohl, dann die Polonaise aus den »Puritani«, ich kenne das alles ja nur zu gut. Plötzlich steht er vor mir, Franz leibhaftig, lässt sich einen Stuhl bringen, schaut nach mir, wird aber sofort von der Czettritz in Beschlag genommen. Er plaudert und plaudert, charmant wie nie. Geprassel neidischer Blicke. Ich frage mich, wie lange ich schon hier bin.

Der Chor baut sich erneut auf, bringt Mendelssohns »Meerfahrt« zu Gehör. Franz erklärt der Baronin Sujet und Motive des Stücks. Unvermittelt liegt eine Hand auf meiner Schulter. Ich drehe mich um. Kaufmann Knippschild nickt mir freudestrahlend zu und zeigt auf seinen einbandagierten Fuß. Schicksalsgenossen, er und ich!

»Nächsten Monat fährt der Chor zum großen Wettbewerb nach Brüssel«, poltert er von hinten. »Mit der Eisenbahn! Dann ist die Strecke nach Aachen nämlich fertig. Und ich bin dabei, so Gott will!«

»Nächsten Monat?«

»Ja, der berühmte Sängerwettstreit der Grétry-Gesellschaft. In Brüssel! Stellen Sie sich vor, sie spendieren uns sogar die Fahrt!«

»Glückwunsch. Und gute Besserung!«

»Gleichfalls.«

Die »Tell«-Ouvertüre ist an der Reihe. Franz lässt die Schweizer Alpen vor uns erstehen, türmt sie rascher und höher auf, als es dem Dom jemals ergehen wird. Er müsste immer spielen, jeden Tag, ununterbrochen, und der Bau wäre binnen Wochen fertig. Als er im G-Dur-Zwischensatz das Thema in der Mittellage darbietet, von blitzenden Flötengirlanden umrankt, läuft ein Schauer durch die Reihen. Ich aber weiß nun, was die größten Ausgaben verursacht hat: die Beleuchtung. Tausende von Wachskerzen erhellen den Kasinosaal, keine Fingerbewegung Liszts entgeht ihnen. Ein Lichterfest, so recht eines Königs würdig. Ich veranschlage 25 Taler.

Reißigers »Ave Maria«: ein furchtbares Machwerk, wohl als Verbeugung vor dem katholischsten aller Bauwerke zu verstehen. Der Sänger nicht untalentiert. Wieder gesellt sich Franz zu uns. Die Liedertafel sammelt sich zu ihrem letzten Auftritt, ein Gesang »In die Ferne«, aus der Feder einer Lokalgröße namens Weber, der selbst dirigiert. Könnte der Domorganist sein, er wirkt so. Franz greift nach meiner Hand. »Du bist nicht krank«, raunt er mir zu. »Ich habe noch einmal mit dem Wasenmeister gesprochen. Sie konnten den Besitzer des Hundes ausfindig machen, und der schwört, das Tier sei gesund gewesen.«

»Ich bin krank.«

»Du machst dir Sorgen, und glaub mir, Hermann, ich leide mit dir. Aber krank bist du nicht. Mein letztes Stück ist dir gewidmet.«

Ich schweige. Liszts Ankündigung hat für Entzücken bei der Baronin gesorgt. Er wechselt noch ein paar Worte mit ihrem Gatten in der Reihe hinter uns, dann begibt er sich zur Bühne, um im wilden Galopp vor dem Erlkönig zu fliehen. Es ist das erste Stück dieses Abends, das einigermaßen in meine Wahrnehmung dringt. Der Sänger müht sich redlich um Anschluss, doch seiner bedürfte es nicht. Neben mir wird Lefebvre unruhig; er sieht wohl Funken aus dem geliehenen Flügel schlagen. Am Ende der Ballade können einige Zuhörerinnen ihre Tränen nicht unterdrücken. Das Kind ist tot.

Tot ist es, meine Damen!

Und dann steht Franz wieder alleine auf der Bühne. Ein finales Werk, 12/8-Takt wie bei Schubert, aber noch schneller, noch verzweifelter: eine Tarantella. Der Tanz der von der Tarantel Gebissenen, der Tollwütigen Italiens. Unter Liszts Händen klappern ihre Knochen.

Wie gelähmt sitze ich da. Will Franz sich lustig machen über meinen Zustand? Will er die Krankheit mit Tönen austreiben? Was bezweckt er mit seiner Widmung?

Ich weiß es nicht. Vielleicht habe ich dieses Stück auch nur geträumt. Vor meinen Augen verschwimmt die Bühne, der Flügel, verschwimmt der ganze hell erleuchtete Saal. Vielleicht gibt es dieses Stück überhaupt nicht. Erst die hysterischen Schreie ringsum bringen mich zur Besinnung. Immer wieder wird Franz hervorgerufen, zu Dacapos gezwungen, er spielt seine Standardnummer, den Chromatischen Galopp, und das Andante aus »Lucia di Lammermoor«, um die Gemüter abzukühlen, dann ist Schluss.

»350 Taler und genau ein Silbergroschen«, sagt Lefebvre zufrieden. »Es hätte mehr sein können, aber was zählt, ist die Geste. Eine Geste für kommende Generationen. Eine Geste für die Ewigkeit.«

11

GLÜCKLICHER FRANZ LISZT, der du aus Köln entfliehen kannst! Dieser hässlichen, stinkenden Stadt den Rücken drehen, ihrem buckligen Dom, den schielenden Bewohnern und tollwütigen Hunden – du hast es gut. Ich dagegen muss liegen, warten, an die Decke starren. Hoffen. Kovács kommt noch einmal in den Großen Rheinberg, um nach mir zu sehen. Wohlauf, der Herr? Nein? Sehr gut. Mittel hilft. Wenn Zustand besser, auch gut. Mittel hilft. So kauderwelscht er mich gesund. Ob Landsmann Liszt Ferenc etwas für ihn deponiert habe? Einen Umschlag vielleicht, an der Rezeption? Sehr, sehr gut. Hilft!

Franz hat schon am Mittwoch, einen Tag nach seinem Dombaukonzert, den nächsten Auftritt. Koblenz erwartet ihn sehnsüchtig. Dann Frankfurt, Wiesbaden, Mainz, erneut Wiesbaden – er hat, im wahrsten Sinne des Wortes, alle Hände voll zu tun.

Ich dagegen: warten. Den ganzen Mittwoch. Den Donnerstag. Vierundzwanzig Stunden hat so ein Tag, und ich koste sie alle aus. Ich kann nicht schlafen. Wahrscheinlich könnte ich aufstehen, herumlaufen, mein Bein schmerzt kaum, aber gerade das macht mich misstrauisch, lähmt mich so sehr, dass ich kein Glied bewegen kann. Nur die Finger perlen ab und an über die Bettdecke, verminderte Akkorde in beiden Händen, hoch und runter, hoch und wieder runter. Letale Reflexe?

Ich bin krank. Krank an Körper und Seele. Niedergeschlagen, deprimiert. Warum eigentlich? Sollte ich nicht Erleichterung fühlen? Immerhin hat mich dieser Biss von der Verantwortung enthoben, meine Zukunft gestalten zu müssen. Mein Leben hängt an einem seidenen Faden; ob er reißen wird, liegt nicht in meiner Macht. Andere sorgen für mich. Draußen vor der Stadt gibt es einen Ort, den sie »Zum toten Jud« nennen. Wie geschaffen für Puzzi, den Israeliten. Hermann Cohen, Lieblingsschüler des großen Liszt, gestorben im Spätsommer 1841, im Alter von zwanzig Jahren. Und dann werden wir ja sehen, welcher Gott oder Teufel mich an der Tür zur Ewigkeit mit Handschlag empfängt.

Ja, eigentlich ist es ein Glück, wenn man sein Leben nicht mehr planen muss. Keine Tourneen, keine Zukunftsängste! Trotzdem leide ich.

Ich leide bis zum Freitag kurz nach dem Mittagessen – das ich natürlich verschmähe, ich bin schließlich krank. An diesem Freitag springt die Tür meines Hotelzimmers auf, und ein Schwall von Gelächter kündigt einen Mann an, mit dessen Erscheinen ich nie und nimmer gerechnet hätte.

»Genug gejammert«, ruft er und schlägt meine Bettdecke zurück. »Jetzt wird gelebt. Raus aus den Federn, Freund Puzzi!«

Ich gebe zu, die Überraschung ist ihm gelungen: Kein anderer als Fürst Felix Lichnowsky steht vor meinem Krankenbett. Unternehmungslustig funkeln seine Augen, im Knopfloch steckt eine Rose. Während mir einer seiner Diener beim Aufstehen und Ankleiden hilft, erklärt mir der Fürst, dass Franz ihn gebeten habe, nach mir zu sehen. Eine Bitte, der er nur zu gerne entspreche, schließlich sei Liszt sein Freund, und die Freunde seines Freundes seien auch seine Freunde.

»Sie sollen sich um mich kümmern?«, frage ich ungläubig, auf der Bettkante sitzend. »Aber, lieber Fürst …«

»Soweit es meine Zeit erlaubt«, schränkt er ein. »Am Sonntag muss ich in dringenden Geschäften nach Mainz. Dann bringe ich Sie nach Nonnenwerth. Aber bis dahin werden wir zwei Köln erobern. Die Stadt, die Frauen – wonach steht Ihnen der Sinn?«

Ich bin wie betäubt. Nach gar nichts steht mir der Sinn, höchstens nach Liegen. Nach einem Warten auf nichts, nach totaler Hingabe an die Melancholie. Doch davon will der Fürst nichts hören. Es sind kaum fünf Minuten verstrichen, da stehe ich schon frisch eingekleidet vor dem Hotel und blinzle in die Sonne.

»Dass diese Stadt aber auch so dreckig sein muss!«, schimpft Lichnowsky. »Wenn ich etwas hasse, dann ist es der Dreck, den die Menschheit produziert.« Ungehalten nestelt er an einer kleinen Reitpeitsche, die in seinem Gürtel steckt. »Los, begeben wir uns an einen gastlicheren Ort.«

Und so lerne ich die Stadt Köln aus einer ganz anderen Perspektive kennen. Ja, sie hat auch ihre angenehmen Seiten, die altehrwürdige Colonia Agrippina, Seiten, wie sie nur Mitbürgern eines gewissen Rangs und einer gewissen Finanzkraft offenbar werden. Fürst Lichnowsky hat von beidem genug. Seine Herkunft aus nobelstem schlesischem Adel gewährt uns Einlass in brillante Salons und verschwiegene Häuser, auch wenn er kein Hehl daraus macht, dass er mit seiner Familie zerstritten ist. Und die Quelle, die seinen Geldbeutel speist, scheint unerschöpflich. In einer Villa hinter St. Gereon, die von einer verlebten Gräfin mit wippendem Busen bewohnt wird, lässt er Champagner und Austern servieren, dass sich die Tische biegen, und tatsächlich, mit dem Essen wächst mein Appetit. Die Gesellschaft besteht aus diversen Adligen, gebildeten Franzosenhassern und ehehungrigen jungen Damen, die den Fürsten en gros umschwärmen. Gegen Mitternacht greift er zur Gitarre und schmettert ein Liebeslied nach dem anderen. Am nächsten Tag wird es noch ärger, da trinken wir uns schon am Nachmittag einen Rausch an, dass ich nicht mehr weiß, an welchem Bein mich der Köter erwischt hat; wir nehmen ein Bad, anschließend geht es zu einem neureichen Spekulanten, der einen privaten Spielsalon mit schwülstigen Ölgemälden und vielen Spiegeln führt. Womit wir dort die Zeit zugebracht haben, wird man sich denken können. Ich komme und gehe ohne Geld. Während der ganzen Zeit bin ich Lichnowskys Gast – »danken Sie nicht mir, sondern unserem Freund Franz!«, wehrt er gutgelaunt ab, als ich ihm zum hundertsten

Mal meinen Dank abstatten will. »Er ist es, der Ihre Genesung finanziert!«

Aha, daher weht also der Wind. Wie auch immer, aus diesem polnischen Tunichtgut werde ich nicht schlau. Die klassischste Bildung und die gewählteste Ausdrucksweise vermischt er mit Zoten und Schlüpfrigkeiten, wie ich sie nicht einmal in der Pariser Bohème hörte. Was er über Musik sagt, über Malerei und Architektur, klingt wohldurchdacht und klug, in Literatur kennt er sich aus wie kein Zweiter. Dass er die jungen deutschen Autoren nicht schätzt und Heine verachtet, mag sich aus seinem Stand erklären. Dafür liebt er Franz und seine Musik. Vielleicht würde er auch meine Musik lieben, wenn er sie einmal hörte?

»Sie müssen mir unbedingt Ihre Kompositionen vorführen, Puzzi«, ruft er irgendwann und legt mir den Arm um die Schulter. »Schreiben Sie auch Lieder? Ich habe einiges an Gedichten, das nur darauf wartet, vertont zu werden. Und Franz ziert sich so.«

»Ja«, sage ich, werde ich gesagt haben. »Gerne, mein Fürst. Immer.«

Was dieser Abend noch alles brachte – ich weiß es nicht mehr. Ich will es nicht wissen! Im Nachhinein erscheinen mir die in Köln zugebrachten Tage wie eine Kette von Verstößen gegen die guten Sitten, die nur durch Lichnowskys Anwesenheit verbrämt wurden. Dank seiner brillanten Rhetorik gelang es ihm, aus Zerstreuungen eine Notwendigkeit zu machen und aus der Immoralität eine Tugend.

Und meine Krankheit?

Auch sie ist fortgeredet, fortgefeiert, zumindest für einige Zeit. Als ich am Sonntagmorgen erwache, schmerzt mein Fuß zum ersten Mal seit Tagen wieder. Aber schon steht ein Bediensteter des Fürsten in meinem Zimmer, um meine Sachen zu packen und mich zum Dampfer zu begleiten. Lichnowsky ist als Ehrengast zur Eröffnung von Groyens neuem Hotel in Königswinter geladen und will mich mitnehmen. Abends werde ich wieder auf Nonnenwerth sein.

Kaum an Bord, tritt mir ein junger Schlaks im Übereifer auf den Fuß. Eher aus Gewohnheit schreie ich auf, woraufhin er sich wortreich entschuldigt und nach Art und Schwere meiner Verletzung fragt. Er sei nämlich Arzt, Garnisonsarzt Dr. Müller aus Düsseldorf, und sollte ich eines medizinischen Rats bedürfen …

»Vielen Dank«, unterbreche ich seinen Redeschwall. »Ich bin bereits doppelt geheilt. Erst all'ongarese und nun alla polacca.«

Damit lasse ich ihn stehen. Doch nicht lange, so klopft es an die Tür des Pavillons, den der Fürst und ich für uns allein haben. Müllers bärtiger Vierkantschädel schiebt sich durch den Spalt.

»Bitte, Hoheit, entschuldigen Sie die Störung, aber vielleicht sollte ich mir den Fuß des jungen Herrn noch einmal anschauen. Ich bin nämlich Arzt, Garnisonsarzt in Düsseldorf, und meine langjährige Erfahrung auf diesem Gebiet …«

»Er heißt Müller«, erkläre ich dem Fürsten.

»Ein schöner Name«, nickt Lichnowsky. »Und so selten. Kommen Sie herein!« Was er wohl zu den Kleins und Webers des Dombaukonzerts gesagt hätte?

»Müller von Königswinter«, bestätigt der Mediziner mit treuherzigem Blick aus großen Augen. »Das ist meine Heimatstadt. Übrigens bin ich auch Dichter. Vielleicht kennen Sie meine Sammlung hiesiger Balladen. Es gibt kaum eine Sehenswürdigkeit im Rheintal, die ich noch nicht zum Objekt meiner Poesie gemacht habe.«

»Dann machen Sie nun den Knöchel meines Freundes Hermann zum Objekt Ihrer Betrachtungen«, gähnt Lichnowsky. »Vielleicht kann Polyhymnia, die Muse des Leiergesangs, seinen Heilungsprozess beschleunigen.«

»Schade, dass die Wunde nicht an der Ferse ist«, versuche ich es mit einem müden Scherz. »Wo Sie sich doch mit Versen auskennen, Doktor Müller.«

»Hinkende Versfüße«, gibt er unerwartet schlagfertig zurück. »Mein Spezialgebiet!« Anschließend untersucht er meine Verletzung, nickt beruhigend, empfiehlt eine Reihe von Heilsalben, die zur Linderung beitrügen.

»Besten Dank«, entgegne ich. »Allerdings habe ich kaum noch Schmerzen.«

»Es sei denn«, ergänzt Lichnowsky, »jemand tritt ihm auf den Fuß.«

Müller errötet. »Ich bitte noch einmal um Entschuldigung, lieber Herr …«

»Herrmann.«

»Ja. Ich wäre Ihnen dankbar, wenn Sie meine Entschuldigung annähmen, Herr Herrmann. Ich war so in Gedanken …«

»Keine Ursache, Herr Müller«, ruft der Fürst. »Wir akzeptieren Ihre Zerknirschung, sofern Sie uns die Ehre machen, ein Glas Champagner mit uns zu trinken. Einverstanden?«

Das lässt sich der lange Kerl aus Königswinter natürlich nicht zweimal sagen. Er lässt sein Gepäck in den Pavillon bringen und erhebt sein Glas auf den spendierfreudigen Fürsten. Möchten doch alle unsere Landesherren so freisinnig sein! Der Alkohol belebt seine Gesichtszüge, als er von seiner Heimatstadt am Drachenfels erzählt, vom Rhein und den vielen Geschichten, die mit dem Wasser durch das schönste aller Täler murmeln.

»Seien Sie mir nicht böse«, unterbricht ihn Lichnowsky schnurrbartzwirbelnd, »aber ich halte nichts von der aktuellen Sagenmode, von diesem ewigen Herumschürfen in der Vergangenheit. Mir genügt die Gegenwart. Ich finde, sie bietet alles, was das Leben lebenswert macht!«

»Aber in den Sagen liegen unsere Wurzeln, lieber Fürst. Sie erzählen von unseren Ursprüngen: damit wir verstehen, wie wir wurden, was wir sind.«

»Ist das so? Sie mögen recht haben. Solange Sie darüber die Anforderungen unserer Zeit nicht vergessen. Geschichten sammeln ist die eine Sache, Handeln eine ganz andere. Sehen Sie, ich habe die letzten Jahre in Spanien zugebracht, im Bürgerkrieg. Ich kann Ihnen versichern, dass ich dort mehr über die Menschheit gelernt habe als aus allen Sagenbüchern unserer Epoche.«

»Oh, das glaube ich Ihnen aufs Wort! Aber muss sich das ausschließen: Theorie und Praxis, Früher und Heute?« Der Herr Doktor schüttelt den Kopf. »Denken Sie an das letzte Jahr, an die politischen Verwicklungen! Als Thiers und Konsorten dafür sorgten, dass unsere Nation zusammenrückte. Es war wie ein Weckruf! Plötzlich hatten deutsche Lieder und Heldensagen wieder Konjunktur. Wir Dichter konnten uns vor Anfragen kaum noch retten. Aber wenn es tatsächlich zum Krieg gekommen wäre, dann hätten auch wir am Rhein unseren Mann gestanden. Denken und Handeln – das schließt sich nicht aus, lieber Fürst.«

»Sie sind also einer von unseren Nationalbegeisterten«, knurrt Lichnowsky, sein Glas mit spitzen Fingern drehend. »Dachte mir gleich, dass Ihr Vollbart etwas Programmatisches hat. Aber in die härenen Gewänder unserer germanischen Vorfahren kleiden Sie sich nicht, oder?«

Wenn den dichtenden Garnisonsarzt diese Frage verletzt hat, lässt er es sich nicht anmerken. Statt einer Antwort wendet er sich mir zu und will wissen, ob ich tatsächlich Hermann heiße. Als ich bejahe, klatscht er in die Hände und ruft: »Wenn das mal kein Zufall ist, meine Herren!«

»Inwiefern?«

»Und Sie fahren nach Königswinter?«

»Ja, aber was hat das …«

»Genau dort will ich auch hin. Zu meinen Lieben.« Er stellt das leere Champagnerglas ab und rückt näher an mich heran. »Der Grund, warum ich mir Urlaub genommen habe, um diese Fahrt zu unternehmen, ist ein ganz besonderer. Ein exzeptioneller, für mich, für Preußen, für alle deutschen Länder!«

Lichnowsky und ich sehen ihn ratlos an.

»Das Hermannsdenkmal!«, ruft er aus und hebt beschwörend die Hände. »Das Denkmal für Hermann den Cherusker in Detmold. In zehn Tagen findet die Grundsteinlegung statt. Und wir aus Königswinter werden mit einer Abordnung dabei sein!« Der Blick, den er mir zuwirft, ist fast ein wenig neidisch. »Aber einen Hermann haben wir nicht in unseren Reihen. Wissen Sie was, junger Freund? Wenn ich mich nicht täusche, ähneln Sie unserem Ahnherrn sogar.«

»Wie bitte?« Vor Schreck lasse ich die Kinnlade fallen. »Wem ähnle ich? Hermann? Hermann dem Cherusker?«

»Ich würde sagen, ja.«

Nach einer Überrumpelungssekunde bricht Lichnowsky in Lachen aus. »Aber natürlich! Deshalb fühle ich mich schon seit Tagen so antirömisch gesinnt. Puzzi Cohen war es, der Varus und seine Legionen aus dem Land warf!«

»Ich heiße nicht Puzzi!«, platze ich heraus. »Ich heiße Hermann!«

»Und Sie sehen auch aus wie er«, nickt Dr. Müller. »Genau genommen sehen Sie aus wie das Standbild, das auf dem Denkmal thronen wird. Ich habe mir die Entwürfe vorlegen lassen. Sie gleichen ihm in der Tat wie ein Ei dem anderen. Diese schmalen, ebenmäßigen Gesichtszüge, die schönen Locken ... das markante Kinn, das etwas Bewuchs vertragen könnte ...« Prüfend lässt er seine Blicke über mich gleiten. Fehlt nur noch, dass er nach Bildhauermanier meinen Kopf in die Hand nimmt! Fürst Lichnowsky kann sich vor Lachen kaum halten.

»Ja, ich heiße Hermann«, entgegne ich wütend. »Aber mit den ollen Germanen habe ich nichts am Hut. Ich stamme von jüdischen Bankiers aus Hamburg ab.«

»Und in Paris hat er so viel französische Lebensart aufgeschnappt«, grinst Lichnowsky, »dass er nur noch Seidenkrawatten und Kaschmirwesten trägt.«

»Hermann«, beharrt der Mann aus Königswinter, »ist der deutscheste Name, den man sich vorstellen kann. Ich wäre stolz, ihn tragen zu dürfen, wenn ich am 8. September in Detmold den versammelten Landsmannschaften eine Grußbotschaft meines Heimatortes überbringe. Man hat nämlich mich ausgewählt, die entsprechenden Verse zu dichten.« Er setzt sich aufrecht – ein Riese von Mensch! »Dürfte ich Ihnen einige Passagen daraus zitieren?«

»Aber nicht ohne eine neue Flasche Champagner!«, ruft der Fürst und schickt seinen Diener.

»Mein Arzt hat mir eigentlich Ruhe verordnet«, flehe ich.

»Mit Recht«, nickt Müller. »Mit Recht. Darum will ich mich auf die Schlusszeilen beschränken, die da lauten: Einig Deutschland, fromm und frei – ›Hermann‹ sei das Feldgeschrei!«

»Sehr schön«, sage ich gequält. Lichnowsky verbirgt sein Amüsement hinter einem spitzenbesetzten Taschentuch.

»Von Detmold aus wird es einen Zug hoch zum Standort des Denkmals geben. Hunderte von Schützenabordnungen haben sich angekündigt, man rechnet mit über 10.000 Besuchern. Die würdigsten Fahnen natürlich, Kanonenschüsse und Hurrarufe. Für die Damen wird eigens eine Bühne aufgebaut sein.«

»In Westfalen soll es doch dauernd regnen«, murmelt Lichnowsky.

»Und nach der Grundsteinlegung gibt es Grußadressen aus allen Gauen des Landes. In dem Sinne, dass sich, wenn jemals eine fremde Hand Deutschlands Unabhängigkeit antasten wolle …«, Müller überlegt hüstelnd, »dass sich auf unserer Fürsten Ruf ein Wall wehrhafter Leiber bilde und der Feind ein ebenso schmachvolles Ende finde als … nein, dass der Feind ein schmachvolles Ende finde, so wie …«, noch einmal ein Hüsteln, »so wie des Varus Legionen, deren bleiche Gebeine zu Füßen des Teutoburger Waldes modern.« Er räuspert sich. »Entschuldigung, ich hatte einen Frosch im Hals.«

Wir schweigen.

»Das ungefähr wird der Sinn meiner kurzen Rede sein. Und danach gibt es Musik.«

Lichnowsky räkelt sich in seinem Stuhl. »Auf den Ruf der Fürsten, immerhin.«

»Selbstverständlich, lieber Fürst, ohne Ihren Stand geht nichts in Deutschland. Jedenfalls gibt es dann Musik, und ich habe die Ehre, den Chor verstärken zu dürfen. Das ganze Deutschland muss es sein – Sie kennen die Verse.«

Ich horche auf. Das ganze Deutschland? So lauteten doch die Zeilen, die Liszt zuletzt für Chor setzte! Professor Breidenstein kommt mir in den Sinn, wie er sie mit gespitzten Lippen zitierte. »Singen Sie zur Musik von Franz Liszt?«, frage ich Dr. Müller.

»Liszt? Nein. Ich weiß nicht, wer diesen Text vertont hat. Liszt war es jedenfalls nicht.« Er lacht gekünstelt. »Zu seiner Musik ließe sich auch kaum singen. Aber warum erzähle ich Ihnen das alles? Weil das Hermannsdenkmal, lieber Fürst, ein doppeltes Symbol ist: für unsere Wehrhaftigkeit ebenso wie für unsere Liebe zur Vergangenheit. Denken und Handeln! Beides gehört zusammen, unzertrennlich.«

»Ich brauche keine Symbole«, wehrt Lichnowsky ab. »Mir genügt der Status quo. Ça, ce n'est pas besoin pour moi.«

»Dann sind Sie auch gegen den Weiterbau des Kölner Doms?«

»Das ist eine andere Geschichte. Er steht ja schon zur Hälfte. Und so ein sauberes Gesamtkunstwerk ist mir allemal lieber als diese dreckige Ruine mitten in der Stadt.« Er schüttelt sich.

»Das freut mich zu hören«, meint Müller. »Meiner Meinung nach sollte man alle wichtigen Ruinen Deutschlands wieder aufbauen.«

»Ach!« Mir kommt ein Gedanke. »Sind Sie der Dichter, der die Restaurierung des Rolandsbogens veranlasst hat?«

Er schüttelt den Kopf. »Zu viel der Ehre, aber das war mein Freund Freiligrath. Dessen historische Überkorrektheit ich nicht so recht teile. Wenn schon restaurieren, warum dann nicht die gesamte Burg?«

»Sie hätten die Burg Rolandseck wiedererrichtet? Im Ernst?«

»Wer weiß? Unsere Zeit hat die Mittel und das Verständnis dafür. Frühere Generationen ließen diese Schätze verfallen. Wie das Heidelberger Schloss mit seinem Renaissancegarten, den man das achte Weltwunder nannte. Glauben Sie mir, junger Freund, sobald der Dom fertig ist, lassen wir auch Schloss und Garten am Neckar wieder auferstehen. Als Zeichen für Deutschlands ewige Größe.«

12

NACH DEM RUSSIGEN Häusergedränge in Köln, nach dem verwitterten Dom und den bemoosten Rheinruinen ist das Hôtel de l'Europe eine wahre Wohltat für meine Sinne. Ein schlichter Quaderbau mit gerundeten Ecken und einer großen Terrasse zum Rhein hin. Dasselbe Haus könnte auch am Seineufer stehen. Kein gotischer Türmchenwald à la Zwirner, keine germanische Triumphgeste. Bloß kühle, schnörkellose Eleganz.

An der Anlegestelle in Königswinter verlässt uns der dichtende Arzt mit Verbeugung. Seinem Händedruck nach zu urteilen, wird Dr. Müller hundert Jahre alt werden. Fast wehmütig sieht ihm Fürst Lichnowsky nach. »Er war so drollig, finden Sie nicht, mein Freund?«

»Drollig? Wenn er aus mir keinen Cherusker gemacht hätte, wäre er mir regelrecht sympathisch gewesen«, antworte ich mit so kläglicher Stimme, dass der Fürst in schallendes Lachen ausbricht.

Dabei ist mir gar nicht nach Klagen zumute, im Gegenteil. Was an Sorgen noch übrig war, hat Lichnowskys Champagner hinweggespült, mein Fuß ist ohne Schmerzen, die Sonne lacht. Vielleicht werde ich noch älter als der lange Müller!

Vorm Hotel macht uns Groyen seine Aufwartung. Natürlich ist er stolz, den Fürsten als Ehrengast begrüßen zu dürfen, wahrscheinlich zerreißt es ihn innerlich vor Genugtuung, doch er lässt sich nichts anmerken. Sein Schritt ist gemessen, seine Ehrerbietung verhalten: ein Geschäftsmann, kein Lakai. Schon seit 1830 führt Friedrich Carl, genannt Charles, Groyen den Gasthof Zum Rolandseck; jetzt, nach mehr als zehn Jahren, hat er sich endlich von seinem Vater Arnold emanzipiert, hat sein eigenes Hotel eröffnet, das man nur mit seinem Namen verbindet. Von den Geladenen erwähnt er den neuen Bürgermeister der Stadt, einen noch jungen Mann namens Mirbach, der sich außerordentlich freue, die Bekanntschaft von so illustren Herrschaften zu machen. Dafür habe Freund Freiligrath, der berühmte Dichter, absagen müssen.

Lichnowsky und ich werfen uns verstohlene Blicke zu. Schon wieder dieser Freiligrath! Hier am Rhein scheint jeder jeden zu kennen.

»Im Übrigen«, schließt Groyen seine Ansprache, »steht im Speisesaal ein Klavier zur Verfügung. Falls Sie, lieber Herr Herrmann, die Inspiration überkommt.«

»Das wird sie bestimmt«, meint Lichnowsky und schlägt mir auf die Schulter. »Aber zuvor habe ich mit Ihnen, Groyen, noch etwas zu besprechen.« Die beiden stecken die Köpfe zusammen; im Davonschreiten sehe ich den Hotelier ein ungläubiges Gesicht ziehen, sehe ihn nachfragen und in ein ehrfürchtiges Nicken geraten. Das scheint ja eine bedeutende Neuigkeit zu sein, die ihm der joviale Fürst da mitgeteilt hat!

Der Europäische Hof schwirrt vor Bediensteten. Im großen Saal zähle ich mehr als hundert Gedecke, das

Geschirr glänzt, in einem Heer von Gläsern fängt sich das Sonnenlicht. Dazwischen die Honoratioren vom Rhein, neugierige Touristen, Würdenträger und Gourmets. Goldene Uhrenketten über Wohlstandsbäuchlein, Glacéhandschuhe und Seidenkrawatten, die Bärte wohlgestutzt. So präsentiert es sich, das »hochverehrliche Publicum«, das Groyen per Inserat in allen Zeitungen zur Eröffnung geladen hat.

Sein Haus zu besichtigen, ist nicht nur möglich, sondern erwünscht. Die Besucher machen reichlich Gebrauch davon, was zu Gedränge auf Treppen und in Fluren führt. Ich gönne mir ein Viertelstündchen auf der Freiterrasse über dem Speisesaal. Lasse mir von einer frischen Brise das Haar in die Stirn wehen und meine Blicke schweifen. Einige Kähne treiben auf dem Wasser. Im Süden entschwindet unser Dampfer, eine schwarze Rauchwolke hinter sich her ziehend. Linker Hand liegt Rhönsdorf, der wohlhabende Steinhauerort, auf der anderen Rheinseite das Dorf Mehlem, per Fähre erreichbar. Plötzlich eine Bewegung am Fuß der Terrasse: Da schleppt ein Mädchen zwei Eimer Wasser zum rückwärtigen Teil des Gebäudes, und dieses Mädchen ist niemand anderes als die Kleine vom Rolandsbogen. Als verfolgte sie mich, die junge Wildkatze! Dann fällt mir ein, dass sie am letzten Sonntag im Gespräch mit mir den Namen Groyen erwähnte. Vielleicht gehört sie zu seinen Bediensteten, ist die Tochter der Köchin oder des Stallknechts. Weit scheint der Heroismus ihres Großvaters die Familie nicht gebracht zu haben.

Jetzt strömt alles zum Speisesaal. Die Table d'hôte wird eröffnet, Champagner gereicht. Mein drittes oder viertes Glas an diesem Tag! Eine Kapelle spielt auf, mit einem leidlich begabten Geiger und einem schüchternen Klarinettisten. Dafür traktiert der Pianist sein Instrument in der allerbanalsten Weise; mehr als Begleitakkorde hat er nicht zu bieten, und wenn er einmal die Melodie übernimmt, muss man um seine Fingernägel fürchten.

Fürst Lichnowsky, der neben mir sitzt, zieht die Brauen nach oben. »Andernorts kommen die Ochsen auf den Teller, hier setzt man sie ans Klavier.« Da er keineswegs leise spricht, wird seine Bemerkung von Tisch zu Tisch weitergetragen. In Wellen hüpft das Gelächter durch den Saal.

»Darf man erfahren, was Sie mit Groyen zu besprechen hatten?«, raune ich ihm zu.

»Bedaure. Staatsgeheimnis! Allerdings eines, das sich im Laufe des Tages noch lüften wird.«

»Hat es mit Politik zu tun?«

»Fast. Eher nein. Ihnen ist wohl entgangen, welche Persönlichkeit sich gestern im Großen Rheinberg einquartiert hat.«

Mehr lässt sich Lichnowsky nicht entlocken. Wenn ich ihn recht verstehe, erwarten wir also noch einen weiteren Ehrengast. Gut, sollte ich nachher meine pianistischen Künste zur Schau stellen, kommt mir jeder illustre Zuhörer gelegen.

Den italienischen Salat und den Rhein-Salm verpasst der gute Mann allerdings. Mit ihnen beginnt die Menüfolge, wie uns die auf den Tischen ausliegende Speisekarte verrät. Mein Gegenüber, ein Fabrikant aus dem Bergischen, freut sich besonders auf den westfälischen Schinken mit dicken Bohnen; der ihn flankierende Bürgermeister von Königswinter erkundigt sich, womit das gefüllte Geflügel gefüllt sei. Mir dagegen fällt ein zweites Blatt Papier in die Hände, unauffällig neben den Gedecken platziert, dessen kulinarisches Tableau sich auf die Erwähnung von Rheinwein und Trauben beschränkt.

»Glücklich fürwahr ist das Leben am Rhein«, lese ich. »Was hat das zu bedeuten? Poesie zwischen den Gängen?«

»Besser: ein Lied«, klärt mich der rotwangige Fabrikant auf. »Einen solchen Tag sollte man nicht ohne Gesang begehen.«

»Sie meinen, wegen der Verdauung?«, vermutet Lichnowsky.

»Auch. Und natürlich wegen der Gesinnung. Verdauung, Gesinnung – in dieser Hinsicht macht uns Deutschen so schnell keiner was vor.«

Hotelier Groyen scheint derselben Meinung. Im Verlauf seiner kleinen Begrüßungsrede zieht unser Gastgeber eine direkte Verbindungslinie vom Appetit einer Nation zu ihrer moralischen Überlegenheit. Nur wer gut isst, erklärt der erfahrene Wirt, lebt gut, und nur wer gut lebt, verhält sich gut. »Weswegen ich, schon aus nationalem Interesse, ergebenst darum bitte, mich auch an den folgenden Tagen mit zahlreichem Zuspruch zu erfreuen, da ich es mir angelegen sein lassen werde, allen an mich zu stellenden Anforderungen in jeder Beziehung auf das sorgfältigste und billigste zu entsprechen. Herzlichen Dank.«

Groyen, das Manuskript seiner Ansprache einsteckend, verbeugt sich, der Applaus schwillt an und mündet nahtlos in den ersten Verdauungschor vom Leben am Rhein. Glücklich fürwahr! Wie eine Lasur dringt der vielstimmige Sang in die schweren Eichenbohlen der Decke ein, tränkt die Dielen und überzieht die Wände mit heiterem Firnis. Früher weihten die Priester ein neues Haus, hier sind es die Choristen des Rheins. Auch Lichnowsky singt aus voller Kraft mit, und es ist nicht zu entscheiden, ob seine falsche Intonation jugendlichem Übermut oder bloßer Unkenntnis der Melodie entspringt.

Dann wird gespeist. Die Wildpasteten sind vorzüglich, es hagelt Elogen auf Groyens Koch. Nur ich werde mit jedem Bissen trübsinniger, ich kann nichts dagegen tun. Lässt die Wirkung des Champagners nach? Meine Gedanken schweifen in die Ferne, in die Zukunft, hin zu jenem Tag, an dem es meiner Erkrankung gefallen mag auszubrechen. Bis zu drei Wochen dauert es, hat Kovács gesagt, bevor sich die Symptome der Tollwut zeigen. Drei Wochen! So lange kann ich mich unmöglich von Lichnowsky aushalten lassen. Schon heute werden wir uns trennen, Franz ist noch immer unterwegs, und wer weiß, wann ich einen von beiden wiedersehe. Ich werde das ungarische Teufelsgebräu ein zweites Mal einnehmen müssen, davor graut es mir schon.

»Diesen Pianisten sollte man Spießruten laufen lassen«, meint Lichnowsky, und wieder pflanzt sich seine Bemerkung über die Tische hinweg fort. Unter dem Gelächter der Anwesenden, versteht sich. Die Musiker, ohne den Grund für die allgemeine Heiterkeit zu kennen, legen sich desto mehr ins Zeug. »Bitte, lieber Hermann«, fügt der Fürst an, »erlösen Sie uns von dieser Qual!«

Schweigend blicke ich auf meine Finger, durch die vielleicht schon das Gift strömt.

Lichnowsky tätschelt meine Hand. »Ich flehe Sie an, junger Freund!«

»Und wer erlöst mich?«, gebe ich zurück.

Da bricht er in Lachen aus.

Bürgermeister Mirbach spricht einige Grußworte; der Nachtisch wird aufgetragen und für gut befunden. Launige Bemerkungen über Groyens hübsche Dienstmädchen machen die Runde. Der Fabrikant aus dem Bergischen versichert, er sei nur wegen ihnen hier; schade, dass man sie heute nicht zu Gesicht bekomme. »Wir sollen sie nicht haben!«, ruft daraufhin einer durch den Saal, und alles außer mir hält sich die Seiten vor Lachen. Sauertöpfische Kellner schenken Wein nach.

Nach einem feierlichen Toast auf den preußischen König, dargebracht durch Groyens jüngsten Sohn, folgt eine nicht weniger effektvolle, vor allem aber humoristische Einlage mehrerer Königswinterer Honoratioren.

Ausgehend vom Nachnamen des Hoteliers, wird die Eroberung des deutschesten aller deutschen Flusstäler durch die Groyen'schen Truppen geschildert und der dazugehörige Schlachtenlärm mit Löffeln und Gabeln fabriziert. »Auch Königswinter nimmt er ein, denn ganz Europa muss es sein.« Ein Michel mit übergroßer Schlafmütze soll gegen die Franzosen ins Feld ziehen; gegen die Franzosen, hört, hört, heißt es augenzwinkernd. Als er sich daraufhin erst einmal zwischen den Beinen kratzt, ist das Gejohle im Publikum groß. Général Groyen setzt dem wackeren Krieger eine Auswahl seiner besten Gerichte vor, und schon ist der hungrige Deutsche besiegt. »So ward der Rhein zur Colonie. Vivat Groyen – bon appétit!« Gerührt zieht der Gastwirt die Darsteller reihum an seine Brust.

Auch Lichnowsky und ich applaudieren heftig. »Klären Sie mich auf, Hermann«, raunt mir der Fürst zu. »Sind wir gerade Zeuge einer Demonstration von Selbstironie geworden?«

»In Ansätzen, ja.«

»Ehrlich gesagt, hielt ich unsere Landsleute in dieser Hinsicht stets für resistent.«

»Und wenn das Stück in Detmold gezeigt würde? Mit Dichter Dr. Müller in der Hauptrolle? Wären Sie dann überzeugt?«

Er schmunzelt. »Dann ja.«

Sollte bei der Darbietung jedoch tatsächlich ein Hauch Ironie im Spiel gewesen sein, so hat er nicht lange Bestand. Das anschließende Musikstück fegt ihn gleichsam zur Hoteltür hinaus. Während die Kapelle die ersten Takte intoniert, greifen alle nach dem vorbereiteten Zettel. »Sie kennen doch gewiss Beckers Rheinlied«, flüstert mir der Fabrikant zu. »Den Franzosen müssen die Ohren geschlackert haben, als dieser Sang über den Rhein schallte.« Er zeigt auf den zweiten Liedtext, und nun verstehe ich endlich den Witz von vorhin. »Sie sollen ihn nicht haben, den freien deutschen Rhein, ob sie wie gierige Raben sich heiser danach schrei'n …«

»Ich bezweifle, dass da etwas geschlackert hat«, erwidere ich und gebe dem Mann das Blatt zurück.

»Höchstens der Bauch«, ergänzt Lichnowsky, »und zwar vor Lachen. Verstehen Sie mich nicht falsch, mein Bester, aber kernige Appelle bewirken bei einem Franzosen genau das Gegenteil. Bei Französinnen erst recht! Wobei ich nichts gegen ein gewisses Maß an Nationalenthusiasmus gesagt haben will. Jeder Mensch braucht ein Steckenpferd, eine Beschäftigung für die langen Winterabende, und zurzeit ist nun einmal das Deutschtum sehr in Mode. Mir soll das recht sein, ich befürworte es ausführlich, wenn meine Untertanen fremde Völker abschlachten statt ihre eigenen gekrönten Häupter.«

Seine letzten Worte gehen im anschwellenden Gesang unter. Nein, zum Schlackern ist der Text dieses Liedes wahrlich nicht. Die Inbrunst, mit der die über hundert Männer den deutschen Rhein beschwören, schon eher. Schau an, jetzt erheben sie sich sogar! Einer nach dem anderen springt von seinem Stuhl hoch, auch der Fabrikant aus dem Bergischen, der junge Bürgermeister, der Greis schräg gegenüber, der Versehrte mit der Krücke … Ich stehe ebenfalls, harmoniebedürftig, wie ich bin, und nur Lichnowsky leert mit einer bestürzenden Seelenruhe sein Glas, ein Schmunzeln im Mundwinkel, Verachtung im Blick.

Hochrufe schallen durch den Saal. Vivat Deutschland! Vivat Friedrich Wilhelm, König von Preußen!

»Die Hüfte«, erklärt Lichnowsky dem Bürgermeister, allerdings nicht ohne ein Augenzwinkern. »Sie verhindert jegliches rasche Aufstehen. Vor allem bei Mahlzeiten.«

»Interessant«, murmelt der Mann.

Endlich legen die Musiker eine Pause ein. Die Melodie des Rheinlieds noch im Ohr, tupfe ich mir den Mund ab und stehe auf. Besonders reizvoll ist das Liedchen nicht, aber seit wann braucht man für ein paar Variationen eine reizvolle Vorlage? Drei Dur-Akkorde und eine Moll-Parallele tun es auch. »Magnifique!«, ruft mir der Fürst nach. »Enfin, Puzzi, vielen Dank!«

Eine kurze Eröffnungsfanfare, schon genieße ich die Aufmerksamkeit des ganzen Saals. Nur die Wenigsten werden wissen, dass der junge Kavalier an Lichnowskys Seite ein zweiter Liszt ist. So wie Liszt der erste Puzzi war – aber das weiß erst recht keiner. Le petit Litz, der putzige kleine Monsieur, mit zwölf Jahren im großen Paris. Ganz wie ich. Und ganz wie er gestalte ich meine Einleitung, vielleicht etwas weniger gewagt, wir befinden uns schließlich in Königswinter, nicht in Paris; ganz wie er harmonisiere ich die Liedmelodie, umspiele sie, beziehe die linke Hand mit ein, lasse beide Hände zwischen den Bass- und Melodietönen hin- und herrauschen. Bloß ein paar Taschenspielertricks, aber das Publikum jubelt. »Jetzt eine Variation in Moll«, kündige ich an und bemerke aus dem Augenwinkel, dass Lichnowsky den Saal verlässt. Ist er wütend? Weil ich den dummen Propagandagesang zum Gegenstand meines Konzerts gewählt habe? Dumm ist nur der Text, die Musik niemals. Also weiter. Ein paar gebrochene Akkorde, die sich sehr virtuos anhören, bei der Wiederholung durch chromatische Vorhalte ergänzt. Noch einmal Akkorde, mit übergreifender linker Hand. Da gaffen sie aber! Und erst das Oktavengewitter im Wechsel beider Hände, wie Franz es mich gelehrt hat. Nein, solche Kanonaden kennt man in den kleinen Städten am Rhein nicht. Gut, lassen wir es dabei; noch ein langer Doppeltriller mit Melodiefragmenten im Bass, eine Kadenz, wie man sie in der Scala gerne hört – und Fine applaudando!

Danke, meine Herren. Nicht der Rede wert. Gern geschehen. Habe die Ehre.

Als ich mich endlich aus der Schar der Bewunderer lösen kann – auch Groyen hat mir ergriffen die Hand geschüttelt –, mache ich mich auf die Suche nach dem Fürsten. Er sei nach oben gegangen, verrät mir ein Kellner, doch auf der Terrasse finde ich ihn nicht. Stattdessen das Mädchen mit den grünen Augen. Auf den Knien rutschend, einen Putzlappen in der Hand, ist es eben dabei, die Hinterlassenschaft von Tauben zu beseitigen, bevor sie antrocknet. Das schöne neue Hotel, und schon von den Vögeln in Beschlag genommen! Aus einem der Zimmer in der obersten Etage sind die spitzen Schreie einer Frau zu hören. Ja, die Zimmermädchen von Groyen! Ich wische mir den Schweiß von der Stirn.

»Warst du das?«, fragt die Kleine, ernst wie immer.

»Was denn?« Ich zeige auf den Boden der Terrasse. »Wenn du das meinst, würde ich eher auf Tauben tippen.«

»Die Musik eben.«

»Ja, das war ich. Hat es dir gefallen?«

Sie überlegt. »Nein«, antwortet sie schließlich. »Nicht sehr.«

»Oh, vielen Dank! Für dich muss es wohl Liszt persönlich sein?«

»Wo ist er?«

»Fort. In Frankfurt oder Koblenz, was weiß ich.«

»Und wann kommt er zurück?«

»Keine Ahnung. Vielleicht nie wieder.«

Ich kann nicht sagen, warum ich ihr eine derart alberne Antwort gebe. Vielleicht aus Ärger über ihre Unverschämtheit, die Unverschämtheit eines naiven Gemüts. Ihre Reaktion jedenfalls verblüfft mich: Sie schreit auf, springt auf die Füße und wirft dabei den Putzeimer um. »Nie wieder?«, gellt ihr Ruf über die Terrasse, über den Rhein. »Niemals, sagst du?« Mit weit aufgerissenen Augen starrt sie mich an.

Noch bevor ich reagieren kann, stürmt Lichnowsky auf die Terrasse. Sein Ärger ist unübersehbar. Ohne näheren Grund bringe ich seinen wütenden Gesichtsausdruck mit den empörten Schreien aus dem oberen Stockwerk in Verbindung. Auf dem feuchten Boden rutscht er aus, wäre fast gestürzt. Den umgeworfenen Eimer wahrnehmen und die Reitpeitsche aus dem Gürtel ziehen, ist für ihn eins. Im nächsten Moment prügelt er mit dem Griff der Peitsche auf das Mädchen ein.

»Du verdammter Bastard«, brüllt Lichnowsky wie im Rausch. »Du ekelhaftes Stück Dreck!« Die Kleine hält die Hände schützend über den Kopf. Lichnowskys Schläge treiben sie bis zum Geländer. »Immer dieser Dreck!«, tobt er weiter. »Dieser Schmutz überall! Du wolltest mich wohl in der Scheiße liegen sehen, was? Du stinkende kleine Bestie!«

»Fürst!«, rufe ich und greife nach seinem Arm. »Halten Sie ein! Sie kann nichts dafür!«

Rüde stößt er mich weg. Auch wenn die Peitsche eher ein Spielzeug ist und der Griff höchstens daumendick, hinterlässt jeder Treffer einen roten Striemen auf der Haut des Opfers. »Kann nichts dafür?«, schäumt er. Furchterregend glüht seine Haut unter dem dunklen Schnurrbart. »Nie kann jemand etwas dafür, Hermann! Wir sind alle Sünder. Aber dieser Gestank, dieser Dreck, das kann ich nicht ertragen! Das muss man ausrotten, ausmerzen muss man das!« Und weiter fallen seine Schläge auf die Arme und den Rücken des Mädchens – bis es mir endlich gelingt, sein Handgelenk zu packen und festzuhalten. Von ferne dringt der Lärm eines Rheindampfers an mein Ohr.

Als er mir in die Augen blickt, schaudert es mich. Ich, ein erbärmlicher Jude aus Hamburg, falle dem Spross eines unserer ältesten Adelshäuser in den Arm!

»Wage es nicht«, knirscht er zwischen den Zähnen hervor. »Nimm deine dreckigen …«

»Man kommt«, flüstere ich und lasse ihn los.

Noch einen Moment verharrt sein Blick wie eine Flamme auf mir, dann strafft er sich. Die Peitsche wird weggesteckt. Im Nu füllt sich die Terrasse mit Gästen. Strahlende, satte, von der Mühe des Essens durchgeschwitzte Gäste. Freudig erregt eilt Groyen auf Lichnowsky zu: »Wunderbar, lieber Fürst! Sie haben mir nicht zu viel versprochen. Das Schiff Seiner Exzellenz ist schon in Sicht.«

»Wie ich Ihnen sagte«, antwortet Lichnowsky knapp. Er zieht ein Spitzentaschentuch hervor und fährt sich damit über die Stirn.

»Unsere Kanonen stehen bereit. Diese Überraschung ist wirklich gelungen. Sie hätten die Mienen meiner Gäste sehen sollen, als ich ihnen eben verkündete, wer gleich an uns vorbeifahren wird!«

Verfolgt von Lichnowskys Blicken, entferne ich mich ein paar Schritte und schaue über den Rhein. Gegen die Flussrichtung nähert sich ein Dampfboot. Mir fällt auf, dass es mit ungewöhnlich vielen Wimpeln und Flaggen geschmückt ist, mehr noch als zuletzt bei Franz, und dass es sich nahe an unserem Ufer hält. Weitere Einzelheiten kann ich nicht erkennen.

»Herzlichen Dank für diese unerwartete Zugabe«, wirft sich nun der Bürgermeister von Königswinter ins Zeug. »Das ist ein Glückstag für unsere Stadt!«

»Glücklich fürwahr«, ergänzt ein ganz Pfiffiger.

Lichnowsky nickt wortkarg. Von der Kleinen ist nichts mehr zu sehen. Wahrscheinlich hat sie zwischen den Beinen der Honoratioren das Weite gesucht, Taubendreck hin oder her.

Auf dem Schiff zeigt sich eine größere Gruppe von Menschen. Man schaut zu uns herüber. Ein Halt in Königswinter scheint nicht vorgesehen, doch weiß man offensichtlich von der Einweihungsfeier.

»Achtung!«, schallt ein Ruf vom Hotelvorplatz.

Die Kanonen werden gezündet. Drei Mal kracht es über dem Rhein – und drei Mal antworten die Kanonen vom Schiff herüber. Schaulustige finden sich am Ufer und der Anlegestelle ein. Beiderseits wird gewunken. Die auf dem Boot nehmen Taschentücher zu Hilfe.

»Vivat!«, schreien die Gäste des Hôtel de l'Europe. »Vivat Metternich! Ein Hoch dem Fürsten vom Rhein!«

»Metternich?«, frage ich den neben mir Stehenden. »Er ist dort auf dem Schiff? Clemens Graf von Metternich?«

»So ist es«, erwidert der Mann stolz. »Groyen hat erfahren, dass er heute von Köln nach Koblenz fährt.

Und Fürst Lichnowsky ist es zu verdanken, dass uns der Minister einen Gruß zukommen lässt.«

Tatsächlich, jetzt kann man mit bloßem Auge eine dünne schwarze Gestalt im Heck des Schiffes erkennen, die uns mit der Hand zuwinkt. Das also ist Metternich, Österreichs Außenminister, der Mann, von dem man sagt, er könne die Welt anhalten.

»Vivat!«, ertönen die Rufe. Groyens altersloses Gesicht glänzt vor Freude.

Langsam zieht der Dampfer vorbei. Jetzt kann ich sogar seinen Namen lesen: Ludwig II. Schwarz der Rauch, der aus seinem Schornstein dringt, schwarz wie die mächtige, schmächtige Gestalt hinten im Heck. Ich habe diesen Metternich immer für eine Figur der alten Zeit gehalten, und er ist ja auch alt; aber da fährt er auf einem modernen Dampfschiff, macht sich auf den Weg zu einer neuen Staatsaktion, in ein neues Jahrzehnt. Ob er es überleben wird, der alte Mann? Mein Blick fällt auf Fürst Lichnowsky, der noch immer mit finsterem Blick am Geländer steht. Ob er es überleben wird, der junge Mann?

In diesem Moment wird mir klar, dass die Kleine unter all den Schlägen nicht ein Mal geschrien hat. Nicht ein einziges Mal.

Dritter Teil

Das Mädchen

Berlin, 19. Juli

Gestern Nachmittags, nach einer drückenden Schwüle von +26° im Schatten und +36° in der Sonne, unmittelbar nach dem Ende einer partiellen Sonnenfinsterniß (3 Uhr 59 Min.), zogen sich gegen Westen und Südwesten drohende Gewitterwolken zusammen. Bald rückten die Wolken im schnellen Fluge auf unsere Hauptstadt vor, wobei sich eine Menge Electrizität entlud, daß man nur bei 2 oder 3 Blitzen Donner vernahm. Auf einmal brach ein die Gewitterwolken, welche in 2 Abtheilungen hinter einander hertrieben, begleitender Orkan (eine Windhose) los, welcher zunächst auf eine merkwürdige Weise den Straßenstaub aufwirbelte und über die Stadt hinausjagte. Die Richtung des Windes ging von S. nach N., und auf der Nordseite der Stadt war denn auch diese Staubwolke der Art, daß man von dem Fenster aus auch die nächsten Gegenstände nicht zu erkennen vermochte. Alles war eine röthliche, braun-dunkle Masse, die ein beängstigendes Licht verbreitete und selbst noch in den höchsten Stockwerken und durch die Bodenlucken den Sand hineintrieb. Der sausende Orkan war dabei so heftig, daß er Menschen umwarf und die stärksten Bäume zerbrach. Dieses Unwetter hielt eine geraume Zeit an, und der starke Wind wohl eine Stunde, wobei viel Schaden angerichtet worden ist.

Kölnische Zeitung, 1841

1

Dass sich der September seinem Ende zuneigt, macht mir auf schmerzhafte Weise eine Rosskastanie klar, die mir an einem windigen Morgen auf den Hinterkopf plumpst. Fast noch größer als der Schmerz ist das Erschrecken. Da wähnt man sich auf Nonnenwerth dem Himmel schon so nah, und doch drohen die schlimmsten Gefahren von oben! Wütend versetze ich dem braunen Attentäter in seiner aufgeplatzten Stachelhülle einen Tritt. Kollernd schießt er über den Weg, weiter und weiter, bis er schließlich vor einem Paar Schuhe zum Stillstand kommt. Der Mann, dessen Füße in den Schuhen stecken, ist genau so überrascht wie ich.

»Franz!«, rufe ich. »Du bist wieder hier?«

»Puzzi!« Er steht wie vom Donner gerührt. Dann setzt er sich in Bewegung, fährt seine langen Beine aus, stockt plötzlich, als besinne er sich meines Zustands, eilt weiter. Ich rühre mich nicht, keinen Zentimeter. Die getroffene Stelle an meinem Kopf schmerzt.

Endlich hat er mich erreicht und schließt mich in die Arme. »Mein Freund!«, sagt er, meinen Rücken mit beiden Händen bearbeitend.

»Wo warst du die ganze Zeit, Franz?«

»Unterwegs.« Er lässt mich los, tritt einen Schritt zurück und mustert mich prüfend. »Deshalb fühle ich mich auch miserabel. Du dagegen siehst blendend aus, mein Lieber, sehr gut sogar.«

»Tue ich das?«

»Annette hat uns schon vorgewarnt, dass du die Wochen auf Nonnenwerth zur Erholung genutzt hast.« Er schlägt mit dem Handrücken leicht gegen meinen Bauch. »Wenn mich nicht alles täuscht, hast du sogar zugenommen.«

Ich schiebe seine Hand weg. »Hat sie sonst noch etwas gesagt?«

»Wer?«

»Annette. Maries Kammermädchen.«

»Nein, was soll sie gesagt haben? Dass deine Wunden gut verheilt sind und dass du regelmäßig Kovács' Mittel einnimmst.«

»Zwei Mal. Ich habe es bloß zwei Mal genommen. Das Zeug schmeckt entsetzlich.«

»Das muss es auch«, lacht er, doch sein Lachen klingt forciert. »Sonst hilft es ja nicht, das alte Tatarenrezept.«

Ich streiche mir das Haar aus der Stirn. »Und du? Waren deine Konzerte erfolgreich?«

»Nicht alle. Eher zahlreich als erfolgreich. So allmählich dürfte mich jeder Bewohner des Rheintals einmal in seinem Leben spielen gehört haben. Vielleicht lassen sie mir nun meine Ruhe.« Er legt eine Hand auf meine Schulter. »Aber glaub mir, Hermann, wenn ich nicht gewusst hätte, dass es dir gut geht, hätte ich nicht spielen können.«

Einen Moment lang bin ich sprachlos. Dann entziehe ich mich ihm. »Was sagst du?«, rufe ich. »Dass es mir gut geht? Verdammt, Franz, seit dem Tag in Köln geht es mir schlecht! Schlecht, hörst du? Ich fühle mich elend, hundeelend, um genau zu sein. Und mein Zustand hat sich während all dieser Wochen nicht im Geringsten verbessert.«

»Aber warum?«, erwidert er mit einem Lächeln, das Unsicherheit verrät. »Die Tollwut hast du dir ja nicht eingefangen.«

»Ach, das habe ich nicht? Woher willst du das wissen? Du warst schließlich unterwegs. Ich hatte alle Symptome, von denen dein Landsmann sprach. Kopfschmerzen, Gliederschmerzen, Mattheit, Melancholie – einfach alles!« Brüsk wende ich mich ab und dem Fluss zu, der rasch wie immer um die Insel strömt. »Glaub mir, Franz, ich habe mich noch nie so elend gefühlt wie in diesen Tagen. Es gab Stunden, in denen ich kurz davor war, mich in den Rhein zu stürzen.«

Stille. Nur sein schwerer Atem ist hinter mir zu hören. Da haben meine Worte ja den gewünschten Eindruck gemacht. Endlich tritt er an meine Seite, blass und zögernd. »Was wolltest du denn im Fluss, Puzzi?«, grinst er gegen seine Verunsicherung an. »Wo doch so viele Rheintöchter am Ufer auf dich warten.«

Ich schweige.

»Hör zu, es tut mir leid, dass ich nicht hier sein konnte, um dich zu pflegen. Ich habe Felix gebeten, nach dir zu sehen.«

»Lichnowsky, ja. Ein Fremder.«

»Und er erzählte mir, dass du in seiner Obhut regelrecht aufgeblüht bist. Keine Spur von Erkrankung!«

»Ein wahrer Menschenkenner, dein Fürst!«

»Was hätte ich denn tun sollen?« Er wird ungeduldig. »Du weißt, wie vielen Verpflichtungen ich nachkommen musste. Die Konzerte in Koblenz und Mainz waren fest zugesagt, ich konnte sie nicht absagen. Und als ich Mitte September für ein paar Tage auf der Insel war, habe ich dich nicht angetroffen.«

»Da war auch ich ausnahmsweise einmal unterwegs. Hielt es nicht mehr aus, so ganz ohne Ablenkung. Die Einsamkeit auf dieser Insel macht einen noch ganz verrückt!«

»Einsamkeit?«, lacht er spöttisch. »Wovon sprichst du?«

»Ohne euch war es einsam! Keine Verehrer, keine Liedertafel, kein Dampfboot aus Köln. Nichts! Ich bin aus lauter Langeweile wohl hundert Mal vom einen Ende der Insel zum anderen gewandert. Irgendwann fing ich an, mich mit den Bäumen zu unterhalten.«

»Beneidenswert«, seufzt er.

»Beneidenswert?«, fahre ich auf. »Was ist daran beneidenswert? Weißt du, was dein Fehler ist, Franz? Du denkst immer nur an dich! Immer nur an deine Bedürfnisse! Versetz dich einmal in meine Lage: Ich bin auch Pianist, ich könnte stundenlang konzertieren, aber die Leute wollen ja ausnahmslos dich hören! Und kaum bist du für ein paar Wochen unterwegs, kräht kein

Hahn mehr nach Nonnenwerth und den Menschen, die dort leben. Verdammt, es ist *nicht* beneidenswert, mit Bäumen zu reden! Es ist ein Ausdruck von Verzweiflung, verstehst du?« Einmal wütend mit dem Fuß aufstampfen – und dann weg von hier!

»Puzzi!«, ruft er mir nach. Nein, mit einem solchen Ausbruch hat Franz nicht gerechnet. Um unserer Freundschaft und seines schlechten Gewissens willen sieht er sich gezwungen, hinter mir her zu eilen. Immer wieder verweht der Wind seine Worte. »Nun warte doch! Natürlich bist du Pianist, wer wollte das bestreiten? Die Leute … du weißt, es gibt Moden, sie rennen Sensationen hinterher, und momentan bin ich derjenige, dem sie … Deine Zeit wird kommen, da bin ich ganz sicher, wenn du ernsthaft weiterarbeitest.«

»Wie soll ich arbeiten, wenn ich krank bin?« Abrupt bleibe ich stehen. »Und nenn mich um Himmels willen nicht mehr Puzzi!«

Er hält ebenfalls inne. Seine Hände, nutzlos geworden, streichen über die Aufschläge seines Rocks. Ich sehe, dass er wieder den Ring mit dem Totenkopf trägt. Sein Blick fällt auf das welke Laub, das zusammen mit den Kastanien den Boden bedeckt. Ein Windstoß, und alles wirbelt durcheinander.

»Es wird Herbst«, sagt er ruhig. »Man muss seine Fehler korrigieren, bevor es zu spät ist. Deshalb bitte ich dich um Verzeihung, Hermann. Es ist meine Schuld, dass du dich krank fühlst. Der Ausflug nach Köln, die Domführung und vor allem diese verrückte Idee, die

Gesellschaft zu verlassen ... Ich mache mir die grässlichsten Vorwürfe!«

Zufrieden verfolge ich seine Selbstgeißelungen. Wer könnte von sich behaupten, den großen Liszt jemals so reumütig gesehen zu haben? Mein Bein schmerzt schon lange nicht mehr. Und ob ich tatsächlich die Krankheit in mir hatte – ich weiß es nicht. Die Vorstellung jedenfalls hatte ich in mir, und das war fast genauso schlimm. Sie sog alles auf, was sich in den vergangenen Monaten in mir angesammelt hatte, alle Ängste, alle Hoffnungen, allen Selbsthass. Nach dem Streit mit Lichnowsky kam ich abends alleine hier an. Schneider sagte mir, mein Zimmer sei einen ganzen Monat im Voraus bezahlt. Den ganzen September! Ich brauchte ihn nicht zu fragen, wer das veranlasst hatte. Zwei Tage später bekam ich Fieber und Schüttelfrost, es fühlte sich an wie eine hundsgewöhnliche Grippe, aber ich war deprimiert und wehleidig und rief nach einer zweiten Ration des ungarischen Wundermittels. Korf brachte sie mir. Genau wie in Köln spie ich die Hälfte wieder aus und mit ihr die Hoffnung auf Gesundung. Nach einigen Tagen jedoch ging das Fieber zurück, auch die Kopfschmerzen verschwanden. Äußerlich war ich also wiederhergestellt. Aber sonst! Ich litt, ohne zu wissen, woran. Vergrub mich in mir selbst, bis ich hörte, dass Marie, die Franz nach Frankfurt begleitet hatte, auf der Insel sei. Auf meinen schriftlichen Wunsch, sie zu sehen, ging sie nicht ein; ich hatte die Bitte wohl zu direkt vorgebracht.

Stattdessen schickte sie Annette, ihr Zimmermädchen, die mir ihre Genesungswünsche übermittelte. Auch gut – hielt ich mich eben an Annette! Sie genoss es und gelobte Stillschweigen. Für mich war es nur ein kurzer Trost. Meine Niedergeschlagenheit kehrte zurück, ich ließ die Tage willenlos an mir vorbeiziehen, stand am Ufer und starrte in die Fluten. Einmal steckte ich einen Fuß ins Wasser, um zu sehen, ob es mich mit Gewalt hinunterzöge, aber es war bloß nass und kalt. Viel zu prosaisch, um ein junges, angeblich so vielversprechendes Leben zu beenden. Was für ein hässlicher Tod, dieses Ertrinken, da mochte Brentano noch so hübsch reimen. Kein Schlussstrich also. Die Verzweiflung war nicht stark genug, die Entschlossenheit erst recht nicht. Es blieb bei dem müden Kampf gegen die Langeweile und den Ekel vor mir selbst.

»Bist du wenigstens zum Komponieren gekommen?«, erkundigt sich Franz.

»Nein. Da waren zu viele Gedanken.«

»Gedanken?«

»Ja.«

Er nickt. »Ich kenne das. Es gab eine Zeit in meinem Leben, ich war etwas jünger als du jetzt, da war ich völlig allein mit meinen Gedanken. Es zerriss mich geradezu vom Kopf her. Mein Vater war gestorben, ich kannte Marie noch nicht, ein einsamer junger Mann. Wenn ich etwas komponieren wollte, fiel mir nichts ein. Ich sah nur einen Ausweg: Priester zu werden.« Eine Pause einlegend, merkt er plötzlich, dass ich wortlos, mit verschränkten Armen dastehe und ihm grimmige Blicke zuwerfe. »Was ist los, Hermann?«

»Du redest schon wieder von dir!«, blaffe ich ihn an. »Priester, Marie – was soll ich damit anfangen? Verdammt, es gibt noch andere Menschen auf dieser Welt außer dir!«

»Herrgott, ja!«, schreit er auf und wirft zornig seine Arme in die Höhe. »Ich versuche doch nur, dir zu helfen! Ich weiß, dass ich ein Egoist bin, ein selbstsüchtiger Narziss! Deshalb wollte ich ja damals Priester werden. Was soll ich sonst tun?« Er schnappt nach Luft, versucht seinen Atem zu kontrollieren. »Was soll ich tun? Ich kenne meine Fehler, Hermann, ich kenne sie alle. Und ich werde mich bessern.« Kurzer Blick über die Schulter, zum Gasthof hinüber. »Komm, lass uns etwas trinken und über deine Zukunft sprechen. Über deine, hörst du? Und zwar draußen, solange es noch warm genug ist. Die Leute sollen uns zusammen sehen, dich und mich. Damit sie wissen, dass wir zueinander gehören. Komm!« Er gibt mir einen aufmunternden Klaps auf die Schulter.

Ein bisschen ziere ich mich, der Schein muss ja gewahrt bleiben. Aber natürlich lasse ich es mir gern gefallen, zum Kaffee oder Tee mit Franz gedrängt zu werden. Zueinander gehören – ein großes Wort! Wenn er es hielte, hätte sich der vermaledeite Hundebiss doch noch gelohnt.

Das offene Zelt, das Schneider ursprünglich zum Schutz gegen die Sonne aufgestellt hat, ist mittlerweile um einen Windfang erweitert. Franz lässt Kaffee servieren, fragt nach meinen Wünschen, bestellt Süßes. Keine Mutter kümmert sich so um ihr Kind wie er um mich! Immer wieder schaut er nach meinem Bein, ob sich dort nicht eine ungeheilte Wunde verberge.

»Schmerzt es wirklich nicht mehr?«

»Nein. Das Bein ist in Ordnung.«

Dann spricht er über meine Zukunft. Auch hier treibt ihn eine rührende, geradezu peinliche Sorge um mein Wohlergehen an. Mein Vorwurf, er denke nur an sich, muss ihn schwer getroffen haben. Er überschlägt sich geradezu beim Pläneschmieden! Und alles, wohlgemerkt, nur für mich. Er selbst kommt bei diesen Zukunftsvisionen überhaupt nicht vor. Leider ist es genau das, was mir daran so missfällt.

»Du könntest nach Frankfurt gehen«, sagt er. »In Frankfurt leben viele reiche Leute, und die Konkurrenz ist nicht groß. Ich habe Verbindungen, die dir nützlich sein könnten. Seit letzter Woche bin ich Mitglied einer Frankfurter Freimaurerloge. Vielleicht kann ich dich dort unterbringen, dann stehen dir Türen und Tore offen.«

»Ich will kein Freimaurer sein.«

»Wenn es um deine Religion geht, Hermann: Es sind die tolerantesten Menschen, die ich kenne.«

»Religion!«, stoße ich mit all meiner Verachtung hervor. »Du weißt, dass das nicht der Grund ist. Um Freimaurer zu werden, musst du irgendwelche Proben ablegen oder brauchst einen Bürgen. Wer würde für mich bürgen? Du?«

»Wenn du einmal in einer Loge bist«, weicht er aus, »findest du in allen größeren Städten Ansprechpartner. Solche Verbindungen sind mehr wert als Geld.«

»Schenkst du mir noch etwas Kaffee ein?«, seufze ich.

Und so geht es weiter. Franz macht Vorschläge, rät, preist an. Sobald ich meine Ablehnung zeige, zuckt er zurück und versucht es mit einem neuen Zukunftsentwurf. Puzzi in Belgien, Puzzi in England, sogar in der Türkei! Wo er, Franz, sich demnächst auch einmal blicken lassen will.

»Aber jetzt«, sage ich, »fährst du nach Berlin. Anschließend nach Russland. Ich würde auch gerne nach Russland.«

Er schweigt.

»Du wolltest es dir überlegen«, bleibe ich hartnäckig. »Du und ich, gemeinsam auf Tournee, und du allein bestimmst, wie oft ich auftrete. Hör zu, Franz, ich gebe mich ganz in deine Hand! Mit Belloni werde ich mich arrangieren oder ihm aus dem Weg gehen.«

Er schweigt immer noch. Seine Augen wandern unruhig hin und her, jeder Schmetterlingsflug lenkt ihn ab. Schließlich legt er die Fingerspitzen zusammen und meint: »Wenn ich ehrlich bin, Hermann, wäre es für dich das Beste, alleine die Öffentlichkeit zu suchen. Das sage ich nicht aus Egoismus, sondern weil ich an dich denke, glaub mir. Ob du als Pianist Zukunft hast, muss sich erst noch erweisen. Wenn du gut bist, werden wir uns auf einer gemeinsamen Tournee nur im Weg stehen. Und wenn du schlecht bist, erst recht.«

»Das sind doch Ausflüchte!«, errege ich mich. »Wenn ich als Pianist keine Zukunft habe, warum soll ich dann überhaupt in Frankfurt und Brüssel und weiß Gott wo spielen?«

»Eben darum: um es herauszufinden.«

»Das will ich ja, aber an deiner Seite! Franz, du tust, als würden wir beide uns bei der geringsten Auseinandersetzung an die Kehle gehen! Haben wir uns in Köln nicht prächtig verstanden? Da war es endlich wieder wie früher. Ich kann für dich da sein, wenn es dir zu viel wird mit deinen durchgedrehten Verehrern!«

»Vielleicht.« Unschlüssig wiegt er den Kopf hin und her. »Ich habe den Ausflug nach Köln genossen. Trotz allem. Andererseits ...« Er vollendet den Satz nicht. Ich will schon einhaken, als er weiterspricht: »Wie war das noch mit dem Komponieren? Du sagtest, dir sei nicht viel gelungen in letzter Zeit?«

»Herrje, nein!«

»Das ist nicht gut, Hermann. Du solltest ...« Schon wieder so eine fragmentarische Aussage!

»Was sollte ich?«

»Komponieren. Nicht um der Stücke, sondern um der Tätigkeit willen. In deinem Alter ... Verstehst du, es hat etwas mit Persönlichkeitsbildung zu tun.«

Nein, ich verstehe nicht. Was will er nur immer mit seinem Komponieren? Den Sommer über habe ich täglich Klavier geübt, Stücke auswendig gelernt, an meinem Vortrag gefeilt. Komponiert habe ich auch, ja, eine Oper, die keiner aufführen wollte. Soll ich noch eine schreiben, die wieder dem Vergessen anheim fällt? Diesen Luxus kann ich mir nicht erlauben.

»Wenn ich meine Persönlichkeit bilden möchte, gehe ich zum Roulette«, knurre ich halblaut und hoffe, dass er den Satz überhört hat. Aber das hat er ganz bestimmt, denn noch während ich spreche, schnellt er von seinem Platz hoch. Wir haben Besuch.

»Stören wir die Herren?«, fragt Marie d'Agoult und lässt sich, ohne eine Antwort abzuwarten, auf dem Stuhl nieder, den ihr Franz anbietet. George Sand dagegen verzichtet auf solche Kavaliersdienste. Sie zieht sich selbst eine Sitzgelegenheit heran, nimmt Platz und ruft nach dem Kellner. An den Nachbartischen macht man große Augen. In dieser Konstellation à quatre hat man die Gäste aus Frankreich noch nicht erlebt.

Ich nicke den Damen zu. Beide wirken sie übernächtigt, aber während sich die Ausstrahlung der Sand in dieser Tatsache erschöpft, sieht Marie wieder einmal hinreißend aus: schön im Leid, das an ihr nagt wie der Rhein an der Insel Nonnenwerth. Da sind tiefe Schatten unter ihren Augen – und in den Augen das Versprechen, jegliche Ursache dieser Schatten heroisch zu ertragen. »Sie sind wiederhergestellt, Hermann?«, wendet sie sich mit knappem Lächeln mir zu. »Ganz gesund?«

»Ich denke, ja.«

»Das wird die Damen freuen.«

Der Ton, in dem sie das sagt – oder besser: der ihre Worte untermalt, missfällt mir. Ahnt sie etwas? Weiß sie sogar? Hat ihr Mädchen geplaudert? Annette versprach mir hoch und heilig, Stillschweigen zu bewahren, aber man kennt ja die Weiber. Man kennt sie, auch wenn man erst zwanzig ist.

»Es freut vor allem mich«, antwortet Franz an meiner statt. »Nicht auszudenken, wenn Hermann …« Geistesabwesend schüttelt er den Kopf.

»Mich ebenso«, ergänzt die Sand mit Augenzwinkern. »Ich wollte zwar schon immer einen Roman über einen Tollwütigen schreiben, aber auf derartiges Anschauungsmaterial verzichte ich dankend. Wobei ich sagen muss, dass Sie noch immer recht mitgenommen aussehen, Hermann.«

»Finden Sie?« Marie mustert mich skeptisch. »Meiner Meinung nach sieht er aus wie das blühende Leben.«

»Er wirkt erwachsener als vorher.«

»Oh, das nicht. Das ganz bestimmt nicht.«

»Die Leute fällen die verrücktesten Urteile«, entgegne ich mit mühsam unterdrückter Wut. »Zuletzt behauptete jemand, ich sähe aus wie ein Cherusker. Stimmt das?«

»Wie ein Cherusker?« Die Sand macht große Augen. »Du lieber Himmel, was ist das? Ein wildes Tier? Eine Meerespflanze?«

»Vielleicht ein Parasit?«, lächelt Marie. »Einer, der seinen Wirt bis auf den letzten Blutstropfen aussaugt?«

Im ersten Moment verschlägt es mir die Sprache. Auch Franz schaut irritiert, während die Sand scheinbar unbeteiligt die Lippen spitzt. »Was wollen Sie damit sagen, liebe Gräfin?«, frage ich leise.

»Nichts. Freie Assoziationen, ohne Sinn und Verstand!« Sie lacht. »Oh, jetzt fällt es mir ein. Cherusker nannten sich doch diese halbnackten Germanen, die partout auf die Segnungen der römischen Zivilisation verzichten wollten. Ja, lieber Puzzi, wenn ich Sie mir so anschaue, entdecke ich tatsächlich etwas germanisch Raues in Ihnen. So jung der Bursche und schon so männlich!«

Mehr als ein gezwungenes Lächeln bringe ich nicht zustande. Ich hege nun keinen Zweifel mehr, dass Marie Dinge weiß, von denen sie nichts wissen sollte. Die Ankunft des Kellners mit einem Tablett voller Getränke beendet unseren kleinen Schlagabtausch.

»Ah, Kaffee«, seufzt die Sand. »Mein Kaffeekonsum ist auf dieser Insel noch höher als in Paris. Ich vermute, es hängt mit dem verlangsamten Puls des Landlebens zusammen.« Dann tippt sie dem Kellner auf den Arm, um ihm zuzuraunen: »Ich habe ja schon viel vom Kölner Karneval gehört. Aber dass er so früh beginnt, war mir neu.«

Wir folgen ihrem Blick. Nicht weit vom Hoteleingang steht ein Grüppchen, darunter ein Mann, dessen Aufzug tatsächlich an eine Maskerade erinnert. Grüner Frack, Stiefel, dunkler Tschako. Die ineinander gefalteten Hände ruhen auf einem mächtigen Bauch.

»Das«, gibt der Kellner halblaut zurück, »ist kein Karneval. Das ist die Polizei.«

2

Als sich der Grünbefrackte einige Minuten später nähert, sieht man ihm an, dass er lediglich dem Titel nach ein preußischer Polizist ist. Alles Übrige verrät den Rheinländer. Schon wie er über den Rasen schlurft, anstatt aufrecht zu gehen, wie er sich dabei eine Hand über die blinzelnden Augen hält und nach allen Seiten nickt! Sein dichter Schnurrbart ist von grauen Fäden durchwirkt, das Kinn nur nachlässig rasiert. Der ausgebleichte Tschako, der einmal tiefschwarz geglänzt haben muss, sitzt schief auf dem Kopf. Traurig blickt Preußens Adler aus schwankenden Höhe auf seine Untertanen herab. Begleitet wird der Mann von einem jungen Burschen in Zivil, der sich immer einen Schritt hinter ihm hält, sowie von einem äußerst verlegenen Gastwirt Schneider.

Dieser ist es auch, der als Erster das Wort ergreift, noch bevor die kleine Abordnung unseren Tisch erreicht hat. »Mesdames, Messieurs, pardonnez!«, ruft er in seinem eckigen Französisch. »Ich möchte mich vielmals und inständig für die Störung entschuldigen, die diese beiden Herren Polizeidiener …«

»Moment«, unterbricht der Bärtige und legt ihm eine Hand auf die Schulter. »Ich verstehe kein Wort.«

Franz erhebt sich. »La police?«

Schneider nickt betreten. Der Beamte lässt ihn los, um

sich seinem Kollegen zuzuwenden. »Kannst du Französisch, Kleiner?« Das Milchgesicht hält sich die Hand vor die Lippen und schüttelt den Kopf. »Dann«, fährt der Ältere im landestypischen Singsang fort, »schlage ich vor, unser Gespräch auf Deutsch zu führen, wenn Sie nichts dagegen haben. Die Damen und Herren Ausländer mögen verzeihen, dass mir in meinem Alter die fremden Vokabeln nicht mehr durch die Gurgel rutschen.« Spricht's und verbeugt sich mit der Unbeholfenheit eines Tanzbären.

»Gibt es auf Ihrer Dienststelle niemanden, der Französisch spricht?«, zischt Schneider.

»Die Dienststelle bin ich«, lautet die zufriedene Antwort.

»Wir verstehen alle Deutsch«, erkläre ich. »Bei Bedarf kann ich für die Damen übersetzen.«

»Danke, sehr freundlich«, nickt der Polizist. »Dann wäre meine erste Frage, ob ich mich zu den Herrschaften setzen darf. Mein Kreuz, wissen Sie, in meinem Alter ...«

»Aber gerne.«

»Es wird nicht lange dauern«, versichert Schneider mit hochrotem Kopf. »Die Sache ist ohnehin schon peinlich genug.«

»Immer mit der Ruhe«, brummt der Polizist gemütlich. »Wenn mich nicht alles täuscht, stehen wir seit 1814 im Dienst des preußischen Staates. Sind also gewissermaßen Vertreter der Krone. Uns schickt der Bürgermeister von Oberwinter, der dem Landrat untersteht, und der wiederum … aber wen interessiert das?« Sitzend knüpft er seinen Frack auf, was seinen Rundbauch so recht zur Geltung bringt. »Wir wollen die Herrschaften ja nur in Kenntnis setzen. Und um ihre Mithilfe bitten. Bei dem schönen Wetter, schauen Sie nur!« Zurückgelehnt blickt er sich um, als sei der einzige Zweck seines Hierseins, einen Tag in der freien Natur zu genießen. Sein Kompagnon führt schon wieder die Hand zum Mund.

»Mithilfe?«, lässt sich Franz vernehmen. »In welcher Angelegenheit?«

Wie ihn der Polizist anschaut – als sei er überhaupt nicht vorhanden! Wann ist das einem Franz Liszt wohl zum letzten Mal widerfahren? »Würden Sie mir auch einen Kaffee bringen, lieber Schneider?«, seufzt der Beamte anschließend. »Oder lieber doch ein Bier? Meinem Kollegen nicht, der ist in Probezeit.«

Zähneknirschend winkt der Gastwirt einem Kellner.

»Wären Sie so freundlich, uns noch vor Eintreffen Ihres Getränks zu sagen, worum es geht?«, erkundigt sich Franz.

»Um ein Kind. Ein verschwundenes Kind, genauer gesagt.« Der Daumen des Polizisten zeigt über die Schulter. »Drüben in Rolandseck wird seit einigen Tagen ein Mädchen vermisst. Könnte sein, dass sie auf Nonnenwerth ist.«

»Warum ausgerechnet hier?«

»Sie mag die Insel. Ihr Vater sagt, sie büxt gerne einmal aus, und sie hat auch schon auf Nonnenwerth übernachtet, wenn sie die letzte Fähre verpasst hat. Aber mehr als einen Tag blieb sie noch nie weg.« Das Gesicht verziehend, dreht er sich zu dem Jüngeren um. »Kleiner, hättest du mal …?«

Der zweite Polizist sucht in seinen Taschen nach einem Schnupftuch und reicht es dem Sitzenden. Dabei entfährt ihm ein lautes Hick, das er diesmal nicht mehr hinter der vorgehaltenen Hand verbergen kann.

»Gesundheit«, nickt ihm Franz zu. Tiefe Röte überzieht das Gesicht des jungen Mannes.

Sein Kollege hat sich derweil ausgiebig die Nase geputzt. »Ja«, gähnt er und faltet das Tuch zusammen, »die Kleine ist also verschwunden und der Vater in Sorge. Genau genommen, ist er gar nicht ihr Vater, sondern der Vormund. Aber das spielt in diesem Fall keine Rolle.«

»Er spricht von Groyen«, mischt sich Schneider ein und rollt mit den Augen.

»Richtig. Groyens Mündel. Vielleicht haben Sie die Kleine einmal gesehen. Zehn Jahre alt, das Mädchen.«

»Das ist tragisch«, sagt George Sand mit schwerem Akzent. »Ein Vater, seine kleine Tochter – sehr tragisch.«

Der Polizist wirft ihr einen warmen Blick zu. »Das sind äußerst wohlriechende Zigaretten, die Sie da rauchen, Madame.« Genüsslich streicht er sich über den Bart. »Sie verwenden einen ganz anderen Tabak als unsereins.« Wieder der Schluckauf des Jüngeren.

Die Sand zieht die Stirn kraus. »Zigaretten?«

»Er möchte eine«, übersetze ich.

»Ah! Aber gerne, Monsieur le commissaire!« Die grenzüberschreitende Freundschaft zwischen der Schriftstellerin und dem Polizisten wird durch eine von Georges Zigaretten besiegelt.

»Sehr schön«, brummt der Beschenkte zufrieden und steckt die Gabe vorsichtig in seine Brusttasche. »Meine Lunge sagt mir zwar, ich soll weniger rauchen, aber was soll man machen?«

»Wie sieht das Mädchen denn aus?«, will Franz wissen. Seine zusammengekniffenen Lippen lassen auf wachsende Ungeduld schließen. »Können Sie es beschreiben?«

Das könnte der Mann wohl, wenn ihm in diesem Moment nicht das bestellte Bier gereicht würde. Genüsslich taucht er seinen Schnurrbart in den Krug. Französischer Tabak, aber deutsches Bier! In die Stille hinein meldet sich der jüngere Polizist zu Wort. »Die Gesuchte ist zehn Jahre alt«, rattert er mit Fistelstimme herunter, »Beschreibung lange blonde Haare grüne Augen der Schädel rund ein außergewöhnlich schmaler und zarter Körperbau, sie hat hier am Hals«, luftholend zeigt er es an, »eine längliche Narbe. Und insgesamt,« der Schluckauf zerreißt seine Worte, »insgesamt wirkt sie ein wenig verwahrlost.«

»Verwahrlost?«, rufen Franz und ich gleichzeitig. Überrascht sehen wir uns an. Kennt er die Kleine? Hat er sie wahrgenommen an jenem Augusttag, unter den vielen Dutzend Verehrern? Oder hat er sogar mit ihr gesprochen, wie ich, damals am Rolandsbogen?

»Ja, sie ist ein sonderbares Kind, die kleine Cäcilie«, erläutert der ältere Polizist, etwas Schaum in den Bartspitzen. »Sehr ernst, schweigsam, zuweilen aufsässig. Für eine Gastwirtstochter läuft sie entschieden zu ungepflegt herum, alles schimpft über sie. Es liegt nicht daran, dass Groyen kein Geld hätte, um sie ordentlich zu kleiden, ganz im Gegenteil. Wenn es ihm einmal gelungen ist, ihr ein neues Hemd aufzuschwatzen, hat sie es nach einem Tag eingesaut. Da kann er noch so viel schimpfen.«

»Ich würde sie Mores lehren«, brummt Schneider.

»Prügel sind nutzlos, Herr Wirt. Das wurde alles schon versucht. Groyen nimmt es gelassen, er sagt, die Kleine habe genug durchgemacht in ihrem Leben, da dürfe sie seinethalben herumstreichen wie eine Wilde.«

»Was ist mit ihren Eltern?«, erkundige ich mich.

»Vater ertrunken, Mutter im Kindbett gestorben. Ihr Großvater starb beim 1814er Aufstand den Heldentod, deshalb hat Groyen sie aufgenommen. Vaterländische Pflicht sozusagen.« Gähnend kratzt er sich hinterm Ohr. »Wollten Sie mir etwas sagen, junger Herr?«

»Ich? Warum fragen Sie?«

»Weil es eben so schien, als kennten Sie das Mädchen.«

Alles sieht mich an. Auch die beiden Damen, denen der Inhalt unseres Gesprächs nicht verborgen geblieben ist. Ich zögere mit der Antwort. Dass es sich bei dem Großvater der Kleinen tatsächlich um jenen Landsturmführer handelt, der seinen Tod auf Nonnenwerth fand, irritiert mich. Damals am Rolandsbogen schenkte ich der Geschichte keinen Glauben. Aber es stimmt also, Joseph Genger starb auf der Insel, genau wie der legendäre Roland. An der Klosterecke vielleicht oder drüben am Fährplatz, jedenfalls hier in Sichtweite. Das mag der Grund sein, warum die Waise eine besondere Beziehung zu Nonnenwerth besitzt.

»Ja«, sage ich schließlich, »als ich vor vier Wochen in Königswinter Station machte, bin ich einem Kind begegnet, auf das Ihre Beschreibung zutrifft. Es war bei der Eröffnung des Europäischen Hofs, sie wischte gerade die Terrasse.«

»Sie waren Gast bei Groyens Hoteleröffnung?«, ruft Schneider, mehr überrascht als beleidigt. Ich zucke mit den Achseln.

»Vor vier Wochen«, nickt der Polizist und schiebt seine Unterlippe vor. »Das Kind wird aber erst seit drei, vier Tagen vermisst. Seither ist es Ihnen nicht mehr über den Weg gelaufen?«

»Nein.«

»Hat sonst jemand von Ihnen das Mädchen gesehen? Hier auf Nonnenwerth vielleicht?«

Allgemeines Bedauern. Franz und Marie geben an, erst seit dem gestrigen Abend wieder auf der Insel zu sein, die Sand sagt, sie habe ihr Zimmer in den letzten Tagen kaum verlassen.

»Warum fragen Sie überhaupt uns Fremde nach dem Mädchen?«, fragt Marie mit kühlem Blick und lässt Franz übersetzen. »Bei den Einheimischen ist die Chance, dass sie etwas bemerkt haben, doch viel größer.«

»In der Regel schon«, erwidert der Polizist lächelnd. »Aber es heißt, dass die kleine Cäcilie eine besondere Liebe zur Musik hat. Angeblich ist sie schon einmal auf der Insel gewesen, um Herrn Liszt spielen zu hören.«

Nun ist es Franz, auf den sich alle Blicke richten. »Davon weiß ich nichts«, entgegnet er knapp. Und dann, mit einem spöttischen Zucken um die Mundwinkel: »Vielleicht sollte ich mich an den Flügel setzen, um sie anzulocken?«

Den Polizisten schüttelt es vor Lachen. »Genau!«, wiehert er. »Das ist es. Wie bei den Motten, die in Köln um die Gaslaternen flattern! Hervorragend, Ihr Vorschlag. Wirklich ganz hervorragend.«

Schneider räuspert sich ungeduldig. »Ich denke, das genügt. Meine Gäste haben ein Recht auf Ungestörtheit. Überhaupt gibt es Tausende von Erklärungen, warum Groyens Mündel verschwunden sein könnte. Sie ist ein Vagabund und noch jedes Mal wieder aufgetaucht. Hätte Herr Groyen nicht besondere Beziehungen zum Landrat ...«

»Sie irren sich«, unterbricht der Polizist, weiterhin bester Laune. »Mein lieber Schneider, in diesem Fall irren Sie sich. Es gibt einen Grund, warum wir uns auf die Suche nach Cäcilie gemacht haben, und dieser Grund hat nichts mit Groyen und seinen angeblichen Beziehungen zu tun.«

»Sondern?«

»Kennen Sie die Strafanstalt Köln? Lauter Unholde sitzen dort ein, schlimme Subjekte. Was ich Ihnen da Geschichten erzählen könnte! Nun, von diesen Verbrechern sind vor Kurzem acht geflohen. Menschen, denen ich auch unter Waffen nicht begegnen möchte. Und es sollen welche darunter sein, die sich an Frauen und Kindern vergehen, wenn ich das so sagen darf. Die Hälfte von ihnen wurde wieder eingefangen, aber die restlichen vier sind noch auf freiem Fuß.« Umständlich schnäuzt er sich in sein großes Taschentuch. »In solchen Zeiten leben wir, meine Herrschaften. Auch hier, am schönen Rhein.«

Marie und George lassen sich die Worte des Polizisten übersetzen. Beiden entfahren Ausrufe des Entsetzens. »Aber Köln ist weit weg«, entgegnet Franz. »Was sollten diese Menschen ausgerechnet auf Nonnenwerth?«

»Oh, Sie brauchen sich keine Sorgen zu machen. Auf der Insel sind Sie sicher, Herr Liszt. Diese Verbrecher halten sich in den Wäldern auf, weit draußen, wo es genug Verstecke gibt. Aber wenn nun einmal ein Mädchen vermisst wird und die vier Entflohenen noch auf freiem Fuß sind, muss man die Bevölkerung zumindest davon in Kenntnis setzen.«

»Natürlich.«

»Kinder sollten sich in diesen Tagen nicht alleine herumtreiben. Eine reine Vorsichtsmaßnahme.« Er hebt den Krug an seine Lippen, um ihn mit einem kräftigen Schluck zu leeren. Den Mund wischt er sich am Ärmel ab, dann steht er ächzend auf. »So, meine Herrschaften, das war's. Entschuldigen Sie die Störung und haben Sie vielen Dank für die Zigarette, Madame. Und Sie, Schneider, lassen die Krüge in Zukunft randvoll machen, sonst hetze ich Ihnen die Gewerbepolizei auf den Hals.« Damit geht er. Sein junger Kollege stolpert hinter ihm her, Gastwirt Schneider widmet uns eine weitere Geste des Bedauerns, bevor er ebenfalls folgt.

Eine Weile herrscht Stille am Tisch. Jeder nippt am Kaffee, knabbert etwas Gebäck und hängt seinen Gedanken nach. Schließlich ist es Marie, die das Schweigen bricht.

»Sie haben sie gesehen?«, fragt sie Franz, allerdings im Ton einer Feststellung. »Wann und wo war das?«

Er zögert. Scheint nach einer Antwort zu suchen, nach Ausflüchten vielleicht, aber Maries Blick ist streng und müde zugleich; ein Blick, den man nicht durch eine Lüge beschmutzen darf. »Ja«, gibt er zu, »mir ist das Mädchen aufgefallen. An dem Tag, als Breidenstein und die Bonner auf der Insel waren. Ich weiß selbst nicht, warum; sie stand hier draußen alleine im Hintergrund, ins Haus ging sie nicht. Man hätte sie auch nicht hereingelassen, in ihren schmutzigen Kleidern.«

»Sie haben Verehrer in allen Schichten, mein Lieber«, lächelt Marie bitter. »Und danach?«

»Wie, danach?«

»Blieb es bei dieser einen Begegnung?«

»Nein.« Behutsam massiert Franz seine Finger. »Es gab noch eine … einen seltsamen Vorfall. Als ich aus Bad Ems zurückkam, saß sie in meinem Zimmer.«

Wir wechseln überraschte Blicke. »In deinem Zimmer?«, frage ich. »Was meinst du damit? Du wirst doch wohl abgeschlossen haben. Und was heißt das, sie saß da?«

»Was soll es denn heißen? Ich öffnete die Tür, und da saß das Mädchen.«

»Einfach so?«

»Wie denn sonst?«

»In ihren schmutzigen Kleidern?«, will Marie wissen.

»Ja.«

Wieder sehen George, Marie und ich uns an. »Und dann?«, bohre ich weiter. »Hast du sie rausgeschmissen?«

»Nein.« Damit würde es Franz wohl gerne bewenden lassen, spricht aber rasch weiter, als er unsere Mienen sieht. »Warum hätte ich das tun sollen? Sie hatte ja nichts gestohlen. Sie brachte auch nichts in Unordnung, sondern schien sich nur dafür zu interessieren, wie ich lebe.«

»Wer tut das nicht?«, lache ich. »Halb Köln und ganz Nonnenwerth interessiert sich für Franz Liszt und sein Leben. Wenn die alle in deinem Zimmer sitzen dürften …«

»Ihr begreift das nicht«, entgegnet er wütend. »Sie ist doch noch ein Kind. Und wie sie da so ernst vor meinem Stummerli saß, so andächtig und versunken … Weswegen hätte ich ihr böse sein sollen?«

»Und was haben Sie dann getan?«, fragt die Sand.

»Nichts.«

»Nichts?«

»Nein. Ich legte meinen Mantel ab, sortierte einige Noten, ging in den Schlafraum, und als ich zurückkam, war sie fort.«

»Aber Sie werden doch etwas gesagt haben!«, ruft Marie mit blitzenden Augen. »Erzählen Sie uns nicht, dass Sie kein Wort mit ihr gewechselt hätten!«

Er überlegt. »Nein, ich glaube, da war nichts.«

»Was sind das für Geschichten!«, schimpft seine Geliebte und erhebt sich. »Franz, ich rate Ihnen dringend aufzupassen. Wenn sich schon junge Mädchen in Ihren Räumen herumtreiben, sollten Sie wenigstens eine glaubwürdige Erklärung dafür haben. Jetzt erst recht, wo die Kleine verschwunden ist und die Polizei nach ihr sucht.«

Damit stolziert sie von dannen. Schweigend, ohne erkennbare Gemütsregung blickt Franz seiner Geliebten nach. George Sand, deren Schmunzeln eine gewisse Distanz zu all den Makeln des Menschseins signalisiert, leistet uns noch eine Weile Gesellschaft, dann bricht auch sie auf. Kaum ist sie außer Hörweite, als ich Franz am Arm packe.

»Lichnowsky«, stoße ich hervor. »Was ist mit ihm? Könnte er Cäcilie etwas angetan haben?«

Meinem Freund bleibt der Mund offen stehen. »Felix? Wie kommst du auf so einen Gedanken?«

Ich erzähle von dem Vorfall im Europäischen Hof. »Er hat sie geschlagen, Franz, aus nichtigem Anlass! Er ist jähzornig, unbeherrscht. Und wie er mich angefunkelt hat, als ich dazwischenging! Am liebsten hätte er mir auch die Peitsche übergezogen.«

»Unsinn! Felix ist zuweilen aufbrausend, das stimmt, aber er weiß, was sich gehört.«

»Gehört es sich, ein Kind so zu züchtigen?«

Er zögert mit der Antwort. »Hermann, ohne ihn rechtfertigen zu wollen: Du kennst die schlesischen Sitten nicht. Dort nimmt der Gutsherr die Bestrafungen noch höchstpersönlich vor. Was Felix nicht tut, dafür ist er sich zu schade.«

»Das sah in Königswinter ganz anders aus.«

»Mag sein, dass es manchmal aus ihm herausbricht. Hör zu, ich kenne seine Fehler. Felix ist nicht frei von Schwächen. Jähzorn gehört dazu.«

»Und seine Duelle? Sie sind Legende.«

»Ich weiß. Er führt gern eine scharfe Klinge, in jeder Beziehung. Zum Gegner möchte ich ihn nicht haben. Aber selbst seine Feinde rühmen seine Brillanz, seine Ehrlichkeit, seine Intelligenz ... Und ich bin sein Freund. Was ich immer bleiben werde.«

»Auch wenn er Cäcilie totgeprügelt haben sollte?«

»Das hat er nicht«, erwidert er scharf. »Ein völlig abwegiger Gedanke, Hermann. Außerdem war Felix in letzter Zeit nicht auf Nonnenwerth.«

»Nein?«

»Nur kurz, auf der Durchreise. Da hatte er gewiss keine Gelegenheit, mit dem Mädchen in Kontakt zu kommen.«

»Würdest du für ihn deine Hände ins Feuer legen? Und was, wenn sie ihm in Rolandseck über den Weg gelaufen ist? Oder in Königswinter? Sie können sich an vielen Orten begegnet sein.«

»Das sind doch Spekulationen!«, ereifert er sich. »Könnte, würde, hätte! Hör auf damit! Du hast selbst gehört, dass dieses Mädchen eine Herumtreiberin ist. Sie wird schon wieder auftauchen. Und was deine Frage angeht: Ja, für Felix lege ich meine Hände ins Feuer.« Er hält sie empor, seine schönen, schmalen Pianistenhände.

Ich suche seinen Blick. »Weißt du, was mir Heine über Lichnowsky erzählt hat, als ich das letzte Mal in Paris war?«

Franz wartet schweigend.

»Dass er verschuldet ist bis zum Hemdkragen«, liefere ich selbst die Antwort. »Und dass du ihm immer wieder Geld leihst.«

Er schweigt weiterhin. Sein hageres Gesicht ist sehr hart. »Und wenn es so wäre?«, fragt er schließlich.

»Franz! Seit wann werden Fürsten von Musikern ausgehalten? Das ist absurd!«

»Ist es das? Für mich nicht. Ich habe mir angewöhnt, in meinen Freunden zuallererst Menschen zu sehen.« Er erhebt sich. »Menschen, verstehst du? Ob Fürsten oder Bettler, das ist mir gleich.« Ein letzter scharfer Blick. »Oder Juden.«

3

»Ich bin erschüttert«, deklamiert General Czettritz, faltet die Zeitung zusammen und legt sie neben seinen Zylinder. »Erschüttert, das können Sie mir glauben.« Sein Blick schweift in die Ferne, nach Westen, wo die Herbstsonne in prächtigem rotem Strahlenkranz eben den Horizont berührt.

Ich überlege, ob ich seinen Zustand auf die vielen Erschütterungen beim Ritt hoch auf den Drachenfels zurückführen soll, doch die besorgte Miene seiner Frau heißt mich schweigen. »Was meinen Sie?«, fragt sie alarmiert. »Ist Ihnen nicht wohl?«

Auch die vierte Person an unserem Tisch schaut überrascht auf. Bei ihr handelt es sich um einen Mathematikprofessor aus Bonn, der uns zu dem Ausflug auf den Gipfel überredet hat. Ganz unmathematisch schwärmte er von dem großartigen Panorama und überhaupt dem Gefühl der Erhabenheit an diesem Ort, welche die Strapazen des Eselritts von Königswinter aus voll und ganz aufwögen. Das sah die Baronin auf halber Strecke zwar anders, mittlerweile jedoch scheint sie versöhnt und nippt an ihrer Schokolade. »Erschüttert?«, fragt der Professor und fügt freundlich, aber in völliger Verkennung der Situation hinzu: »Glauben Sie mir, das geht jedem so, der zum ersten Mal auf dem Drachenfels ist. Die Ergriffenheit lässt einen spüren, dass man nur ein kleines Teil im Räderwerk ...«

»Ich bin nicht ergriffen«, unterbricht der General finster, »sondern erschüttert. Das ist ein Unterschied.« Sein Fingerknöchel tippt auf die Zeitung. »Wenn Sie wüssten, was ich soeben gelesen habe, wären Sie es auch, Professor.«

Der Mathematikus schweigt. Seinem Blick nach zu urteilen, hegt er geradezu sentimentale Gefühle für die Rheinlandschaft, die sich zu unseren Füßen ausbreitet wie ein großer Garten. Nur noch wenige Gäste haben sich auf der Aussichtsplattform unterhalb der Ruine eingefunden; ein Kellner schreitet müde die Tische ab. Die Ausmaße des im Schweizer Stil erbauten Restaurants lassen allerdings darauf schließen, dass hier an warmen Tagen deutlich mehr Betrieb herrscht. Auch die Table d'hôte, die Gastwirt Mattern im Sommer täglich anbietet, spricht dafür. Ganz in der Nähe steht das Denkmal für die gefallenen Landsturmleute, ein schmaler Obelisk, so verwittert, dass sich seine Inschrift kaum noch entziffern lässt. Als ich ihn mir vorhin aus der Nähe ansah, suchte ich vergeblich nach dem Namen Genger. Sollte mich Cäcilie angelogen haben? Nein, ihre Geschichte wurde ja gewissermaßen polizeibehördlich bestätigt.

Bei meiner Rückkehr sprachen die Baronin und der Mathematiker über die Notwendigkeit, den Drachenfels mithilfe moderner Technik zu zähmen, mittels einer besonders leistungsfähigen, bergtauglichen Eisenbahn zum Beispiel. Der General hingegen studierte die Zeitung, zu deren Lektüre er, wie er sagte, schon seit Tagen nicht mehr gekommen war und die ganz offensichtlich seine aktuelle Erschütterung auslöste.

»Aber was haben Sie denn nun gelesen?«, will seine Gattin wissen, immer noch die Tasse in der Rechten. »Lieber Himmel, Sie schauen drein, als habe der König abgedankt.«

»Nach nur einem Jahr? Nein, es geht um meine eigenen Leute, um meine Soldaten. Aber ich will Sie nicht mit Militaria langweilen.«

»Nun erzählen Sie schon! Wird es Krieg geben? Planen die Franzosen einen Einmarsch?«

Kopfschütteln. Wie ein trotziges Kind verschränkt der General die Arme vor der Brust.

»Keine Sorge«, greift der Professor beruhigend ein. »In Paris hat sich mittlerweile die Vernunft durchgesetzt: Man will mit dem Nachbarn in Frieden leben.«

»Hoffen wir, dass Sie recht haben. Als die Franzosen vergangenes Jahr mobil machten, sanken sämtliche Aktienkurse in den Keller. Da hätten Sie meinen Mann sehen sollen!«

»Wenn ich es recht verstanden habe«, ergänze ich, »wollte die Regierung Thiers damals von innenpolitischen Problemen ablenken. So funktioniert das immer, wenn die Nation zusammengeschweißt werden soll: Man sucht sich einen gemeinsamen Feind.«

»Sehr gut formuliert«, lobt der Professor. »Exzellent, junger Mann!« Der General zieht eine seiner typischen

Grimassen – stechender Blick unter gefurchter Stirn –, schweigt aber noch immer.

»Apropos Frankreich«, seufzt die Baronin. »Wissen Sie, was *ich* jüngst erfahren habe? In Paris gab es ein Duell.«

»Das passiert täglich«, winke ich ab. »Schon aus Gründen der Unterhaltung. In den besseren Kreisen …«

»Einer der Duellanten war Heine.«

»Nein!«

»Aber ja! Ich weiß es aus sicherer Quelle.«

»Sind Sie sicher? Heinrich Heine hat sich duelliert? Sonst pflegt er es doch bei Wortgefechten zu belassen. Von wem wurde er gefordert?«

»Gefordert hat er selbst«, kommt der Professor der Baronin zuvor. »Er war nämlich der Beleidigte. Ja, ich habe es auch erfahren. Heine ist schließlich Absolvent meiner Universität, da interessiert man sich für solche …«, er sucht nach der geeigneten Formulierung, »… für solche Geschichten.«

»Ein Deutscher hat ihn wegen seines losen Mundwerks auf offener Straße geohrfeigt«, präzisiert Frau von Czettritz. »Ein Landsmann, stellen Sie sich vor! Und als alle Welt über den düpierten Heine lachte, sah er sich zu dem Duell gezwungen. Um nicht auch noch den Rest seiner Reputation zu verlieren. Er soll eine Schusswunde an der Hüfte haben.«

»Allerdings nichts Ernstes.« Das ist wieder der Mathematiker. »Bedenken Sie die Bizarrerie dieser Situation! Warum sollen die Franzosen gegen uns Deutsche ins Feld ziehen, wenn wir uns schon selbst bekriegen? Vor ihrer Haustür!«

»Noch bizarrer wäre es gewesen, wenn Heine bei diesem Duell ums Leben gekommen wäre. Just zu dem Zeitpunkt, da auf Nonnenwerth eines seiner Gedichte vertont wird.« Nachdenklich nimmt die Baronin einen Schluck Schokolade. »Natürlich eines aus früheren Jahren, als er noch nicht vom Gift des Selbsthasses befallen war.«

»Sie meinen ...« Ich werfe ihr einen erstaunten Blick zu. »Sie meinen, Liszt sitzt an einem ...«

»An einem Heine-Lied, allerdings. Die Gräfin hat es mir verraten. Es handelt von der Loreley, und er will es ihr widmen.« Der Stolz leuchtet aus ihren Augen, als sie sich zu mir beugt und meine Hand ergreift. »Aber bitte, junger Freund, erzählen Sie es nicht weiter.«

»Keine Sorge«, murmele ich. Franz komponiert Lieder, also doch. Deutsche Lieder, hier am Rhein! Erst Arndts Vaterland, jetzt die Loreley Heines. Das kann kein Zufall sein. Er hat sich überwältigen lassen von all dem Grün und Blätterrauschen, von den Burgen, die sich im Strom spiegeln ... herrje, er ist weich geworden! Sein ganzes Leben lang hat er von Deutschland nichts wissen wollen, und nun, kurz vor seinem 30. Geburtstag, überkommt ihn die Sentimentalität. Was will er denn mit Liedern? Kein Mensch in Paris oder London, geschweige denn in Mailand, will deutsche Gesänge hören. Verspürt er schlechtes Gewissen gegenüber seiner Muttersprache, die er so vernachlässigt hat? Ein Lied, ausgerechnet. Und es dann auch noch Marie zu widmen – das ist der Gipfel der Unverfrorenheit! Oder der Naivität.

»Sie hat es mir unter dem Siegel der Verschwiegenheit berichtet«, verkündet die Baronin, errötend im Glanz der Abendsonne. »Auch Ihnen, lieber Professor, möchte ich ans Herz legen, kein Wort …«

»Selbstverständlich, selbstverständlich«, beeilt sich der Angesprochene zu versichern. »Sie scheinen ein intimes Verhältnis zur Herzensdame unseres großen Künstlers zu haben.«

Frau von Czettritz lächelt geschmeichelt. »Ich habe sie tatsächlich liebgewonnen. Ihre Klugheit, ihre Eleganz, ihr ganzes einnehmendes Wesen – man müsste schon ein Stein sein, um ihr gegenüber nicht die wärmsten Gefühle zu empfinden. Und nun, da ich weiß, wer sich hinter ihrem Pseudonym verbirgt, ist auch nichts Künstliches mehr zwischen ihr und mir.«

»War das so schwer zu erraten? Man kannte doch die Liaison zwischen Liszt und der Sand, von der ganz Paris redete. War es nicht Heine, der in einem seiner Berichte davon sprach?«

»Sie irren sich, lieber Professor, bei der Dame handelt es sich nicht um die Sand. Die ist in Frankreich geblieben, auf ihrem Landgut. Mein Mann und ich waren diesem Irrtum anfänglich selbst aufgesessen, aber nun ist er ausgeräumt.«

»Wie meinen?« Die Mathematikerstirn wirft bedenkliche Falten. »Bitte verzeihen Sie, dass ich Ihnen widerspreche, aber ich weiß, dass es die Schriftstellerin Dudevant vulgo George Sand ist, mit der Liszt auf Nonnenwerth weilt, ich habe sie ja selbst erkannt. Ein Irrtum ist völlig ausgeschlossen.«

»Aber nein!«, ruft die Baronin aus, während ihr Mann kopfschüttelnd aufsteht, um sich an die steinerne Brüstung der Aussichtsplattform zu begeben. »Sie ist nicht die Sand, auch wenn das alle glauben. Bitte, mein Wertester, behalten Sie diese Erkenntnis für sich: Der Name der Gräfin lautet d'Agoult, Marie d'Agoult, ich erfuhr es vor einiger Zeit durch einen Gast, der sie kennt, und sie hat es mir bestätigt. Die Dame möchte inkognito bleiben, verstehen Sie, wegen der zerbrechlichen Liaison mit Liszt und der schwierigen familiären Umstände.«

»Oh, das ist mir bewusst, Gnädigste. Natürlich will unsere George Sand inkognito bleiben, daher der erfundene Name. Grämen Sie sich nicht, es ist eine Art Selbstschutz. Passen Sie auf!« Eine Aktentasche öffnend, entnimmt er ihr ein schmales Bändchen, das die derzeitigen Verhältnisse in unserem Nachbarland zum Thema hat, und schlägt es ohne Zögern in der Mitte auf. »Sehen Sie hier, das Porträt? Und die Bildunterschrift: Madame Aurore de Dudevant alias George Sand, der berühmte Autor. Quod erat demonstrandum. Sind Sie nun überzeugt?«

»Nein«, entgegnet die Frau von Czettritz verwirrt. »Sie sieht ganz anders aus.«

»Aber Gnädigste!«

Ich drehe den Kopf zur Seite, um nicht loslachen zu müssen. Selbst jetzt, bei untergehender Sonne, sind die Unterschiede zwischen der abgebildeten Sand und der leibhaftigen Marie deutlich erkennbar. Anders gesagt, gibt es überhaupt keine Ähnlichkeiten zwischen den beiden Frauen! Man muss schon mit Leib und Seele Mathematiker sein, um dies zu ignorieren.

»Die Gräfin d'Agoult ist viel größer und schlanker als die Sand«, behauptet die Baronin.

»Wie wollen Sie das einem Porträt ansehen?«

»Und sie ist blond! Nicht dunkelhaarig wie diese Dame hier.«

»Eine Ungeschicklichkeit des Stechers. Helle Flächen liegen ihm nicht.« Der Professor klappt das Büchlein zu. »Ich hatte die Gelegenheit, Liszts Begleiterin längere Zeit am Fenster zu beobachten. Es handelt sich eindeutig um die Dichterin. Fragen Sie die anderen Gäste. Und dass die Sand auf ihrem falschen Namen beharrt, ist verständlich.«

»Sagen Sie es ihm, Herr Herrmann«, fleht Frau von Czettritz, zunehmend verzweifelt. »Sie kennen doch die Damen.«

»Nun, sie haben sich beide sehr verändert«, weiche ich aus. »Aber wäre es nicht möglich, dass Sie ebenso recht haben wie der Professor: George Sand weilt auf Nonnenwerth, und doch ist Liszt mit der Gräfin d'Agoult hier?«

»Sie wollen es sich nur mit keinem verscherzen«,

klagt die Baronin. »Ich weiß, mit wem ich es zu tun habe. Egal, was alle Welt behauptet.«

»Vielleicht wissen Sie auch, wo Groyens Mündel steckt«, wechsle ich das Thema auf wenig subtile Weise. »Man mag sich gar nicht ausmalen, was dem armen Kind alles passiert sein könnte. Denken Sie nur an die Gotteshülfe mit ihrer raschen Strömung oder an die Steilhänge über Rolandseck.«

»Das ist wahr«, entgegnet sie ernst. Wusste ich doch, dass der Appell an ihre mütterlichen Gefühle den gewünschten Erfolg zeitigen würde, auch wenn sie noch ein wenig beleidigt dreinblickt. »Das arme Mädchen! Aber dass sie auf Nonnenwerth steckt, kann ich mir nicht vorstellen. Sie müsste uns doch aufgefallen sein.« Unser aller Blicke wandern ins Tal hinab, wo sich die Insel mit ihrem länglichen Körper in den Flussbogen schmiegt. Wie der Schnabel eines Kolibris zeigt ihr spitzes Nordende in unsere Richtung. Die Schatten des Abends liegen über ihr; einige Lichter zwischen dem Dunkelgrün der Bäume markieren die Lage des Gasthofs.

»Wollen wir hoffen, dass die Kleine nicht in die Fänge dieser Verbrecher gerät«, sinniert der Professor. »Es soll sich um äußerst gefährliche Zuchthäusler handeln. Schrecklich, nur daran zu denken!«

»Das ist das traurige Los der unteren Klassen«, seufzt die Baronin. »Als wenn sie mit dem materiellen Elend nicht schon gestraft genug wären! Krankheiten, früher Tod, Übergriffe – nichts bleibt diesen Leuten erspart.«

»Allerdings!«, dröhnt es von der Brüstung her. »Allerdings, meine Liebe!« Da steht der General, er hat sich umgedreht und wendet uns nun sein ganz im Schatten liegendes Gesicht zu, in dem nur die alten Augen funkeln. Schulter und Haupt sind von flammender Röte umflossen: eine Erscheinung der alten Zeit. »Sie wissen ja gar nicht, wie recht Sie haben, teure Marie. In diesem Moment«, er hebt beschwörend einen Arm, »in diesem Moment gehen die besten Männer unseres Fünften Infanterieregiments zugrunde, unter furchtbaren Schmerzen, grässlich entstellt.«

»Wovon reden Sie?«, gellt die Stimme seiner Gattin durch die Dämmerung. »Sie machen mir Angst!«

»Männer aus dem einfachen Volk. Männer, mit denen ich früher in jede Schlacht zog. Und jetzt verlieren sie den Kampf gegen einen unsichtbaren Feind.« Resigniert lässt Czettritz den Arm sinken. Die Unerbittlichkeit, die seine Worte grundiert, macht uns frösteln.

»Wovon sprechen Sie?«, wiederholt seine Frau flehend.

»Von Danzig. Einer der schönsten Städte unseres Landes. In Danzig geht der Tod um. Das ist es, was ich vorhin lesen musste. Der Tod in seiner widerwärtigsten Gestalt.« Der General schüttelt sich. »Unsere Soldaten sind von einer entsetzlichen Augenkrankheit befallen, sie greift rasend schnell um sich, keiner kann sich ihr entziehen. Mehrere hundert Mann hat es bereits getroffen. Zunächst die Truppen in der großen Kaserne auf dem Bischofsberg, und da schien die Ursache auf der

Hand zu liegen, denn die dortigen Häuser sind feucht und stockig. Ich kenne die Kaserne! Was auch immer an Wolken und Nebel von der See herzieht, sammelt sich am Hang und tränkt die Gebäude. Aber daran lag es nicht. Bald erkrankten nämlich auch Soldaten von den Kompanien, die in der Stadt einquartiert sind, und später sogar einzelne von der kleinen Garnison in Weichselmünde. Die ganze Sache ist ein Rätsel.«

»Und das steht alles in der Zeitung?«, will die Baronin wissen.

Düster nähert sich ihr Gemahl dem Tisch und legt eine Hand auf das Blatt. »Auch der Verlauf der Krankheit wird beschrieben. Es ist erschütternd. Das Fleisch rund um die Augen schwillt an. Oben, unten, auf beiden Seiten. Alles ist im entzündetsten Zustande und die Schwellung dermaßen, dass das Auge selbst fast ganz verschwindet.«

»Karl Heinrich!«, schreit die Baronin auf. »Ich bitte Sie!«

»Aber so ist es nun einmal. Ein Gesicht ohne Augen. Genau so ist es, meine Liebe.« Seine Stimme hat Grabesschwärze angenommen, und noch immer steht er mit dem Rücken zur sinkenden Sonne. Noch immer leuchten allein seine Haarspitzen, liegt sein Antlitz im Dunkeln, funkelt sein Blick: Augen ohne Gesicht.

»Und diese Krankheit verläuft tödlich?«, erkundigt sich der Professor interessiert.

»Bislang nicht. Aber wer weiß? Der Tod hat noch immer einen Weg gefunden, sich meinen Soldaten zu nähern. Einige sind völlig erblindet, und ich fürchte, dieses Schicksal droht allen Infizierten.« Er seufzt auf, ein einsamer preußischer Krieger auf dem Gipfel des Drachenfelsens. »Aber wissen Sie, was, meine Herrschaften? Es hat ausschließlich die Gemeinen getroffen. Nur die einfachen Soldaten sind erkrankt, kein einziger Offizier. Was beweist, dass die Klassenschranken über den Tod hinaus gelten. Und daran wird sich so schnell nichts ändern. Quod erat demonstrandum.«

4

Das einzige Andenken, das ich von unserem Ausflug auf den Drachenfels mitbringe, ist ein veritabler Schnupfen. Bereits beim Ritt bergab friere ich, erst recht auf dem Boot, das uns zurück zur Insel bringt. In Königswinter verabschiedet sich der Mathematikprofessor, nicht ohne der Hoffnung Ausdruck zu geben, Monsieur Liszt demnächst in Bonn spielen hören zu können. Frau von Czettritz verspricht, sich darum zu kümmern. In der Nacht erwache ich mit pochendem Kopf und klammen Füßen; kalte Umschläge und ein heißer Stein lindern die ärgste Not. Die beiden folgenden Tage verbringe ich im Bett. Schon wieder Fieber, es ist zum Haareraufen. Nicht minder ungnädig zeigt sich das Wetter. Der junge Herbst lässt seine Muskeln spielen, überzieht uns mit Regenschauern, Windböen und morgendlicher Kälte.

Ich schicke den kleinen Korf nach Annette und erhalte die Antwort, sie sei beschäftigt. Ich schicke ihn erneut, drücke ihm einige Münzen in die Hand, doch Maries Mädchen bleibt stur. Der Teufel hole diese Weiber!

Stattdessen kommt Franz und erzählt mir, dass er der Einladung des Bonner Mathematikers Folge leisten und in der Universitätsstadt konzertieren werde. Diesmal in privatem Rahmen. Seit seiner Zusage, einen Beitrag für das Beethoven-Denkmal leisten zu wollen, seien sie in Bonn geradezu verrückt nach ihm.

»An meiner Musik wird es wohl weniger liegen«, fügt er maliziös an. »Und dann ist da ja noch Professor Breidenstein.«

»Der Musikwissenschaftler.«

»Richtig.«

»Hat er dir schon erklärt, was gute Musik von schlechter unterscheidet? Gibt es Formeln dafür, Analyseverfahren?«

»Er hat meinen Artikel über Raffaels Cäcilienbild gelobt«, sagt Franz nachdenklich.

»Freut dich das?«

»Schwer zu sagen. Vielleicht lag ich mit meiner Interpretation doch nicht ganz falsch. In jedem Fall freue ich mich auf das Konzert in Bonn. Und du kommst mit, Hermann.«

Das wiederum freut mich. Ein kleiner Hoffnungsstrahl! Seltsam allerdings, dass Franz während dieser Ankündigung so gänzlich freudlos dreinschaut. Liegt es an meiner Anwesenheit oder doch am Konzert selbst? Er wünscht mir gute Besserung und geht, bevor ich das Gespräch auf seine Russlandtournee bringen kann.

Anfang der folgenden Woche ist es so weit. An einem kalten, trockenen Oktobertag besteigen wir das Dampfboot nach Bonn. Vor einem Vierteljahrhundert wurde das Städtchen durch die Gründung einer Universität, der einzigen des Rheinlandes, aus seiner Bedeutungslosigkeit gerissen. Das imposante Universitätsgebäude, ein ehemaliges Residenzschloss, beherrscht die Hafenfront. An aufgeweckten jungen Geistern sollte es hier also nicht fehlen; trotzdem, so weiß das mitreisende Ehepaar Czettritz zu berichten, dämmert das kulturelle Leben vor sich hin, es gibt kaum öffentliche Konzerte, und selbst die beliebte Liedertafel tritt nur in Privatzirkeln auf. Dafür erinnert in Bonn nichts an die bedrückende Kölner Enge, die Straßen sind breit, die Häuser hell, die Luft ist frisch und klar. Ein Halbkreis bewaldeter Hügel schließt den Ort und die ihn umgebende Parklandschaft nach Westen ab.

In einer Villa mit großem Garten erwartet uns neben den Gastgebern, einem ehemaligen Regierungspräsidenten samt Gattin, eine Mischung aus bürgerlichem und akademischem Volk, darunter einige Vertreter der Liedertafel »Harmonie« und – eine erkleckliche Zahl junger Frauen. Ich sehe, wie sich Liszts Braue beim Eintritt in den Saal hebt, wie er diese feminine Aura, die man spürt, bevor sie vom Auge bestätigt wird, gleichsam mit allen Sinnen in sich aufsaugt: mit Ohren, Nase, Haut. Und mit seinen Fingern, die wie elektrisiert zucken.

Die Komplimente nehmen kein Ende. Champagner macht die Runde, Franz erhebt das Glas auf seine Gastgeber. Professor Breidenstein, das Knatterorgan, stellt ihm die Anwesenden vor. Bei keiner jungen Dame vergisst er zu erwähnen, wie lange sie schon Klavierunterricht hat, streicht bei der einen ihre Geläufigkeit heraus, bei der anderen ihre Liebe zu Beethoven.

»Charmant«, lächelt Franz. »Auch ich liebe den großen Sohn Ihrer Stadt.« Wenn man sieht, wie das junge Ding in seinem enggeschnürten Kleid nach Luft schnappt, muss man um seine Gesundheit fürchten.

So groß der Salon ist, fasst er die Menge der Besucher doch kaum. Kein Wunder, dass die Bonner Straßen so leer waren! Drinnen bei uns wird die Atemluft knapp, und jetzt zieht auch noch der Geruch nach rheinischem Sauerbraten herein. Zum Diner, die Herrschaften! Ich weiß nicht, ob es eine Spätfolge meines Fiebers ist oder plötzliche Abneigung gegen dieses übersatte Bürgertum, jedenfalls vergeht mir der Appetit schlagartig. Ohne den tadelnden Blick des Generals zu beachten, flüchte ich auf den Balkon. Einmal tief durchatmen! Der Himmel: strahlend blau. Nicht weit entfernt ragt die Turmtrias des gotischen Münsters über die Dächer. Ein deutlich bescheideneres Gotteshaus als das in Köln. Aber ein fertiggestelltes.

Kaum in den Salon zurückgekehrt, gerate ich in die Kampfhandlungen zweier aufgeputzter Jungfern, die sich um Liszts verwaistes Trinkglas zanken. Wenn das Marie sehen könnte! Die Schlacht wütet hin und her; soll ich eingreifen? Schließlich entscheidet eine Ohrfeige von gar nicht so zarter Hand über Sieg und Niederlage. Während die eine der beiden Amazonen schluchzend die Walstatt verlässt, stürzt die andere den Champagnerrest mit triumphierendem Gesichtsausdruck hinunter. Ist es überhaupt Champagner? Oder doch ein Zaubertrank, rheinischer Sagenwelt entsprungen? Der

Wechsel von Triumph zu Verklärung auf dem Antlitz der Dame spricht für Letzteres.

In einem derartigen Zustand sind Frauen am leichtesten formbar. Und tatsächlich nimmt sie mein Angebot, sie in den Speisesaal zu führen, widerspruchslos an. Da ist ein Schimmer in ihren braunen Augen, der meinen Appetit wiederbelebt; aus ihren schweißgetränkten Achselhöhlen weht es mich süßlich an.

»Wenn ich mich vorstellen darf? Herrmann mein Name; ich bin des Maestros Lieblingsschüler.«

»Beneidenswert«, seufzt sie und lässt ihre Blicke über mich gleiten, als könne sie dort noch Spuren von Liszts Händen entdecken. Von mir selbst scheint sie keine Notiz zu nehmen.

Nun gut, damit werde ich leben müssen. Als Franz in meinem Alter war, sprach in Paris noch kaum jemand von ihm. Mit seiner Verehrerin am Arm, begebe ich mich zu Tisch und gönne mir doch ein Tellerchen Suppe. Alles hängt an den Lippen des Ehrengasts, der zwischen der Dame des Hauses und Professor Breidenstein sitzt. Sobald Liszt nur die Andeutung einer Bemerkung macht, stocken ringsum Löffel und Gabeln auf ihrem Weg in aufgesperrte Münder. Die unvermeidlichen Toasts werden ausgebracht. Zunächst ergeht sich der beleibte Regierungspräsident in Belanglosigkeiten, die erkennen lassen, dass er von vielem Ahnung hat, nur von Musik nicht. Dann ist Franz an der Reihe. In seinem holprigen Deutsch erinnert er an Beethoven, einen Mann, dem die Stadt Bonn all ihren Ruhm und ihre Größe zu verdanken habe. Ich weiß nicht, ob er damit recht hat, ich weiß nur, dass dies ein sehr zweifelhaftes Lob für die Heimat der Anwesenden ist. Viel blumiger und eleganter formuliert es Professor Breidenstein, der vom unsterblichen Meister Beethoven spricht, dessen Wiege umstanden zu haben die Bonner Mauern stolz seien, sowie von der wahrhaft rührenden Pietät, welche der andere Meister, Liszt nämlich, gegenüber jenem bewiesen habe. Dass er sich dabei auf die Spende von 10.000 Francs für das geplante Denkmal bezieht, erwähnt er erst gar nicht; das wissen ohnehin alle am Tisch. Stattdessen bleibt er im sakralen Bild und erklärt die Donation zur Opfergabe Liszts auf dem Altar Beethovens. »Doppelt wohltuend«, schließt er mit einer Verbeugung vor Franz, und seine Stimme tönt scheppernder denn je, »ist uns die Gewissheit, dass dieser Mann der Ehre auch ein Ehrenmann ist.« Begeisterte Akklamation.

Zum Höhepunkt des Diners wird nicht der Sauerbraten, sondern der Einmarsch von vier verschüchterten Kindern, Enkel der Gastgeber, die gemeinsam eine lorbeergekrönte Liszt-Büste tragen. Franz ist gerührt, sagt, das sei zu viel der Ehre, verweist auf Beethoven, streicht sich das Haar aus der Stirn. Meine Nachbarin legt still ihre Hand auf die bebende Brust. Das jüngste der Kinder wird von Franz auf den Arm genommen und bricht in Tränen aus. Frau von Czettritz versorgt ihre Nachbarn mit frischem Anekdotenstoff aus Nonnenwerth.

Im Salon wurde mittlerweile ein Flügel hergerichtet. Man versammelt sich, streitet um die besten Plätze. Zigarrenrauch verdrängt den Kaffeeduft. Ich bin froh, dass ich heute nicht spielen muss. Wie soll man sich in dieser dämmrig ungesunden Atmosphäre nur konzentrieren? Franz wird auf dem Weg zum Klavier fortwährend in Gespräche verwickelt; jeder will noch ein Kompliment loswerden oder einen persönlichen Musikwunsch. Endlich legt er die Zigarre beiseite, schüttelt einige Staubflusen vom Anzug und lässt sich an der Tastatur nieder. Die vorhin so schmählich unterlegene Amazone schnappt sich den rauchigen Stummel und versucht ihm den noch warmen Atem des Maestros zu entlocken. Was für ein Entzücken sich dabei über ihr rundliches Gesicht ergießt!

Franz rückt seinen Schemel ein wenig nach hinten, wo er gegen ein Knie stöß. Er entschuldigt sich, rückt stattdessen nach links, aber dort hat eben eine junge Mutter ihre beiden Kinder abgesetzt. Rechter Hand steht Professor Breidenstein, augenscheinlich hochzufrieden, keinen Sitzplatz mehr ergattert zu haben. Frau von Czettritz dagegen zieht sich freiwillig in die hinterste Ecke des Zimmers zurück, nicht ohne zu betonen, sie genieße die Anwesenheit des Meisters ja ohnehin jeden Tag.

»Als Erstes«, kündigt Franz an, »ein Stück des größten Sohnes Ihrer Stadt. Aus einer Sinfonie, die ich für Klavier zu arrangieren mir erlaubt habe.«

Das stand zu erwarten. Ohne Beethoven kein Konzert in Bonn. Er spielt das Scherzo aus einer der mittleren Sinfonien, und ich möchte schwören, dass nicht eine Note der Originalpartitur bei der Übertragung verlorengegangen ist. Eher hat Franz noch Füllstimmen ergänzt! Wie er das Ganze mit zehn Fingern bewältigt, ist selbst mir ein Rätsel, trotzdem lassen mich diese Stücke kalt. In Leipzig bekam er dafür Prügel von den Kritikern, in Hamburg gähnte das Publikum.

Hier gähnt es nicht, sondern reckt die Hälse und sperrt die Augen auf, um nur ja nichts zu verpassen. Keine Geste, keine Bewegung, keinen Gesichtsausdruck! Dabei spielt Franz heute vergleichsweise unspektakulär, man möchte sagen: saitenschonend. Anspannung und Konzentration sind die einzigen Regungen, die sich seinem Gesicht ablesen lassen, dazu ein Hauch von heiligem Grimm. Die Begeisterung überlässt er seinen Zuhörern. Weiter hinten ist man aufgestanden, die Zigarren erkalten, Breidensteins spitzes Kinn nickt im Takt. Am unteren Ende der Tastatur hält die junge Mutter eines ihrer Kinder auf dem Arm und zeigt ihm, wie Liszts Finger über das Elfenbein wuseln. Schon ist das Scherzo vorüber, der Jubel unbeschreiblich, Franz wechselt zu einer seiner Fantasien. Zeit für Kunststückchen: Wie Flechtwerk greifen seine Hände ineinander über, und wenn er sie hüpfen lässt, entfernen sie sich noch weiter von den Tasten als sonst. Ein Raunen geht durch das Publikum. Besonders exaltierte Stellen markiert Professor Breidenstein durch Emporschnellen seiner Braue, Endlostriller sorgen für kollektive Atemlosigkeit. Bloß die junge Dame mit dem Zigarrenstummel hält sich irgendwann die Hand vor den Mund, springt auf und eilt bleichen Gesichts aus dem Saal.

Ich spitze die Lippen. Soll ich ihr nachgehen? Ein kleines Abenteuer, hier in Bonn, unter all diesen zerfließenden, vor Hingabe dampfenden Frauen, würde mich reizen. Aber noch bevor ich mich entschließen kann, endet Liszts Vortrag, und mitten hinein in den tosenden Applaus, in die tränenfeuchte Seligkeit der Damen und in Breidensteins professionelles Entzücken, springt mein Freund von seinem Schemel auf, wirft den Klavierdeckel zu und stürzt über Füße, Beine, Kleidersäume ebenfalls zum Ausgang.

Schlagartig verstummt das Publikum. Mitten im Raum tut sich ein Krater der Stille auf, alles blickt entsetzensstarr. Was, um Himmels willen, ist da geschehen? Auf Zigarrenunverträglichkeit wird diese Flucht kaum zurückzuführen sein. Das Antlitz des Maestros war nicht bleich, sondern rot vor Zorn. Was also steckt dahinter?

Ich bin einer der Ersten, der seine Lähmung überwindet. Platz da, ich muss nach Franz sehen! Mit mir bemüht sich der Hausherr, auch die Baronin von Czettritz hat unerwartete Geistesgegenwart bewiesen und begleitet uns hinaus. Ihre Bestürzung ist mit Händen zu greifen: Hat sich ihr Liebling bei seinem Parforceritt durch das Notendickicht verletzt?

Im Flur drücken sich Koch und Köchin an die Wand.

Haben wohl gelauscht, die beiden! Der Hausdiener zeigt zur Tür: Herr Liszt sei soeben … Aber da kommt er schon wieder zurück, Hut im Nacken, den Schal wild um den Hals geschlungen. Sein Mantel, er hat ihn vergessen! Nur den Mantel noch, dann werde er verschwinden und diese Stadt nie wieder betreten. Nie wieder!

»Aber, Monsieur!«, ruft der ehemalige Präsident.

Ich: »Was ist los, Franz?«

»Bitte beruhigen Sie sich«, fleht die Baronin unter Tränen.

Beruhigen?, höhnt er. Nie wieder ein Konzert in dieser Stadt! Sein Mantel, wo ist er? Er stolpert an der Schwelle, will fort, aber der Mantel, her damit! Ein Skandal sei das, eine Ungehörigkeit. Teufel!, flucht er. Um seine glühenden Wangen schlagen die Haarsträhnen. Komm, Puzzi! Fort mit uns!

»Aber warum, Franz? Was ist passiert?«

»Nun sprechen Sie doch, mein Bester.« Auch der Gastgeber ist zum Flehen übergegangen. »Weshalb diese Erregung?«

»Weshalb?«, schnaubt Franz. »Das fragen Sie noch? Sie behaupten also, dass Sie es nicht gesehen haben?«

»Was denn?«

»Sie haben diesen Ochsen nicht gesehen? Diesen breitmäuligen Affen? Genug! Meinen Mantel!«

»Gleich, Franz. Erkläre uns erst, welchen Affen du meinst. Vielleicht trinkst du …«

»Und dann dieses Gewächs neben mir mit ihren beiden Blagen! Behandelt man in Bonn alle Künstler so? Keinen Fuß setze ich mehr in diese Stadt! Jetzt ist mir klar, warum Beethoven Hals über Kopf die Flucht ergriffen hat.«

»Ich bitte Sie, mäßigen Sie sich!«, jammert die Baronin.

»Die Kinder?«, frage ich. »Haben dich die Kinder gestört?«

»Sie hat sie mir ja fast auf die Finger geworfen!«, ereifert er sich, mit beiden Armen heftig gestikulierend. »So hat diese Megäre mir ihre Brut über die Schulter gehalten, so, Kopf voraus. Erst das eine, dann das andere. Und wie sie dabei geschnauft haben, mit ihrem feuchten, klebrigen Kinderatem. Ekelhaft! Jeden Moment konnten sie mir auf die Tasten stürzen. Was das für einen Akkord gegeben hätte!«

»Wie bedauerlich«, stammelt der Gastgeber. »Bitte verzeihen Sie! Ich kenne die Dame, sie ist in solchen Dingen etwas ungeschickt.«

»Ungeschickt? Unverschämt nenne ich das! Ein Weib im schlechtesten Sinne des Wortes! Ich hörte sie noch sagen« – er zieht eine Grimasse und presst die folgenden Worte im Falsett hervor – »da, mein Kleiner, das ist der große Liszt, schau dir jeden Finger genau an!«

»Das ist ... unverzeihlich«, murmelt die Baronin.

»Demnächst werden sie auf meinem Schoß sitzen wollen, wenn ich spiele! Mir das Haar kämmen oder das Kinn kraulen!« Immer noch zornfunkelnd, reißt Franz dem Diener seinen Mantel aus der Hand. »Und dann der Professor! Dieser glotzende Primat!«

Wir sehen uns an. »Meinst du«, frage ich zögernd, »meinst du Professor Breidenstein?«

»Wie der mich angeschmachtet hat mit seinem verklärten Mädchenblick! In seinem Alter!« Er schüttelt sich. »Das war der erste Affe, der mich angegrinst hat. Und das erste Zootier, vor dem ich konzertiert habe. Los, Puzzi, wir gehen. Nie wieder Bonn!«

5

An diesem Abend streiten die unterschiedlichsten Gefühle in meiner Brust um die Vorherrschaft. Der Eklat beim Konzert, unsere überstürzte Rückreise, die Tränen der Baronin – all dies hinterlässt natürlich auch bei mir, der ich nichts dafür kann, einen bitteren Nachgeschmack. Wenn ich an die düpierten Gastgeber oder an den beschämten Professor Breidenstein denke, meldet sich sofort der Wunsch, Franz für sein Verhalten zu rechtfertigen. Erklärungen zu suchen, Entschuldigungen zu formulieren: Musste ihm die Dame mit den beiden Kindern derart auf den Leib rücken? Warum gab sich der Professor nicht in einem Winkel stillem Genuss hin?

Andererseits kann ich mich eines gewissen diebischen Vergnügens nicht erwehren. Gibt es sie also doch, sage ich mir in einem Anflug von Schadenfreude, die Risse im übergroßen Monument des Franz Liszt! Ja, er ist dünnhäutiger, als er tut, empfindlicher, als er zugibt. Vorsicht, meine Damen und Herren, der Vulkan brodelt! Er ist aktiv! Ganz anders Herr Herrmann. Mag der auch nicht gar so sehr von Funken sprühen, verbrennt man sich an ihm nicht die Finger. Darf es eine Pièce nach Ihrem Gusto sein, Herrschaften? Aber bitte, bringen Sie die Kinderlein heran! Die Kleinen sollen doch sehen, wie es rauscht auf den Tasten, wie die Saiten zittern und wie Herr Herrmann überquillt vor Leidenschaft. Auch Sie, lieber Professor, dürfen gerne das Maul aufsperren und die Augen verdrehen. Meine Oktaven hämmere ich trotzdem, wie ich es beim großen Liszt gelernt habe.

Ja, warum bin ich eigentlich nicht in Bonn geblieben, während Franz alleine nach Nonnenwerth zurückkehrte? Ich hätte auf dem noch warmen Klavierschemel Platz nehmen und jede Erinnerung an Liszt hinwegmusizieren können. Was hätten die entrückten Damen dafür gegeben, noch ein wenig länger schwärmen und schwelgen zu dürfen! Hier meine Zigarre, mein Glas steht dort drüben. Monsieur Puzzi ist jünger als Franz, und er ist nicht vergeben. Dass ich nicht ganz so viele Zirkusnummern beherrsche wie mein Freund – fällt das ins Gewicht? Die Damenwelt will getröstet werden. Es hätte mein Part sein können.

Nun, diese Gelegenheit ist verstrichen. Stattdessen bittet mich Frau von Czettritz noch am selben Abend zu sich, damit ich ihr Liszts Benehmen erkläre. Auch sie schreit also nach Trost.

»Da gibt es nichts zu erklären«, sage ich. »Sie haben doch selbst gesehen, was vorgefallen ist. Er hat sich über die Leute geärgert.«

»Aber dann gleich so außer sich zu geraten! Eine ganze Gesellschaft vor den Kopf zu stoßen! Hätte das sein müssen, Herr Herrmann?«

»Müssen? Nein.«

»Wirklich, es ist mir unbegreiflich! Was soll man von einem Menschen halten, der am einen Tag die Liebenswürdigkeit selbst ist und am anderen ein ungehobelter, eigensüchtiger Strolch? Verzeihen Sie mir, dass ich das sage, aber gerade so hat er sich doch benommen, oder?«

»Durchaus.«

»Ist er nun ein Gott oder ein banaler Mensch?«

»Bitte?« Ich glaube mich verhört zu haben. Meint sie das ernst? Franz, ein Gott? »Ohne Sie enttäuschen zu wollen, Gnädigste, aber zuallererst und vor allem ist er ein Mensch.«

»Und sein Spiel? Sein Genie, seine Aura – es gab Augenblicke, da ließ er uns mit seiner Musik alles Profane vergessen. Glauben Sie mir, Herr Herrmann, ich habe eine Menge Künstler erlebt, ich kann das beurteilen. Letzte Woche noch sagte ich zu meinem Mann: Den Liszt hat uns der Himmel geschickt. Engel bewegen seine Finger …« Sie seufzt auf. »Sicher, sein Verhalten hat uns schon zuvor Kopfzerbrechen bereitet. Wenn er Verabredungen überging, um sich anschließend nicht einmal dafür zu entschuldigen, wenn er Launen zeigte, wenn er die Gräfin vernachlässigte … aber wer hätte mit einem solchen Ausbruch rechnen können? Ich weiß, dass man an Ausnahmekünstler wie ihn keine bürgerlichen Maßstäbe anlegen darf. Und doch war er es, der uns mit so viel Höflichkeit und freundlichem Wesen entgegenkam, dass wir dachten, das Genie ist Mensch geworden.«

»Vermuteten Sie nicht selbst, dass in seiner Brust zwei Seelen wohnen?«

»Ja, aber gleich so verschiedene Seelen? Seelen, die einander ausschließen? Schwer zu glauben, lieber Freund.«

»Und Sie sagten auch ...«

»Dass die Gräfin einen schlechten Einfluss auf ihn ausübt.« Ihr Blick wird eng. »Das, Herr Herrmann, war falsch. Ich muss mich korrigieren. Eher scheint mir das Gegenteil richtig. Madame d'Agoult ist die Reinheit in Person, im Geiste habe ich ihr schon tausendmal Abbitte geleistet. Wie schwer muss es sein, mit so einem Mann zusammenzuleben!«

»Ja, vielleicht«, winde ich mich. Hat Marie, diese Hexe, also auch die Baronin auf ihre Seite gezogen! Ein paar Sentimentalitäten im Nonnengewand, der Appell an Muttergefühle und weibliche Solidarität – und schon hat sie die Alte eingelullt mit ihrem Gesang. Mit ihrer gewaltigen Melodei! Ich kann nicht behaupten, dass mir das gefällt. In meiner jetzigen Situation, da ich immer noch auf eine Beteiligung an Liszts Tourneen hoffe, brauche ich Verbündete gegen die Gräfin, keine bedingungslosen Verehrerinnen.

»Er ist ein Rätsel«, resümiert die Czettritz, »Wie Sie es bereits sagten.«

»Das ist er, allerdings«, nicke ich und balle innerlich die Fäuste. Wenn Frau Baronin Rätsel liebt – und das tut sie, wie jede Frau auf dieser Welt, man sieht es ihr an –, wenn sie also unlösbare Rätsel liebt, sehe ich mich gezwungen, ihre Ratlosigkeit noch zu vertiefen. Bis sie schließlich die Lust verliert, dieses Rätsel ergründen zu wollen. »Sie hätten ihn erleben sollen«, fahre ich also fort, mit Bedacht zögernd, nach Worten suchend, »Sie hätten dabei sein sollen, damals in ... nein, ich nenne den Ort nicht, die Geschichte ist ohnehin bekannt, man wird es Ihnen bestätigen. Es war vor nicht allzu langer Zeit in einer großen Stadt, Franz hatte umjubelte Konzerte gegeben, stand im Blickpunkt der Öffentlichkeit, war der Schwarm aller. Dann sein letzter Auftritt, selbstverständlich eingebettet in Diners und Empfänge, ein Termin jagt den nächsten, und von höchster Stelle wird ihm als Anerkennung seiner Verdienste ein wertvoller Brillantring überreicht. Während des Konzerts, in einer der Pausen. Nun wollte es aber der Zufall, dass sich die Preismarke des Juweliers noch an dem Ring befand. Sie müssen sich also vorstellen, wie Franz zwischen den Zuhörern sitzt, der Marschall kommt und ihm das Geschenk bringt. Mit den allerhöchsten Glückwünschen und Ehrenbezeugungen, versteht sich. Franz sieht den Ring – und die Marke; was der Auslöser ist, weiß man nicht – jedenfalls springt er auf, ganz ähnlich wie heute in Bonn, gerät in eine aberwitzige Wut, die ihn schreien, toben, stampfen lässt, der Ring wird getreten, er schimpft in allen Sprachen – und das vor Publikum, denken Sie! –, stürmt hoch in eine Loge, wo sein Freund Meyerbeer sitzt, und schimpft dort weiter.« Ich mache eine kleine Pause. »Zu Hause soll er vor Zorn eine Scheibe zerschlagen haben, weswegen er einige Tage nicht musizieren konnte.«

Die Baronin schüttelt stumm den Kopf. In ihren Augen stehen Tränen.

»Auch das«, seufze ich, »ist eine wahre Geschichte über meinen Freund Liszt. Die ich Ihnen nur erzählt habe, weil Sie Zeugin des heutigen Vorfalls waren. Bitte bewahren Sie sie treu in Ihrem Herzen.«

Damit gehe ich. Frau von Czettritz drückt mir zum Abschied warm die Hand.

In seltsam aufgewühlter Stimmung schlage ich den Weg zu Liszts Zimmer ein. Auf mein Klopfen öffnet mir Jacob, sein Diener. Er will mich abwimmeln, doch kaum hört Franz meine Stimme, als er mich hereinbittet. Ich schiebe Jacob beiseite und sehe meinen Freund auf seinen langen Beinen erregt durch das Zimmer stiefeln.

»Erzähl ihr, wie es in Bonn zuging, Hermann!«, ruft er ohne Begrüßung. »Sag ihr, dass sie mich beinahe zerquetscht haben mit ihrer Anhänglichkeit, dass ich nicht mehr atmen, nicht mehr spielen, kaum noch sitzen konnte! Was sind das für Manieren? Bin ich öffentliches Gut? Eine Jahrmarktsattraktion, die jeder angaffen darf?«

Erst jetzt entdecke ich Marie in einem Sessel am Fenster. Azurblau trägt sie heute, ihre Hände liegen entspannt auf den Lehnen.

»Guten Abend, Hermann«, lächelt sie. »Sagen Sie: Wie gelang es Franz, sich aus den Klauen seiner blutrünstigen Verehrer zu befreien? Haben Sie ihn gerettet? Dann wäre ich Ihnen zu unendlichem Dank verpflichtet.«

»Guten Abend«, entgegne ich vorsichtig. »Ich weiß nicht recht ... Sind Sie sicher, dass ich Ihnen tatsächlich gelegen komme?«

»Ja, natürlich tust du das«, entgegnet Franz ungeduldig. »Marie glaubt mir nicht. Du musst ihr erklären, dass ich keine andere Wahl hatte als zu flüchten. Sie hätten mich sonst ...«

»Oh, das glaube ich dir«, unterbricht sie ihn. Ihre klare Stimme und das seltene Du fallen mir auf. »Ich glaube dir alles, Franz, jedes Detail. Ich kann mir die Szene sogar lebhaft vorstellen. Die Enge des Salons, eine gewisse erregte Gemütlichkeit« – hier wählt sie die deutsche Vokabel – »und dann diese Rheinländer mit ihrem plumpen, manchmal verwegenen Enthusiasmus ... Ich hätte dabei sein können! Und vor allem: Ich habe es geahnt, Franz. Es musste einmal so weit kommen mit dieser lächerlichen Hysterie des Publikums. Ja, und es wird noch öfter geschehen. Heftiger, unverschämter. Auf eine Weise, die du dir gar nicht vorstellen kannst.«

»Das ist natürlich Wasser auf ihren Mühlen«, zischt Franz. »Ihr wäre es am liebsten, wenn ich überhaupt nicht mehr konzertierte. Oder nur im kleinen Kreis, unter Freunden.«

Sie lächelt schmal. »Ich bin nicht eifersüchtig, Franz. Falls du das denkst.«

»Doch, das bist du. Auf die ganze Welt bist du eifersüchtig, mit der du mich nicht teilen willst.«

»Ich denke nur an dein Wohl. Diese Tourneen reiben dich auf. Du kränkelst, wenn der Erfolg ausbleibt, du kommst nicht zum Komponieren, und irgendwann schnüren dir deine vielen Verehrer die Luft ab. Spiel in Frankreich, meinetwegen, in den Salons. Spiel bei Erard, bei der Belgiojoso. Aber nicht in ganz Europa, nicht in Russland, England, Spanien. Franz, das ist Wahnsinn!«

»Kein Wahnsinn. Notwendigkeit!«, entgegnet er heiser und sinkt in einen Sessel. Ein hilfesuchender Blick zu mir, dann springt er wieder auf. »Es geht nicht allein um Auftrittsmöglichkeiten. Irgendwann werde ich das nicht mehr nötig haben. Was ich brauche, sind Anregungen, künstlerische Anregungen, musikalische, verstehst du? Und die bekomme ich nicht, wenn ich zuhause versauere. Ich muss raus, ich kann nicht an einem Ort bleiben. Wenn ich nur an das Jahr in Genf denke!«

»Und warum dann Nonnenwerth? Du warst es doch, der unbedingt hierher wollte, um Ruhe zu finden.«

»Ja, das wollte ich. Aber glaubst du, ich würde deswegen hier Wurzeln schlagen? Wir verbringen lediglich unseren Urlaub auf der Insel. Lass uns die gemeinsame Zeit genießen, sie ist begrenzt.«

»Du hast Kinder, Franz«, sagt sie leise.

Darauf schweigt er. Es zuckt in seinem Gesicht, eine Hand sucht nach Halt, aber er schweigt.

»Nun«, klinke ich mich in die Diskussion ein und nehme ebenfalls Platz, »Ihre Kinder scheinen mir bestens versorgt, Marie. Bei seiner Mutter sind die beiden Mädchen in den liebevollsten Händen, und Daniels Pfleger bekommt doch regelmäßig Zahlungen von Franz, richtig? In dieser Hinsicht braucht er sich also nichts vorzuwerfen.«

»Danke für Ihren Einwurf, Hermann.« Der wütende Blick, mit dem sie mich bedenkt, verrät, dass sie verstanden hat, warum ich das »er« im letzten Satz so betont habe. »Wie schön, dass sich ein junger Mann, der vor Kurzem selbst noch Kind war, so um meine Kinder Gedanken macht. Im Übrigen ist es leicht zu durchschauen, warum Franz Sie hinzugebeten hat. Schließlich haben Sie das allergrößte Interesse an seinen Tourneen.«

»Darum geht es nicht, Marie«, sagt Franz.

»Darum geht es tatsächlich nicht«, stimme ich zu. »Mir ist bewusst, dass Franz mich nicht mitnehmen kann. Es geht vielmehr darum, ob er sich zu seinem Künstlertum bekennen darf. Oder ob Sie das Recht haben, ihn vor der Welt wegzusperren wie einen seltenen Vogel.«

»Seit wann kennen Sie sich in Sachen Künstlertum aus, Puzzi? Ist das nicht ein wenig hoch für Sie?«

»Marie!«

»Lass nur, Franz. Sie hat ja recht. Im Vergleich mit dir bin ich bloß ein Kunsthandwerker. Aber auch ein Handwerker ist in der Lage zu erkennen, dass sie dir jegliche Entfaltungsmöglichkeit nimmt. Du wirst ersticken, wenn du deinen Weg nicht gehst. Es ist deine künstlerische Pflicht zu reisen, zu konzertieren, die Menschen glücklich zu machen!«

»Zu komponieren auch?«, fragt Franz in das Hohngelächter Maries hinein.

»Ja, warum nicht.«

»Sie sind so abgefeimt, Puzzi«, schleudert mir die d'Agoult entgegen. »So abgefeimt und so billig. Schicken Franz von mir fort, in der Hoffnung, noch eben seinen Rockzipfel erhaschen zu können. Gott, wie leicht ist das durchschaubar! Trivialste Männerstrategie. Ach, was sage ich: Knabenstrategie! Um Ihren Freund später, wenn Sie allein mit ihm sind, erneut auszunutzen und anzupumpen. Wie Sie es noch immer getan haben. Was ist eigentlich mit Ihren Leipziger Schulden? Schon zurückgezahlt, Puzzi?«

»Das wird noch geschehen. Deshalb bin ich ja hier. Außerdem möchte ich, dass Sie mich …«

»… Hermann nennen? Es kommt mir äußerst schwer über die Lippen, wenn ich Sie so sehe in Ihrer Unfertigkeit, in Ihrer berechnenden Naivität.«

»Bitte, Marie, zügle dich!«

»Ich mich zügeln? Er soll sich zügeln, hörst du? Er! Siehst du nicht, dass er immer noch ein Kind ist, ein kleiner, verwöhnter Junge, für den das Älterwerden nur dazu da ist, um an Spieltische und Frauen heranzukommen?«

»Das ist absurd«, presse ich hervor. »Sie beleidigen mich!«

»Hören Sie auf! Ich weiß, was Sie in Köln getrieben haben. Lichnowsky hat mir alles erzählt. Er hat mir auch erzählt, wie sehr Sie diesen Lebenswandel, den Sie sich gar nicht leisten können, genossen haben.«

»Lichnowsky? Er war es doch, der mich durch die Salons geschleppt hat! Ich hatte überhaupt keine Möglichkeit, ihm zu widersprechen. Ich war krank, vergessen Sie das nicht!«

»Krank?«, höhnt Marie. »Für Vergnügungen aber doch wohl gesund genug. Lichnowsky wollte Sie auf die Probe stellen, und Sie haben diese Probe glänzend bestanden. Er weiß nun, was er von Ihnen zu halten hat. Und wagen Sie es nicht, sich mit ihm zu vergleichen, nur weil er ebenfalls das Spiel und die Frauen liebt. Im Unterschied zu Ihnen ist Felix ein gestandener Mann, ein Charakter. Sie dagegen: ein Windhund.« Ohne meine Antwort abzuwarten, stürmt sie aus dem Zimmer. Franz sieht ihr mit stechendem Blick hinterher. Eine Weile herrscht Stille.

»Nimm es nicht persönlich«, sagt er schließlich. »Sie ist am Ende mit den Nerven. Ihre Gürtelrose macht sich wieder bemerkbar, und von unserem Aufenthalt auf Nonnenwerth versprach sie sich auch etwas anderes. Sie hat ihre ganze Enttäuschung auf dich projiziert.«

»Schon gut«, erwidere ich. »Es ist mir eine Ehre, dir als Blitzableiter dienen zu können. Falls du in Zukunft einen brauchst – ich stehe zur Verfügung.«

6

Am nächsten Morgen erwache ich früher als sonst. Ungewöhnliche Geräusche aus dem Wirtschaftshof haben mich geweckt. Als ich das Fenster öffne, schlägt mir kaltfeuchte Luft entgegen. Dichter Nebel zieht über Nonnenwerth. Unten im Hof sind mehr als zwanzig Personen dabei, sich mit Stöcken, Harken und Gabeln zu bewaffnen. Im ersten Moment befürchte ich einen Aufstand, doch die Stimmung ist friedlich, wenn auch nicht heiter. Man unterhält sich gedämpft, in knappen Sätzen, Scherzworte fehlen ganz. Dann zieht die Gruppe im Gänsemarsch zum Tor hinaus. Ich erkenne einige Bedienstete des Hotels, die meisten Männer aber sind mir fremd.

Eine Weile döse ich noch auf meinem Bett, dann kleide ich mich an. Im Foyer treffe ich die Sand in Hut und Mantel, einen Regenschirm in der Hand.

»Sie reisen ab?«, frage ich überrascht.

Sie nickt. »Meine Kinder verlangen nach mir. Außerdem möchte ich wieder unter Leute. Nehmen Sie es nicht persönlich, Puzzi.«

»Wie schade«, entgegne ich und meine es sogar ernst. »Ist Ihr Roman denn fertig? Sie wissen schon, der mit dem tragischen Ende.«

»Er wird gerade gedruckt. Mittlerweile entwerfe ich den nächsten.«

»Und dann verlassen Sie uns? Um wieder unter Leute zu kommen? Liebe George, hier sind doch Leute genug. Nicht ganz so viele wie in Paris, vielleicht auch nicht ganz so interessante. Trotzdem sollte sich das Personal von Nonnenwerth literarisch ausschlachten lassen, meinen Sie nicht?«

»Durchaus«, schmunzelt sie. Ihre Blicke schweifen durchs Foyer, bevor sie mit gedämpfter Stimme fortfährt: »Unter uns gesagt, habe ich mir auch schon jemanden ausgesucht, der einen veritablen Romanhelden abgäbe. Nein, nicht Sie, Puzzi, tut mir leid. Sie kenne ich schon viel zu lange.«

»Aber wer außer mir hätte das Zeug dazu? Der Rest der Gesellschaft taugt doch nur für Nebenrollen.«

»Glauben Sie? Das sehe ich anders.«

Ich kneife die Augen zusammen. Wen könnte sie meinen? Franz und Marie sind längst verarbeitet … dem Ehepaar Czettritz ging sie aus dem Weg … wie sie überhaupt kaum Kontakt zu den Liszt-Verehrern hatte. Wer bleibt noch? »Ich weiß es«, sage ich enttäuscht. »Lichnowsky.«

»Lichnowsky?«, lacht sie. »Oh ja, der steht auf meiner Liste ganz oben. Warum schauen Sie so betreten? Neid, Puzzi? Hören Sie, man muss den Mann nicht mögen, aber so, wie er auftritt, *ist* er bereits ein Roman. Glänzende Anlagen, begeisterungswürdige Schwächen, brillantes Aussehen – auch da läuft alles auf ein tragisches Ende hinaus.« Sie runzelt die Stirn. »Vom Ende her betrachtet, gäbe es vielleicht noch eine Person, die mich interessieren könnte. Aber ich fürchte, dazu ist es zu spät.«

»Von wem sprechen Sie?«

»Haben Sie die vielen Menschen draußen nicht gesehen?« Wir treten vor das Hotel. Alles liegt unter Nebelschleiern, die Wiese glänzt vor Nässe, von den Tischen tropft es. Ein milchiger Himmel schluckt sämtliche Geräusche, sogar das unaufhörliche Blätterrauschen. Auf den ersten Blick scheinen wir allein zu sein. Aber dann bemerke ich die Männer, die um den Rand der Insel streifen, halb von Bäumen verdeckt, die durch Büsche kriechen und das Strauchwerk mit ihren Gerätschaften teilen. Und sind das nicht Kähne, die man dort durch die Lücken im Laub sieht?

»Was suchen diese Leute?«, frage ich verwirrt. Ich kann mir nicht helfen, aber dieser Anblick erinnert mich an die Jagden auf Ratten und Hunde, deren Augenzeuge ich war.

»Das Mädchen.«

Überrascht drehe ich mich zur Sand um. »Groyens Mündel? Die kleine Cäcilie?«

»Wen sonst?«

»Aber warum glaubt man, dass sie sich hier auf Nonnenwerth befindet?«

»Ich weiß es nicht. Vielleicht gab es einen Hinweis. Fakt ist, dass gerade jeder Zoll rund um die Insel abgesucht wird.«

»Das will ich mir anschauen.«

Wir schlagen den Weg zum Westufer der Insel ein.

Die Fährstelle liegt verlassen da, weiter flussabwärts ist der Suchtrupp zugange. Ich erkenne den muskulösen Kerl, der die Ratte erlegt hat, der Rest besteht aus Knechten und Tagelöhnern, angeleitet von den Befehlen eines Flurschützen. Während zwei, drei Mann die Uferböschung durchkämmen, stehen die anderen in flachen Kähnen und stochern mit ihren Stangen im Fluss. Hin und wieder werden Äste aus dem Wasser gezogen. All das findet in größtmöglicher Stille statt, selbst der Rhein fließt fast lautlos. Über der Szene mit ihren verschwimmenden Konturen und eingeübten Bewegungsabläufen liegt etwas Unwirkliches. Man hat das Gefühl, einem alten Ritual beizuwohnen. Und dann der Flurschütz, eine schwarze Silhouette, aufrecht und ruhig im Nachen stehend, von Nebelschwaden eingehüllt: Das ist Charon selbst, der einen Fahrgast erwartet. Sobald eine Buhne abgesucht ist, ertönt sein Kommando, und es geht zur nächsten. Vom gegenüberliegenden Ufer ist nichts zu sehen. Uns fröstelt.

»Anscheinend geht man jetzt davon aus, dass sie ertrunken ist«, sage ich, nachdem wir dem Schauspiel eine Weile stumm beigewohnt haben.

Die Sand nickt. Sie wird an ihre eigene Tochter Solange denken, die nur wenig älter ist als Cäcilie.

»Aber warum sollte sie hier am Ufer liegen?«, fahre ich fort. »Wenn sie in den Fluss gefallen ist, wird sie doch sofort abgetrieben.«

»Das ist richtig«, ertönt eine Stimme hinter uns. Es ist die des Polizeidieners aus Oberwinter. In seinem abgetragenen grünen Frack steht er da, einen Krug Bier in der Hand, seinen milchgesichtigen Kollegen an der Seite. »Wenn einer in den Rhein fällt, treibt er bis Köln oder weiter. Alles schon vorgekommen! Trotzdem besteht eine gewisse Chance, dass sich ein Körper im Ufergestrüpp verfängt.« Er nimmt einen Schluck. »Vor allem so ein kleiner Körper.«

»Sie beherrschen meine Sprache«, stellt George Sand mit spöttischer Miene fest. In der Tat muss der Polizist unseren französisch geführten Dialog verstanden haben, auch wenn er ihn auf Deutsch fortführte.

»Leidlich«, winkt er ab. »Um ehrlich zu sein, immer schlechter. Meine Kenntnisse stammen noch aus der Besatzungszeit, und die ist ja schon … Wie lange ist die her, Kleiner?« Er gibt dem Jungen einen Klaps auf den Hinterkopf. »Woher sollst du das wissen, warst damals ja nicht einmal geboren! Jedenfalls konnte ich, als ich jung war«, übertrieben spitzt er die Lippen, »durchaus conversation machen. Wie ein Gentilhomme! Und tanzen konnte ich auch. Aber das ist Vergangenheit, Madame, und wir haben andere Zeiten heute. Nur die Französinnen sind immer noch so schön wie früher.« Damit wiederholt er seine täppische Verbeugung von seinem ersten Inselbesuch.

»Ergebensten Dank«, lächelt die Sand, auch wenn sie nur die Hälfte dieser Rede verstanden haben mag, und flüstert mir augenzwinkernd zu: »Der macht ja noch mehr her als Lichnowsky!«

»Warum glauben Sie, die Leiche des Mädchens

hier im Wasser zu finden?«, frage ich den Polizisten. Zum Teufel mit dem Süßholzgeraspel dieses alten Säufers!

»Ich glaube gar nichts, junger Mann. Ich möchte lediglich gewisse Dinge ausschließen. Meiner Meinung nach ist die Kleine ausgerissen und hat sich irgendwo versteckt. Vielleicht sogar hier auf der Insel. Aber wenn sie ... Einen Moment!« Seine trüben Augen verengen sich. Er drückt dem Jungen sein Bier in die Hand und tritt einen Schritt nach vorne. In den Suchtrupp ist Bewegung geraten. Alles schaut auf zwei Männer, die von ihren Kähnen aus ins seichte Wasser langen, um etwas vom Grund zu holen; ein dritter unterstützt sie vom Ufer aus mit einer Stange. Die gemeinsame Anstrengung hat Erfolg, doch das Ergebnis ist ernüchternd. Bloß ein vergammeltes Stück Stoff wird an Bord geholt, ein alter Leinensack wahrscheinlich. Der Flurschütz schüttelt den Kopf.

»Sic transeat«, murmelt unser Polizist und lüftet den Rock, um sich am Hinterteil zu kratzen. »Auf solchen Müll werden wir noch öfter stoßen. Also, wo war ich? Komm, Junge, gib mir das Bier zurück, bevor es warm wird! Ja, wie gesagt, vielleicht treibt sich die Kleine kreuzfidel auf Nonnenwerth herum. Aber sollte sie tatsächlich ertrunken sein, möchte ich vermeiden, dass sie von einem der hochherrschaftlichen Gäste beim Morgenspaziergang entdeckt wird. Sie haben keine Ahnung, welchen Anblick eine Wasserleiche bietet.«

»Darauf können wir in der Tat verzichten«, erwidere ich. »Trotzdem muss man ja nicht gleich vom Schlimmsten ausgehen.«

»Muss man nicht, da gebe ich Ihnen recht. Muss man nicht. Andererseits will der kleine Junge, dieser Korf, das Mädchen gesehen haben. Hier im Wäldchen.«

»Ach! Wann?«

»Letzte Woche.«

Ich werfe ihm einen überraschten Blick zu. »Und da kommen Sie erst jetzt, um nach ihr zu suchen?«

Zum ersten Mal, seit ich den Polizisten kenne, wird er ungehalten. »Was heißt, erst jetzt?«, blafft er mich an und fuchtelt dabei mit den Armen, dass das Bier durch die Gegend spritzt. »Was heißt, erst jetzt? Wissen Sie, wie viel Arbeit auf meinen Schultern lastet? In ganz Oberwinter gibt es nur einen einzigen Polizeidiener, aber Bettler und Vagabunden ohne Zahl. Es gibt Wirtshäuser und Schlägereien, es gibt immer mehr Diebstähle, alles schreit beim geringsten Vergehen nach der Polizei, und jetzt muss ich mich auch noch um entlaufene Kinder kümmern!« Er drückt dem Jungen den fast leeren Krug in die Hand und schickt ihn mit einer herrischen Geste fort. »Wobei ich die Sache mit der kleinen Cäcilie äußerst ernst nehme, verstehen Sie mich nicht falsch. Aber Sie sehen ja, was das für einen Aufwand bedeutet! So viele Männer trommelt man nicht von heute auf morgen zusammen.«

»Hören Sie, ich wollte Sie nicht bloßstellen, sondern habe mich lediglich gefragt …«

»Außerdem hat sich Korf nicht gleich gemeldet. Als ich vor einer Woche bei Ihnen war, schärfte ich Schneider ein, jeden seiner Bediensteten nach der Kleinen zu fragen. Was er auch getan hat, aber nicht sofort. So kam es zu der Verzögerung, begreifen Sie?«

»Ja, sicher. Und was hat der Junge nun gesehen?«

Beide Fäuste in die Hüften gestemmt, blickt der Polizist seinem Kollegen nach, der, den Krug in der Hand, Richtung Hotel schlurft. »Kann sich der Kerl nicht ein wenig beeilen?«, schimpft er. »Was ist denn das für eine Arbeitsmoral!« Er schickt dem Unbotmäßigen einen grellen Pfiff hinterher, was diesen zu drei, vier schnelleren Schritten anspornt, bevor er wieder in den alten Trott verfällt. »Sie fragen, was der junge Korf gesehen hat? Das Mädchen, abends auf der Insel. Es war dunkel, aber er konnte sie genau beschreiben. Sie lief zur Südspitze, dort verlor er sie aus den Augen.«

»Und es handelte sich eindeutig um Cäcilie?«

»Kein Zweifel. Der Junge kennt sie ja. Er ist ihr schon öfter auf Nonnenwerth begegnet, auch an Abenden.« Ärgerlich wischt er sich einen Krümel aus dem Bart. »Umso mehr gehen wir nun davon aus, dass sich die Kleine hier irgendwo versteckt hält. Oder eben doch verunglückt ist. Beim Spielen am Rhein, beim heimlichen Übersetzen, wer weiß.«

»Und die geflüchteten Häftlinge?«

»Sind noch auf freiem Fuß. Alle vier.«

Daraufhin verfallen wir in Schweigen. Schritt für Schritt arbeitet sich der Suchtrupp die Böschung entlang. Einmal schreckt er eine Entenfamilie auf, die unter heftigem Flügelschlagen ihr Versteck verlässt. Je länger wir stehen und beobachten, desto unangenehmer macht sich die Kälte bemerkbar. Die Sand zieht den Kragen ihres Mantels enger um den Hals, ich reibe mir die klammen Finger. Neben uns verfolgt der Polizist, brummelnd und Grimassen schneidend, den Fortgang der Suche. Ab und zu schweift sein Blick zum Hotel hinüber. Als sich seine Leute weiter nach Norden bewegen, will er sich verabschieden.

»Warten Sie«, halte ich ihn auf. »Ich habe Ihnen doch von dem neuen Gasthof in Königswinter erzählt, dem Hôtel de l'Europe. Und dass ich bei der Eröffnung war.«

»Haben Sie.«

»Was ich noch nicht erwähnt habe – aus reiner Rücksichtnahme, verstehen Sie, es geht schließlich um eine angesehene Persönlichkeit ...« Ich hole Luft. »Fürst Lichnowsky war auch dort. Kennen Sie ihn?«

»Schon mal gehört, den Namen.«

»Er hält sich derzeit im Rheinland auf und machte mehrfach auf der Insel Station. Bei der Hoteleröffnung hat er sich über Cäcilie geärgert und sie misshandelt.«

Der Polizist hebt beide Brauen, sagt aber nichts. Auch die Sand schaut überrascht.

»Er hat sie geschlagen. Mit dem Griff seiner Peitsche. Und wenn ich nicht dazwischengegangen wäre, hätte er sie übel zugerichtet. Ich sage Ihnen, er war wie im Rausch.«

»Aha.« Ein langsames, bedächtiges Nicken. »Fürst Lichnowsky? Allerhand. Und Sie meinen nun …?« Er vollendet den Satz nicht.

»Ich meine gar nichts«, erwidere ich. »Sie sollten nur wissen, dass es da jemanden gibt, der auf das Mädchen wütend war und zu Gewalttätigkeiten neigt.«

»Sie sind ein guter Beobachter, Hermann«, wirft die Sand auf Deutsch ein.

»Lichnowsky, soso.« Der Polizist kommt aus dem Nicken gar nicht mehr heraus. »Ein interessanter Hinweis. Sehr interessant sogar. Ja, der Landrat wird sich freuen, wenn ich ihm mitteile, dass wir unsere angesehensten Adelshäuser neuerdings der Kindesentführung und Misshandlung verdächtigen. Jubilieren wird er – und mich mit einem Fußtritt vor die Tür befördern!«

»Wie gesagt, ich wollte nur …«

»Hören Sie auf!«, schnauzt mich der Grünbefrackte an. »Soll ich vielleicht persönlich bei dem Fürsten vorsprechen und ihn fragen, wo er die Leiche des Mädchens verscharrt hat? Ich danke für Ihren Hinweis, aber er hilft mir nicht so viel! Genauso gut hätten Sie den Mund halten können.« Er wendet sich seinem Burschen zu, der gerade mit einem frischen Krug Bier aus dem Nebel auftaucht. »Und du mach mal ein bisschen schneller, Armleuchter! Wie soll ich denn hier gescheit arbeiten?«

»Den Mund hätte ich halten sollen?«, errege ich mich. »Das sagen Sie mir ins Gesicht? Sie werden unverschämt! Ich werde mich über Sie beschweren.«

»Ja, tun Sie das. Gehen Sie zum Landrat. Und erzählen Sie ihm bitte gleich von Ihrem Verdacht. Das wird Ihrer Beschwerde ungemein Nachdruck verleihen. Excusez-moi«, wendet er sich im nächsten Moment auf Französisch an George Sand, »bitte, gnädige Frau, vielleicht erklären Sie dem jungen Herrn hier, in welche Bredouille er mich mit seinen Anschuldigungen bringt. Einen Lichnowsky verdächtigen! Warum nicht gleich den König? Ihre Zigarette war im Übrigen vorzüglich. Delikat! Ich werde sie ewig in Erinnerung behalten. Empfehle mich, meine Dame!« Mit diesen Worten zieht er sich zurück. Die obligatorische Verbeugung vor der Dame, ein grimmiger Blick für mich, anschließend der Griff nach dem Bier, und der Überbringer bekommt eine Kopfnuss verpasst. Seinen ersten Schluck nimmt der Polizist im Gehen.

»Hundsfott!«, knirsche ich, meine Fäuste ballend.

»Was wollen Sie?«, seufzt die Sand. »Er ist ein kleiner Beamter im großen preußischen Staat, da darf er nicht einmal daran denken, dass sich ein Adliger ungebührlich benehmen könnte. Außerdem ist Lichnowskys Jähzorn sprichwörtlich.«

»Na, also!«

»Nichts also, Puzzi. Sie verrennen sich. Warum sind Sie so eifersüchtig auf den Fürsten? Geht es um eine Frau? Um Marie? Das würde ich bedauern.«

»Ich verrenne mich?«, funkle ich sie an. »Am Ende sind Sie es, die sich verrennen, liebe George! Sie fallen ebenso auf Lichnowskys Gewäsch herein wie alle

Frauen. Dunkelbraune Augen, gefällige Manieren, eine Anekdote aus dem letzten spanischen Krieg, und schon schmelzen Sie dahin! Wenn das alles ist, was Sie in Lichnowsky sehen, brauchen Sie Ihren Roman nicht zu schreiben.«

»Ach, Puzzi!« Eine Weile blickt sie mich stumm und ernst an. Dann bittet sie mich, sie zum Hotel zu führen. Die Männer, ihre Boote, die beiden Polizisten, alles bleibt hinter uns im Nebel zurück. »Irgendwann«, sagt sie nach einer Weile, »werde ich mich wahrscheinlich einmal über Lichnowsky auslassen. Aber nicht jetzt. Zunächst ist Marie an der Reihe. Mein neuer Roman, der in den kommenden Wochen erscheinen wird, handelt von ihr.«

Noch immer wütend, verzichte ich auf einen Kommentar.

»Von Marie«, fährt sie fort, »der schönen, selbstsüchtigen, bemitleidenswerten Marie. Einer Frau, die merkt, wie ihr das Leben unter den Händen zerrinnt. Die bald ganz allein sein wird.«

»Mir kommen die Tränen.«

»Sie müssen das Buch nicht lesen, mein Freund.«

»Und warum allein? Weil sie verlassen wird? Von dem Mann, den sie liebt?«

Sie schüttelt den Kopf. »Verlassen wird sie, ja. Aber nicht von dem Mann, den *sie* liebt, sondern von dem, *der sie liebt*. Das ist ein Unterschied. Marie pflegt unablässig ihr Herz zu verlieren, und an Verehrern herrscht kein Mangel.« Sie wirft mir einen kurzen Seitenblick zu.

»Anders gesagt: Wer macht ihr nicht den Hof? Girardin, der Verleger, schmachtet sie an. Aber würde er für sie seine Familie aufgeben? Lichnowsky mag es, mit ihr zu spielen. Ihre sonstigen Pariser Trabanten kennen Sie. Unter allen ist Franz der Einzige, der seine Existenz für sie riskiert hat, seinen guten Ruf, seine Karriere. Wenn sie einem vertrauen kann, dann ihm. Die beiden haben allerdings einen Fehler gemacht: Sie haben Paris mit der Welt verwechselt. Es gibt noch andere Menschen auf diesem Planeten, die an einem Franz Liszt interessiert sind. Die ein Recht auf seine Nähe haben. Und damit meine ich nicht die Frauen.«

»Sondern?«

»Alle, die Musik lieben. Was dachten Sie?«

»Er wird sie also verlassen, glauben Sie. Und dieses Orakel war der Anlass für Ihren Roman?«

»Nein, den schrieb ich, um selbst von ihr loszukommen. Wenn sie ihn liest, wird sie mich hassen.«

»Hassen? Ich würde sagen, jetzt übertreiben Sie. Seit wann vermögen Romane, eine jahrelange Freundschaft zu zerstören?«

»Ach, Puzzi«, lacht sie und fährt mir übers Haar, bevor ich ausweichen kann. »Sie sind wirklich so putzig, wie Ihr Name andeutet. Ich sagte Ihnen doch bereits, dass Marie und ich nie Freundinnen waren. Wir kannten dieselben begehrenswerten Männer und schickten uns Briefe, die nie über eine Selbstbespiegelung hinauskamen. Marie hasst mich schon jetzt dafür, dass ich Franz als Musiker liebe und dann erst als Mann. Sie verachtet meine Direktheit, meine Herkunft, meine Arbeit – und sie beneidet mich darum. Für sie ist das Leben ein Ornament, für mich eine Herausforderung.«

»Schön gesagt. Aber stimmt es auch?«

»Das weiß ich nicht. Wenn es schön gesagt ist, will ich es auch so schreiben.« Wir sind am Hotel angekommen. »Adieu, mon ami. Grüßen Sie Franz von mir. Vor allem aber: Passen Sie gut auf sich auf.«

Kurz danach ist sie verschwunden.

7

Die Zeit vergeht.

Aus Tagen werden Wochen, und ich habe keine Lust zu berichten, wie es dazu kommt. Ohnehin ist der Oktober kein Monat, den zu beschreiben sich lohnt. Nicht einmal am Rhein. Goldene Steilhänge, buntes Laub, das Wunder des Herbstes – sicher, das gibt es. Manchmal kann man dieses Wunder bestaunen, an den seltenen, sehr seltenen Tagen, da die Sonne unverschleiert die Szenerie beleuchtet, wenn es gerade einmal nicht stürmt oder regnet, wenn die Wolken einmal nicht wie ein Leichentuch über der Insel liegen. Oder wenn man ausnahmsweise nicht von trüben Gedanken im Bett festgehalten wird.

Wer ist schuld an meinem Zustand? Franz, der sich äußerst reserviert verhält, seit ich Schlechtes über seinen Freund Lichnowsky gesagt habe? Der sich noch immer nicht für sein Benehmen in Bonn entschuldigt hat? Oder liegt es an Marie, die mich meidet wie einen Aussätzigen, deren Kälte ich für eine Aufforderung hielt, sie zu erobern? Die Sand, mit der man wenigstens reden konnte, ohne sie gleich zu begehren, ist wieder zuhause in Nohant, herzt ihre Kinder, pflegt Chopin und schreibt vielleicht an einem Schlüsselroman über das Personal von Nonnenwerth.

Nein, meine Laune hat jemand anderes zu verantworten. Weder der schnauzbärtige Polizist aus Oberwinter, noch Schneider oder Groyen, sondern einzig und allein Annette, Maries Zimmermädchen. Einige Tage nach der Suchaktion auf der Insel, die im Übrigen ergebnislos verlief, stürzt sie völlig aufgelöst in mein Zimmer und verbirgt ihr Gesicht an meiner Brust. Ich weiß sofort, was das zu bedeuten hat.

»Herrgott, du musst dich irren«, zische ich. Panik beschleicht mich. »Du irrst dich ganz bestimmt!«

»Ich hätte sie längst kriegen müssen.«

»Du sagtest doch, es könne nichts geschehen!«

»Nein, so habe ich das nicht gesagt. Du wolltest aufpassen, Hermann!«

»Das habe ich auch.«

»Hast du nicht!« Sie bricht in Tränen aus. Mit einem Aufschrei stoße ich sie von mir. Wie konnte das nur passieren? Am liebsten würde ich das Weib schlagen! Stattdessen schlafen wir miteinander, es ist ja nun alles gleich, trotzdem achte ich darauf, mich ihr diesmal rechtzeitig zu entziehen. Anschließend ist sie weich wie Butter, schmiegt sich an mich und will über alles reden. Sie erzählt, dass sie nach unserer Zusammenkunft sämtliche Methoden anwendete, die sie von ihrer Herrin kennt. Besorgte sich ein Klistier für die Spülung, wusch sich mit Backpulver, Zitrone und Essig aus, bis die Haut brannte.

»Ich werde sie fragen, was ich noch tun kann, um es nicht zu bekommen«, flüstert sie.

»Wen?«

»Die Gräfin.«

»Marie?« Ich fahre auf. »Das wirst du nicht tun, hörst du? Wenn du mit ihr über uns redest, bringe ich dich um!«

»Aber sie wird es doch ohnehin erfahren! Früher oder später.«

»Sie darf nicht«, brülle ich. »Hörst du: Sie darf es nicht erfahren!« Dabei hat sie recht. Natürlich wird Marie die Schwangerschaft ihres Mädchens nicht lange verborgen bleiben, aber vielleicht, vielleicht gibt es ja irgendwo eine Möglichkeit, ihr den Verursacher zu verheimlichen. Wenn ich mich vor etwas fürchte, dann vor Marie d'Agoults Verachtung. Nicht vor ihrer Wut, nicht vor ihrer Kälte, sondern vor ihrer Verachtung.

Als Annette gegangen ist, liege ich noch lange wie betäubt auf dem Bett. Eine Redewendung fällt mir ein, die ich einst in Hamburg von einem Bekannten meines Vaters hörte: Wehe, wenn der Pisspott überläuft! Der Pisspott, damit sind die Stubenmädchen gemeint. Und wenn sie überlaufen, so wie Annette jetzt, haben sie den Salat. Aber ich habe ihn auch! Ich, ein Zwanzigjähriger, dem die Welt hätte offen stehen müssen, der in diesem Moment aber nur verschlossene Türen sieht, versperrte Wege. Was soll ich mit so einem Balg? Ich bin kein Adliger, der das Problem auf die althergebrachte Art löst, der seine Bastarde je nach Situation verwöhnt oder einsperrt. Thalberg, Liszts größter Konkurrent, ist ein natürlicher Sohn des Grafen Dietrichstein, jeder weiß es, und niemanden stört es. Im Gegenteil, etwas Klatsch gehört zum Geschäft, auch zum pianistischen.

Graf Dietrichstein aber hatte Geld: Geld, um die Mutter Thalbergs ruhig zu stellen, um den Kleinen erziehen zu lassen und um ihm den Eintritt in die besten Salons zu ermöglichen. Ein Lichnowsky hätte ebenfalls die Mittel, um seine galanten Affären in ganz Europa unter den Teppich zu kehren. Wer weiß, wie viele Esmeraldas in Spanien seine Prokura genießen! Und wenn er einmal klamm ist, was ja dauernd vorkommt, hilft ihm Franz aus.

Ich kann mir kein Geld bei Franz leihen. Nicht nach den letztjährigen Vorkommnissen in Leipzig – und vor allem nicht nach meinem großspurigen Angebot, sämtliche Schulden bei ihm zu begleichen.

»Verfluchtes Geld!«, rufe ich aufspringend und öffne meine beiden Koffer, um Kassensturz zu machen. Das hätte ich besser unterlassen. Aus Wut wird Verzweiflung: Meine Barmittel sind fast aufgebraucht. Was mir bleibt, ist ein Wechsel, ausgestellt auf ein Bankhaus in Frankfurt, sowie eine eiserne Reserve, eingenäht in ein Kleidungsstück, auf die ich nur in allergrößter Not zurückgreifen wollte. Wo ist der Rest hin? Habe ich so viel für meinen Unterhalt ausgegeben? Ich schnappe nach Luft: Schneider … den Oktober bin ich ihm noch schuldig. Versprach Franz nach dem Unfall in Köln nicht, für mich zu sorgen? Meine Hotelrechnung für September hat er beglichen. Aber wie geht es weiter?

Das Fenster aufreißen, tief durchatmen. Meine Panik kommt und geht in Wellen. Wie das Wasser im Rhein, denke ich und kichere haltlos vor mich hin. Selbst wenn Franz die Hotelkosten übernimmt, aus der Klemme mit Annette wird er mir nicht helfen. Wenn er es nur nicht erfährt! Ich muss es mit allen Mitteln verhindern. Vor seinem enttäuschten Blick graut es mir fast noch mehr als vor Maries Verachtung. Franz, der Moralapostel. Nicht wegen des Schwängerns, bewahre, was hat er denn mit Marie angestellt, der verheirateten Gräfin d'Agoult, mit der er die wildeste aller Ehen zwischen Paris, Genf, dem Comer See und Nonnenwerth führt? Nein, deswegen nicht, sondern allein wegen der Verantwortung. Meiner Verantwortung gegenüber Annette und dem, was in ihr heranwächst. Aber soll ich etwa in die Unterschicht einheiraten? Ich, der Sohn eines Hamburger Bankiers? Der in Frankreich und Italien gefeierte Hermann Cohen? Das wird Franz nicht wollen. Nicht bei meinen Anlagen.

Nein, es gibt nur eine Möglichkeit, die elegante, noble, die Methode Dietrichstein: Ich muss Annette dafür bezahlen, dass sie mir das Kind vom Hals hält. Ich muss sie bezahlen, wie Franz den Erzieher seines Sohnes Daniel bezahlt, wie er seine Mutter in Paris finanziell unterstützt. Ich muss für das Auskommen des Kindes sorgen – und dazu brauche ich Geld.

Es hilft nichts: Ich brauche Geld.

Als ich mich zu dieser Erkenntnis durchgerungen habe, sitze ich erst einmal wie erschlagen vor dem offenen Fenster. Leichter Nieselregen stäubt. Die Wolken hängen tief zwischen den Bergen, das ganze Tal ist ein feuchtes Bassin und Nonnenwerth sein Grund. Kein Vogel lässt sich hören.

Noch am selben Tag erkundige ich mich nach den Schiffsverbindungen Richtung Wiesbaden.

Wiesbaden? Ein dummer Ort, nicht der Rede wert, meinte einer der englischen Touristen abfällig. Dumas und Hugo machten dort erst gar nicht Station. Dabei soll gerade der Kursaal sehenswert sein. Der Kursaal, ja, mit seinem ionischen Portikus, den Marmorsäulen und Spiegelwänden, den Kandelabern und Spieltischen. An denen das Publikum Jahr für Jahr 200.000 Gulden verliert, wie kolportiert wird. Und wer gewinnt? Einer muss doch gewinnen!

Wiesbaden also. Von mir kein Wort über diese Stadt und über meinen Ausflug. Mir fehlt der Wille, davon zu berichten, ich sagte es ja schon. Als ich zurückkomme, deprimierter als zuvor, erzählt mir Frau von Cordier von einem zweiten Konzert, das Franz in Köln gegeben hat. Er begleitete eine gewisse Miss Kemble aus London bei Bellini-Arien, und wenn ich die leuchtenden Augen der Inseleignerin richtig deute, ist es ihm mit diesem Auftritt gelungen, das Bonner Debakel vergessen zu machen. Beim Gedanken an seine Grandezza kommt sie regelrecht ins Schwärmen: ihr und ihren Kindern eine Loge auf eigene Kosten zu bestellen! (Was sie natürlich ablehnte.) Ihr Champagner zu schicken und während der Pausen zuzuprosten! Und hinterher, im Gespräch, er und die Gräfin: die Liebenswürdigkeit selbst. Sogar ihr Sohn, schließt Frau von Cordier, der hochmoralische Emil, habe nicht anders gekonnt, als das Paar zu loben und zu beglückwünschen.

»Es sind große Charaktere«, nickt sie, mich bei der Hand nehmend. »Schätzen Sie sich glücklich, mit solchen Menschen Umgang zu haben.«

»Ja«, sage ich. »Ich weiß.«

»Was ist mit Ihnen, Herr Herrmann? Fühlen Sie sich nicht wohl.«

»Nein.«

Auch das Ehepaar Czettritz scheint versöhnt. Ich sehe die beiden mehrfach mit Marie speisen oder Tee trinken, meide aber jeglichen Kontakt. Franz ist unterwegs, er gibt ein weiteres Konzert in Aachen, wieder mit der Kemble, wieder mit Bellini. Einmal stattet Groyen der Insel einen Besuch ab. Frau von Cordier empfängt ihn. Sein Blick ist verhangen, das Kopfschütteln will gar nicht mehr aufhören, und am Ende tätschelt sogar der beleibte Schneider seinem Konkurrenten mitfühlend die Schulter.

Annette? Ja, sie war da. Will mit mir sprechen, immer wieder. Ich schicke sie fort. Lästiges Geschöpf! Warum musste sie auch überlaufen? Ich erwäge, mich heimlich aus dem Staub zu machen, einfach zu verschwinden – aber dann könnte ich nie wieder auftreten, mich nie wieder in der Öffentlichkeit blicken lassen.

Meine Gedanken drehen sich im Kreis. Wirbeln wie das Wasser im Rhein.

Seit Wochen habe ich nichts mehr komponiert. Meine Klaviertechnik muss völlig auf den Hund gekommen sein. Auf den Hund, hübsche Formulierung. Ist das nicht kurios? Da genese ich von der Tollwut und bin schlechter dran als zuvor. Irgendwann werde ich einmal darüber lachen können.

Keine Frage, ich muss nach Frankfurt, den Wechsel einlösen. Und dann noch ein zweites Mal nach Wiesbaden. Oder nach Ems. Thiers war dort, ich habe es gelesen. Ja, lassen wir die Zeitungen sprechen: Drei Wochen schlürfte der Politiker das Wasser der Kurstadt, erholte sich, arbeitete an seinem Buch, dann ging es auf die Rückreise. Ein kurzer Abstecher noch zum Kölner Dom, Zwirner wird ihm die französischen Versäumnisse aufgezählt haben, jetzt ist Thiers wieder in Paris. Heckt wahrscheinlich neue Streiche gegen Deutschland aus.

In der Zeitung steht aber auch, dass sich der Poet Nikolaus Becker, Deutschlands Replik auf Thiers, vor Ehrungen kaum retten kann. Neulich gab es Silberbecher aus Mainz und Karlsruhe: als Dankesgabe für sein vaterländisches Rheinlied – die soll er haben. Kollege Müller aus Königswinter wird nirgendwo erwähnt, doch die Grundsteinlegung des Hermannsdenkmals war eine kraftstrotzende Feier, ein rauschendes Fest. Lebehoch und Militärmärsche, Kanonendonner und Riesenchöre. Stehe fest, o Vaterland. 15000 Gäste, lange Tafel. Besonders hübsch das Grußwort der Detmolder Bürgerschaft: »So fest als dieses Werk aus Erz und Stein erstand, sei ewig stark und fest das deutsche Vaterland.« Von einem Denkmal, das über den Grundstein noch nicht hinausgekommen ist, in der Vergangenheit zu sprechen, kann auch nur meinen Landsleuten einfallen. Im gleichen Tonfall sprechen sie über den fertigen Kölner Dom, malen ihn auf Kuchenteller oder sticken ihn auf Handtücher, und genau so sprechen sie über ihr Land, das es nicht gibt und vielleicht nie geben wird.

Immerhin, für den Dom besteht Hoffnung; Hoffnung in Gestalt württembergischer Steine, die am Achten dieses Monats per Schiff aus Stuttgart kamen. Begeisterter Empfang im Kölner Hafen. Eine Abordnung des Dombauvereins defiliert an Bord, man speist und singt gemeinsam, zieht gemeinsam über die Franzosen her, fährt zum Siebengebirge, Böller und Feuerwerk, nationaler Taumel, Rückkehr nach Köln. Eine Randnotiz nur: die Meldung über die acht geflohenen Gefängnisinsassen. Vier von ihnen weiterhin flüchtig. Noch kleiner der Bericht zum Unglücksfall in einer Aachener Kohlengrube. Eindringendes Wasser tötet elf Kumpel. Ich lege das Blatt beiseite. Vielleicht spielt Franz ja nun zum Besten der Grubenarbeiter.

Cäcilie ist immer noch nicht aufgetaucht. Als mir Korf über den Weg läuft, stelle ich ihn zur Rede. Ob er das Mädchen tatsächlich auf der Insel gesehen hat. Ob er sicher ist, sie erkannt zu haben. Ja, nickt der Kleine eifrig, ja, da ist er sich ganz sicher. Er kennt doch das Gör, dreckig, wie es ist. Eine Haut, lacht er, fast so schwarz wie seine.

»Und seitdem hast du sie nicht mehr gesehen?«

Kopfschütteln. »Aber mein Kissen ist weg!«

»Welches Kissen?«

»Mein Kopfkissen. Es war ein schönes Kissen, mit gestickten Blumen darauf. Sie hat es mir geklaut!«

»Du meinst, sie hält sich hier versteckt und hat sich dein Kissen genommen, um es etwas bequemer zu haben?«

»Genau.«

»Soso. Magst du Blumen?«

»Nein, warum, Missjö? Ach so, die auf meinem Kissen! Ja, die mag ich.«

Auffordernd schaut er mich an, und als ich nicht reagiere, flitzt er irgendwann davon. Er hat schon eine ganze Weile kein Trinkgeld mehr bekommen.

Die Tage verstreichen, wir haben Mitte Oktober erreicht. Beim Billard gegen einen jungen russischen Baron verliere ich meine letzten Barmittel. Wie erschreckend roh so eine leere Geldbörse aussieht! Ich beschließe, alles auf eine Karte zu setzen und mein Glück in Bad Ems zu versuchen. Ein kurzer Schnitt mit dem Messer, und meine eiserne Reserve liegt vor mir auf dem Tisch.

»Jetzt müsst ihr es machen wie ich«, befehle ich den Geldscheinen. »Vermehrt euch, bekommt Kinder und Kindeskinder. Allein aus diesem Grund seid ihr doch auf der Welt!«

Noch am selben Vormittag besteige ich das Dampfboot nach Ems. Es ist ein stürmischer, regnerischer Tag, so recht geschaffen, um den Teufel herauszufordern. Vom Mut der Verzweiflung beseelt, stehe ich die ganze

Fahrt über an Deck, im Schutz eines großen Zelts, und trotze der Natur. Was an Ruinen von den Bergspitzen auf uns herabblickt, wirkt feindlich wie nie.

Nach einer guten Stunde Fahrt bemerke ich bei dem Ort Breisig zwei Boote mit roten Fahnen, die vom Ufer ablegen. An Bord jeweils ein Dutzend Personen, dicht aneinandergedrängt, unter Schirmen verborgen. Unser Dampfer, ein holländisches Schiff, läutet zum Zeichen der Passagierübernahme. Von einem Drosseln der Geschwindigkeit ist jedoch nichts zu spüren. An einen Zeltpfosten gelehnt, die Arme verschränkt, verfolge ich die Szene. In den beiden Booten vor uns wird man unruhig. Der Dampfer ist viel zu schnell! Warum stoppt er nicht? Wieder das Läuten des Holländers – bei voller Motorenleistung. Ungebremst schneidet die Spitze unseres Schiffs durch die Wellen, seine wuchtigen Räder wühlen im Wasser. Warnrufe der Bootspassagiere, die in Schreie übergehen. Ich drehe mich nach dem Kapitän um, möchte meinen sicheren Platz aber nicht verlassen. Ohnehin ist es bereits zu spät. Unmöglich, den Dampfer noch rechtzeitig zu stoppen. Die Kahnführer merken es und lassen zurückrudern. So schnell es geht! Wir sind nun ganz nahe, ich kann in die Gesichter der Menschen blicken. Entsetzen, Angst, Wut – alles spiegelt sich in ihnen. Auch am Ufer ist man aufmerksam geworden, da stehen Freunde und Verwandte der Passagiere, die Zeuge des sicheren Umstiegs auf das Dampfschiff werden wollten und nun zur Hilflosigkeit verdammt sind.

Gleich ist es so weit: Wir passieren die beiden Boote, sind schon vorüber. Ich schaue zurück. Eine Sekunde ... noch eine ... dann schlägt die erste Außenbordwelle gegen den vorderen Kahn. Er wird mächtig emporgehoben, droht zu kippen, sinkt wieder herab. Sein Zwillingsbruder tut es ihm nach. Dann die nächste Welle, die übernächste – in den Booten schreien jetzt alle, auch vom Ufer her sind gellende Rufe zu hören. Stumm verfolge ich das Schauspiel, diesen höllischen Tanz der beiden Kähne auf dem aufgewühlten Fluss. Aber noch gelingt es den Bootsführern, ihre Fracht vor dem Untergang zu bewahren. Ich höre Verwünschungen, sehe drohend geschüttelte Fäuste. Der Rhein schäumt – Speichel eines Unersättlichen. Immer größer wird der Abstand zwischen uns und den Nussschalen. Endlich scheinen sich die Wellen zu beruhigen. Niemand ist über Bord gegangen. Aber was für eine Szene! Wie nah doch der Tod in diesem verdammten Tal ist!

Das Geschehen bei Breisig hätte mir als Warnung dienen sollen. Im Kasino von Ems bin ich es, der Schiffbruch erleidet. Puzzi, dem Untergang so nah. Hätte man mir erlaubt, mein Leben auf Rot zu setzen, hätte ich auch das noch eingebüßt. Auf der Rückfahrt herrscht eine tiefe Leere in mir.

8

»Was ist mit dir, Puzzi?« Franz hat mich bei den Oberarmen gepackt und mustert mich prüfend. »Entschuldige: Hermann. Geht es dir gut? Du wirkst müde.«

»Müde?«, lache ich, nehme seine Hände von meinen Armen und lasse mich in einen Sessel fallen. »Nein, alles bestens. Mag sein, dass die Fahrt von Ems hierher ein wenig anstrengend war.«

»Du warst in Bad Ems? Hast du ein Konzert gegeben?«

»Ein Konzert? Nein, so würde ich es nicht nennen.«

»Sondern?« Er wartet auf Erläuterungen, aber ich sitze bloß da und strecke die Beine aus. Mein Kopf schmerzt. Na los, denke ich, frag mich doch, wann ich dir meine Schulden zurückzahle! Frag mich, Franz! Fordere das Geld ein, warum zögerst du? Oder hältst du uns für quitt, weil ich wegen dir beinahe tollwütig geworden bin?

Keiner von uns beiden sagt etwas. Bis Franz sich zum Klavier begibt, das mit Stapeln von Noten bedeckt ist. Gedankenlos beginnt er die Blätter zu ordnen. »Ich habe wieder angefangen zu komponieren«, sagt er. »Mir gehen da ein paar Lieder im Kopf herum. Eine Fantasie über ›Don Juan‹-Motive habe ich bereits in Frankfurt und Köln gespielt. Der Baronin gefällt sie besonders gut.«

Die Baronin, natürlich. Sie und ihren Mann könnte ich anpumpen. Beide sind mir wohlgesinnt. Vielleicht akzeptieren sie mich als ihren Hauspianisten: regelmäßiger Verdienst, wenig Arbeit und abends bei Zigarrenrauch ein paar Kriegserinnerungen mit dem General. Aber gleich schlage ich mir diesen Gedanken aus dem Kopf. Wer sich wie die Czettritzens einmal mit Liszts Musik infiziert hat, ist gegen alles andere immun.

»Unsere Abreise«, fährt er fort, immer noch mit seinen Noten beschäftigt, »ist für den ersten November geplant. Davor haben die Bonner mich eingeladen, du weißt schon, die Mitglieder des Komitees für das Beethoven-Denkmal.«

»Breidenstein auch?«, grinse ich.

»Ja, wieso?« Er schaut kurz auf. »Es ist nur ein Empfang mit Festmahl. Kein Konzert. Überhaupt geht es nicht um mich, sondern um Beethoven.«

Ich nicke verständnisvoll. Natürlich geht es nicht um Franz. Um ihn geht es doch nie! Schmachtende Damen, ein hysterisches Publikum, ohnmächtige Verehrer – aber um ihn geht es dabei nicht. Nonnenwerth wird in diesen Tagen nur wegen seiner guten Luft und seiner Strombäder besucht, richtig? Mein Blick fällt auf eine opulente Vase mit zwei Henkeln und einem beiliegenden, sorgsam gerollten Schreiben. Nanu, die kenne ich ja noch gar nicht.

»Ein Geschenk aus Hamburg«, erklärt Franz, der meinen Blick bemerkt hat. »Von einer Gruppe exaltierter Damen. Die Leute denken sich immer verrücktere

Sachen aus. Jetzt schicken sie schon leibhaftige Minister hierher, um mir das Ding zu überreichen.« Leiser Spott verzieht seine Mundwinkel. »Ich werde meine Geburtstagsblumen hineintun.«

Richtig, in wenigen Tagen ist es ja so weit. »Feierst du? Hier auf Nonnenwerth?«

»Wenn es nach mir geht, nein. Ich könnte mir aber vorstellen, dass Marie etwas hinter meinem Rücken plant. Du kennst sie ja.«

Ich kratze mich am Kopf. Die Vase ist wirklich ausgesucht hässlich. Und unhandlich! Was will ein reisender Virtuose mit so einem Trumm?

»Apropos Marie: Wird sie mit dir fahren?«

»Nein, sie kehrt nach Paris zurück.« Er schaut zum Fenster. »Marie ahnt nicht, welche Ausmaße meine Tournee annimmt. Belloni hat wirklich ganze Arbeit geleistet. Und um der Baronin einen Gefallen zu tun, konzertiere ich vorher in Münster. Dort wohnt ihre Tochter.«

»Franz!« Ich springe auf, trete neben ihn, suche seinen Blick. Meine Stimme soll beschwörend klingen, doch ich fürchte, da ist bloß ein angstvolles Krächzen: »Nimm mich mit, Franz! Ich bitte dich.«

Er zögert. Seine Finger spielen mit einem Notenblatt, machen einen Knick in die Ecke.

»Du weißt doch, was ich kann«, beharre ich. »Wenn ich mit dir unterwegs bin, werde ich auch wieder üben, ich verspreche es dir. Hier auf Nonnenwerth kam ich nicht dazu, aber in Italien …«

»Italien!«, unterbricht er mich. So heftig, dass ich zurückfahre. Sein Gesicht glüht vor Zorn. »Hör auf mit diesem Land, wo sie Bellini und Donizetti als den Gipfelpunkt der Musikgeschichte bezeichnen! Italien ist nicht Deutschland. Dem Publikum in Berlin oder Hannover brauchst du nicht mit Bravourmätzchen zu kommen, das sind zwei ganz verschiedene Paar Schuhe.« Er wirft die Noten zur Seite und macht einen Schritt auf mich zu. »Ich will ehrlich zu dir sein, Hermann: Im Moment hast du nicht das Zeug zum ernsthaften Künstler. Schon vor Jahren habe ich dir das Ende deiner Karriere prophezeit, wenn du nicht an dir arbeitest.«

»Aber sie ist nicht zu Ende! Ich habe gearbeitet, nicht nur am Klavier. Letztes Jahr in England bin ich als Dirigent aufgetreten, du warst Zeuge. Und komponiert habe ich auch: Erinnerst du dich nicht an meine Lieder?«

»Deine Lieder, ja …« Eine wegwerfende Geste, dann beginnt Franz durch das Zimmer zu gehen. »Ich erinnere mich: an ein paar hübsche Melodien und eine einfallslose, schwerfällige Begleitung. In Italien mag man das goutieren, aber sonst? Als du hier ankamst und mir vorspieltest, merkte ich gleich, dass bei dir alles in die falsche Richtung steuert. Du verschleuderst dein Talent, Hermann! Wenn du auf Nonnenwerth wenigstens komponiert hättest! Du hättest Pläne machen können, Freundschaften schmieden. Stattdessen vergeudest du hier deine Zeit.«

Entsetzt starre ich ihn an. Mit allem habe ich gerechnet, aber nicht damit! Was ist nur in ihn gefahren? Hat er mich so lange hingehalten, um mich jetzt fallen zu lassen? »Franz«, sage ich beschwörend, »ich habe Pläne gemacht. Du kennst sie: mit dir zusammen auf Tournee gehen. Wie vergangenes Jahr in England, wie vorher in Leipzig ...« Ich sehe ihn abwinken und greife zum letzten Mittel. »Hör zu, Franz, in deiner Nähe werde ich auch wieder strenger zu mir sein. Ich schwöre es dir! Ja, ich weiß, dass ich einen Hang zum Laisser-faire habe. Aber vergiss nicht, woher dieser Hang rührt. Seit meiner Ankunft in Paris hatte ich nur einen Lehrer und Erzieher: dich.«

Franz bleibt abrupt stehen. Na also, da habe ich seinen wunden Punkt zielgenau getroffen. Noch immer fühlt er sich für mich verantwortlich, heute vermutlich mehr denn je. Der arme Hermann Cohen, der seit sieben Jahren auf die lenkende Hand seines Vaters verzichten muss! Puzzi le mélancolique, hilflos den Gezeiten des Lebens ausgesetzt. Wo man auch hinschaut, für mich sind immer nur Frauen da: meine Mutter, meine Schwester, Marie und George, in Paris die Prinzessin Belgiojoso, meine Gönnerin. Einen einzigen Mann gibt es, Franz. Was er mich nicht lehrt, lehrt mich niemand. Mein Mangel an Ernsthaftigkeit fällt auf ihn zurück.

Ob das tatsächlich der Wahrheit entspricht, weiß ich nicht. Aber Franz denkt so, und darauf kommt es an.

Ich sehe, wie es in ihm arbeitet. Sein Adamsapfel bewegt sich auf und ab. »In den letzten zwei Jahren«, sagt er schließlich halblaut, »hast du nur in einer Hinsicht Fortschritte gemacht: in der Art dich zu kleiden.«

Dann kehrt er zum Klavier zurück. »Andererseits hast du recht, ich hätte strenger zu dir sein müssen. Hätte dir nicht alles durchgehen lassen dürfen. Das war ein Fehler, und dieser Fehler zwingt mich dazu, dir eine letzte Chance zu geben.« Er macht eine Pause.

»Und was heißt das?«

Schweigend sieht er mich an. Ich versuche seinem Blick standzuhalten. Eine lange Stille tritt ein, die nur vom Ticken der Uhr durchschnitten wird. »Was es heißt?«, sagt er schließlich und zuckt mit den Schultern. »Ich weiß es nicht! Herrgott, Hermann, ich weiß es einfach nicht. Wenn du darauf bestehst, werde ich dich meinetwegen nach Russland mitnehmen. Frag mich nicht, wie ich das anstellen soll, aber irgendeine Möglichkeit wird sich finden.« Er presst die Lippen zusammen. »Belloni wird mich für verrückt erklären, wenn er es erfährt. Von Marie ganz zu schweigen.«

»Aber Belloni kennt mich doch gar nicht«, sage ich leise. Nur jetzt seine Nachgiebigkeit nicht erschüttern! »Und Marie – im Moment spielt es keine Rolle, was ich tue oder lasse. Sie wird es immer schlechtheißen.«

Wieder eine Pause. In Franz rumort es. Er geht zum Fenster, zurück zum Klavier, tänzelt hin und her. Seine Hand streicht flüchtig über die Hamburger Vase. Dann bleibt er direkt vor mir stehen, packt mich am Rockaufschlag und fährt mich an: »Ab jetzt arbeitest du wieder an dir, verstanden? Du wirst üben, genau wie ich es tue, Hermann. Sonst sind wir geschiedene Leute, ein für allemal. Das Wichtigste aber«, er greift nach dem

Stapel Noten, den er vorhin achtlos zur Seite geworfen hat, »das Wichtigste, mein Freund: Du wirst komponieren! Hier, nimm das als Anregung. Sag mir, was du davon hältst, mach es nach oder mach es anders, mir ganz gleich. Du musst dich jetzt auf deine Hinterfüße stellen, ist dir das klar?«

»Ja. Völlig. Ich werde ...«

»Versprich nichts, was du nicht halten kannst«, unterbricht er mich barsch. »Ich habe dir die Bedingungen genannt, unter denen ich dich mitnehme. Nein: unter denen ich versuche, dich mitzunehmen. Ich kann dir nichts versprechen, Hermann – außer, dass ich mich für dich einsetzen werde, weil ich mich verantwortlich fühle. Ein letztes Mal!«

»Danke, Franz.« Die Notenblätter in der Hand, umarme ich ihn.

»Schon gut. Von heute an erwarte ich jeden Tag einen Bericht über deine Fortschritte. Hörst du? Jeden Tag.«

»Gerne. Ich habe bloß kein Klavier zum Üben.«

»Dann bekommst du mein Stummerli. Warte.« Er verschwindet im Nebenraum.

Aufseufzend sinke ich in den Sessel zurück. Rettung aus höchster Seenot! Franz reicht mir die Hand, ich habe mich nicht in ihm getäuscht. Auch wenn sein Wutausbruch überraschend kam. Berechtigt, ja, das war er. Trotzdem überraschend für mich. Immerhin hat Franz die Geschichte mit dem tollwütigen Hund zu verantworten, und damit auch meine anschließende Lethargie, die Depression. Und nur deswegen verfiel ich auf die Idee, mich von Annette trösten zu lassen, die Ursache all meines Schlamassels.

Noch während sich diese Gedanken in meinem Kopf formen, wird mir der Fehler in der Argumentationskette bewusst: Mit Annette kam ich zusammen, bevor wir nach Köln fuhren. Mein seelisches Tief war nicht der Grund. Schade, es hätte so gut gepasst. Es hätte mich quasi reingewaschen. Dennoch bin ich der Meinung, dass wir quitt sind, Franz und ich.

Ich höre ihn im Nebenzimmer nach Jacob rufen. Um mich abzulenken, blättere ich die Noten durch, die mir Franz in die Hand gedrückt hat, Blätter im Querformat. Technische Klavierübungen sind darunter, meist in Kurzschrift notiert, dann ein paar Kontrapunktstudien, wie ich sie noch nie leiden konnte, und einige Seiten mit unbekannter Musik. Offenbar die neuen Kompositionen, von denen er sprach. Der Beginn eines Liedes fällt mir ins Auge. Keine Überschrift, doch ich kenne den Text: Heines »Loreley«.

»Ich weiß nicht, was soll es bedeuten«, murmele ich vor mir hin. Am Anfang der Vertonung steht ein Rezitativ. Klavier, Pause, Sprechgesang, wieder Pause. Franz weiß wohl auch nicht, wohin es gehen soll mit der Musik. Aber meine Lieder einfallslos nennen!

»Es tut mir leid, Hermann«, höre ich ihn sagen. Er kommt ins Zimmer, achselzuckend. »Ich kann mein Stummerli nicht finden. Auch Jacob weiß nicht, wo es ist. Dann spielst du eben auf dem Flügel im Saal. Ich werde Frau von Cordier um Erlaubnis bitten. Sie hat bestimmt nichts dagegen.«

»Nicht, wenn du sie fragst.«

»Und schau dir diese Noten an, hörst du? Ich meine es ernst, Hermann!«

»Mache ich.« Mit einem Grinsen halte ich die Blätter hoch. »Darf ich erfahren, wem du das Loreley-Lied widmen wirst? Das Lied von der Frau, die uns Männer ins Unglück stürzt?«

Wie er da rot wird, mein Freund Franz!

9

AM 22. OKTOBER hat Franz Geburtstag.

Dreißig Jahre wird er alt, ein Mann im Zenit seiner Schaffenskraft. Ich frage mich, wie lange er sein unstetes Leben, seine Konzertreisen und den raschen Wechsel seiner Bekanntschaften noch durchhalten wird. Sollte er nicht kürzer treten? Platz für Jüngere machen? Solche Fragen kommen mir ganz ohne mein Zutun, und ich bin geneigt, sie mit einem vehementen Ja zu beantworten. Aber dann rufe ich mir sein Angebot, mich nach Russland mitzunehmen, in Erinnerung. Er gibt mir eine zweite Chance! Nichts Schlechtes also über Franz.

Wenn er nur nicht erfährt, was ich in Wiesbaden und Ems getrieben habe.

Und wie feiert man den Geburtstag eines Franz Liszt? Vom Ehepaar Czettritz erfahre ich, dass er Marie brieflich gebeten hat, unter den Inselgästen ein falsches Datum zu verbreiten, den 23. Oktober, damit sie am Tag zuvor ungestört seien. Aber entweder hat da der korrekte Termin schon die Runde gemacht oder Marie ihre eigenen Vorstellungen von den Festlichkeiten. Jedenfalls plant man auf Nonnenwerth für den Vorabend des Jubeltages, den 21. also, eine Überraschungsfeier. Das zuständige Komitee hat sich bereits gebildet. In ihm sitzen neben der d'Agoult Frau von Cordier und die Baronin von Czettritz, außerdem Liszts neue Schülerin, eine junge Dame namens Stuntz, die er aus Aachen mitgebracht hat. Sie ist eine exzellente Pianistin, wie ich feststelle, und Franz hat ihr Unterricht versprochen, solange er noch auf Nonnenwerth weilt. In ihrer Begleitung reisen Bruder und Schwester, aber deren Fähigkeiten sind nicht der Rede wert, und der Zweck ihres Hierseins besteht wohl eher im Wahren der guten Sitten.

Während Franz nach seinen Konzerten in Köln und Aachen stille Tage auf der Insel genießt – er gibt Unterricht, spaziert durch das Herbstlaub, schaut den Dampfern nach und komponiert –, sind die übrigen Bewohner von Nonnenwerth mit der Vorbereitung des Fests beschäftigt. Baronin von Czettritz hat im Namen aller Austern bestellt. 200 Stück! Marie wartet ungeduldig auf die Ankunft eines Geburtstagspoems, das sie schon vor Wochen bei einem ihrer Pariser Verehrer in Auftrag gab. Das Fräulein Stuntz übt Tanzmusik ein, und Auguste, die zarte Tochter der Frau von Cordier, legt eine Probe ihres zeichnerischen Talents ab.

Ich selbst bin eine Randfigur. Dass ich am Fest teilnehmen werde, steht außer Frage, aber sogar Frau von Czettritz fällt irgendwann auf, wie brüsk die Gräfin meine Anwesenheit übergeht. Die Heilige Marie, das reinste Geschöpf auf Erden – und dann diese Kälte! Wie passt das zusammen? Nun, ich hätte ihr den Grund nennen können. In zwei Wochen wird Franz zu seiner großen Tournee aufbrechen und Marie zurücklassen. Aber ich werde dabei sein.

Oder etwa doch nicht? Als ich eines Tages Jacob, Liszts Diener, auf die große Fahrt anspreche und ihn frage, ob er auch für mich einige Aufträge übernehmen könne, spielt er den Unwissenden. Ist er nicht eingeweiht? Oder bloß verstockt? Was hat dieses Verhalten zu bedeuten?

Mir bleibt nichts übrig, als mich Tag für Tag an den Flügel zu setzen, meine Übungen herunterzuleiern und Franz davon Rechenschaft abzulegen. Stimmungsschwankungen bleiben nicht aus. Unmöglich, in diesem Zustand selbst etwas zu komponieren.

Bis zum Tag der Geburtstagsfeier. An diesem Morgen, als jeder von mühsam unterdrückter Vorfreude und Erwartung fiebert, steht plötzlich Annette neben mir und packt mich am Arm.

»Alles wird gut«, keucht sie. »Wir haben Glück gehabt, Hermann.«

»Was meinst du damit?«

»Ich bin nicht schwanger.«

Sprachlos sehe ich sie an. Woher will sie das wissen? Wie kann sie so sicher sein? Und sie *ist* sicher, ihr Gesichtsausdruck verrät es.

»Hörst du, Hermann? Ich bin nicht schwanger!«

»Wie das? Was hast du getan?«

»Gar nichts! Die Blutungen sind zurückgekommen, es war falscher Alarm.«

»Einfach so?«

»Einfach so.« Sie drückt mir noch einmal die Hand, dann eilt sie davon. Heute wird sie den ganzen Tag für Marie rennen müssen.

»Einfach so«, murmele ich und sinke auf einen Stuhl. Soll es das gewesen sein? Da liegt man nächtelang wach, verflucht die menschliche Natur, und am Ende ist es eben jene Natur, die handstreichartig für die Beseitigung aller Probleme sorgt. Beide Hände am Kopf, starre ich ins Leere. Ich sollte jubeln, aber ich kann es nicht, noch nicht. Diese verdammte Kammerjungfer! Mich so auf die Folter zu spannen, tagelang, wochenlang! Ja, warum hat sie nicht schweigen können, bis sie sich endgültig sicher war? Am liebsten würde ich sie ...! Aber keine Sorge, so schnell werde ich diese Kreatur nicht mehr anfassen.

»Weiber! Gott verdamme sie!« Jetzt springe ich doch auf, mit unterdrücktem Triumphschrei, die Fäuste geballt. Der kleine Korf, der eben vorbeitrippelt, fährt zusammen und lässt einen Stoß Kleider fallen.

»Nun mach dir nicht gleich in die Hose, Junge!« Amüsiert schaue ich ihm zu, wie er das Verlorene wieder aufsammelt. »Was willst du denn mit diesem Fetzen hier? Sieht ja aus wie ein Kaftan en miniature.«

»Das soll es auch sein«, nickt er eifrig. »Aber behalten Sie es für sich, Missjö. Wegen der Überraschung heute Abend.«

Also wird auch der Schwarze seinen Beitrag zum Fest leisten. Und ich kann mich endlich vorbehaltlos mit meinem Freund Franz zusammen freuen. Nun, da ich frei bin und seine Vorwürfe nicht mehr fürchten muss.

Es ist ein ungewöhnlich warmer Tag für Ende Oktober, aber schon ballen sich die Wolken zusammen, verdunkeln den Himmel, und Gastwirt Schneider lässt aus Angst vor einem Gewitter die Schirme ins Haus räumen. Noch sind die Arbeiten in vollem Gang, da sucht der preußische Adler erneut unsere Insel heim. Von seinem erhöhten Platz auf dem Tschako des Oberwinterer Polizisten schaut er griesgrämig auf uns herab. Zusammen mit Schneider bilde ich das Empfangskomitee für den Mann, der diesmal alleine kommt.

»Wir sind alle beschäftigt«, rufe ich ihm zu, bevor er sein Anliegen vorbringen kann. »Niemand wird Zeit für Sie erübrigen, guter Mann, denn heute hat jeder von uns eine heilige Pflicht zu erfüllen.«

»Was soll das sein?«, knurrt der Schnauzbart.

»Geburtstagsvorbereitungen«, erklärt Gastwirt Schneider. »Herr Herrmann hat recht, wir müssen noch einiges erledigen. Worum geht es?«

»Um nichts Besonderes.« Mürrisch streicht sich der Polizist übers Kinn. Heute scheint er nicht nur ohne den Grünschnabel als Begleiter, sondern auch ohne sein obligatorisches Bier auszukommen. »Ich wollte Ihnen mitteilen, dass Groyens Mündel immer noch nicht gefunden wurde. Obwohl wir die Suche ausgedehnt haben.«

»Auf Königswinter vielleicht?«, frage ich höflich.

»Außerdem«, ignoriert mich der Mann, »wollte ich mich erkundigen, ob Sie in der Zwischenzeit verdächtige Beobachtungen gemacht haben. Ob Ihnen etwas aufgefallen ist, was auf Cäcilies Anwesenheit schließen lässt.«

»Leider nein. War's das?«

»Möglicherweise doch«, fällt mir Schneider ins Wort. »Mein Koch sagte mir gestern, dass in letzter Zeit immer wieder Speisen aus dem Vorratsraum verschwinden. Eine Wurst oder ein Stück Brot, nichts von Belang. Wir wüssten nicht, wer dafür in Betracht käme.«

»Hungrige Gäste?«, schlage ich vor.

»Das ist ein interessanter Hinweis«, nickt der Polizist. »Sehr interessant. Vielleicht müssen wir demnächst doch das ganze Haus auf den Kopf stellen.«

»Bitte nicht!«, stöhnt der Gastwirt.

»Ihr Hotel ist riesig. Ich könnte mir vorstellen, dass es dort eine Menge Verstecke für ein kleines Mädchen gibt. Lagerräume, Dachböden, Kammern und Verschläge … Ist das denkbar, Herr Schneider?«

»Sicher gibt es die. Aber warum sollte sich Cäcilie hier auf Nonnenwerth verstecken? Und bitte verschonen Sie uns mit einer Durchsuchung! Denken Sie an unsere Gäste. Wenn es Sie zufrieden stellt, machen wir uns selbst auf die Suche nach dem Mädchen.«

»Das hätten Sie schon längst tun sollen«, brummt der Polizist. Seine Verabschiedung fällt knapp aus.

»Und die flüchtigen Gefangenen?«, rufe ich ihm hinterher.

»Sind flüchtig.«

Schneider wackelt sorgenvoll mit dem Kopf.

Aber das bleibt der einzige Misston an diesem Tag. Selbst die Wolken stellen ihre Drohgebärden ein, um weiter gen Süden zu ziehen. Und wenn man diese überraschende Zähmung vielleicht noch als Zufall, als Laune eines launischen Schöpfers abtun könnte, so widerspricht das Lächeln, das mir Marie gönnt, jeder Wahrscheinlichkeit. Ja, sie lächelt mich an, als wir uns mit Frau von Czettritz und der Cordier-Tochter zu letzten Absprachen in ihrem Zimmer treffen. Ihr ganzer Körper scheint mich anzustrahlen, die hohe Stirn, die schlanken Arme, ihre schmal eingefasste Hüfte. Ich bin so überwältigt, dass ich keinen klaren Gedanken fassen kann. Nur den: dass sich Marie die Widmung des »Loreley«-Liedes redlich verdient hat. Was auch immer das heißen mag.

»Ist der Schweinskopf eingetroffen?«, erkundigt sich die Baronin.

Die junge Cordier errötet leicht. »Die Aachener bringen es eben in Erfahrung.«

»Dann hoffen wir mal das Beste.«

»Von wem sprechen Sie?«, erkundige ich mich. »Kenne ich den Herrn?«

Marie verbeißt sich ein Lachen, während die Tochter der Inseleignerin noch verlegener wird. »Wir reden von einem echten Schwein«, versichert sie. »Die Schwestern Stuntz wollten sich darum kümmern. In der ungarischen Heimat von Herrn Liszt pflegt man bei Geburtstagen einen Wildschweinkopf aufzutragen, er hat uns selbst davon erzählt.«

»Tatsächlich? Nun, dass die Ungarn eine Vorliebe für seltsame Rezepte haben, kann ich bestätigen. Und so eine Überraschung wollen Sie Franz heute Abend also bieten?«

Heftiges Nicken. Der frommen Auguste ist dieser Brauch wohl noch suspekter als mir, aber sie hat sich der Mehrheit zu beugen. Gleich darauf stürmen die beiden Schwestern ins Zimmer und verkünden, dass der Sauschädel in der Küche für seinen Auftritt präpariert werde. Einer gelungenen Feier steht also nichts mehr im Wege. Mich bittet man, zusammen mit Fräulein Stuntz für die musikalische Umrahmung zu sorgen. Und mit »man« ist auch Marie gemeint. Ich fühle eine Vorfreude auf das Fest in mir aufsteigen, die Züge einer gewissen Gier trägt. Wer weiß, was sich im Rausch des Abends noch alles ergibt!

Die Feier beginnt am späten Nachmittag. Marie behauptet, Franz sei völlig ahnungslos, und das mag sogar stimmen, schließlich hat er sie ja angewiesen, sämtliche Gratulanten auf übermorgen zu vertrösten. Während er sich unten im Erdgeschoss aufhält, lassen wir sein Klavier in Maries Zimmer tragen und richten alles zum Empfang her. Dann werden draußen Böller gezündet. Die Gräfin reißt die Tür von Nr. 6 auf. Durch das Haus schallt ein Tusch, vierhändig am Klavier gespielt. Franz wird ausgerufen und hereingebeten. Überrascht und wohl auch ein wenig bestürzt steht er auf der Schwelle. Aber was soll er sagen, als die Generalin vortritt und ihn auf ihre plump-herzliche Art bittet, heute unser Gast zu sein, da er den morgigen Tag ja nicht unter Leute gehen wolle? Noch bevor er sich zu einer angemessenen Antwort durchringen kann, stimmen wir einen von Marie ausgewählten Kanon an. Sie selbst übernimmt mit ihrer schönen Altstimme die Führung. Die Geburtstagsgesellschaft und damit unser Chor besteht aus mittlerweile zwölf Personen: dem Ehepaar Czettritz, Auguste und Emil von Cordier, den drei Geschwistern aus Aachen, Lefebvre aus Köln, dann zwei erst kürzlich eingetroffenen Gästen, einem weiteren ehemaligen Militär namens Roisie und einem Bildhauer Imhoff, der Franz porträtieren will, dazu Marie und ich. Frau von Cordier, die Inseleignerin, lässt sich unter größtem Bedauern wegen Unwohlseins entschuldigen, Fürst Lichnowsky wird noch erwartet.

Der Kanon ist abgewunken. Franz bedankt sich bei allen für den prächtigen Gesang und die gelungene Überraschung. Aber nun geht es ja erst los! Das ganze Zimmer ist voll von Kränzen, Girlanden und Sträußen, der Sessel des Geburtstagskindes wie ein Thron mit Rosen verziert. Kaum hat sich Franz niedergelassen, setzen ihm Auguste und das Klavierfräulein einen Lorbeerkranz auf. Ein weiterer Kranz schmückt seine Büste, für die er, wenn mich nicht alles täuscht, einst in Rom Modell gestanden hat. Auf seinem Platz türmen sich die Geschenke. Da ist die schöne Ledermappe, die Auguste mit einem Ölbild der Insel verziert hat. Von Marie bekommt er eine marmorne Medaille mit ihrem Portrait: verhangener Blick in einem Meer von Korkenzieherlocken. Fräulein Stuntz, die Pianistin, muss von Liszts häufigen Fieberattacken erfahren haben, sie schenkt ihm nämlich ein Thermometer. Frau von Cordier lässt eine edle Geldbörse überbringen, und ich beteilige mich mit drei Krawatten, die ich in Frankfurt von meinem letzten Geld erstanden habe.

»Das ist herrlich!«, ruft Franz immer wieder aus. »Sie beschämen mich! Wie edel!«

Kulinarisches steuern die Eheleute Czettritz bei. Die Baronin eine große Torte, auf der dreißig Kerzen um die ungarische Flagge brennen, was großen Eindruck macht, denn in Frankreich kennt man diese Sitte nicht. Ihr Gatte glänzt mit einer reifen Ananas. Die Leberpastete, die Marie auftischt, stammt natürlich aus Paris. Franz faltet die Hände und vertieft sich schweigend in den Anblick der Pastete. Das tut er mit einer solchen Inbrunst, dass man Sorge tragen muss, er trauere der toten Gans hinterher.

Da aber stimmt Fräulein Stuntz am Klavier mit Vehemenz einen türkischen Marsch an. Und unter Schellengeklingel betritt ein kleiner Orientale das Zimmer. Franz reißt die Augen auf. Es ist Korf, der kleine Korf, in seinen Kaftan gehüllt, verziert mit Monden und Bändern. An seinen Ohrläppchen baumeln schwere Gehänge, den Kopf krönt ein Seidenturban mit einer Art Fahne, auf der ein Gedicht geschrieben steht. Das Erstaunlichste aber ist der Gegenstand, den er unter Aufbietung all seiner Kräfte auf einem großen Tablett vor sich herträgt: nichts anderes als der Wildschweinkopf, von dem die Schwestern Stuntz sprachen. Die Borsten des Viehs sind säuberlich gekämmt, die Ohren mit Schleifen verziert, und im Maul prangt die Insel Nonnenwerth, aus einer Rübe geschnitzt. Was für Heiterkeit und Entsetzen gleichermaßen sorgt.

»C'est admirable!«, ruft Franz und springt auf, um den Schwarzen in seine Arme zu schließen. »Unglaublich, nicht zu fassen!« Vergnügt packt er den Schweinskopf, betrachtet ihn von allen Seiten, dann wird Korf erneut gedrückt und geknufft, das Lachen und Schreien will gar kein Ende nehmen.

»Wir haben das Schwein aus Ihrem Vaterland kommen lassen«, verkündet der junge Herr Stuntz gegen den allgemeinen Lärm. »Eigens importiert!«

»Aber Ungarn liegt doch nicht der Türkei«, brüllt Franz gutgelaunt. »Nicht ganz, jedenfalls. Mon Dieu, was für eine Überraschung! Woher wissen Sie von unseren Volksbräuchen?«

»Oh, Sie selbst haben es mir erzählt«, gibt die Baronin stolz zu Protokoll.

»Wundervoll!« Der Schwarze erhält einen Kuss auf die Stirn, dann wird er seiner Fahne entledigt. »Und was ist das für ein Gedicht?«

»Fürst Lichnowsky hat es verfasst«, erklärt Emil, der Sohn der Inselbesitzerin. »Eine Elegie auf Nonnenwerth. Wenn er kommt, wird er es sicher gerne vortragen.«

»Ach, nun taucht die Klosterzelle einsam aus des Wassers Welle«, zitiert Franz, den Text überfliegend.

»Denn die eine musste fliehen, die den Zauber hat verliehen.« Er reicht Marie das Blatt. »Mir scheint, das Gedicht handelt von Ihnen, meine Liebe.«

Marie lächelt verlegen.

Später bei Tisch rührt die Baronin alle Anwesenden durch einen herzensinnigen, dabei grotesk unbeholfenen Toast; unter Tränen und Zittern setzt sie sich, und ich muss das Lachen gewaltsam unterdrücken. Auch der erwähnte Roisie bringt einen Trinkspruch aus, Liszt antwortet, General von Czettritz stößt auf die Gesundheit des Königs an. Rheinwein macht die Runde, kaum gibt es Schüsseln genug, die Berge von Austern zu fassen. Lefebvre hält seine spitze Nase an die Ananas, um ja nichts von ihrem Duft zu verpassen. Lichnowsky lässt auf sich warten. Zwischen den Gängen spielen die junge Stuntz und ich abwechselnd oder gemeinsam Klavier. Die fehlende D-Saite ist mittlerweile ergänzt worden.

Noch vor dem Dessert ein neuer Programmpunkt. Gastwirt Schneider erscheint und lädt den Jubilar nach draußen, vors Haus. Gespannt erhebt man sich. In diesem Fall zählen wohl nur die Familie von Cordier und ihr Pächter zu den Eingeweihten. Als wir aus der Hoteltür treten, ist es bereits dunkel. Wie am Morgen zieht ein Heer finsterer Wolken über uns hinweg, das angekündigte Gewitter scheint sich doch noch einstellen zu wollen. Auch der Wind hat zugenommen.

Zunächst aber sind es irdische Donner und Blitze, die Nonnenwerth heimsuchen. Auf der Wiese wird ein Feuerwerk abgebrannt, das Pappeln und Weiden in ein magisches Licht taucht. Schwärmer jagen durch die Nacht, Baumkronen flammen unwirklich auf. Ich muss an Kaufmann Knippschild denken. Ob die Wunde an seinem Fuß verheilt ist?

»Bravo!«, ruft Franz und applaudiert. Die Feuerwerker, darunter der muskulöse Rattenjäger, antworten mit Hochrufen.

Kaum ist das Spektakel vorüber, fährt der Gärtner der Insel mit einer Schubkarre vor, auf der ein mannshohes Bäumchen samt Wurzelstock liegt. Den Stamm umflattern bunte Bänder.

»Hochgeehrter Gast«, wendet sich der junge Emil mit gespitzten Lippen an Franz. »Im Namen meiner Mutter, die bedauerlicherweise nicht anwesend sein kann, sowie im Namen aller zukünftigen Besucher unseres Eilands bitten wir Sie, uns mit dem Einpflanzen dieser Platane ein Andenken zu hinterlassen.«

»Jener Baum«, fällt Auguste mit ihrer zitternden Stimme ein, »soll als beständiges Denkmal Ihres Nonnenwerther Aufenthaltes gen Himmel wachsen, um solcherart den alles überragenden Genius eines Franz Liszt zu symbolisieren.«

»C'est magnifique«, sagt Marie leise, bevor ihre Worte vom Beifall der anderen hinweggeschwemmt werden. Franz verbeugt sich wortlos.

Baum und Gärtner an der Spitze, defilieren wir in Zweierreihen um die Kapelle herum, bis zu einem beleuchteten Platz vor der Westfront des Gasthofs, etwa auf Höhe der Fährstelle. Ein Loch ist bereits gegraben, daneben liegt die aufgeschüttete Erde. Während der Gärtner den Baum aus der Karre hebt, lässt sich Franz einen Spaten reichen. Windböen spielen in seinem Haar, das fast so wild umherflattert wie die Bänder an der Platane. Über sein asketisches Antlitz huscht das flackernde Licht einer Lampe. Der Baum steht aufrecht, nun ist es an Franz, ihn in die Erde einzupflanzen. Doch er zögert. Blickt in das vorbereitete Loch, fährt mit einer Hand kurz über den Stamm der Platane.

»Ich bin schon häufig geehrt worden«, kommt es auf Deutsch über seine Lippen. »Viel zu häufig. Mit Medaillen und Pokalen und Diplomen. In Pest bekam ich den ungarischen Ehrensäbel überreicht, oben in meinem Zimmer steht eine Vase aus Hamburg. Aber das hier ...« Seine Stimme versagt, er räuspert sich mehrmals. »Dieses Geschenk bedeutet mir außerordentlich viel. Ein Baum, der mich vielleicht überleben wird – nein, der mich ganz sicher überleben wird ...« Seine Hand fährt zur Brust. »Sie beschämen mich. Herzlichen Dank.«

10

Zugegeben, es war ein origineller Einfall, Franz einen Baum zum Geburtstag zu schenken. Noch wirkt das Pflänzchen zart und verwundbar, genau wie Fräulein von Cordier. Aber wenn es erst einmal Wurzeln schlägt und nicht von irgendwelchen Barbaren gefällt wird, kann es zum Wahrzeichen der Insel werden. Als Baum des Komponisten. Als Liszt-Platane, deren Krone in den Himmel reicht. Die Liedertafeln der Zukunft werden von weither anreisen, um in ihrem Schatten zu picknicken.

Vielleicht sollte ich meinen Namen in die Rinde ritzen.

Zurück in Nr. 6, wird das Dessert gereicht. Alkohol und Neckereien sorgen für ausgelassene Stimmung. Die Männer wollen von Franz wissen, ob in Russland auch Bären und Wölfe im Publikum säßen; Franz entgegnet, das sei ihm gleich, solange sie Eintritt zahlten. »Wohl gesprochen!«, ruft der General und erzählt von Napoleons Feldzug gegen Moskau. Während sich Emil zunehmend entzückt um Marie bemüht, die er vor wenigen Wochen noch wegen ihres unmoralischen Lebenswandels geschmäht hat, beglückwünschen sich seine Schwester und die Baronin gegenseitig zu ihren gelungenen Ansprachen. Mir fällt es zu, neben dem musikalisch weniger begabten

Fräulein Stuntz zu sitzen, das auch im Flirten keine Spur von Talent zeigt.

Dann erscheint Lichnowsky. Mit großer Geste stürzt er Franz in die Arme, flucht über die Verspätung des Dampfschiffs, blendet die Anwesenden mit seinem strahlenden Lächeln. Natürlich auch meine Aachenerin, die anscheinend vergessen hat, dass neben ihr der Pianist der Zukunft sitzt. Hat dieser Mann magnetische Kräfte? Alles schaut auf ihn, alles lauscht seinen Worten.

»Ich habe Ihren Toast verpasst, Frau von Czettritz? Wie kann ich das nur gutmachen? Wollen Sie ihn nicht für mich wiederholen? Bitte zieren Sie sich nicht!«

»In Ihrer Gegenwart, lieber Fürst, hätte ich keine Silbe hervorgebracht!«

Lichnowsky lässt sich vom Schweinskopf berichten und von der eingepflanzten Platane. Er bedauert, beglückwünscht, freut sich mit allen, lässt seine dunklen Augen aufleuchten. Dieser Mensch dampft geradezu vor Jugendlichkeit!

»Ich habe Ihr Buch gelesen, Fürst Lichnowsky«, meldet sich der junge Stuntz zu Wort. »Sind die Spanier tatsächlich so blutrünstig, wie Sie schreiben?«

»Nicht halb so blutrünstig wie die Spanierinnen, und die haben mir kein Haar gekrümmt. Zumindest nicht dauerhaft. Aber nun erlauben Sie mir, ebenfalls einen Toast auszubringen.«

Und Lichnowsky erhebt sein Glas auf Franz, einen Freund im wahrsten Sinne des Wortes, dem es gelinge, allein durch sein *Spiel* die Menschheit zu bessern. Was keine Überraschung sei, denn wir alle wüssten ja: Nur dort, wo der Mensch spielt, ist er ganz Mensch. »Trinken wir also auf das Leben, ein Spiel«, ruft Lichnowsky, »und trinken wir auf den Spieler, der in jedem von uns steckt!« Damit hält er sein Glas in die Runde, und ich könnte schwören, dass seine Braue just in dem Moment, als unsere Blicke sich treffen, in die Höhe schnellt.

Franz packt ihn am Arm. »Felix, Sie müssen mir den Gefallen tun und Ihr Gedicht vortragen.«

»Aber ja!«, rufen alle und klatschen Beifall. »Lassen Sie es uns hören!«

Lichnowsky ziert sich nicht einmal. Routiniert tut er sein Poem als Lappalie ab, als rasch dahingeworfenes Impromptu, dem nur eine Hoffnung bliebe: dass es einst von Liszt in Töne gesetzt werde. Ansonsten bitte der Autor um Gnade vor dem Publikum. Schon raschelt das Papier in Lichnowskys Hand: »Die Zelle von Nonnenwerth«. Auf das Blatt schaut er allerdings kaum, sondern lieber in die Augen der Damen, vor allem Maries. So ein Hund! Viel zu dramatisch kommt das eröffnende »Ach!« über seine Lippen, dann werden Schmerzen auf Herzen gereimt, und natürlich ist vom Rhein die Rede, der etwas mit Liebesbangen umfangen hält, weil das so schön zusammenklingt. Wie gerne würde ich ein kaltes »abgeschmackt!« in die Runde werfen, doch ich lächle mit allen, applaudiere mit allen.

»Aber meine Damen, meine Herren, ich bitte Sie!«, wehrt der Fürst ab und überreicht Franz das Blatt mit spitzen Fingern. So, als sei er froh, es loswerden zu können.

»Ich werde es vertonen, Felix«, entgegnet Franz. »Das verspreche ich Ihnen. Nicht jetzt, sondern wenn wir … sagen wir, wenn der Zeitpunkt gekommen ist.« Dann bittet er um Gehör. Mit Erlaubnis seiner Gäste wolle er nun zusammen mit Fräulein von Cordier eine neue Komposition vortragen. Ein Lied, einer seiner ersten Gehversuche in dieser Gattung. »Auch dies«, lächelt er maliziös, »bloß eine Lappalie. Sie wäre weiter nicht erwähnenswert, hätten wir auf diese Weise nicht das Vergnügen, die reizende Tochter unserer verhinderten Gastgeberin als Sängerin bewundern zu dürfen.«

»Entzückend!«, ruft die Baronin aus. Auguste erbleicht, steht aber tapfer auf und geht zum Klavier.

Franz rückt sich den Schemel zurecht. »Hierbei handelt es sich ebenfalls um ein Abschiedslied. Ein Abschied von Dingen, die wir liebgewonnen haben. Vor einiger Zeit fuhr ich am Loreleyfelsen vorbei. Ich habe genau hingeschaut, bloß: Die Loreley sitzt nicht mehr dort oben. Sie ist verschwunden. Verjagt von unserer barbarischen Zivilisation, zum Verstummen gebracht von einem Heer dampfender, brüllender Maschinen. Ich sah nichts weiter als einen nackten Felsen, um den die Moderne hetzt. Die Einzigen, die heutzutage noch an diesen Riffen zerschellen, sind wir romantischen Träumer mit unserer fixen Idee, wir könnten die Vergangenheit heraufbeschwören.« Er zwinkert uns zu. »Sie sehen, eine Lappalie. Aber sie ist für Marie geschrieben, pour mon coeur.«

Die linke Hand beginnt. Ein verminderter Akkord, Zeichen der Ungewissheit, Frage nach innen. Später das Rheinpanorama im Barkarolenrhythmus. Keines der stärksten Gedichte Heines, meiner Ansicht nach, und nur mit einer gehörigen Portion Sentimentalität zu ertragen. Ein Abschiedslied? Nun, unter dieser Voraussetzung passt die Widmung an Marie. Ihre Liebe: ein Märchen aus uralten Zeiten. Die junge Cordier schlägt sich beachtlich, sie hat zwar bloß ein Stimmchen, das an den lauten Stellen vergeblich um Volumen kämpft, aber der Entsagungscharakter steht ihr ganz vortrefflich, und Musikalität besitzt sie reichlich. Wo sie passen muss, springt die Begleitung ein: Franz lässt das Klavier schäumen und wogen, chromatischer Untergang, um sich anschließend wieder ganz zurückzunehmen. Zuletzt eine »gewaltige Melodie«, die in Augustes Vortrag zart verhaucht. Großer, langanhaltender Applaus. Am lautesten klatscht die Baronin zum rhythmischen Beben ihres Busens. Selbst ihr Mann nickt anerkennend. Von Franz ein Handkuss. Marie hat den Kopf schräg gelegt.

»Ein Talent, zweifellos!«, ruft Fürst Lichnowsky.

Zitternd geht Auguste zu ihrem Platz zurück. Ich höre, wie sie Frau von Czettritz zuflüstert, dass ihre Kehle wie zugeschnürt sei.

»Was ist mit Ihren Plänen, die Insel zu kaufen, lieber Liszt?«, will Bildhauer Imhoff wissen. Seine Frage wirkt gänzlich aus dem Zusammenhang gerissen, doch ich vermute, dass ihn der Liedvortrag dazu veranlasst hat. Nach dem Motto: Wer dem Rhein in Gedanken schon so nahe ist, sollte sich dort häuslich niederlassen.

»Kaufen?«, gibt Franz irritiert zurück. »Aber nein, wie kommen Sie …?«

»Ihm fehlt das Geld«, wirft Lichnowsky fröhlich ein. »Schließlich muss er Leute wie mich aushalten.« Zufrieden genießt er die pikierten Ausrufe und unterdrückten Lacher, die seine Bemerkung ausgelöst hat.

Auch Franz lacht erleichtert. »Wenn ich je mit dem Gedanken spielte, dann nur kurz. Ich scheue die Folgekosten. Außerdem möchte Frau von Cordier die Insel irgendwann den Nonnen zurückgeben, und das scheint mir die einzig richtige Bestimmung.«

Auguste, immer noch sehr bleich, nickt dankbar. Lichnowsky schaut eher skeptisch, schweigt aber. Es entsteht eine kurze Gesprächspause, in der alle darüber nachsinnen, wie es auf Nonnenwerth wohl zugehen mag, wenn das Kloster wieder seinem ursprünglichen Zweck dient. Die Gelegenheit beim Schopfe ergreifend, stehe ich auf und bitte Franz, auch im Namen des Fräulein Stuntz, uns in den Saal zu begleiten, um dort das Tanzbein zu schwingen.

»Eine wunderbare Idee«, sekundiert Marie. »Franz, wären Sie so freundlich, Ihre junge Schülerin zu begleiten, während ich mich in die Obhut von Herrn Herrmann begebe?«

Wir brechen auf. Franz und die Klavierspielerin Stuntz an der Spitze, seine Geliebte mit mir dahinter. Wenn ich nur wüsste, was ich von Maries plötzlichem Stimmungsumschwung zu halten habe! Ich lächle sie an. Sie erwidert den Blickkontakt mit leicht gesenktem Kopf. Unsere Armbeugen schmiegen sich ineinander, ich sauge ihr Parfüm ein.

»Puzzi«, flüstert sie mir zu.

»Ja?«

»Wissen Sie, was Sie sind?«

»Sagen Sie es mir, Marie.«

Sie lächelt. »Ein Cochon. Das sind Sie.«

»Verbindlichsten Dank. Wie komme ich zu der Ehre?«

»Fragen Sie Annette.«

Mir wird heiß. Starr geradeaus blicken. Sich nichts anmerken lassen.

»Sie sind das elendste Wesen«, haucht sie, »das mir jemals begegnet ist, Puzzi. So verdorben, und das in Ihrem Alter, bei Ihren Anlagen – pfui Teufel!«

»Liebe Gräfin, alles, was ich bin, verdanke ich Ihnen und Franz. Sie haben mich erzogen …«

»Nein!«, unterbricht sie mich, nun doch so vernehmlich, dass das Paar vor uns kurz über die Schulter äugt. »Mit dieser Ausrede kommen Sie mir nicht mehr davon. Sie stehen längst auf eigenen Füßen, und diese Füße sind verdammt schmutzig.«

Schmutzig? Das hätte von Lichnowsky stammen können. Für eine Entgegnung fehlt mir die Zeit, denn wir sind angekommen. Die Paare lösen sich voneinander, Marie bedankt sich für die Begleitung. Ihr Lächeln ist so falsch wie hinreißend.

Und ich frage mich nur eines: ob Franz von der Geschichte mit Annette weiß.

»Beginnen Sie, Herr Herrmann?«, bittet mich das Fräulein Stuntz. Sie muss ihre Frage wiederholen, bis ich nicke und am Flügel Platz nehme.

»Ein Walzer!«, ruft jemand; ich glaube, es ist dieser Roisie. »Bitte, Herr Herrmann, gönnen Sie uns einen Walzer.«

Die Hände auf die Tasten. Nehmen wir Es-Dur. Mit den drei Vorzeichen: b, es, as. Franz, Marie, ich. Ein kurzes Vorspiel, während dessen sich die Paare finden. Jetzt den Rhythmus im Bass, melodielos. Schon stampfen sie durch den Saal. Ich spiele.

Wenn Franz von mir und Annette weiß, bin ich geliefert.

Ein lindgrüner Schatten in meinem Augenwinkel: Es ist Marie, die vorbeifliegt. Erst jetzt bemerke ich, dass da nur ein einziges Paar tanzt. Die Bühne gehört dem Geburtstagskind und seiner Geliebten, während ihre Gäste ringsum im Kreis stehen, applaudieren und feuchte Augen bekommen. Franz schwebt auf seinen langen Beinen durch den Saal, Marie blickt ihn an, als könne sie ihn mit ihrem Blick für immer an sich fesseln. Endlich gesellen sich weitere Tänzer hinzu. Lichnowsky und Auguste, Emil und die Baronin, der General und die Pianistin.

Ich spiele wie ein Musikautomat. Was weiß Franz?

Eine Hand auf meiner Schulter reißt mich aus meinen Gedanken. Die junge Stuntz: »Soll ich Sie nicht einmal ablösen?«

»Nein«, sage ich. »Ja. Danke.«

Ein letzter Achttakter, dann lasse ich die Musik in den Hafen einlaufen. Es-Dur, die drei Vorzeichen, da sind sie wieder beisammen. Erneuter Beifall: Dank an den Pianisten. Ich verbeuge mich.

Und nun? Wird Marie mir ausweichen? Mir, dem cochon? Im Gegenteil, sie scheint geradezu darauf zu warten, dass ich sie auffordere! »Was Sie für kalte Hände haben, Puzzi«, schmunzelt sie nach den ersten Walzerschritten.

»Es wäre mir lieb, wenn Sie Hermann zu mir …«

»Werden Sie erst einmal erwachsen.«

Schweigend tanze ich weiter. Welche Miene ich wohl ziehe? Kann man von außen sehen, was in mir vorgeht?

»Sie haben Annette Gewalt angetan, Sie Elender«, flüstert Marie, ihr Gesicht nahe an meinem.

»Das habe ich nicht! Wenn sie das sagt, lügt sie.«

»Ach, Ihnen soll ich glauben? Ihnen, Puzzi?«

»Weiß Franz davon?«

Sie legt den Kopf zurück und lacht. Silberhell klingt dieses Lachen durch den Saal, übertönt die Musik, lässt die Gäste zu uns hinübersehen. Vergeblich bemühe ich mich um eine entspannte Miene.

»Jetzt einen Contredanse, wenn ich bitten darf!«, höre ich den Fürsten rufen. Marie entzieht sich meinem Griff.

Während die Stuntz Lichnowskys Musikwunsch nachkommt, trete ich beiseite und lockere meine Krawatte. Es hilft nichts, das Gefühl der Beklemmung bleibt. Vom Gepolter der Tanzenden bebt der Saalboden. Ich sehe, dass sich unser Kreis vergrößert hat: Da steht Hotelier Schneider, gefolgt von einigen Bediensteten und Gästen. In allen Gesichtern dasselbe naive Entzücken. Liszts Zugänglichkeit schmeichelt den Anwesenden, man denkt: So ist er nur hier, bei uns auf Nonnenwerth, in rheinischer Heimeligkeit. Endlich kann er sich einmal so geben, wie er wirklich ist! Dank uns. Und man erfreut sich an seinen eleganten Bewegungen, an der Unbeschwertheit, die man ihnen abliest. Lichnowsky ist an Grazie nicht zu übertreffen, der alte General schwingt das Tanzbein wie in jungen Jahren, Franz Liszt aber ist einzigartig.

Ich rufe einen der Diener herbei, lasse mir ein Glas Likör einschenken und stürze den Inhalt in einem Schluck hinunter. Vielleicht ist noch nicht alles verloren. Selbst wenn Franz von Annette und mir erfahren haben sollte. Was ist schon groß geschehen? Ein Fehltritt, ja, das war es. Zu dem aber immer zwei gehören, und wer hat hier wen verführt? Warum sollte er dem Mädchen seiner Geliebten eher glauben als mir? Er hat mir die Teilnahme an seiner Tournee versprochen. Von Marie wird er sich trennen, früher oder später. Vielleicht war der Aufenthalt auf Nonnenwerth ihre letzte gemeinsam verbrachte Zeit. Die »Loreley«, ein Abschiedslied. Noch brauche ich die Hoffnung nicht fahren zu lassen. Reiß dich zusammen, Puzzi!

Ich winke dem Diener. Das nachgefüllte Likörglas in der Hand, gehe ich zum Flügel, um die Stuntz abzulösen. Die stürzt sich mit einem Begeisterungsschrei auf die Tanzfläche, wo sie schon von Lichnowsky erwartet wird.

»Ein Galopp, meine Damen und Herren!«, brülle ich aus Leibeskräften und greife in die Tasten. Jetzt gleicht der Saal einem Tollhaus. Selbst Auguste und Emil beteiligen sich am wilden Herumgehopse, wenn auch mit schlechtem Gewissen. Der General verrenkt die schlachtenerprobten Glieder, während seine Gattin schwer atmend am Gastwirt Schneider Halt sucht.

»Das war furios!«, keucht Lichnowsky nach Ende des Tanzes und schlägt mir auf die Schulter. »Sie wissen, wie man uns einzuheizen hat, Hermann. Vielleicht sollten wir die Fenster öffnen.«

Das wird getan, bringt jedoch kaum Abkühlung. Windstöße von draußen lassen die Kerzen flackern. Die Schläfen feucht, kommt Fräulein Stuntz angeflogen und schiebt mich mit der Hüfte vom Schemel. Kein Zweifel, meine Darbietung soll überboten werden: mit einer Polonaise. Einem Geschwindwalzer. Noch einem Galopp. In der Hitze des Tanzes stoße ich mit Marie zusammen, die sofort eine Ausweichbewegung macht und mich mit einer Mischung aus Wut und Angst anfunkelt.

»Hexe!«, zische ich ihr hinterher. Ich wünschte, sie wäre die Frau im Badehaus gewesen und nicht ihre Zofe. Dann wüsste ich, wie ich sie mir hier und jetzt vorzustellen hätte, unter allen Leuten, an der Seite von Franz. Der im Übrigen Unrecht hat. Die Loreley ist nicht verschwunden. Sie existiert, sie lebt, und sie verführt immer noch.

Endlich tritt eine Pause ein. Ächzend lässt sich der General auf einem Stuhl nieder, die Herren Stuntz und Imhoff bedienen die Damen, Lichnowsky tritt mit ausgebreiteten Armen ans Fenster. Gastwirt Schneider ordert Erfrischungsgetränke. Von draußen hört man fernes Donnergrollen.

»Was für ein herrliches Fest!«, ruft Franz. »Wie kann ich Ihnen nur danken?« Alles Weitere, was er uns sagen möchte, geht in einem Hustenanfall unter. Er setzt sich.

Ich wische mir das Gesicht mit einem Taschentuch ab. Schläfen und Achseln stehen unter Wasser. Den Damen ergeht es nicht anders, sie liegen erschöpft in ihren Sesseln und fächeln sich Luft zu. Die junge Auguste wirkt zum ersten Mal wie eine Frau aus Fleisch und Blut und nicht wie ein frommer Gedanke. Und Marie? Starrt zur Decke, den Hals entblößt, eine Hand in den Händen ihres Geliebten.

Ich wende mich ab und dem offenen Fenster zu. Feuchter Wind schlägt mir entgegen. Lichnowsky steht vornübergebeugt da, beide Hände auf dem Fensterbrett, den Blick in die Dunkelheit gerichtet. Wieder ein Donnergrollen.

»Das Gewitter kommt näher«, verkündet er mit sanfter Stimme. »Gleich wird es regnen. Über dem Siebengebirge zucken schon die Blitze.«

Er hat kaum ausgesprochen, als eine Flanke des Nachthimmels in grellweißes Licht getaucht wird. Kurz bricht es sich an den tiefhängenden Wolken, dann herrscht wieder Dunkelheit.

»Des Allmächtigen Feuerwerk«, bemerke ich.

»Apropos, was macht Ihr Bein?«

»Ich bin wieder ganz gesund.«

»Das freut mich. Dann steht weiteren Besuchen im Kasino von Bad Ems ja nichts im Wege.«

Mein Kopf schnellt herum. Zum zweiten Mal an diesem Abend stockt mir der Atem. »Wie ... wieso Bad Ems?« Das ist alles, was ich herausbringe.

»Grämen Sie sich nicht, Puzzi«, lacht Lichnowsky und schlägt mir, ebenfalls zum zweiten Mal an diesem Abend, auf die Schulter. »Auch ich habe ein halbes Vermögen an die Spielbanken verloren. Aber was ist schon Geld? Schauen Sie nach vorne, genießen Sie das Leben!« Dann legt er einen Finger, wie um nachzudenken, an den Mund. »Obwohl«, murmelt er augenzwinkernd, »einen klitzekleinen Unterschied zwischen uns beiden sehe ich doch. Einen kleinen, aber entscheidenden Unterschied.« Dann hält er sein Gesicht wieder in den Wind und ruft: »Ist das nicht ein herrlicher Abend? Ein Abend, an dem sämtliche Elemente in uns und außer uns in Aufruhr sind! Ein Abend für die Ewigkeit.«

Ich bleibe stehen, wo ich bin, bewegungsunfähig, wie angewurzelt. Lichnowsky schenkt mir keine weitere Beachtung, er schwärmt und genießt es zu schwärmen; man hört ihm zu, wie er die Natur und die Schöpfung preist, im pseudofeierlichen Gestus, um die Mundwinkel ein ironisches Zucken. Meine Hand klammert sich um die Fensterbank.

Dass Franz zu spielen begonnen hat, wird mir erst nach und nach bewusst. Er muss schon vor einiger Zeit zum Flügel geschlichen sein, um sich ganz behutsam in die Musik hineinzutasten. Keine notierte Musik, kein fertiges oder wenigstens skizziertes Opus, sondern ein Ausprobieren von Akkordverbindungen ohne rechtes Ziel. Der perfekte Klanguntergrund für meine Lähmung. Lichnowsky schaut noch immer in die Nacht hinaus und zwirbelt seine Schnurrbartspitzen. Die Akkorde lösen sich auf, verflüssigen sich, sinken auf und ab, und das ist das Bild dazu: Wasser. Eine kleine Liszt-Hommage an den Rhein, wie er an ruhigen Sommertagen still, aber rasch an Nonnenwerth vorbeizieht. Auguste Bussmann – wieso muss ich an sie denken? – ist im kleinen Bruder des Rheins ertrunken, aber davon handelt dieses Präludium nicht. Hat nur ein Hemdlein an. Brentano. Als ich das Kasino in Bad Ems verließ, hatten sie mich ebenfalls bis aufs Hemd ausgezogen. Aber woher weiß das dieser vermaledeite Fürst? War er selbst dort? Ich hätte ihn doch sehen müssen!

»Holla«, ruft Lichnowsky aus und tritt einen Schritt zurück. »Jetzt geht es aber los!« Eine heftige Bö zerrt an unseren Kleidern und löscht eine Kerze im großen Kronleuchter. Zwei Diener kommen, um die Fenster zu schließen, doch Lichnowsky schickt sie mit übermütigem Lachen fort. Er will den Wind auf der Haut spüren!

Liszts Vortrag hat seinen Charakter geändert. Jetzt rauscht es, sprüht und sprudelt, noch herber und naturnaher als im Lied von der Loreley. Während die linke Hand die Impulse setzt, einen Wellengang nach dem nächsten, sorgt die rechte für die Schaumkrönchen. Schön ist das nicht, höchstens grausam schön, eine Flusslandschaft ohne Menschen. Verstohlen mustere ich das Publikum. Niemand rührt sich, alles liegt oder sitzt erschlafft da, den Kopf schwer in die Hand gestützt, beide Arme auf der Stuhllehne, die Glieder wie nicht zugehörig zum Körper. Wer steht, verschmilzt mit der Wand, an die er sich lehnt, lauscht vor sich hin. Schon wieder kapituliert eine Kerze vor dem Windzug.

Jetzt der erste deutliche Donnerschlag. Das Gewitter hat den Rhein erreicht. Ich sehe, wie sich die junge Cordier in ihrem Sessel aufrichtet, das bleiche Gesicht dem Klavierspieler zugewandt, wie sie nervös am Kragen ihres hochgeschlossenen Kleides nestelt. Sie hat Angst vor dem Gewitter, die Kleine, mein Gott, sollen wir das Fenster schließen? Heult der Wind zu arg? Aber warum schaust du dann zu Franz hinüber, er kann doch nichts dafür!

Das Einsetzen des Regens lässt mich wieder hinausblicken. Am tintendüsteren Himmel zuckt es, die Wolken hängen bleischwer über der Insel, Blätter wirbeln vorbei – aber wo ist der Regen? Wo sind die Tropfen? Ich höre sie doch, jeden einzelnen Tropfen, nur sehen kann ich sie nicht. Und in diesem Moment begreife ich, warum ich nichts sehe, und ich begreife auch die Angst in Augustes Blick: Es ist Franz, der es regnen lässt, niemand sonst. Er *ist* das Gewitter! Und jetzt klatscht es gegen die Scheiben, auf die Fensterbank, in den Saal hinein, endlich regnet es, aber der Regen war schon längst hier drinnen bei uns. Franz hat ihn herbeigezaubert, und jetzt grollt der Flügel, zürnt in den schwärzesten Tönen, Wolken schieben sich durch den Saal, dass es uns fröstelt, ein Donnerschlag drinnen, das Echo draußen, der Kronleuchter schwankt und verlöscht bis auf eine Handvoll Kerzen. Frau von Czettritz hält sich beide Hände vor den Mund, Marie hat sich aufgerichtet, selbst sie, die Franz kennt wie keine, schreckensstumm. Da zuckt ein Blitz durch den halbdunklen Raum, und ich könnte nicht sagen, ob er aus dem Klavier kam oder vom Himmel. Ich sehe Liszts Haar fliegen, die Vorhänge flattern ängstlich in den Saal, noch eine Kerze geht aus. Wie das brüllt und stöhnt und knirscht – es sind die vier Elemente, Lichnowsky hatte recht. Aus dem Wind ist ein Sturm geworden, der in den hintersten Winkel des Saals fegt, aus Liszts Spiel ein Ringen gegen das Gewitter. Die ganze Insel duckt sich unter den Peitschenhieben dieser Musik, und ich stelle mir vor, wie der tosende Rhein über die Ufer tritt, um an den Klostermauern zu lecken wie im Jahr des Großen

Wassers 1784. Aschgrau schimmert Augustes Gesicht im Schein der letzten Kerze. Dann erstickt auch dieses Licht. Wir sind allein mit den Naturgewalten, die Franz entfesselt hat. Wir fliegen, zerfließen, erstarren, verbrennen. Noch einmal ein furchtbarer Donnerschlag aus dem Gehäuse des Flügels, dann setzt ganz vorsichtig, ganz allmählich Beruhigung ein.

Wann einer von uns wohl zum letzten Mal geatmet hat? Wir sitzen im Dunkeln, Statuen allesamt, und niemand, nicht einmal Schneiders Dienerschaft, wagt Licht zu machen. Das Wühlen der unsichtbaren Riesenhände drüben am Klavier lässt nach, nur noch schwach zuckt es über die Tastatur. Auch das Gewitter draußen zieht weiter. Wie ein müdes Tier rollt sich der Sturm zusammen, gibt die Vorhänge frei, die Bäume, die Insel. Einzelne Tropfen an den Scheiben und in der Musik.

Gleich ist es ausgestanden.

Da aber reißt einer die Tür auf, der grelle Schein einer Laterne fällt in den Saal, und ein gellender Hilferuf ertönt.

»Kommt schnell«, schreit der kleine Korf, auf der Schwelle stehend. Über sein angstverzerrtes, triefnasses Gesicht zuckt das gelbe Licht der Lampe. »Zu Hilfe! So kommt doch! Die Gefangenen aus Köln … sie wollen die Insel stürmen!«

11

Die Insel stürmen?

Welcher Mut uns aus dem Haus treibt, um Nonnenwerth mit all unseren schwachen Kräften zu verteidigen, weiß ich nicht. Vielleicht ist es pure Verzweiflung. Insgeheim vertrauen wir wohl auf den Beistand der erfahrenen Kämpen unter uns: General von Czettritz, der Napoleon erlebt und überlebt hat, Fürst Lichnowsky, der in Spanien zum Brigadegeneral aufstieg, und Roisie, der ebenfalls ein grimmiges Gesicht zu ziehen weiß. Aber die anderen? Ein Bildhauer, ein junger Mann aus dem bürgerlichen Aachen, ein rundlicher Gastwirt, dazu zwei abgemagerte Bohemiens, die ihre einzigen Schlachten auf der Konzertbühne austrugen. Von den Frauen und der Dienerschaft nicht zu sprechen.

Trotzdem stürmen wir Männer hinaus, ohne Mäntel, in unseren besten Kleidern. Korfs Hilferuf ist ein Fanal, dem sich keiner entziehen kann. So, wie sich zuvor keiner Liszts Musik entziehen konnte. Auf der Treppe erwischt Lichnowsky Franz am Arm und zwingt ihn zum Stehen. »Was war das, mein Freund?«, stößt er hervor.

»Was?«

»Ihre Musik! Was haben Sie mit uns gemacht?«

»Nichts«, erwidert Liszt heftig. »Gar nichts war das! Eine Fingerübung.« Er reißt sich los und eilt weiter.

Das Gewitter hat nachgelassen, aber ganz verstummt ist es noch nicht. Immer wieder treibt eine Windbö neuen Regen über die Insel. Wir wenden uns nach links. In der tiefschwarzen Nacht weist uns allein Korfs Laterne den Weg. Das spärliche Licht aus den Hotelzimmern, das durch die Vorhänge fällt, reicht kaum bis zu unseren Füßen.

»Dort vorne!«, ruft der kleine Schwarze. »Am Fährplatz! Sie sind …« Seine restlichen Worte gehen im Grollen des Donners unter.

Neben mir verwünscht der Bildhauer das Wetter. Ich streiche mir eine Haarsträhne aus der Stirn und versuche, mit den vor mir Laufenden Schritt zu halten. Am Kapelleneingang vorbei geht es zum Westufer der Insel. Wir rennen über die feuchte Wiese, stolpern über Wurzeln, schützen uns mit einem Arm vor herabhängenden Ästen. Der Wind presst uns die nassen Kleider gegen den Leib.

»Da!«, schreit jemand. »Schaut doch, da!«

Kurz vor der Uferböschung bleiben wir stehen. Der Anblick, der sich uns bietet, ist an Unwirklichkeit kaum zu übertreffen. Auf der schmalen Passage zwischen Flussufer und Insel kämpft ein Fischerboot mit knatternden Segeln gegen die Strömung. Von Wellen und Sturm hin und her geworfen, droht es jeden Augenblick zu kentern. An Bord aber, im Licht einer schwankenden Öllampe, stemmen sich vier bärenstarke Ruderer mit aller Kraft gegen den Untergang. Zu ihren Füßen der tobende Rhein, über ihnen das Heulen des Windes, so zerren die Elemente an den Vieren, die nur ein Ziel haben: festen Boden zu betreten.

»Das sind die Männer aus der Strafanstalt«, brüllt Korf gegen das Wüten an. »Sie wollen uns umbringen!«

Ich weiß nicht, woher er seine Kenntnis bezieht, aber in diesem Moment glaube ich ihm aufs Wort. Allein die Gesichter dieser Männer, furchteinflößende, von Todesangst gezeichnete Fratzen! Sie dürfen die Insel nicht betreten. Sollen sie lieber untergehen!

»Waffen!«, dringt Lichnowskys Stimme durch die Nacht. »Wir brauchen Waffen!«

»Aber woher?« Das ist der jammernde Gastwirt. »Wir haben keine.«

»Rufen Sie Ihren Knecht«, mische ich mich ein. »Diesen muskulösen Kerl.«

»Wen meinen Sie?«

»Der die Ratte erschlagen hat.«

Er schaut mich nur verwirrt an.

»Sie schaffen es«, schreit der General auf. »Mein Gott, sie schaffen es!«

Und tatsächlich, seine Worte scheinen sich zu bewahrheiten. Vom Rhein in die eine Richtung gezwungen, vom Sturm in die entgegengesetzte, gelingt es den Ruderern unter schier übermenschlicher Anstrengung, sich der Insel zu nähern, Elle für Elle. Mal neigt sich das Boot zur Seite, mal zeigt sein Bug bedrohlich tief zum Fluss hinab, im letzten Moment aber schwenkt es immer wieder zurück und bleibt unversehrt.

»Wir müssen uns verteidigen!« Lichnowsky packt Schneider bei den Schultern und schüttelt ihn durch. »Holen Sie alles, was als Waffen dienen könnte! Alles, verstehen Sie?«

»Aber wenn sie nun …«

»Tun Sie, was ich sage.«

Der Gastwirt eilt davon. Erst jetzt bemerke ich, dass sich am gegenüberliegenden Ufer ebenfalls Menschen mit Laternen versammelt haben. Als ein ferner Blitz die Szenerie kurz erhellt, erkenne ich den Tschako des Polizisten. Und wenn mich nicht alles täuscht, trägt er ein Gewehr.

»Die Polizei ist hinter ihnen her«, rufe ich. »Sie sind auf der Flucht, und Nonnenwerth ist ihre letzte Rettung.«

Franz ist plötzlich an meiner Seite und sieht mich an. »Das heißt, sie sind zu allem fähig.«

»Warum jagt ihnen denn keiner von drüben nach?«, brüllt Lichnowsky. »Alles steht nur da und hält Maulaffen feil!«

Überflüssig, darauf zu antworten. Wer außer vier verzweifelten, zum Äußersten entschlossenen Männern würde sich bei diesem Wetter auf einen reißenden Strom wagen?

Jetzt ist das Ufer in Reichweite. Unwillkürlich weichen wir zurück. Wäre es nicht besser, sich ins Haus zu flüchten? Die Tür zu verbarrikadieren und unsere Frauen zu schützen? Ich sehe, wie Franz eine Bewegung mit dem Kopf macht, wie seine Augen die alte Kapelle suchen.

In dieser Sekunde zerreißt ein fürchterlicher Knall die Nacht. Für einen kurzen Augenblick ist alles in grelles Licht getaucht. Dann herrscht wieder Dunkelheit. Ich zittere, fühle den Blitzeinschlag in allen Gliedern. Aber ich lebe. Vor mir dagegen, auf dem Wasser ... Wo sich eben noch die großen Segel des Fischerbootes drohend blähten, flattern nun Fetzen hilflos durch die Nacht. Der Mast ist gespalten, die geborstene Lampe zur Flamme geworden. Und da, mitten im plötzlich wieder abebbenden Gewitter, erhebt sich wildes Geheule: die Klage der vier Todgeweihten. Wie das klingt! Grauenhaft! Dann bricht der Kahn auseinander und reißt die armen Teufel mit sich in die Tiefe.

Das Echo folgt auf dem Fuß: Schreie des Entsetzens, Schreie der Erleichterung. Wie betäubt stehen wir da, nass von Kopf bis Fuß, wollen nicht glauben, was wir gesehen haben. Mir zittern die Knie. Imhoff, Roisie, Lichnowsky, sie alle suchen Halt an Bäumen, an einem Findling, zur Not auf dem Boden. Selbst der General schlägt die Hände vors Gesicht. Will den Schiffbrüchigen niemand helfen?

Ich will es jedenfalls nicht. Unmöglich, hier etwas zu retten. Die Männer sind jetzt schon Opfer des Rheins.

Schneider kommt angerannt, mit zwei Knechten im Schlepptau. »Was ist passiert?«, stottert er, als er unsere Mienen sieht. »Der Blitz ... Ist jemand verletzt?« Keiner antwortet.

Nur Franz hebt eine Hand und zeigt aufs Wasser hinaus. Wortlos. Dann dreht er sich um und geht Richtung Kapelle. Erst langsam, dann immer schneller. Keiner beachtet ihn.

Aber sein Blick! Noch nie habe ich meinen Freund so verstört gesehen. Niemals! Einer plötzlichen Eingebung gehorchend, folge ich ihm. In dieser Stunde wird er jemanden brauchen, der ihm nahe steht. Und wenn ich mich beeile, kann ich ihn vielleicht davon abhalten, Trost bei Marie zu suchen.

So weit kommt es jedoch nicht. Zu meiner Überraschung bleibt Franz an der Tür der Kapelle stehen, öffnet sie vorsichtig und schlüpft hinein. Wenige Augenblicke später betrete auch ich das verlassene Gotteshaus. Er will beten, mein frommer Freund. Gott auf Knien für die Rettung danken und um Gnade für die Seelen der vier Sünder bitten. Ich, Hermann, brauche niemandem Dank zu sagen. Aber ich werde bei ihm sein.

Im Inneren der Kapelle herrscht Düsternis. Ganz vorne, neben dem Altar, brennt schwach eine einsame Kerze. Soviel ich weiß, sind es die Cordiers, die dafür sorgen, dass dieses Licht nie verlöscht. Dank seiner kann ich die Silhouette meines Freundes erkennen. Dort steht er, in Höhe der vorderen Bankreihe bei den Fenstern. Nur sein helles Haar hebt sich deutlich vom dunklen Hintergrund ab.

So leise wie möglich nähere ich mich. Von meinen Fußtritten und den Geräuschen des Windes draußen abgesehen, ist es ganz still im Kirchenschiff. Franz, der mich längst bemerkt haben muss, rührt sich nicht. Sein Gesicht ist der Empore zugewandt. Schwach schimmern seine Augen in der Dunkelheit.

Worauf wartet er?

Ich zögere, warte ebenfalls, um mich schließlich dicht neben ihn zu stellen. Auf der Empore ist es stockfinster. Durch die Kirchenfenster fällt kein Licht, und der Schein der Kerze reicht nicht bis nach oben.

Herrje, Franz, was willst du nur hier? Ist das eine neue Form stummer Andacht: mit klammen Kleidern ein Loch in die Dunkelheit zu starren? Warum setzt du dich nicht ans Klavier, wenn du dein Inneres nach außen kehren möchtest?

Er scheint gespürt zu haben, dass mir all diese Fragen auf der Zunge liegen, denn mit der Hand greift er nach meinem Unterarm und hält ihn fest. Als Zeichen, dass ich schweigen soll. Seine Finger wirken knochiger denn je.

Und während er mich noch gepackt hält, höre ich plötzlich einen leisen Ton. Hoch und dünn, wie das gedankenlose Summen eines Träumers. Anfangs kann ich nicht erkennen, woher der Ton kommt, verdächtige sogar Franz, ihn zu verursachen – bis mir bewusst wird, dass er über uns entsteht. Ich müsste sagen: dass er über uns erzeugt wird, aber das setzte einen Erzeuger voraus, einen menschlichen Kehlkopf, der jenen Ton hervorbringt, dazu Lunge und Stimmbänder. Und all das kann ich mir in diesem Augenblick, inmitten einer verlassenen, schwarzen Kapelle, beim besten Willen nicht vorstellen. Wenn der Ton wenigstens wie Menschengesang klänge! Aber das tut er nicht, er ist gleichsam körperlos, dünn und glänzend wie ein Faden, der sich von Wand zu Wand spinnt.

»Was ist das?«, wispere ich.

Keine Antwort. Stattdessen erhöht sich der Druck auf meinen Unterarm.

Dem Ton folgt ein zweiter, höherer, aus zwei Tönen werden drei, aus dreien eine Melodie. Melodien aber werden von Menschen gemacht, selbst wenn sie aus dem Nichts zu kommen scheinen wie diese hier. Ein Gesicht fällt mir ein, das blasse Gesicht der jungen Cordier-Tochter. Mit derselben Tonfolge endete vorhin ihr Liedvortrag, und was sich da durch das dunkle Kirchenschiff tastet, ist das Echo ihres Gesangs.

»Das ist ja dein Lied«, flüstere ich Franz zu. »Der Gesang der Loreley!«

Immer noch keine Reaktion. Mein Gott, was ist nur in ihn gefahren! Glaubt er, da oben sitzt ein musikalisches Gespenst? Eine sündige Klosterfrau vielleicht? Franz, wach auf!

Der Gesang verstummt. Um uns ist nichts als Finsternis und Kälte und viele, viele Fragen.

»Wer war das, Franz?«, will ich wissen, immer noch im Flüsterton. »Du musst doch dein Lied erkannt haben. Die Loreley!«

»Das war nicht die Loreley«, zischt er zurück und lässt mich los.

»Sondern?«

»Cäcilie.«

»Wie bitte?« Verblüfft versuche ich seine Gesichtszüge zu erkennen. Er wird mich doch nicht zum Narren halten wollen! »Die Vermisste? Dort oben hält sie sich versteckt?«

»Hast du sie nicht gehört?«

»Wie sollte ich denn ahnen …?« Ich vollende den Satz nicht. Breche stattdessen in unterdrücktes Lachen aus. »Was? Du wusstest die ganze Zeit, dass sie hier in der Kapelle ist? Und hast nichts gesagt? Warum, Franz? Warum?«

Wieder schweigt er. Oben auf der Empore sind schwache Geräusche zu hören, zunächst ein Schieben und Zurechtrücken, gefolgt von einem leisen Rascheln. Dann flammt ein Zündholz auf. Eine Kerze wird angesteckt; man sieht die Hand, die das Feuer führt, und das Gesicht, das sich über die Flamme beugt. Franz hat recht. Es ist Groyens Mündel.

Stirnrunzelnd verfolge ich die Handlungen des Mädchens. Ihm scheint völlig gleich zu sein, dass es entdeckt ist. Ohne einen Blick ins Kirchenschiff zu werfen, nimmt es hinter der Brüstung Platz und bewegt seine Hände über einen Gegenstand, der unseren Blicken entzogen ist. Ein zartes Klappern tönt kaum vernehmlich durch die Kapelle. Was macht das Kind da bloß?

Von Franz ist keine Erklärung zu erwarten. Vermutlich weiß er selbst nicht, was geschieht. Seine Haltung – soweit ich das erkennen kann – lässt darauf schließen, dass er dem leisen Geklapper nachlauscht. Als handle es sich dabei um Musik.

»Komm, lass uns gehen«, flüstere ich.

Die Geräusche verstummen. Totenstill ist es um uns herum.

Dann höre ich, wie Franz sich räuspert. »Warum, Cäcilie?«, ruft er leise und eindringlich. »Warum hast du das getan?«

Irritiert schüttle ich den Kopf. Oben bleibt alles ruhig.

Noch einmal die gewisperte Frage: »Warum mussten sie sterben, Cäcilie?«

Mir bleibt der Mund offen stehen. Was redet mein Freund da nur?

Über der Brüstung wird das Gesicht der Kleinen sichtbar. Ausdruckslos schaut sie auf uns herab, ihr Haar leuchtet im Schein der Kerze. »Sind sie tot?«, fragt sie.

»Ja«, flüstert Franz. »Alle vier. Warum, Cäcilie?«

Lange Pause.

»Ich habe dich gehört«, kommt es schließlich von oben. »Wie du das Gewitter gespielt hast, den Regen, den Sturm. Einfach alles. Es war schön.«

»Ja, aber warum hast du sie sterben lassen?«

»Die Blitze hast du auch gespielt.«

»Ich? Wie kommst du darauf?«

»Frag dein Publikum.«

»Ich kann keine Blitze erzeugen. Niemand kann das!«

Stille. Auch ich halte den Atem an.

»Niemand kann das«, wiederholt Franz beschwörend.

»Frag deinen Freund.«

»Wie bitte?«, entfährt es mir. Was soll das nun? Franz starrt mich von der Seite an.

»Frag ihn. Ich habe es ihm gesagt: Dieses Haus ist ein Kloster, und es wird immer ein Kloster bleiben.«

»Cäcilie!«, keucht Franz. »Doch nicht so! Das ist grausam.«

»Du hast schön gespielt heute. Viel schöner als sonst.«

»Aber ich bin nicht schuld an ihrem Untergang! Ich nicht, hörst du?«

Keine Antwort. Stattdessen setzt erneut der Loreley-Gesang ein. Draußen frischt der Wind auf, Regen klatscht gegen die Scheiben, in der Kapelle aber vertreiben wir uns die Zeit mit kindischen Rätseln.

»Was soll das?«, fahre ich Franz an. Ich weiß nicht, warum ich zittere; ob wegen der Kälte oder der bizarren Situation. Noch weniger weiß ich, weshalb wir immer noch mit halblauter Stimme sprechen. »Was redet ihr da für ein wirres Zeug?«

Franz packt mich beim Arm. »Hermann, ich war das nicht. Sag es ihr! Ich kann nichts für den Tod dieser Männer!«

»Das behauptet auch niemand!«

»Doch, sie! Sie behauptet es!«

»Seit wann hörst du auf das Geschwätz eines Kindes?«

Sein Gesicht ist jetzt ganz nah an meinem. Ich sehe das Weiße in seinen Augen, die verzerrten Züge – es hat etwas Diabolisches. »Sie ist kein Kind«, flüstert er beschwörend.

»Jetzt reicht's mir aber!« Ärgerlich mache ich mich von ihm los. »Du weißt ja nicht mehr, was du redest. Hör zu, Franz, du gehst jetzt ins Haus und ziehst dir etwas Trockenes über. Und ich kümmere mich um das Mädchen.«

»Nein«, flüstert er.

»Tu, was ich sage.« Damit wende ich mich dem Ausgang zu.

»Nein!«, schreit er und eilt mir nach. Über uns sind Fußtritte zu hören.

Der einzige Zugang zur Empore befindet sich im ersten Stock des Hotels. Wir stürmen aus der Kapelle, laufen ein Stück durch den strömenden Regen und betreten das Haus durch die Eingangspforte. Ich versuche Franz in sein Zimmer zu schicken, doch er lässt sich nicht abwimmeln. Im Gegenteil, er setzt alles daran, mich vom Betreten der Empore abzuhalten. Fast wird er handgreiflich, das muss man sich einmal vorstellen! Oben angekommen, ist die Empore natürlich menschenleer. In einem schmiedeeisernen Halter flackert Cäcilies Kerze einsam vor sich hin, daneben liegt das Stummerli, die vermisste Übetastatur, auf einem Stuhl. Ein Holzteller enthält einen angebissenen Kanten Brot.

»Nun schau dir das an!«, rufe ich. »So eine diebische Elster!« Stellvertretend für alle Betrogenen und Besorgten von Nonnenwerth gerate ich in Zorn. Während die ganze Insel in Aufruhr gerät, Polizei anrückt und ich Lichnowsky verdächtige, ihr etwas angetan zu haben, verbringt sie ihre Tage seelenruhig in der alten Kapelle! Und das Stummerli entwendet sie auch. Als ob sie verhindern wollte, dass ich meine Übungen mache. »Schau dir das an!«, rufe ich. »Was will sie mit dem Kasten?«

Franz beugt sich über das Stummerli und berührt seine Tasten. Natürlich – damit hat die Kleine vorhin das gespenstische Geklapper verursacht.

»Was sagt man dazu?«, zürne ich. »So ein ungezogenes, dreckiges Ding!«

Franz richtet sich auf. Und nun lerne ich meinen Freund von einer ganz anderen, mir bislang fremden Seite kennen. Man darf nicht vergessen, wie groß er ist, dass er mich um mehr als einen halben Kopf überragt. In diesem Moment wirkt er noch größer! Er kommt auf mich zu, die Stirn vorgereckt, alle Finger wie unter Spannung stehend, das nasse Blondhaar in Strähnen über dem Gesicht.

»Verschwinde!«, faucht er. »Verschwinde, Puzzi, ich will dich nie wieder sehen. Nie wieder, hörst du? Wir sind geschiedene Leute, du und ich!«

Unwillkürlich mache ich einen Schritt rückwärts. Was soll das nun wieder? Ich versuche zu lachen, aber aus meiner Kehle kommt nur ein heiseres Krächzen. Wie er mich anfunkelt! Als könne er mich mit seinem Blick versengen, könne mich von der Erde tilgen mit einem einzigen heftigen Gedanken.

»Du hast sie vertrieben«, zischt er mich an. »Verjagt hast du sie mit deinem Geschrei! Du bist wirklich mit dem Teufel im Bunde.« Seine Hände krallen sich in mein Hemd.

»Bist du betrunken, Franz? Jetzt, wo wir wissen, dass die Kleine im Haus ist, werden wir sie finden. Spätestens morgen früh. Warum diese Aufregung?«

»Begreifst du nicht?«, schreit er mich an. »Was wir in der Kapelle gesehen haben, war nicht das Kind! Es war eine Erscheinung!«

»Eine was?«

»Das war«, jetzt flüstert er wieder, »die Heilige Cäcilie.«

»Bitte?«, gebe ich zurück und starre ihn an. Wieder ist sein Gesicht nur eine Spanne von meinem entfernt. An beiden Schläfen treten die Adern dick hervor, das Haar klebt in der Stirn. Im flackernden Licht der Kerze, das sich an den Wangenknochen bricht, wirken die Augen noch größer als sonst. Und die Nase, diese schattenhafte Riesennase! Sein Griff ist eisern.

»Franz«, presse ich schließlich hervor. »Bist du irr?«

»Ich bin so klar wie noch nie«, sagt er leise, mit drohendem Unterton. »Ich bin hellwach und weiß, was ich sage. Wir beide haben heute die Heilige Cäcilie gesehen, unsere Schutzpatronin, und du verjagst sie mit deinem Geschrei. Marie hatte recht. Du bist die unwürdigste Person, mit der ich jemals zu tun hatte.«

»Franz ...« Für einen kurzen, aber wirklich nur sehr kurzen Moment erinnere ich mich an das Konzert in

Bonn und an den armen Breidenstein, der ähnlich dumm aus der Wäsche geschaut haben muss wie ich. Die Situationen jedoch sind nicht vergleichbar. Liszts Erregung ist eine ganz andere heute; man muss Angst vor ihm haben – und um ihn. »Reiß dich zusammen!«, fahre ich auf und schlage seine Arme beiseite. »Ich verstehe kein Wort von deinem verrückten Geschwätz! Wir haben Cäcilie gefunden und müssen sie zu ihrem Vater zurückbringen. Darum geht es, verstehst du das?«

»Welcher Vater?«

»Groyen. Ihr Vormund.«

»Heilige brauchen keinen Vormund.«

»Bist du närrisch, Franz?« Nun lache ich doch. Kein schönes Lachen, aber besser als nichts. »Ich sehe schon, der heutige Tag war zu viel für dich. Erst die Feier, der Tanz und natürlich der Untergang der vier Ausbrecher. Schlaf dich aus, dann wirst du alles mit anderen Augen sehen.«

Seine Reaktion? Er lacht ebenfalls: ein kaltes, verächtliches Lachen ohne Aufwand. Seine rechte Hand schnellt nach vorne und berührt meine Brust. Ein kurzer Stoß mit den Fingerspitzen. Noch einer. Ich stolpere zurück. »Puzzi«, stößt Franz heiser hervor. »Dummer, kleiner Puzzi. Willst mir einreden, dass ich übergeschnappt sei oder gar betrunken. Derselbe Puzzi, der sich in den Kasinos von Wiesbaden und Bad Ems herumtreibt! Der das Geld zum Fenster hinauswirft und jetzt wahrscheinlich so blank ist, dass er keine Tasse Kaffee mehr bezahlen kann.« Der nächste Stoß; ich versuche auszuweichen und gerate ins Torkeln. »Derselbe Puzzi, der Annette aus Langeweile schwängerte und sie dann sitzen lassen wollte.«

»Woher weißt du …?«, stottere ich. »Franz, hör zu, es ist doch nichts passiert!«

Wieder ein Stoß. »Und dieser kleine, schäbige Puzzi will mir vorschreiben, was ich gesehen und gehört habe? Als wenn ich das nicht viel besser wüsste. Um die Heilige Cäcilie zu erkennen, muss man Musiker sein, hörst du? Musiker! Ich bin mir nicht einmal sicher, ob du weißt, was das ist.«

»Lass uns in Ruhe darüber reden, Franz! Morgen.«

»Über nichts reden wir beide, über gar nichts.« Seine Hand lässt nicht locker. Was für eine Kraft in seinen Fingergliedern steckt! »Ich habe das Boot der vier armen Teufel sinken sehen, und ich weiß, wer dafür verantwortlich ist. Hast du nicht gehört, was sie sangen, bevor sie untergingen? Das alte Requiem aeternam. Eine Musik, die sie vielleicht als Kinder zuletzt hörten. Diese Menschen sind gerichtet worden, von einem Blitz aus der Höhe. Mit der Heiligen Cäcilie ist nicht zu spaßen, begreifst du das endlich? Sie verachtet Spieler und Blender wie dich. Sie braucht Leute, die es ehrlich meinen.« Noch ein Stoß mit seinen harten Fingerspitzen. »Deshalb scher dich zum Teufel, Puzzi. Du bist uns nur im Weg.«

Willenlos überlasse ich mich seinen Stößen. Was soll ich auch tun? Eine einzige Nacht, eine einzige Begegnung in einer dunklen Kapelle hat genügt, um ihn mir zum Feind zu machen. Ein Kind bringt uns auseinander, Franz und mich! Nicht Marie, nicht Lichnowsky, sondern dieses verrückte, schmutzstarrende Mädchen aus Rolandseck.

»Halt!«, rufe ich unter Aufbietung meiner letzten Kräfte und mache einen Schritt zur Seite. »Ich weiß nicht, was in dich gefahren ist, Franz, aber wir können über alles sprechen. Lass uns nach draußen gehen, zu den anderen. Wenn einer von ihnen ebenfalls der Meinung ist, dass deine Cäcilie das Boot versenkt hat, packe ich mein Bündel.«

»Das hier ist kein Spiel«, sagt Franz und lacht wieder sein kaltes Lachen. »Du kannst nicht auf Rot setzen und auf dein Glück vertrauen. Es ist ganz allein eine Sache zwischen uns beiden. Zwischen dir und der Musik, und du hast dich gegen sie entschieden. Adieu, Puzzi, wir werden uns nie wiedersehen.« Er versetzt mir einen letzten, heftigen Stoß, dass ich rückwärts gegen den Stuhl mit dem Stummerli poltere und auf die Tastatur plumpse. »Morgen reist du ab«, sagt er, die Kerze mit einer Handbewegung löschend. Dann geht er.

Ich aber sitze noch lange wie erstarrt da, zweieinhalb Oktaven der stummen Tastatur gedrückt. Um mich herum herrscht Finsternis. Meine Kleider sind klamm, doch ich spüre die Kälte nicht. Irgendwann schlägt fern im Haus eine Uhr Mitternacht.

»Herzlichen Glückwunsch, Franz«, murmele ich.

12

Als ich anderntags Schneiders Gasthof durch den Haupteingang verlasse, hat sich das Wetter aufgeklart. Prächtige Wolkengebilde in strahlendem Weiß ziehen über einen frischen Himmel. Ein Herbsttag am Rhein wie aus dem Sagenbuch eines Wolfgang Müller. Noch sind die Wege vor dem Hotel von Laub und Ästen übersät, aber schon bald werden Schneiders dienstbare Geister die Hinterlassenschaften des Unwetters beseitigt haben.

Wieder trägt der kleine Korf meine beiden Koffer. Er wundert sich, dass kein Gepäck hinzugekommen ist, dass meine Koffer nicht wenigstens etwas schwerer geworden sind. »Haben Sie kein Andenken an Ihren Aufenthalt auf Nonnenwerth mitgenommen, Missjö?«

Ich schüttle den Kopf. Gastwirt Schneider drängte mir beim Abschied ein silbernes Zigarrenetui mit der Darstellung des vollendeten Kölner Doms auf, doch ich lehnte ab. Eine Erinnerung an diese fragwürdige Himmelsstürmerei ist das Letzte, was ich in Italien brauche. Schneider war untröstlich; er wollte mir unbedingt noch etwas Gutes tun, nachdem Liszts Diener Jacob früh am Morgen meine sämtlichen ausstehenden Rechnungen beglichen und ein ordentliches Trinkgeld draufgepackt hatte.

»Schaffen Sie sich lieber ein paar Waffen an«, entgegnete ich. »Falls Nonnenwerth wieder einmal in Gefahr ist.«

Er lächelte nur fragend.

»War das nicht ein wunderbares Fest gestern Abend?«, höre ich den Schwarzen schwärmen, der trotz seiner geringen Körpergröße keine Mühe mit meinen Koffern hat.

»Das kann man so sagen. Vor allem für unsere Überraschungsgäste, die vier Zuchthäusler. Was meinst du, Kleiner: Sind sie schon über Köln hinaus? Werden sie bis ins Meer gespült?«

Irritiert setzt Korf die Koffer ab. »Was meinen Sie, Missjö? Von wem reden sie?«

»Von den vier Männern, die zum Sturm auf Nonnenwerth ansetzten und die jetzt gemeinsam im Rhein treiben.« Anstatt zu antworten, glotzt er mich nur ungläubig an. Herrje, wie hätte er erst auf Liszts Geschwätz von der Heiligen Cäcilie reagiert? Ungeduldig fahre ich fort: »Der Blitz, Junge! Du warst doch dabei, als sie untergingen. Hast du dich anschließend besaufen müssen?«

»Ich weiß nicht«, erwidert er zögernd. »Solche Unwetter sind nichts Ungewöhnliches hier am Rhein. Vielleicht haben Sie schlecht geträumt, weil Sie sie nicht kennen.«

»Werde nicht unverschämt!«, fahre ich ihn an und versetze ihm eine Kopfnuss. »Und jetzt weiter, aber ohne Frechheiten, verstanden?«

Beleidigt setzt er seinen Weg fort. Die Tür zur Kapelle steht offen, doch ich werfe keinen Blick hinein. Da ist bloß Leere, Düsternis und ein ärmliches, nie verlöschendes Licht.

»Herr Herrmann!«, ruft jemand hinter uns. Ich drehe mich um. Es ist die junge von Cordier, bleich wie immer, eine Haube über dem gescheitelten Haar. »Wie schade, dass Sie schon abreisen«, sagt sie, als sie uns eingeholt hat.

»Ich werde bestimmt wiederkommen«, lüge ich.

»Meine Mutter lässt Ihnen ausrichten, dass sie Ihr Spiel sehr genossen hat. Sie wünscht Ihnen alles Gute für Ihren Weg, wohin er Sie auch führt.«

»Danke. Geht es Ihrer Mutter besser?«

»Ein bisschen. Sie ist leider oft krank. Zu oft.«

»Dann übermitteln Sie ihr bitte meine herzlichsten Genesungswünsche. Und Sie, liebe Auguste, machen Sie weiter so mit dem Singen und Zeichnen. Sie haben Talent!«

»Vielen Dank.« Sie errötet. »Eins noch, Herr Herrmann. Wenn Sie sich wieder einmal auf Nonnenwerth erholen wollen, tun Sie es bald. Meine Mutter wird die Insel verkaufen, sobald sich ein Orden gefunden hat, der das Kloster übernehmen möchte.«

»Verstehe. Dieses Haus wird immer ein Kloster bleiben.«

»Mehr oder weniger«, lächelt sie. »Gute Reise, Herr Herrmann!«

Wir ziehen weiter. Um die Gebäudeecke herum,

Richtung Fährplatz. Schon nach wenigen Schritten muss der kleine Korf erneut die Koffer absetzen. Ein Mann macht sich an einem arg zerzausten Bäumchen zu schaffen. Es ist Franz, der Dreißigjährige.

»Hermann!«, begrüßt er mich mit einem Lächeln, dass es mir kalt den Buckel hinunterläuft. »Wie schön, dich zu sehen! Du reist über Land?«

Schweigend betrachte ich die gestern eingepflanzte Platane. Der nächtliche Sturm hat ihr ordentlich zugesetzt: hat ihr fast alle Blätter geraubt und einige Zweige geknickt. Schwer zu sagen, ob sie diese Attacke überleben wird. Franz versucht zu retten, was zu retten ist, hat neue Erde um sie aufgeschüttet und begonnen, sie festzutreten.

»Wäre ja noch schöner«, sagt er, »wenn mein Baum schon nach einem Tag die Segel streichen müsste. Nächsten Sommer will ich wiederkommen, dann soll er ordentlich gewachsen sein. Vielleicht nehme ich Blandine und Cosima mit.«

Schweigend sehe ich ihm bei seinen Pflegearbeiten zu. Er trampelt die herangekarrte Erde fest, bindet einen gebrochenen Zweig an und streicht mit seinen Händen behutsam über den Stamm. »Du schlägst also doch Wurzeln«, sage ich schließlich. »Hier auf Nonnenwerth.«

»Gewissermaßen. Vielleicht gelingt es mir ja, zu wurzeln und gleichzeitig auf Reisen zu sein. Versuchen will ich es wenigstens.«

»Herzlichen Glückwunsch übrigens.«

Nun schweigt er. Er rollt das Garn ein, mit dem er die Zweige verarztet hat, und steckt es in die Hosentasche.

»Bist du immer noch überzeugt, dass wir gestern Abend eine Heiligenerscheinung hatten?«, frage ich.

»Natürlich. Was dachtest du?«

»Spielt doch keine Rolle, was ich denke.«

Er sieht mich an. »Woher kam der Blitz? Direkt aus dem Himmel. Der Himmel ist ein Teil der Natur, wie es das Gewitter ist, wie wir es sind. Wie es die Musik ist, die wir machen. Und wenn es Gott gibt, dann ist er überall in der Natur. Deshalb sollten wir ein wenig Ehrfurcht empfinden vor dem, was um uns herum passiert. Ein klein wenig Ehrfurcht, hörst du, Hermann? Schade, dass du davon rein gar nichts in dir hast.«

»Franz, ich verstehe, dass du enttäuscht bist. Meine Spielsucht ist ein Fluch, dem ich nicht entkomme. Wobei sie nur ausbricht, wenn ich in Not bin, wenn ich mich bedrängt fühle. Vor meiner Ankunft auf Nonnenwerth habe ich wochenlang kein Kasino von innen gesehen.«

»Und woher hattest du dann das Geld, um deine Schulden bei mir zu begleichen? Sag nichts, Hermann, bevor du mich wieder anlügen musst. Außerdem verdrehst du die Reihenfolge von Ursache und Wirkung. Du spielst nicht, weil du in Not bist, sondern du gerätst in Not, weil du spielst.«

»Ich werde mich bessern, Franz. Mit etwas Rückhalt von Menschen wie dir wird es mir gelingen. Und die

Sache mit Annette … Ich weiß, ich hätte es nicht tun dürfen, aber andererseits … Sie ist bloß ein Kammermädchen, Franz. Muss man daraus ein solches Drama machen?«

Er lacht. Amüsiert befreit er seine Hände von Erdkrümeln, schaut zum wartenden Korf hinüber, anschließend wieder zu mir. »Dieses Kammermädchen«, erklärt er halblaut und legt mir eine Hand auf die Schulter, »dieses Kammermädchen ist meine Cousine. Annette Laager. Das wusstest du wohl nicht, Puzzi? Oder etwa doch?«

»Deine Cousine?«, röchle ich.

»Laager ist der Mädchenname meiner Mutter. Hast du das wirklich vergessen? Meine Mutter hat Annette damals an Marie empfohlen.« Sein Blick ist voll des vernichtendsten Mitleids. »Ja, mein Freund, fast hättest du meine Cousine geschwängert.«

Meine Knie werden weich. Ich bringe kein Wort mehr über die Lippen. Wo ist das Erdloch, in dem ich versinken kann? Vielleicht sollte ich mich bei der Überfahrt von der Fähre in den Rhein stürzen, um das klare, strenge Antlitz meines Freundes Franz für alle Zeiten vergessen zu können.

»Apropos«, höre ich ihn sagen. »Weißt du, was meine Mutter Anna über dich sagte? Ein Jüd bleibt immer ein Jüd. Wegen dieses dummen Spruchs habe ich mich sogar mit ihr gestritten. Aber Leute wie du sorgen dafür, dass er nicht auszurotten ist.«

Ich schließe die Augen. Irgendetwas dröhnt in meinem Kopf, vielleicht ist es der Rhein, der um die Insel strömt.

»Wegen des Betrugs in Sachsen werde ich keinen Prozess anstrengen«, fährt Franz fort. »Das ist mir die Sache nicht wert. Außerdem trage ich eine gewisse Mitschuld an deiner Entwicklung. Man könnte sagen, dass ich mich an der Musik vergangen habe. Ich werde versuchen, es durch Kompositionen wieder gutzumachen.« Kurze Pause, die ich nutze, um die Augen zu öffnen. »Adieu, Hermann. Und wie gesagt: Wir zwei sind geschiedene Leute.«

Er wendet sich ab. Der kleine Korf blickt mich fragend an. So gut wird sein Französisch nicht sein, dass er unsere Unterhaltung verstanden hat. Ich atme tief durch und setze mich in Bewegung. Das Laub raschelt zu meinen Füßen.

Am Ufer wartet bereits der Fährmann. Wortlos, wie in Trance, besteige ich seinen Kahn. Korf wuchtet die Koffer hinein, spricht ein paar Abschiedsworte und trollt sich schließlich ohne ein Trinkgeld. Erst als wir ablegen, komme ich zur Besinnung. Die Wucht des Stoßes lässt mich schwanken, ich wäre fast gefallen und setze mich eilig hin. Der Fährmann schüttelt nur den Kopf.

Als wir jene Stelle passieren, die gestern zum Grab für die vier Zuchthäusler wurde, überkommt mich ein Frösteln. Unter uns strömt und plätschert es, als sei nichts geschehen. Das Werk der Heiligen Cäcilie, meint Franz. Und wenn es doch die Loreley war? Sie hat die älteren Rechte, hier am Rhein. In Bologna muss ich mir unbedingt das Gemälde Raffaels anschauen. Vielleicht erkenne ich ja eine Ähnlichkeit der Heiligen mit Groyens Mündel.

»Vier Tote«, sage ich heiser. »Vier in einer einzigen Nacht!«

»Wen meinen Sie?«, brummt der Fährmann.

»Na, die vier Verbrecher, die gestern hier kenterten.«

»Davon weiß ich nichts. Ich habe nur gehört, dass sie Groyens Tochter gefunden haben, drüben am Drachenfels.«

»Die kleine Cäcilie?«

»Ertrunken, ja. Sie muss schon einige Tage im Ufergestrüpp gelegen haben. Traurige Sache, das. Groyen ist am Boden zerstört.«

Ich blicke nach Norden, zum wuchtigen Drachenfels hinüber. Dass diese Ruine jemals wieder aufgebaut wird, kann ich mir nicht vorstellen. Aber ich unterschätze wohl die Macht menschlicher Einbildungskraft.

»Tage, sagen Sie? Das Kind ist schon vor einigen Tagen ertrunken?«

Der Mann nickt.

»Das kann nicht sein. Ich habe sie gestern noch gesehen.«

»So?«

»Ja!«

»Bevor Sie vier Verbrecher im Rhein kentern sahen?« Kopfschütteln. »Nehmen Sie es mir nicht übel, junger Mann, aber mit solchen Dingen treibt man keinen Scherz. Oder haben Sie zu viel gefeiert gestern? Also, wenn Sie mich fragen: Als Nonnenwerth noch ein Kloster war, ging es dort ruhiger zu.«

Mir fehlt die Kraft, um mich gegen die Aufsässigkeit dieses Burschen zu wehren. Außerdem bin ich ihm ausgeliefert: in einem Kahn, den nur er führen kann, auf dem rasch fließenden, todbringenden Rhein.

Sollte ich die Ereignisse der vergangenen Nacht nur geträumt haben? Aber Franz hat sie miterlebt, eben sprach er noch davon. Das Gewitter, der Blitz, die Heilige … Die vier Schiffbrüchigen hat er allerdings mit keinem Wort erwähnt.

Erschöpft schließe ich die Augen. Noch nie habe ich die Wärme und Klarheit Italiens so vermisst wie in diesem Moment. Kalt ist der Herbst am Rhein. Zum Teufel mit seiner trübdeutschen Stimmung, zum Teufel mit allen Ruinen und Nebelbänken und Klosterfrauen! Wie soll man da unterscheiden, was wahr und was Legende ist? In den Sagen liegen unsere Wurzeln – so hat es Garnisonsarzt Müller aus Königswinter formuliert. Nur durch sie lernen wir, wie wir wurden, was wir sind. Ich, Herr Müller, will keine Sagengestalt sein, auch wenn ich mich dadurch um meinen besten Freund und Lehrer bringe.

Ein Blick zurück zur Insel. Unter den Bäumen steht Franz neben seiner Platane und schaut mir nach. Sie ist so schlank wie er, hat auch ungefähr seine Größe. Aber schon im nächsten Jahr wird sie ihn deutlich überragen.

Falls er nicht ebenfalls zu wachsen beginnt, um mit seinen Händen bis an den Himmel zu reichen. Zutrauen würde ich es ihm.

ENDE

Nachwort

Als Franz Liszt und Hermann Cohen im Streit auseinander gingen, konnte keiner von beiden ahnen, dass sie sich viele Jahre später unter gänzlich anderen Vorzeichen wiedersehen würden. Diese Begegnung fand 1862 in Rom statt. Da hatte Liszt die niederen Weihen empfangen, und aus Puzzi, dem Hamburger Juden, war der Karmeliterpater Hermann geworden. Nach einer Marienerscheinung im Jahr 1847 hatte er sich zur Konversion entschlossen und bereute nun seine zahlreichen Jugendsünden. Dass er während des Krieges zwischen Deutschland und Frankreich, seinen beiden Heimatländern, als Seelsorger starb, bildet den tragischen Abschluss eines wechselvollen Lebens.

Warum es zum Bruch zwischen Liszt und seinem Lieblingsschüler kam, wird wohl nie restlos geklärt werden können. Einen vorläufigen Schlussstrich zieht der Komponist im November 1841, als er Marie d'Agoult schreibt, er werde nun nach Detmold reisen, »wo Varus seinen Hermann fand« – um hinzuzufügen: »Hoffentlich finde ich meinen nicht mehr.« Konkrete Details sind dagegen fast ausschließlich aus Briefen Maries bekannt, und ob deren Vorwürfe gegenüber Puzzi auf Tatsachen beruhen, lässt sich nur vermuten. Zumindest spielsüchtig und daher ständig in Geldnot scheint der junge Hermann gewesen zu sein; von Unterschlagungen, anrüchigen Affären und sogar einer kleinen Erpressung ist die Rede. Insofern mögen seine Fehltritte innerhalb dieses Romans zwar nicht belegbar, aber auch nicht ganz aus der Luft gegriffen sein.

Gleiches gilt für Hermanns Anwesenheit auf Nonnenwerth. Frau von Czettritz schreibt am 30.9.1841, der ehemals blonde Puzzi werde »in 14 Tagen« auf der Insel sein. Dass dieses Vorhaben umgesetzt wurde, dafür fehlt jeder Beleg. Allerdings tappen wir hinsichtlich der Frage, wo und wie Hermann die Sommermonate des Jahres 1841 zugebracht hat, generell im Dunkeln. Lassen wir ihn also einige Wochen auf Nonnenwerth weilen!

George Sand hingegen hat die Insel definitiv nicht besucht. Ihr Auftauchen im Roman verdankt sich einer spektakulären Verwechslung: Weil Marie unter Pseudonym reiste, sah ganz Nonnenwerth – auch die Damen von Cordier und von Czettritz – in ihr die berühmte Schriftstellerin Dudevant, mit der Liszt angeblich eine wilde Liaison führte. Ein Gerücht, das sich noch nach ihrer »Enttarnung« durch Kundige hartnäckig hielt.

Überhaupt machen Gerüchte und Halbwahrheiten einen Großteil der Liszt-Biographie aus. Auf Nonnenwerth erholte sich der Komponist nicht dreimal hintereinander, wie immer noch häufig behauptet wird, sondern nur in den Jahren 1841 und 1843. Der erste Besuch fand ohne Kinder statt; am 4. August trafen Marie und Franz ein, um am 1. November wieder abzureisen. Dazwischen lagen mehrere Kurzaufenthalte in Städten wie Köln, Bonn, Aachen, Koblenz, Frankfurt und sogar Baden-Baden, wo Liszt konzertierte.

Die kleine Cäcilie ist, anders als ihre »Verwandten« Groyen und Genger, meine Erfindung. Während die Flucht der acht Kölner Strafgefangenen zeitgenössischen Blättern eine Schlagzeile wert war, hätte sich für das Ertrinken eines Kindes vermutlich niemand interessiert. Es sei denn, er hieße Franz Liszt und hätte seinen ganz persönlichen Narren an der Heiligen Cäcilie gefressen. Der er übrigens in späteren Jahren eine kleine Hymne und ein großes Chorwerk widmete.

Ein Wort noch zu den im Roman erwähnten Auftritten Liszts als Pianist. Sie alle sind in ihren Grundzügen authentisch, auch wenn sie sich, vom großen Dombaukonzert einmal abgesehen, zu anderen Zeiten und an anderen Orten ereigneten. Liszt und das Gewitter – für diese mystische Begegnung stand eine Genfer Soiree aus dem Jahr 1836 Pate. Zur Misshandlung des wertvollen Rings, immerhin ein Geschenk des preußischen Königs, kam es erst Ende 1841 in Berlin. Während der arme Professor Breidenstein im November 1843 zum »Affen« gemacht wurde, verlief ein Bonner Privatkonzert zwei Jahre zuvor ohne Zwischenfälle, weshalb es als Vorbild für Liszts Spiel vor den Tormann-Schülerinnen dienen konnte. Mit seinen Bonner Verehrern versöhnte sich Liszt übrigens schon bald wieder; sein Engagement in Sachen Beethoven brachte ihm später sogar ein Grundstück ein. Das er dann aber doch ablehnte.

Bei den Recherchen standen mir etliche Personen mit Rat und Tat zur Seite. Erwähnt werden sollen vor allem die hilfreichen Mitarbeiterinnen und Mitarbeiter der Universitätsbibliothek Heidelberg. Schwester Michaele Schönhofen gewährte mir Asyl und Dokumenteneinsicht auf Nonnenwerth. Ein herzliches Dankeschön auch an Claudia Senghaas, die den Stein ins Rollen brachte!

Weitere Informationen zum historischen Hintergrund und zum Verhältnis von Realität und Fiktion finden sich unter www.marcus-imbsweiler.de.

Wie behauptete Liszt gegenüber seiner ersten Biographin Lina Ramann im Juli 1878? »Mein Leben ist weniger zu beschreiben denn zu erfinden.« Manchmal fragt man sich, wo genau der Unterschied liegt.

Marcus Imbsweiler, im Juli 2011

Weitere historische Romane finden Sie auf den folgenden Seiten oder im Internet:
www.gmeiner-verlag.de

MARCUS IMBSWEILER

Butenschön

321 Seiten, Paperback.
ISBN 978-3-8392-1106-9.

BRANDHEISSES MATERIAL Prof. Albert Butenschön, der fast hundertjährige Chemiker und Molekularbiologe aus Heidelberg, gilt als einer der wichtigsten deutschen Nachkriegswissenschaftler. Warum wird auf das Büro der Historikerin Evelyn Deininger, die an einer Promotion über sein Leben und Werk arbeitet, ein Brandanschlag verübt? Hat Butenschön etwas zu verbergen? Oder stecken rabiate Studenten dahinter? Bei seinen Ermittlungen gerät Max Koller nicht nur zwischen die Fronten universitärer Scharmützel, sondern erfährt auch einiges über das Verhältnis von Politik, Wissenschaft und Moral …

MARCUS IMBSWEILER

Altstadtfest

373 Seiten, Paperback.
ISBN978-3-8392-1001-7.

FALSCHE FÄHRTEN Das Heidelberger Altstadtfest. Tausende drängen sich durch die Straßen des historischen Zentrums. Plötzlich fallen Schüsse auf dem Uniplatz, es gibt etliche Tote und Verletzte. Der Täter flüchtet unerkannt.
Der Amoklauf eines Verwirrten? Ein Terroranschlag? Oder die Tat von Rechtsradikalen? Fieberhaft ermitteln Polizei und Geheimdienste. Und auch Privatdetektiv Max Koller wird in den Fall hineingezogen: Flavio Petazzi, italienischer Politiker und Vater eines der Opfer, betraut ihn mit eigenen Nachforschungen. Er soll Belege dafür finden, dass allein Petazzis Tochter Ziel des Anschlags war. Gegen seine Überzeugung nimmt Koller den Auftrag an. Und kommt am Ende zu einer unerwarteten Lösung …

GMEINER

Wir machen's spannend

MARCUS IMBSWEILER
Schlussakt

467 Seiten, Paperback.
ISBN 978-3-89977-781-9.

Schluss mit DEM THEATER Mord im Heidelberger Stadttheater: Während einer Opernaufführung wird die Garderobiere Annette Nierzwa erwürgt. Man findet sie im Zimmer von Bernd Nagel, dem Geschäftsführer des Philharmonischen Orchesters, der ihr Geliebter war.

Daraufhin betrauen gleich zwei Personen den Privatdetektiv Max Koller mit Nachforschungen: der Journalist Marc Covet, der alles daran setzt, seinen Freund Nagel zu entlasten und die betuchte Opernliebhaberin Elke von Wonnegut, die sich um den Ruf Heidelbergs als Musikstadt sorgt.

Die Indizien sprechen gegen Nagel: Er hat kein Alibi, die Beziehung zu Annette war nicht frei von Konflikten. Aber ist dem zögerlich-glatten Geschäftsführer ein Mord zuzutrauen?

Koller lässt nicht locker. Er will diesen Fall lösen und wird ihn lösen!

MARCUS IMBSWEILER
Bergfriedhof

419 Seiten, Paperback.
ISBN 978-3-89977-742-0.

Von der VERGANGENHEIT EINGEHOLT Der Heidelberger Bergfriedhof. Auf dem Grab eines Kriegsopfers liegt eine Leiche. Privatdetektiv Max Koller steht vor einem Rätsel. Sein geheimnisvoller Auftraggeber, der ihn mitten in der Nacht an diesen Ort beordert hat, will ihn plötzlich mit allen Mitteln von weiteren Nachforschungen abhalten. Und auch der Tote ist am nächsten Morgen spurlos verschwunden.

Die Neugier des Ermittlers ist geweckt. Kollers Spur führt in die Heidelberger High Society. Und allmählich wird ihm klar, dass sein Gegenspieler viel mehr zu verbergen hat als nur eine Leiche.

GMEINER

Wir machen's spannend

BURGER / IMBSWEILER / SCHÖBEL (Hrsg.)

Tödliche Wasser

327 Seiten, Paperback.
ISBN 978-3-8392-1024-6.

WASSER-LEICHEN Ohne Wasser kein Leben. Gäbe es auf unserem Planeten kein Wasser mehr, dann würde alles Leben verschwinden. Kein Wunder, dass für Wasser getötet wird – und manchmal auch mit Wasser. Wie in der vorliegenden Krimisammlung.

Zwei Getränkeproduzenten bekämpfen sich umbarmherzig, ein See färbt sich blutrot, auf einem Konzert unter dem Motto »Wasser ist Menschenrecht« kommt es zur Katastrophe, ein Serienmörder nutzt das kühle Nass auf höchst ungewöhnliche Weise …

18 bekannte Krimiautorinnen und -autoren haben sich zusammengefunden und das Lebenselixier der Menschheit zum Thema ihrer ebenso spannenden wie abwechslungsreichen Kurzgeschichten gemacht. Ein Hochgenuss!

PETER PARADEISER

Himmelreich u. Höllental

324 Seiten, Paperback.
ISBN 978-3-8392-1121-2.

ÜBER DEN WOLKEN Der Himmel ist auch nicht mehr das, was er einmal war. Einzelzimmer, Roomservice, ewige Seligkeit – aber auch ein heftiger postmortaler Brummschädel. Zumindest bei Erwin Knautschke, dem Privatdetektiv aus Freiburg. Frisch verstorben, geht ihm das Gesäusel der Paradiesbewohner schon bald auf die Nerven, Nektar und Ambrosia sind auch nicht sein Fall. Wenn er wenigstens wüsste, wie er zu Tode gekommen ist! Und was soll dieser rätselhafte Zettel um seinen Zeh? Knautschkes Spürsinn ist geweckt. Und bald schon ahnt er: Antworten findet er nur auf der Erde …

GMEINER

Wir machen's spannend

BETTINA SZRAMA

Die Hure und der Meisterdieb

373 Seiten, Paperback.
ISBN 978-3-8392-1214-1.

VERRATENE LIEBE Thüringen, im Dezember 1695. Der ehemalige Soldat und Wirt Nickel List, eigentlich ein herzensguter Kerl, zündet seine Wirtschaft an, um sich an seinem verräterischen Eheweib Magdalena und ihrem Liebhaber zu rächen. Enttäuscht verlässt er seine Heimat und trifft auf die schöne Diebin Anna. Die ist ihrem Mann, einem reichen Hamburger Weinhändler, davongelaufen und ebenso wie Nickel auf der Flucht. Jahre später ziehen sie als Herr von der Mosel und Anna von Sien durch den Norden. Selbst die größten Kirchen sind vor dem berühmt-berüchtigten Räuberpaar nicht mehr sicher. Doch ihre Häscher sind ihnen bereits auf den Fersen …

CLAUDIUS CRÖNERT

Das Kreuz der Hugenotten

471 Seiten, Paperback.
ISBN 978-3-8392-1211-0.

GENDARMENMARKT Berlin um 1700. Die Stimmung zwischen eingewanderten französischen Calvinisten und deutschen Lutheranern ist angespannt, denn beide Gruppen müssen sich eine enge Kirche teilen. Der Handschuhmacher Paul Deschamps und seine Landsleute planen daher ein eigenes Gotteshaus. Kurfürst Friedrich stimmt dem Bau zu und gewährt auch der deutschen Gemeinde einen neuen prächtigen Dom – direkt gegenüber dem Französischen Dom. Zwischen den beiden Kirchen soll eine Gendarmenkaserne entstehen, die dem Platz seinen Namen gibt. Doch während der Baus stürzt der Deutsche Dom ein und der Mob wendet sich gegen den Hugenotten Paul …

GMEINER

Wir machen's spannend

DIETER BÜHRIG
Der Klang der Erde

270 Seiten, Paperback.
ISBN 978-3-8392-1219-6.

TODESGEIGER Der Geiger Max Auerbach hat nach dem Scheitern seiner Ehe eine Anstellung beim Lübecker Stadtorchester unter Leitung des jungen Dirigenten Wilhelm Furtwängler gefunden. Als der glühende Verehrer Mahlers im Mai 1911 vom Tod des Wiener Meisters erfährt, verliert er jeden Halt: Auerbach entwickelt eine gefährliche Persönlichkeitsstörung. Er nimmt einen Doppelgänger wahr, der ihm aufträgt, in München die Orchesterpartitur von Mahlers »Lied von der Erde« zu stehlen und den Dirigenten der Uraufführung, Bruno Walter, zu töten …

GERHARD LOIBELSBERGER
Mord und Brand

321 Seiten, Paperback.
ISBN 978-3-8392-1217-2.

WIEN BRENNT! Wien, 27. Juli 1911. Ein Großbrand wütet auf den Holzlagerplätzen am Nordwestbahnhof. Erst nach zwei Tagen kann er unter Einsatz von 167 Mann der Wiener Berufsfeuerwehr gelöscht werden. Inmitten tausender Schaulustiger wird ein Mann brutal zu Tode geprügelt. Frantisek Oprschalek und sein bester Freund Nepomuk Budka, ein mehrfach verurteilter Gewaltverbrecher, ziehen eine blutige Spur von Morden und Brandstiftungen durch Wien. Inspector Nechyba und seine Frau Aurelia geraten in einen Strudel der Gewalt, der sie auch ganz persönlich bedroht …

GMEINER

Wir machen's spannend

FRANZISKA STEINHAUER

Sturm über Branitz

462 Seiten, Paperback.
ISBN 978-3-8392-1218-9.

DUNKLES GARTENGEHEIMNIS Die Lausitz, Anfang des 19. Jahrhunderts. Ein Unwetter tobt über dem Branitzer Schlosspark. Als begeisterter Landschaftsarchitekt ist Fürst Pückler besorgt und schickt am nächsten Morgen seine Gärtner aus. Sie sollen ihm berichten, ob Bäume beschädigt wurden. Bei ihrem Rundgang machen sie einen grausigen Fund: In den Wurzeln eines umgestürzten Baums hängt ein toter Knabe. Sein Körper ist übersät von blutigen Wunden. Im Ort kommt Unruhe auf und das Volk entwickelt abenteuerliche Theorien. Hat etwa der alte Fürst etwas mit dem Verbrechen zu tun?

HERBERT BECKMANN

Die Nacht von Berlin

322 Seiten, Paperback.
ISBN 978-3-8392-1215-8.

NERVENKITZEL September 1911. Berlin ist Weltstadt. Rastlos, vergnügungssüchtig, nervös. Selbst bei Nacht eine »Stadt aus Licht«. Doch im Schatten des glitzernden Lichtermeers der Reichshauptstadt gedeiht das Verbrechen auf nie gesehene Weise: An verschiedenen Orten Berlins werden Leichen gefunden – brutal ermordet, grotesk kostümiert, theatralisch ausgestellt. Der blutjunge Ermittler Edmund Engel begreift als Erster, dass hier kein gewöhnlicher Mörder am Werk ist. Und auch der erfahrene Nervenarzt Alfred Muesall erkennt die Handschrift eines modernen Tätertyps. Einen »Künstler« im Fach Mord, dessen bizarre Spur in das weltberühmte Berliner Metropol-Theater führt …

GMEINER

Wir machen's spannend

Unsere Lesermagazine

2 x jährlich das Neueste aus der Gmeiner-Bibliothek

DIN A6, 20 S., farbig

10 x 18 cm, 16 S., farbig

24 x 35 cm, 20 S., farbig

GmeinerNewsletter

Neues aus der Welt der Gmeiner-Romane

Haben Sie schon unsere GmeinerNewsletter abonniert? Monatlich erhalten Sie per E-Mail aktuelle Informationen aus der Welt der Krimis, der historischen Romane und der Frauenromane: Buchtipps, Berichte über Autoren und ihre Arbeit, Veranstaltungshinweise, neue Literaturseiten im Internet und interessante Neuigkeiten.

Die Anmeldung zu den GmeinerNewslettern ist ganz einfach. Direkt auf der Homepage des Gmeiner-Verlags (www.gmeiner-verlag.de) finden Sie das entsprechende Anmeldeformular.

Ihre Meinung ist gefragt!

Mitmachen und gewinnen

Wir möchten Ihnen mit unseren Romanen immer beste Unterhaltung bieten. Sie können uns dabei unterstützen, indem Sie uns Ihre Meinung zu den Gmeiner-Romanen sagen! Senden Sie eine E-Mail an gewinnspiel@gmeiner-verlag.de und teilen Sie uns mit, welches Buch Sie gelesen haben und wie es Ihnen gefallen hat. Alle Einsendungen nehmen automatisch am großen Jahresgewinnspiel mit attraktiven Buchpreisen teil.

GMEINER

Wir machen's spannend

Alle Gmeiner-Autoren und ihre Romane auf einen Blick

ANTHOLOGIEN: Tod am Tegernsee • Drei Tagesritte vom Bodensee • Nichts ist so fein gesponnen • Zürich: Ausfahrt Mord • Mörderischer Erfindergeist • Secret Service 2011 • Tod am Starnberger See • Mords-Sachsen 4 • Sterbenslust • Tödliche Wasser • Gefährliche Nachbarn • Mords-Sachsen 3 • Tatort Ammersee • Campusmord • Mords-Sachsen 2 • Tod am Bodensee • Mords-Sachsen 1 • Grenzfälle • Spekulatius **ABE, REBECCA**: Im Labyrinth der Fugger **ARTMEIER, HILDEGUNDE**: Feuerross • Drachenfrau **BAUER, HERMANN**: Philosophenpunsch • Verschwörungsmelange • Karambolage • Fernwehträume **BAUM, BEATE**: Weltverloren • Ruchlos • Häuserkampf **BAUMANN, MANFRED**: Wasserspiele • Jedermanntod **BECK, SINJE**: Totenklang • Duftspur • Einzelkämpfer **BECKER, OLIVER**: Das Geheimnis der Krähentochter **BECKMANN, HERBERT**: Die Nacht von Berlin • Mark Twain unter den Linden • Die indiskreten Briefe des Giacomo Casanova **BEINSSEN, JAN**: Todesfrauen • Goldfrauen • Feuerfrauen **BLANKENBURG, ELKE MASCHA** Tastenfieber und Liebeslust **BLATTER, ULRIKE**: Vogelfrau **BODE-HOFFMANN, GRIT / HOFFMANN, MATTHIAS**: Infantizid **BODENMANN, MONA**: Mondmilchgubel **BÖCKER, BÄRBEL**: Mit 50 hat man noch Träume • Henkersmahl **BOENKE, MICHAEL**: Riedripp • Gott'sacker **BOMM, MANFRED**: Blutsauger • Kurzschluss • Glasklar • Notbremse • Schattennetz • Beweislast • Schusslinie • Mordloch • Trugschluss • Irrflug • Himmelsfelsen **BONN, SUSANNE**: Die Schule der Spielleute • Der Jahrmarkt zu Jakobi **BOSETZKY, HORST (-KY)**: Promijagd • Unterm Kirschbaum **BRÖMME, BETTINA**: Weißwurst für Elfen **BUEHRIG, DIETER**: Der Klang der Erde • Schattengold **BÜRKL, ANNI**: Ausgetanzt • Schwarztee **BUTTLER, MONIKA**: Dunkelzeit • Abendfrieden • Herzraub **CLAUSEN, ANKE**: Dinnerparty • Ostseegrab **CRÖNERT, CLAUDIUS**: Das Kreuz der Hugenotten **DANZ, ELLA**: Ballaststoff • Schatz, schmeckt's dir nicht? • Rosenwahn • Kochwut • Nebelschleier • Steilufer • Osterfeuer **DETERING, MONIKA**: Puppenmann • Herzfrauen **DIECHLER, GABRIELE**: Glutnester • Glaub mir, es muss Liebe sein • Engpass **DÜNSCHEDE, SANDRA**: Todeswatt • Friesenrache • Solomord • Nordmord • Deichgrab **EMME, PIERRE**: Zwanzig/11 • Diamantenschmaus • Pizza Letale • Pasta Mortale • Schneenockerleklat • Florentinerpakt • Ballsaison • Tortenkomplott • Killerspiele • Würstelmassaker • Heurigenpassion • Schnitzelfarce • Pastetenlust **ENDERLE, MANFRED**: Nachtwanderer **ERFMEYER, KLAUS**: Irrliebe • Endstadium • Tribunal • Geldmarie • Todeserklärung • Karrieresprung **ERWIN, BIRGIT / BUCHHORN, ULRICH**: Die Reliquie von Buchhorn • Die Gauklerin von Buchhorn • Die Herren von Buchhorn **FINK, SABINE**: Kainszeichen **FOHL, DAGMAR**: Der Duft von Bittermandel • Die Insel der Witwen • Das Mädchen und sein Henker **FRANZINGER, BERND**: Familiengrab • Zehnkampf • Leidenstour • Kindspech • Jammerhalde • Bombenstimmung • Wolfsfalle • Dinotod • Ohnmacht • Goldrausch • Pilzsaison **GARDEIN, UWE**: Das Mysterium des Himmels • Die Stunde des Königs

GMEINER

Wir machen's spannend

Alle Gmeiner-Autoren und ihre Romane auf einen Blick

GARDENER, EVA B.: Lebenshunger **GEISLER, KURT**: Friesenschnee • Bädersterben **GERWIEN, MICHAEL**: Alpengrollen **GIBERT, MATTHIAS P.**: Zeitbombe • Rechtsdruck • Schmuddelkinder • Bullenhitze • Eiszeit • Zirkusluft • Kammerflimmern • Nervenflattern **GORA, AXEL**: Das Duell der Astronomen **GRAF, EDI**: Bombenspiel • Leopardenjagd • Elefantengold • Löwenriss • Nashornfieber **GUDE, CHRISTIAN**: Kontrollverlust • Homunculus • Binärcode • Mosquito **HAENNI, STEFAN**: Scherbenhaufen • Brahmsrösi • Narrentod **HAUG, GUNTER**: Gössenjagd • Hüttenzauber • Tauberschwarz • Höllenfahrt • Sturmwarnung • Riffhaie • Tiefenrausch **HEIM, UTA-MARIA**: Feierabend • Totenkuss • Wespennest • Das Rattenprinzip • Totschweigen • Dreckskind **HENSCHEL, REGINE C.**: Fünf sind keiner zu viel **HERELD, PETER**: Das Geheimnis des Goldmachers **HOHLFELD, KERSTIN**: Glückskekssommer **HUNOLD-REIME, SIGRID**: Janssenhaus • Schattenmorellen • Frühstückspension **IMBSWEILER, MARCUS**: Die Erstürmung des Himmels • Butenschön • Altstadtfest • Schlussakt • Bergfriedhof **JOSWIG, VOLKMAR / MELLE, HENNING VON**: Stahlhart **KARNANI, FRITJOF**: Notlandung • Turnaround • Takeover **KAST-RIEDLINGER, ANNETTE**: Liebling, ich kann auch anders **KEISER, GABRIELE**: Engelskraut • Gartenschläfer • Apollofalter **KEISER, GABRIELE / POLIFKA, WOLFGANG**: Puppenjäger **KELLER, STEFAN**: Totenkarneval • Kölner Kreuzigung **KINSKOFER, LOTTE / BAHR, ANKE**: Hermann für Frau Mann **KLAUSNER, UWE**: Kennedy-Syndrom • Bernstein-Connection • Die Bräute des Satans • Odessa-Komplott • Pilger des Zorns • Walhalla-Code • Die Kiliansverschwörung • Die Pforten der Hölle **KLEWE, SABINE**: Die schwarzseidene Dame • Blutsonne • Wintermärchen • Kinderspiel • Schattenriss **KLÖSEL, MATTHIAS**: Tourneekoller **KLUGMANN, NORBERT**: Die Adler von Lübeck • Die Nacht des Narren • Die Tochter des Salzhändlers • Kabinettstück • Schlüsselgewalt • Rebenblut **KÖHLER, MANFRED**: Tiefpunkt • Schreckensgletscher **KÖSTERING, BERND**: Goetheglut • Goetheruh **KOHL, ERWIN**: Flatline • Grabtanz • Zugzwang **KOPPITZ, RAINER C.**: Machtrausch **KRAMER, VERONIKA**: Todesgeheimnis • Rachesommer **KRONENBERG, SUSANNE**: Kunstgriff • Rheingrund • Weinrache • Kultopfer • Flammenpferd **KRUG, MICHAEL**: Bahnhofsmission **KRUSE, MARGIT**: Eisaugen **KURELLA, FRANK**: Der Kodex des Bösen • Das Pergament des Todes **LASCAUX, PAUL**: Mordswein • Gnadenbrot • Feuerwasser • Wursthimmel • Salztränen **LEBEK, HANS**: Karteileichen • Todesschläger **LEHMKUHL, KURT**: Dreiländermord • Nürburghölle • Raffgier **LEIMBACH, ALIDA**: Wintergruft **LEIX, BERND**: Fächergrün • Fächertraum • Waldstadt • Hackschnitzel • Zuckerblut • Bucheckern **LETSCHE, JULIAN**: Auf der Walz **LICHT, EMILIA**: Hotel Blaues Wunder **LIEBSCH, SONJA / MESTROVIC, NIVES**: Muttertier @n Rabenmutter **LIFKA, RICHARD**: Sonnenkönig **LOIBELSBERGER, GERHARD**: Mord und Brand • Reigen des Todes • Die Naschmarkt-Morde **MADER, RAIMUND A.**: Schindlerjüdin • Glasberg

GMEINER

Wir machen's spannend

Alle Gmeiner-Autoren und ihre Romane auf einen Blick

MAINKA, MARTINA: Satanszeichen **MISKO, MONA**: Winzertochter • Kindsblut **MORF, ISABEL**: Satzfetzen • Schrottreif **MOTHWURF, ONO**: Werbevoodoo • Taubendreck **MUCHA, MARTIN**: Seelenschacher • Papierkrieg **NAUMANN, STEPHAN**: Das Werk der Bücher **NEEB, URSULA**: Madame empfängt **ÖHRI, ARMIN / TSCHIRKY, VANESSA**: Sinfonie des Todes **OSWALD, SUSANNE**: Liebe wie gemalt **OTT, PAUL**: Bodensee-Blues **PARADEISER, PETER**: Himmelreich und Höllental **PARK, KAROLIN**: Stilettoholic **PELTE, REINHARD**: Inselbeichte • Kielwasser • Inselkoller **PFLUG, HARALD**: Tschoklet **PITTLER, ANDREAS**: Mischpoche **PORATH, SILKE / BRAUN, ANDREAS**: Klostergeist **PORATH, SILKE**: Nicht ohne meinen Mops **PUHLFÜRST, CLAUDIA**: Dunkelhaft • Eiseskälte • Leichenstarre **PUNDT, HARDY**: Friesenwut • Deichbruch **PUSCHMANN, DOROTHEA**: Zwickmühle **ROSSBACHER, CLAUDIA**: Steirerblut **RUSCH, HANS-JÜRGEN**: Neptunopfer • Gegenwende **SCHAEWEN, OLIVER VON**: Räuberblut • Schillerhöhe **SCHMID, CLAUDIA**: Die brennenden Lettern **SCHMITZ, INGRID**: Mordsdeal • Sündenfälle **SCHMÖE, FRIEDERIKE**: Lasst uns froh und grausig sein • Wasdunkelbleibt • Wernievergibt • Wieweitdugehst • Bisduvergisst • Fliehganzleis • Schweigfeinstill • Spinnefeind • Pfeilgift • Januskopf • Schockstarre • Käfersterben • Fratzenmond • Kirchweihmord • Maskenspiel **SCHNEIDER, BERNWARD**: Flammenteufel • Spittelmarkt **SCHNEIDER, HARALD**: Räuberbier • Wassergeld • Erfindergeist • Schwarzkittel • Ernteopfer **SCHNYDER, MARIJKE**: Matrjoschka-Jagd **SCHÖTTLE, RUPERT**: Damenschneider **SCHRÖDER, ANGELIKA**: Mordsgier • Mordswut • Mordsliebe **SCHÜTZ, ERICH**: Doktormacher-Mafia • Bombenbrut • Judengold **SCHUKER, KLAUS**: Brudernacht **SCHULZE, GINA**: Sintflut **SCHWAB, ELKE**: Angstfalle • Großeinsatz **SCHWARZ, MAREN**: Zwiespalt • Maienfrost • Dämonenspiel • Grabeskälte **SENF, JOCHEN**: Kindswut • Knochenspiel • Nichtwisser **SPATZ, WILLIBALD**: Alpenkasper • Alpenlust • Alpendöner **STAMMKÖTTER, ANDREAS**: Messewalzer **STEINHAUER, FRANZISKA**: Sturm über Branitz • Spielwiese • Gurkensaat • Wortlos • Menschenfänger • Narrenspiel • Seelenqual • Racheakt **STRENG, WILDIS**: Ohrenzeugen **SYLVESTER, CHRISTINE**: Sachsen-Sushi **SZRAMA, BETTINA**: Die Hure und der Meisterdieb • Die Konkubine des Mörders • Die Giftmischerin **THIEL, SEBASTIAN**: Die Hexe vom Niederrhein **THADEWALDT, ASTRID / BAUER, CARSTEN**: Blutblume • Kreuzkönig **THÖMMES, GÜNTHER**: Malz und Totschlag • Der Fluch des Bierzauberers • Das Erbe des Bierzauberers • Der Bierzauberer **TRAMITZ, CHRISTIANE**: Himmelsspitz **ULLRICH, SONJA**: Fummelbunker • Teppichporsche **VALDORF, LEO**: Großstadtsumpf **VERTACNIK, HANS-PETER**: Ultimo •Abfangjäger **WARK, PETER**: Epizentrum • Ballonglühen • Albtraum **WERNLI, TAMARA**: Blind Date mit Folgen **WICKENHÄUSER, RUBEN PHILLIP**: Die Magie des Falken • Die Seele des Wolfes **WILKENLOH, WIMMER**: Eidernebel • Poppenspäl • Feuermal • Hätschelkind **WÖLM, DIETER**: Mainfall **WYSS, VERENA**: Blutrunen • Todesformel **ZANDER, WOLFGANG**: Hundeleben

GMEINER

Wir machen's spannend